MANDY BAGGOT
Winterzauber im Central Park

Buch

Weihnachten steht kurz vor der Tür, und zum ersten Mal beschließt Lara, ihr kleines englisches Heimatdorf Appleshaw zu verlassen und zu verreisen. Und zwar nicht irgendwohin – nach New York! Nachdem ihr Freund Dan sie verlassen hat, soll die Reise mit ihrer besten Freundin Susie in die Stadt, die niemals schläft, Laras gebrochenes Herz heilen. Die von Lichterketten erleuchteten Avenues, das Empire State Building, der schneebedeckte Central Park – wer kann da noch traurig sein? Und als die beiden auf den unwiderstehlichen Schauspieler Seth Hunt treffen, der in New York seine leibliche Mutter sucht, scheint das außerdem die perfekte Gelegenheit, um Dan eifersüchtig zu machen. Doch je mehr Zeit Lara mit Seth in der zu Weihnachten märchenhaft glitzernden Stadt verbringt, umso mehr wünscht sich ihr Herz ein ganz anderes Happy End …

Weitere Informationen zu Mandy Baggot
sowie zu lieferbaren Titeln der Autorin
finden Sie am Ende des Buches.

Mandy Baggot
Winterzauber im Central Park

Roman

Aus dem Englischen
von Ulrike Laszlo

GOLDMANN

Die englische Originalausgabe erschien 2018 unter dem Titel
»One New York Christmas« bei Ebury Press,
an imprint of Ebury Publishing, London.

Sollte diese Publikation Links auf Webseiten Dritter enthalten, so übernehmen wir für deren Inhalte keine Haftung, da wir uns diese nicht zu eigen machen, sondern lediglich auf deren Stand zum Zeitpunkt der Erstveröffentlichung verweisen.

Dieses Buch ist auch als E-Book erhältlich.

Verlagsgruppe Random House FSC® N001967

1. Auflage
Deutsche Erstveröffentlichung November 2019
Copyright © der Originalausgabe by Mandy Baggot
Copyright © der deutschsprachigen Ausgabe 2019
by Wilhelm Goldmann Verlag, München,
in der Verlagsgruppe Random House GmbH,
Neumarkter Str. 28, 81673 München
Umschlaggestaltung: UNO Werbeagentur, München
Umschlagmotiv: FinePic®, München
Redaktion: Babette Leckebusch
MR · Herstellung: kw
Satz: Buch-Werkstatt GmbH, Bad Aibling
Druck und Bindung: GGP Media GmbH, Pößneck
Printed in Germany
ISBN: 978-3-442-48978-7
www.goldmann-verlag.de

Besuchen Sie den Goldmann Verlag im Netz

Für Rachel, die mich mit ihren ermutigenden Worten aufrechterhalten hat, als ich bei einer Hitzewelle in Großbritannien über Weihnachten geschrieben habe. Ganz toll, Baby!

KAPITEL EINS

Marktplatz in Appleshaw, Wiltshire, England
Es regnete heftig, und die Temperatur lag knapp über dem Gefrierpunkt. Die Scheibenwischer von Lara Weeks' Sattelschlepper schafften es kaum, gegen das typisch britische Winterwetter anzukämpfen. Eine Meile. Sie mussten nur noch eine Meile zurücklegen, bevor sie den Marktplatz von Appleshaw erreichen würden, ihres Heimatdorfs, in dem jedes zweite Haus mit Stroh gedeckt war. Dann konnte das Fest beginnen.

Lara schaltete die Windschutzscheibenheizung höher, drehte die Musik lauter – Taylor Swift sang über Bluetooth ihre Version von »Last Christmas« – und konzentrierte sich auf die Straße, während ihr Atem im Fahrerhaus Wölkchen in der eisigen Luft bildete. Sie waren mit beiden LKWs der Weeks unterwegs: Einen fuhr sie, und den anderen lenkte Aldo, ihr Beinahe-Bruder. Er war vor ihr und beförderte einen riesigen Nadelbaum, geschmückt mit Girlanden und glitzernden goldfarbenen, roten, grünen und ein wenig ungewöhnlichen violetten Lämpchen, den Mrs Fitch zu einem günstigen Preis im Gartencenter gekauft hatte. Unter dem Baum saßen alle Darsteller des Krippenspiels: Maria, Joseph, zwei Schafe – die mit jeder Minute feuchter wurden –, Milo, die Hausziege des praktischen Arztes im Ort, ein Schäfer und die Heiligen Drei Könige. Die Weisen aus dem Morgenland waren Mrs Fitchs Enkel – dreizehnjährige Drillinge, die in ihren Kostümen aus Goldlamé keinen sehr glücklichen Eindruck machten.

Das war Aldos großer Abend. Der Achtzehnjährige hatte fast sein ganzes Leben darauf gewartet, an der jährlichen Parade am ersten Dezember einen LKW von Weeks zu fahren, und jetzt war es endlich so weit. Ein paar Monate zuvor hatte er seinen LKW-Führerschein bestanden, und Lara war diejenige gewesen, die ihm alles beigebracht hatte. Außer vielleicht, was zu tun war, wenn man das Jesuskind in der Krippe transportierte, und es zu hageln begann ... Warum schneite es nicht stattdessen? So, wie es sich im Dezember gehörte? Ein leichter Zuckerguss auf dem malerischen Appleshaw würde den Ort eher wie einen festlichen Weihnachtskuchen aussehen lassen als wie eine einfache Pralinenschachtel.

»Fahr langsam, Aldo. Runter vom Gas. Nur keine Eile«, sagte Lara zu sich selbst und drehte Taylor Swift wieder leiser. Sie warf einen Blick auf das Funkgerät am Armaturenbrett. Niemand in ihrem Bekanntenkreis benutzte noch CD-Funk – außer dem Fuhrunternehmen ihres Vaters Gerry. Ihr Dad hatte zwar nach einer wirtschaftlich guten Phase zwei brandneue LKWs gekauft – Lara hatte ihren Truck Tina getauft –, aber darauf bestanden, die alten Funkgeräte zu behalten. »Das ist Tradition«, hatte er erklärt, also befanden sich in den Wagen immer noch Geräte, die aussahen, als gehörten sie in ein Museum, neben USB-Anschlüssen und eingebauten Navigationssystemen. Lara nahm das Walkie-Talkie aus der Station und hielt es sich an den Mund.

»Aldo, hörst du mich? Over.«

Sie legte das Handfunkgerät auf ihren Schoß, um das Lenkrad wieder mit beiden Händen greifen zu können. Die Sicht wurde immer schlechter. Sie konnte sich an keine Parade erinnern, bei der das Wetter so grauenhaft gewesen war. Vielleicht waren gar keine Zuschauer auf der Straße ...

»Lara? Bist du das?«

Lara schüttelte den Kopf, als sie Aldos überraschte Stimme hörte. Außer dem Fahren eines Trucks hatte sie ihm auch beigebracht, wie man über CB funkte. Aldo hatte leider ein Problem damit, sich manche Dinge zu merken, außer wenn es um LKWs ging – sie waren seine große Leidenschaft. Ebenso wie Football und Marvel-Comics. Und seit einiger Zeit auch Kampfsport. Falls diese Besessenheit anhalten sollte, würde sie ihm dazu raten müssen, seine immer weiter wachsende Bruce-Lee-Sammlung einzuschränken und sich vielleicht nur auf Kung-Fu-Filme wie *Karate Kid* zu konzentrieren ...

»Ja, ich bin's, Aldo. Bleib bei deinem Tempo, over.«

Sie hörte ein knisterndes Geräusch, als würde jemand ein Stanniolpapier zerknüllen, und warf einen Blick auf ihr Mobiltelefon, aus dessen Lautsprecher die Musik schallte. Sie könnte ihn anrufen, aber wenn er dann nach seinem Telefon griff, anstatt die Freisprechfunktion einzuschalten?

»Was war gleich noch das *Tempo-over*?«, ertönte Aldos Antwort. »Daran kann ich mich aus der Prüfung nicht mehr erinnern, Lara.«

Sie atmete tief durch. Wahrscheinlich machte sie sich zu viele Gedanken. Aldo würde es schon schaffen. Sie hatten nur noch eine knappe Meile vor sich, fuhren mit einer Geschwindigkeit von 25 Stundenkilometern, und sie befand sich dicht hinter ihm. Was konnte da schon schiefgehen?

Plötzlich leuchtete Laras Telefon auf, und ein Seitenblick auf das Display zeigte ihr ein Foto von ihrem Freund Dan. Sie hatte es im Sommer geschossen, nachdem er einen Tequila getrunken und anschließend in eine große Scheibe

Zitrone gebissen und entsprechend das Gesicht verzogen hatte. Lächelnd drückte sie auf den Knopf am Lenkrad, um das Gespräch sicher annehmen zu können.

»Sind schon viele Leute da, oder haben sich alle vor dem Hagel ins Pub geflüchtet?«

»Was?« Dans Stimme hörte sich so an, als käme sie aus einem Auto. Oder die Verkehrsabsperrung für die Parade durch die Ortsmitte von Appleshaw hatte nicht geklappt.

»Ich bin nur noch eine halbe Meile vom Marktplatz entfernt. Aldo und ich werden den Umzug durch den Ort anführen. Hast du eine gute Stelle gefunden? Ist jemand bei dir? Mrs Fitch hat heute wahrscheinlich gute Chancen, diese Golf-Regenschirme zu verkaufen.«

»Findet der Umzug heute Abend statt?«

Lara lachte. Er nahm sie gern auf den Arm, wenn es um die Eigenheiten des Dorfs ging. »Sehr witzig. Als ob er nicht immer am ersten Dezember stattfinden würde.«

Es kam keine Antwort. Sie hörte nur Verkehrslärm. Von einer Autobahn?

»Dan? Wo bist du?«, fragte Lara. »Du weißt doch, dass heute Abend auch die Weihnachtsparty mit meinen Kollegen stattfindet, oder? Es gibt Melone, Truthahn und Schokorolle.«

Er sagte immer noch nichts. Wenn sie nicht das unaufhörliche Rauschen einer Autobahn gehört hätte, hätte sie geglaubt, dass die Verbindung abgebrochen war. »Dan, hörst du mich?«

»Hör zu, Lara, ich werde es heute Abend nicht schaffen.«

Sie biss sich auf die Unterlippe. Das war nun bereits das dritte Mal, dass Dan zu einem für sie wichtigen Anlass nicht kommen konnte. Vor dem Fest auf dem Autohof hatte er angeboten, beim Grillen zu helfen, war aber dann nicht erschienen. Und auch als sie Aldos achtzehnten Geburtstag im Vereinsheim gefeiert hatten, war er nicht gekommen. Sie hatten an diesem Abend dort eine Disco und einen tollen Darts-Wettbewerb veranstaltet, und Aldo hatte Cocktails aus einem Eimer geschlürft, den er später noch einmal gebraucht hatte, als ihm schlecht geworden war. Laras beste Freundin Susie war Beziehungsberaterin und hatte Lara gesagt, wie sie mit solchen Situationen umgehen sollte. *Bleib ganz cool. Niemand mag es, zu sehr eingeengt zu werden.*

»Oh. Tja, das ist sehr schade, aber ... kein Problem.« Sie schluckte. Das fühlte sich nicht richtig an. Sie war wütend auf ihn. Zornig sogar. Und es fiel ihr nicht leicht, diese Frustration zu unterdrücken. Gefühle zu verbergen war nicht ihre Stärke ... Weil sie sie oft nicht im Zaum halten konnte, hätte sie im letzten Jahr beinahe Punkte im Verkehrsregister kassiert. Ein PKW war vor ihrem Lastwagen eingeschert, und sie hatte gehupt und ein paar Kraftausdrücke ausgestoßen. An der nächsten Ampel hatte sie Tina mit quietschenden Reifen abgebremst und war aus dem Wagen gesprungen, um mit dem Fahrer ein Wörtchen zu reden. Leider hatte es sich um einen Polizisten in Zivil gehandelt ... »Du hast aber meine SMS wegen Weihnachten bekommen, oder?«

Susie hatte ihr geraten, jeder Absage mit etwas Positivem zu begegnen. Pläne zu machen. Ihn und sich selbst an all die schönen Dinge zu erinnern, die ihnen noch bevorstanden. Es ging darum, alles lebendig zu erhalten und sich nicht selbstzufrieden zurückzulehnen. Sie waren bereits seit zwei Jahren zusammen; natürlich schwebten sie nicht mehr pausenlos im siebten Himmel, sondern mussten sich um die alltäglichen Dinge kümmern. Aber das war in Ordnung – ganz normal. Und Dan war ihr Fenster zur Welt, da er Whirlpools in ganz Europa und darüber hinaus verkaufte und viel herumkam.

Wenn er von einer seiner Reisen zurückkam, fragte sie ihn aus, und er erzählte ihr von den kleinen Straßencafés in Paris, den Kanälen in Amsterdam und dem geschäftigen Treiben in Manhattan, New York. Auch wenn sie die Geborgenheit und den idyllischen Charme von Appleshaw liebte, hörte sie sich mit Begeisterung die Geschichten über das Leben an, wie es sich in anderen Teilen der Welt abspielte.

»Lara ... ich habe gedacht, du wärst zu Hause«, erwiderte Dan.

»Nein. Heute ist der erste Dezember, also fahre ich meinen Truck, wie ich es schon seit meinem achtzehnten Lebensjahr an diesem Tag getan habe.« Vor sechs Jahren hatte sie zum ersten Mal den Festzug angeführt und hätte sich mit ihrem LKW auf dem Glatteis beinahe quer gestellt. »Wie auch immer – Aldo möchte am Weihnachtsabend chinesisch essen und sich einen Film anschauen. Am ersten Weihnachtsfeiertag sind wir bei Mrs Fitch zum Mittagessen eingeladen, und am zweiten Weihnachtsfeiertag könnten wir vielleicht ...«

»Lara, es tut mir leid ... ich kann das nicht mehr. Ich ...«

»Dan ... ich befürchte, die Verbindung bricht gleich ab«, rief Lara. Sie änderte ihre Sitzposition und lauschte angespannt, ohne dabei Aldos LKW aus den Augen zu lassen.

»Ja«, erwiderte Dan seufzend. »Das könnte schon sein.«

»Dan ... ich kann dich kaum verstehen.«

»Lara, ich weiß noch nicht genau, wie Weihnachten ablaufen wird. Ich glaube ... ich glaube, ich brauche ein bisschen Abstand.«

Sie trat so hart auf die Bremse, dass sich das zischende Geräusch anhörte, als würden hundert wütende Katzen miteinander kämpfen. Ihre Ladung verschob sich hörbar, und sofort tat ihr diese Vollbremsung leid. Auf Tinas Ladefläche befand sich die zweite Pfadfindertruppe von Appleshaw, und zu ihrer Darstellung von Weihnachten im Wandel der Zeiten gehörten diverse Szenen von John Lewis' Weihnachtskampagnen – mit Jungen und Mädchen in Pinguinkostümen, Schneemännern, großen Vollmonden und einigen als verhutzelte alte Männer verkleideten Jungen.

»Ich ... ich glaube, ich habe dich nicht richtig verstanden«, stammelte Lara. Der Hagel hämmerte nun gegen die Windschutzscheibe. Sie blieb unbeweglich sitzen und sah zu, wie Aldos Rücklichter sich langsam von ihr entfernten.

»Lara ... Ich glaube, wir brauchen eine Pause.«

Fieberhaft überlegte sie, wie Susie das deuten würde. Was war die beste Antwort darauf? Was meinte er überhaupt damit? *Denk nach! Los! Lass dir etwas Positives einfallen! Ein Vorhaben! Schnell!*

»Wir sollten wegfahren«, stieß Lara hervor. »Wir waren schon nicht mehr weg, seit ... seit unserem Campingausflug.«

»Lara ...«

»Wir könnten noch einmal campen gehen. Es hat richtig Spaß gemacht, oder? Wir haben Marshmallows am Lagerfeuer geröstet, schrecklichen Cider getrunken und die Kaninchen mit den Pommes frites von dieser Bude gefüttert ...«

»Es ist Dezember«, entgegnete Dan.

»Ich weiß, aber wir könnten mit Tina fahren.« Hoffnung keimte in ihr auf. Ihr Truck war mit allem modernen Komfort ausgestattet und verfügte natürlich auch über eine Heizung. »Ich bin sicher, dass Dad nichts dagegen hätte. Nur für ein paar Tage. Das wird sicher gemütlich. Wir haben hier ein Bett, und wir könnten die Kühlbox mit Bier auffüllen, uns ein Konzert von einer guten Band anhören und danach ...«

»Ich muss für eine Weile weg von hier«, erklärte Dan. Es folgte ein tiefes Seufzen. »Und ... ich glaube, wir brauchen eine Auszeit.«

Eine Auszeit. Das klang so, als würde man ein unartiges Kind bestrafen. Lara versuchte verzweifelt an eine andere Bedeutung zu denken, aber es hörte sich tatsächlich so an, als würde Dan mit ihr Schluss machen wollen.

»Ich fahre an Weihnachten nach Schottland«, fügte er rasch hinzu.

»Oh.« Was sollte sie darauf sagen? Das fühlte sich alles völlig falsch an.

»Ich kenne jemanden, der dort ein Ferienhaus gebucht hat, und ...«

»Wen meinst du?«, fragte Lara. »Derek?«

»Nein.«

»Smooth Pete?«

»Nein.«

»Wen dann?«

Das folgende Räuspern hörte sich eindeutig schuldbewusst an. »Du kennst doch Chloe ... vom Golfclub.«

Chloe vom Golfclub! *Busen-Chloe*. Ihr Freund hatte vor, Weihnachten in einem Ferienhaus in Schottland mit Busen-Chloe zu verbringen! Das konnte nicht wahr sein. Lara hielt den Atem an und schloss die Augen, bis sie von der Plattform ihres Anhängers fragende Stimmen hörte. Die Pfadfinder. Der Adventsumzug. Ihr Beinahe-Bruder Aldo. Sie hatte einen wichtigen Job zu erledigen. Rasch legte sie wieder den ersten Gang ein und trat auf das Gaspedal.

»Es sind auch noch ein paar andere dabei. Sam und Fiona. Darren und Amanda ...«

»Aber ich nicht«, erwiderte Lara. »Mich hast du nicht eingeladen.«

Warum hatte er das nicht getan? Schottland an Weihnachten klang romantisch. Sicher würde es dort schneien. Im Kamin würde Feuer brennen, es würde Single Malt Whisky geben, karierte Wolldecken und Kilts. Dan in einem Kilt. Er hatte tolle Beine ... Aber diese Beine würden sich an Weihnachten mit dem Rest seines Körpers in Schottland befinden. Bei Busen-Chloe.

»Ich glaube, dass wir uns über ein paar Dinge Gedanken machen sollten ...«

»Über welche Dinge? Sag mir, was du damit meinst, und dann denken wir gemeinsam darüber nach«, schlug Lara vor.

»Das können wir aber auch in Appleshaw tun, richtig? Warum willst du dafür in ein anderes Land fahren?«

»Ich brauche ein bisschen mehr Raum und Zeit ...«

»Warum?«, fragte Lara. »Wofür? Das verstehe ich nicht.«

»Um ein paar Dinge abzuklären.«

»Welche Dinge, um Himmels willen?«

»Ich möchte herausfinden, ob ich ...«

»Dan! In wenigen Sekunden stehe ich vor der Appleshaw Silver Band, die ›O Holy Night‹ singt.«

»Ich möchte herausfinden, ob ich dich noch liebe.«

In diesem Augenblick tauchten Aldos Rücklichter wieder vor ihr auf ... sehr nahe vor ihr. So nahe, dass Lara sich nicht sicher war, ob sie rechtzeitig würde bremsen können. Mittlerweile hatte sie bereits das Zentrum von Appleshaw erreicht und kaum noch Ausweichmöglichkeiten. Entweder würde sie auf den LKW prallen, auf dem sich der Messias, dessen Eltern, die Heiligen Drei Könige und die Tiere der Dorfbewohner befanden, oder sie erwischte den Suppenstand ...

»Lara«, rief Dan über das Telefon. »Lara, alles in Ordnung bei dir?«

KAPITEL
ZWEI

Appleshaw Vereinsheim, Appleshaw

»Die beste Leistung, die ich beim Fahren jemals gesehen habe, Doug. Ich sage dir eins: Mein Mädchen könnte das Truck-Racing in Thruxton gewinnen.« Gerry Weeks schob sich noch eine Gabel voll Truthahn mit Füllung in den Mund, bevor er fortfuhr. »Sie hat doch tatsächlich den Truck in Sekundenschnelle herumgerissen und den Suppenstand nur um wenige Zentimeter verfehlt. Und den Pfadfindern sind dabei nicht einmal die Halstücher verrutscht.« Er stieß ein herzhaftes Lachen aus und schlug mit der Hand auf den Tisch. Aldo tat es ihm nach, sodass Bratensoße von seinem Teller spritzte. »Lara, das solltest du auf dem Autohof noch einmal vorführen, um den anderen Fahrern etwas beizubringen«, fügte ihr Dad hinzu.

Lara schwieg. Eigentlich war das der Abend, mit dem die Zeit des Jahres begann, die sie am meisten mochte. Sie hatte es zwar geschafft, ein Unglück auf dem Marktplatz abzuwenden, aber nach Dans Worten kam keine festliche Freude mehr in ihr auf. Normalerweise wäre Dan jetzt hier und würde sich über die Traditionen lustig machen – über Mrs Fitch, die ihre Wollmützen in Form von Plumpuddings verkaufte, über Flora, die ihren hausgemachten Mince-Pie-Whisky ausschenkte, und über die Schulkinder, die entschlossen waren, niemanden nach Hause gehen zu lassen, bevor er ihnen eine Plastiktüte voll »Rentier-Futter« (das hauptsächlich aus Haferflocken und Flitter bestand) abgekauft hatte. Aber *er* war nicht hier. Und würde wohl auch nicht kommen. Er wollte Weihnachten auf den Hebriden verbringen. Weil er Abstand brauchte ...

Lara nahm ihr zweites Glas Bier in die Hand und trank rasch drei große Schlucke davon. Im Zweifelsfall half immer das wahrscheinlich beste Lager der Welt. Aber dieses Mal wirkte es nicht. Sie war nicht in Feierstimmung. Am liebsten wäre sie in ihr Häuschen zurückgefahren und hätte sich dort die Augen aus dem Kopf geweint – schließlich hatte man soeben ihr Herz gebrochen. Sie hatte sich nicht einmal umgezogen, bevor sie hiergekommen war. Eigentlich hatte sie sich eine schwarze Hose und ein passendes festliches Top anziehen und dann verkünden wollen: »Jetzt ist es Zeit für ein Bier!« Doch nun saß sie hier in Jeans, Doc Martens und einem T-Shirt von Slipknot, während alle anderen neue Hemden oder Kleider trugen. Wie üblich lief die Heizung im Club auf höchster Stufe, also hatte sie ihren Kapuzenpullover ausgezogen und über den Stuhlrücken gehängt. Er war ohnehin vom Hagel durchnässt und musste trocknen. Sie hatte in der Damentoilette ihr kurz geschnittenes dunkles Haar unter den Händetrockner gehalten, aber das hatte nicht viel geholfen – es war immer noch feucht. Und Susie war auch noch nicht aufgetaucht.

Laras beste Freundin Susie Maplin war Friseurin im Salon »Cuts and Curls«. Sie war vor fünf Jahren mit ihren Eltern von London nach Appleshaw gezogen, direkt nach Abschluss ihrer Ausbildung. Mr und Mrs Maplin hatten die Tretmühle in der Großstadt sattgehabt und sich nach der Ruhe und dem Frieden auf dem Land gesehnt. Am Anfang war Susie von der ländlichen Beschaulichkeit und dem ständigen Waschen und Legen nicht begeistert gewesen, doch als Wendy ihr schließlich die Verantwortung fürs Färben, Extensions und den neuen Look des 21. Jahrhunderts übertragen hatte, war Susie aufgeblüht und hatte neue Trends in die Hauptstraße gebracht.

Lara warf einen Blick auf ihr Telefon und das Hintergrundbild auf dem Display. Sie und Dan standen vor ihrem geliebten neuen LKW – glücklicherweise war Tina unbeschadet davongekommen. Sie musste Dan anrufen und ihm klarmachen, dass es ein Fehler war, nach Schottland zu fahren. Sie sollten Weihnachten gemeinsam verbringen. Vielleicht sollte sie ihn nach Schottland begleiten. Obwohl sie sich zugegebenermaßen nichts Schlimmeres vorstellen konnte, als mit Busen-Chloe in einer Hütte zu wohnen. Aber das war immer noch besser, als in Appleshaw zu sitzen und sich vorzustellen, dass ihr Freund seine Zeit mit einer Femme fatale in einem Ferienhäuschen verbrachte. Und sie war tatsächlich ein Vamp. Einige geschiedene Frauen im Dorf nannten sie »die Fangschrecke«.

»Isst du dein Hühnchen nicht, Lara?«, fragte Aldo über den Tisch hinweg.

Sie schaute von ihrem Telefon auf. Ihr Beinahe-Bruder hatte rote Wangen und grinste sie an; unter dem hellen Schein der Lampen im Club schimmerten seine an Justin Timberlakes Frisur erinnernden kurzen gekräuselten Löckchen rötlich. Wie ihr Dad hatte er sich eine Fliege an sein kariertes Hemd gebunden.

»Das ist Truthahn, Aldo«, verbesserte Lara ihn.

»Magst du den Truthahn nicht, Lara?«, fragte er. »Oder den Rosenkohl? Ich esse unheimlich gern Rosenkohl.«

Sie schob ihren Teller zu ihm hinüber. »Iss aber nicht den ganzen Rosenkohl auf, sonst fliegst du am Ende des Abends vielleicht wie eine Rakete bis nach Amesbury.«

Aldo sah sie verwirrt an, während ihm ein wenig Bratensoße übers Kinn lief. Feinsinniger Humor war nicht seine Sache. Lara warf wieder einen Blick auf ihr Telefon, während aus der Disco die ersten Klänge von »Step into Christmas« erklangen.

»Es tut mir sooo leid, dass ich zu spät komme!« Susie ließ sich neben Lara auf einen Stuhl fallen, zog sich den Schal aus Kunstpelz vom Hals und nahm die dazu passende Mütze ab. Dann streifte sie ihren Mantel ab. »Diese Frau kommt doch tatsächlich um eine Minute vor sechs in den Salon – und das meine ich wörtlich – und will, dass ich ihr Haar zum Glitzern bringe.« Sie hob Laras Glas an die Lippen und trank in einem Zug die Hälfte aus. »Sorry, ich hole uns gleich noch etwas zu trinken. Wie auch immer, ich war schon kurz davor, ihr das Spray aus dem Gartencenter zu empfehlen, das wir an Weihnachten für unsere Pflanzen vor der Tür verwenden, aber dann sah ich, was sie anhatte: Designerklamotten von Kopf bis Fuß. Jeans von Victoria Beckham, ein Top von Prada und eine dieser ›Ich gehe auf die Fuchsjagd‹-Jacken von Barbour«, sprudelte sie atemlos hervor. »Also schaue ich Wendy an, und Wendy schaut mich an, und ich habe bereits eine Idee, was ich tun werde. Nun, langer Rede kurzer Sinn, ich kreiere eine tolle Mischung aus Pink- und Lilatönen und ein wenig von dem Meerjungfraublau, das Demi Lovato hin und wieder trägt, frisiere ihr Haar nach oben zu zwei kegelförmigen Gebilden wie bei einem Einhorn und bedecke alles mit dem Diamantstaub, den ich bei dieser Tagung in Italien gekauft habe.« Sie grinste. »Sie hat sofort ein Bild von sich auf Instagram eingestellt – und sie hat über zweitausend Follower! Ich hoffe, dass sich darunter viele Polospieler oder zumindest Mitglieder des Golfclubs befinden.«

Bei der Erwähnung des Golfclubs ließ Laras Freude über das Erscheinen ihrer besten Freundin merklich nach.

»Es tut mir wirklich leid, dass ich so spät komme, Lara. Aber ich habe schon alles über deine knappe Bremsung vor dem Suppenstand gehört – Flora hat mich an der Tür genau informiert –, und es stört mich nicht, dass ich den ersten Gang mit der Melone verpasst habe. Melonen bestehen hauptsächlich aus Wasser, und wenn ich gleich unsere nächsten Drinks hole, nehme ich mir ein Glas Wasser mit.« Susie ließ den Blick über den Tisch gleiten und winkte Aldo zu, der sich immer noch den Rosenkohl schmecken ließ. »Wo ist Dan?«

Lara spürte, wie der Schmerz über die Zurückweisung ihre Brust zusammenpresste, als würde sie von einem außer Kontrolle geratenen Gabelstapler an die Wand gedrückt. Und sie wusste, wie sich das anfühlte, denn das war ihr tatsächlich schon einmal passiert. Tränen stiegen ihr in die Augen und ließen sich nicht unterdrücken. Was sollte sie jetzt sagen? Was konnte sie dazu sagen?

»Lara?« Susie legte ihr eine Hand auf den Arm. »Was ist los?«

»Dan ... er ... er weiß nicht, ob er mich noch liebt. Er möchte eine Auszeit haben.«

Ihre Worte waren genau in dem Moment herausgesprudelt, als der DJ den Übergang zum nächsten Titel nicht rechtzeitig hinbekommen hatte, und im Raum wurde es ganz still. Plötzlich waren die Augen aller Feiernden neugierig auf sie gerichtet.

»Mit Busen-Chloe«, fügte Lara hinzu.

Alle atmeten hörbar ein.

KAPITEL
DREI

»Den Kerl zerreiße ich in der Luft!«, verkündete Gerry. Aldo neben ihm deutete einen Karateschlag an. Alle Mitglieder des Weeks Transportteams scharten sich an der Bar um Lara, um ihr ihre Solidarität zu zeigen. »Wenn ich mit ihm fertig bin, wird er eine Physiotherapie brauchen, um wieder Lächeln zu lernen.«

»Dad.« Lara griff nach seinem Arm. Sie hatte das heute Abend nicht zur Sprache bringen wollen. Ihr Dad arbeitete jedes Jahr hart, um diese Party zu organisieren. Es war das jährliche große Fest für alle, und sie wollte es nicht mit ihrem Beziehungsdrama verderben.

»Ich habe gute Lust, ihm jetzt gleich zu zeigen, wie meine Faust schmeckt.«

»Dad, nein«, sagte Lara rasch. Sie wusste, dass Gerry bereits drei Gläser Bier getrunken hatte, und die Flasche von Floras Mince-Pie-Whisky auf dem Tisch der Weeks war auch bereits zu einem Viertel geleert. »Alles in Ordnung, wirklich.«

»Das würde ich nicht sagen«, warf Susie ein. »Ich finde, er hat sich benommen wie ein totales Arschloch.«

»Arschloch!«, rief Aldo wütend.

Lara schloss für einen Moment die Augen. Sie waren alle so nett zu ihr und stellvertretend für sie zornig, aber sie selbst verspürte keine Wut. Sie war nur unfassbar traurig. Das war ihre Schuld. Durch ihre Dorfmentalität hatte sie Dan vertrieben. Busen-Chloe arbeitete zwar im Golfclub, aber Lara wusste, dass sie oft verreiste. Sie sah mehr von der Welt als nur die Fahrerkabine eines Trucks und verbrachte ihren Urlaub nicht auf Campingplätzen. Chloe hatte wahrscheinlich interessante Dinge zu erzählen – von Sonnenuntergängen in Santorin und vom Geschmack von Taboulé. Lara war auch an mehr interessiert als an Appleshaw, aber andererseits war dieses Dorf ihr Lebensmittelpunkt. Ihr Dad, ihr Job, Aldo – sie brauchten sie alle so sehr, wie sie sie brauchte. Ihre Mum hatte Appleshaw verlassen, und es hatte ihren Dad viel Kraft gekostet, sich und die damals sechsjährige Lara über die Runden zu bringen. Appleshaw war ihr Zuhause. Das Dorf und seine Bewohner hatten dabei geholfen, sie großzuziehen. Aber Dan hatte offensichtlich die Nase voll davon. Und von ihr.

»Wir werden ihn verbannen«, erklärte Gerry. »Und diese Firma, für die er arbeitet, ebenfalls.« Er streckte eine Hand in die Luft wie ein Prediger aus der Fernsehserie *Damnation*. »Lasst uns das heute Abend festhalten: Vom 1. Dezember 2018 an wird niemand mehr mit Dan Reeves sprechen, ihm schreiben oder auf irgendeine Art mit ihm kommunizieren. Und das Gleiche gilt für Spa South.« Gerry holte tief Luft; sein kahler Kopf war stark gerötet. »Sollen sie selbst sehen, wie sie ab jetzt ihre Whirlpools befördern.«

Lara konnte sich das nicht mehr anhören. Sie griff rasch nach dem Glas mit Floras Spezialmischung auf der Theke, warf dabei beinahe den mit Lametta verzierten Spendentopf um und zog sich an einen Tisch in einer Ecke des Raums zurück. Weit weg von den Problemen in ihrem Leben und der Disco, in der mit »When a Man Loves a Woman« anscheinend gerade der Teil mit den Kuschelsongs begonnen hatte.

»Bleib da.«

Susie war Lara gefolgt und griff nach ihrem Arm, bevor sie sich setzen konnte.

»Mir geht's gut«, erwiderte Lara gereizt.

»Nein, das stimmt nicht«, entgegnete Susie. »Und das nehme ich dir auch nicht übel. Dan hat dich an einem der für uns schönsten Abende im Jahr wirklich beschissen behandelt, und nun musst du dir von deinem Dad, Aldo und den anderen Fahrern auch noch biblische Ausdrücke anhören wie ›verbannen‹ und ›auf dem Scheiterhaufen verbrennen‹.«

Lara fehlten immer noch die Worte. Was sollte sie darauf sagen? Dan hatte ihr das Herz gebrochen, und sie wusste nicht, wie sie die nächsten Stunden, geschweige denn den Rest ihres Lebens bewältigen sollte.

»Damit ich dir helfen kann, muss ich *genau* wissen, was Dan zu dir gesagt hat.« Susie setzte sich und nippte an ihrem Mince-Pie-Whisky.

»Was?« Lara kam plötzlich wieder zu sich.

»Na ja, du hast gesagt, er wünsche sich ›eine Auszeit‹. Meiner Erfahrung nach heißt das bei Männern, dass sie eine kleine Krise vor ihrem dreißigsten Geburtstag haben. Sie machen sich Sorgen über ihr Alter, über ihre Wirkung auf Frauen, über Haare in den Ohren und das Risiko von Prostatakrebs und denken darüber nach, wie viele Gläser Bier sie an einem Wochenende trinken dürfen.«

»Tatsächlich?«

»Das ist typisch für Männer, die fast dreißig sind«, bestätigte Susie. »Erinnerst du dich noch an Ruby und ihren Freund Trigger aus dem Appleshaw Inn? Er kaufte sich ein Motorrad und Anteile an einem Rennboot und brauste los, um ›sich selbst zu finden‹. Ein klassischer Fall. Bei Dan verhält es sich genauso. Er fährt an Weihnachten nach Schottland, weil er glaubt, dort sei alles anders, neu und aufregend.

Dort muss er nicht Scrabble mit deinem Dad, Aldo und Mrs Fitch spielen – nicht, dass dagegen etwas einzuwenden wäre, aber ...«

Der hausgemachte Whisky vernebelte allmählich Laras Sinne ein wenig. »Er weiß doch, dass ich an Weihnachten meine Familie nicht verlassen will«, begann sie. »Und trotzdem hat er sich für dieses Ferienhaus entschieden, ohne vorher mit mir darüber zu reden ... Und warum hat er nicht gesagt, dass er dort Weihnachten verbringen will, wir uns aber dann an Silvester sehen? Und was soll dieser Mist über eine ›Auszeit‹?«

»Wie gesagt, das ist die Vordreißiger-Krise. Also, was genau hat er dir mitgeteilt? Bitte Wort für Wort.«

Lara dachte an das Telefonat in ihrem Truck, während um sie herum Knallbonbons krachten und Stimmen über die soeben servierte Nachspeise laut wurden. Ihre Gruppe ging wieder zum Esstisch zurück, aber sie hatte keine Lust auf ein Dessert. Im Augenblick wollte sie nur so schnell wie möglich so viel wie möglich trinken, um sich zu betäuben.

»Er hat gesagt, dass er Raum für sich brauche ... und eine Pause haben wolle ... und eine Auszeit.« Ihr wurde übel, als sie diese Worte laut aussprach. Wie hatte das passieren können? Sie hatten sich doch gut verstanden, sich miteinander wohlgefühlt, eine solide Beziehung gehabt ...

Vielleicht war das das Problem. Möglicherweise hatte sie es sich zu bequem gemacht. Irgendwann hatte sie die Badezimmertür nicht mehr abgesperrt, wenn sie geduscht hatte. Dan war dann oft hereingekommen, um sich die Zähne zu putzen. Noch hatten sie nicht das Klo voreinander benutzt, aber sie war schon einmal kurz davor gewesen, als er über eine halbe Stunde im Bad gebraucht hatte und sie es kaum mehr hatte aushalten können.

»Na bitte«, erwiderte Susie triumphierend. »Für mich klingt das alles nicht nach einem Ende. Ich glaube eher, dass er die Kontrolle über die Beziehung übernehmen möchte. Weißt du noch? Ich habe dir gesagt, dass Männer genau das tun, wenn sie plötzlich das Gefühl bekommen, sich wie richtige Männer benehmen zu müssen.« Susie knirschte mit den Zähnen und imitierte mit einem Laut einen wilden Wikinger. »Trotz all der Pflegeprodukte und großartigen Apps verhalten sie sich immer noch wie in der Steinzeit. Das liegt einfach in ihren Genen.«

Ein kleiner Hoffnungsschimmer flackerte in ihr auf. »Glaubst du wirklich?«

»Absolut. Ich meine, Chloe ist ...«

»Heiß.«

»Nein ... na ja, schon ein bisschen, wenn man so etwas mag.« Susie trank einen Schluck von ihrem Whisky. »Möchtest du, dass ich ihr die Haare nicht mehr mache?«

»Du machst ihr die Haare?«

»Das mache ich für alle Frauen unter sechzig in Appleshaw! Sie lässt sich immer helle und dunkle Strähnchen färben ... alle sechs Wochen für ungefähr zweihundert Pfund.« Susie legte eine Hand auf Laras Arm. »Wie auch immer – du bist auch heiß. Superheiß. Mit deiner zierlichen Figur, die verletzlich wirkt und um die sich jeder kümmern möchte, gepaart mit deiner resoluten Art, die deutlich zeigt, dass du sehr gut ohne Hilfe zurechtkommst. Tolle Augen. Wunderschönes Haar – gern geschehen. Und außerdem bist du, außer mir selbst, der witzigste Mensch, den ich kenne.«

Lara schluckte. »Er sagte, er müsse herausfinden, ob er mich noch liebt.« Sie schaute Susie erwartungsvoll an und hoffte auf einen weiteren Ratschlag in Sachen Beziehung.

Susie schwieg, während in der Disco ein Song von Slade ertönte.

»Aber er liebt mich doch noch, oder? Sonst würde er sich nicht die Mühe machen, darüber nachzudenken.«

Susies ausdruckslose Miene löste Angst in ihr aus, und ihr Herz begann heftig zu klopfen. Das war nicht gut. Vielleicht war mit der Pause tatsächlich eine Trennung gemeint. Was sollte sie jetzt nur tun? Was um alles in der Welt sollte sie machen?

Lara stand auf und legte von Gefühlen überwältigt eine Hand an die Brust. Sie bekam kaum noch Luft, und um sie herum drehte sich alles. Die Weihnachtsdekoration verschmolz zu einem großen, glitzernden Bild.

»Lara.« Susies Stimme klang blechern und schien von weither zu kommen. »Lara, setz dich.«

Was sollte sie im Dezember machen, wenn Dan nicht mehr bei ihr war? Sie würden nicht wie sonst die Scheune weihnachtlich schmücken und dann mittendrin ins Bett fallen. Sie würden nicht abwechselnd Weihnachtkarten an ihre Kunden verfassen und gespannt sein, wer in diesem Jahr an die Abwasserfirma schreiben musste – es war ihr immer gelungen, diese Aufgabe Dan zuzuschieben. Fröhliche Weihnachten und weiterhin gute »Geschäfte«. Ihr brach der Schweiß aus, und ihr wurde schlecht.

»Setz dich hin«, befahl Susie, packte sie am Arm und drückte sie auf einen Stuhl. »Das wird nicht geschehen. Hörst du mich? Dan wird dich nicht einfach so fallenlassen. Lara, Lara hörst du mir zu?«

Sie versuchte es. Gab sich große Mühe. Sie sah ihre beste Freundin an und bemühte sich, jedes einzelne Detail an ihr wahrzunehmen. Ihre geschickt frisierten braunen Locken, die offensichtlich den eisigen Hagel und ihren Hut in dieser

Nacht gut überstanden hatten, ihre ehrlichen grünen Augen, ihre Lippen mit einem Hauch von rosarotem Lipgloss … Langsam löste sich die Blockade, und sie konnte tief ausatmen. Jetzt hatte sie sich wieder unter Kontrolle.

»Okay?«, fragte Susie, ohne ihren Arm loszulassen.

Lara brachte ein Nicken zustande. »Ja.«

»Also gut«, fuhr Susie entschlossen fort. »Wir haben jetzt zwei Möglichkeiten. Du musst mir aber noch eine Frage beantworten.«

»Und die wäre?« Lara blinzelte, um ihre Tränen zurückzuhalten.

»Willst du, dass es mit dir und Dan funktioniert?«, fragte Susie. »Liebst du ihn?«

»Das waren aber zwei Fragen«, erwiderte Lara vorsichtig.

»Und?«

»Ja«, stieß Lara hervor. »Natürlich liebe ich ihn. Und ich möchte, dass zwischen uns alles wieder klappt.«

Susie schlug die Hände zusammen und rieb sie aneinander, als wollte sie mit ihren Handflächen ein Feuer entfachen. »Gut, dann weiß ich, was wir jetzt tun müssen.«

KAPITEL
VIER

Das Apartment von Seth Hunt und Trent Davenport,
West Village, New York

»Das kann ich nicht machen! Auf keinen Fall! Das ist doch verrückt – im wahrsten Sinne des Wortes!« Trent fuhr sich mit den Fingern durch das blonde Haar und zog daran. Er stieß Laute wie ein Gorilla aus und trommelte sich mit den Händen auf die Brust, während er in dem großräumigen Apartment auf und ab lief, als befände er sich in einem Käfig.

Seth saß am Esstisch und beobachtete seinen Freund, der kurz vor einem Zusammenbruch stand. Er sollte das eigentlich aufnehmen. Trotz der vielen Schimpfwörter, die Trent von sich gab, könnte das ein lustiger Film werden. Vielleicht würde er sich später sogar bei ihm dafür bedanken. »Was ist los?«, fragte er.

»Ich schwöre bei Gott, ich werde meinen Agenten feuern! Schau dir das an!« Trent wandte sich Seth zu und hielt ihm sein iPhone vor die Nase. »Er will, dass ich heute – in knapp einer Stunde – zu einem Vorsprechen gehe. Für einen Werbespot für Nüsse! Nüsse!«, rief Trent. »Das ist doch verrückt!«

»Welche Art von Nüssen?«, fragte Seth und schob seine Brille auf der Nase nach oben.

»Seth! Ist das dein Ernst?« Trent griff nach der noch ungeschmückten Fichte, die sie am Tag zuvor in ihr Apartment gebracht hatten. Leicht beschwingt nach einigen Drinks bei

Jimmy's Corner in Midtown hatten sie auf der Heimfahrt mit dem Taxi den Baumverkäufer entdeckt und den Fahrer gebeten zu halten. Die Fichte, die sie gekauft hatten, passte nicht in das Taxi, also hatten sie den Baum quer durch die Stadt zu ihrer Wohnung in West Village geschleppt. Seth hatte sich dann nach einem Behältnis dafür umgeschaut und sich vorläufig für die Küchenspüle entschieden. Wenn er später zu seiner Mom fuhr, würde er sich von ihr einen geeigneten Blumentopf ausleihen. Er schaute auf die leere Seite des Notizblocks, die er mit Fragen füllen sollte …

»Na ja«, begann Seth, während Trent die Zweige des Weihnachtsbaums zurechtrückte. »Nüsse, Hülsenfrüchte und Rohkosternährung sind heutzutage sehr angesagt. Auch Gwyneth Paltrow hält einiges davon.«

»Sehe ich etwa aus wie Gwyneth Paltrow?« Trent stützte frustriert die Hände in die Hüften.

»Ich weiß nicht.« Seth legte den Kopf zur Seite. »Vielleicht mit einem Kleid und Extensions …«

»Schon gut, mach dich nur darüber lustig. Welche Auditions hat dein Agent diese Woche für dich gebucht?«

Seth legte seinen Stift zur Seite. »Ich habe mich nicht darüber lustig gemacht, Trent. Ganz im Gegenteil. Der Werbespot für Nüsse ist eine Gelegenheit, Geld zu verdienen, richtig? Und wir alle brauchen Geld – um die Miete und die Taxigebühren für die wichtigen Termine zum Vorsprechen zu bezahlen.« Er seufzte. »Und außerdem sind es nur Nüsse. Etwas, was du mühelos … knacken kannst. Den Job hast du schon so gut wie in der Tasche.«

»Außer, wenn Junior Benson dort wieder auftaucht. Meine Güte, dieser Kerl!« Trent warf die Arme in die Luft, knöpfte dann seine Manschetten auf und rollte die Ärmel seines Hemds nach oben. »Ich kann mich noch so sehr bemühen und sehe nie so weltmännisch aus wie er. Bei jedem Vorsprechen erscheint er in seinen fetzigen Klamotten, trägt eine Snapback-Cap auf dem Kopf und tut so, als hätte er die Coolness erfunden.«

»Das ist nur eine Phase«, meinte Seth und stand auf. »Und Nüsse sind ... komplex. Es gibt Cashewnüsse und Macadamianüsse und ...«

»Erdnüsse«, unterbrach Trent ihn. »In dem Auftrag heißt es, dass es sich um Erdnüsse mit essbaren Schalen handelt, überzogen mit Zimt und Honig.«

»Meine Güte, wie haben sie die Schalen essbar gemacht?«

»Ich weiß es nicht. Und es interessiert mich auch nicht!«, schnaubte Trent. »Das ist unter meiner Würde. Ich hatte erst vor einigen Monaten eine Rolle in einem Film mit George Clooney!«

»Und so etwas wird auch wieder kommen.« Seth schlug ihm auf die Schulter. »Bald. Aber bis dahin ... Ich würde mir den Auftrag mit den Nüssen schnappen.«

Trent schniefte und schien sich ein wenig zu beruhigen. Er deutete auf das Leuchtschild, das im Küchenbereich an der Ziegelmauer hing. »An dem Kaffeebecher ist ein Lämpchen ausgebrannt.«

»Ich weiß«, erwiderte Seth. »Ich kümmere mich heute Vormittag darum.«

»Steht bei dir heute nichts auf dem Plan?«, wollte Trent wissen. »Ich wette, dein Agent hat eine Menge toller Aufträge für dich.«

Seth gab ihm keine Antwort. In Wahrheit hatte er nichts vorliegen. Nicht einmal ein Angebot für einen Nuss-Werbespot. »Eigentlich nicht«, erwiderte er schließlich.

»Und was ist mit den Probeaufnahmen für die Netflix-Serie, die du gemacht hast?«

»Davon habe ich noch nichts gehört.« Er hatte Grippe gehabt und die ganze Nacht vor Fieber geschwitzt, während er den Text gelernt hatte. Und ihn dann durch die Nase vorgesprochen. Nicht einmal er selbst hatte verstanden, was er von sich gegeben hatte.

»Aber du hast doch noch mal nachgehakt, oder? Dein Agent hat den Leuten gesagt, dass du die Rolle gern haben würdest und jederzeit dafür bereit wärst, richtig?«

»Ich ... ich weiß es nicht.«

»Komm schon. Ich habe die Nüsse, und du hast ...«

»Nichts«, unterbrach Seth ihn. »Ich habe nichts.« Er seufzte tief und ging zum Tisch zurück. Allmählich beschlich ihn wieder dieses unangenehme Gefühl, das er gehabt hatte, bevor er sich dazu entschlossen hatte, den Versuch zu wagen und Schauspieler zu werden. Desillusionierung. Angst. Der ständige Gedanke, dass seine Rolle als Dr. Mike in *Manhattan Med* vielleicht schon der Gipfel seiner Karriere gewesen war ... und er den damit verbundenen Ruhm und das geregelte Gehalt für eine Chance weggeworfen hatte, die nun nicht kam.

»Hör zu, Mann, ich bin wegen dieser Nussgeschichte vielleicht ein bisschen ausgerastet, aber das liegt nur daran, dass ich etwas Besseres verdient habe – das weiß ich«, erklärte Trent. »Und ich bin nicht so dumm, um nicht zu wissen, dass ich nur die Hälfte deines Talents besitze.«

»Ach, hör auf.« Seth winkte ab.

Trent räusperte sich. »Entschuldige, aber immerhin warst du in der letzten Auswahlrunde für die Rolle von Christian Grey, der gern mal ein Paddle in die Hand nimmt.«

Seth schüttelte mit einem leichten Lächeln den Kopf. »Davon kann ich nicht ewig profitieren. Und jeder weiß, dass ich die Rolle nicht bekommen habe.«

»Wahrscheinlich lag es an deinem Hintern.« Trent atmete tief ein. »Wenn du im Fitnessstudio Kniebeugen machst, musst du ihn dabei richtig fest einziehen. Ganz weit nach innen.« Er führte es vor und ging in einer Hose in die Hocke, die so aussah, als würde sie keine große Belastung an den Schenkeln aushalten.

Seth schob sein dunkles Haar nach hinten, nahm den Stift wieder in die Hand und ließ ihn über dem Notizblock schweben. Er hätte das bereits am Abend zuvor erledigen sollen, anstatt mit Trent auszugehen. Jetzt blieben ihm nur noch wenige Stunden bis zum Mittagessen mit seiner Mutter, und er war noch lange nicht so gut vorbereitet, wie er sich das wünschen würde.

»Seth, du musst dich dahinterklemmen«, erklärte Trent und zog erst das eine und dann das andere Knie an die Brust. »Sag deinem Agenten, er soll sich mit Netflix in Verbindung setzen. Und mit den anderen Filmstudios. Die großen Sachen in Angriff nehmen.«

»Ja, klar.« Seth war davon nicht sehr überzeugt. Er hielt sich gerade noch mit dem über Wasser, was ihm von seinen Einkünften für *Manhattan Med* übrig geblieben war. Erst am Tag zuvor hatte er darüber nachgedacht, sich für einen Job in dem kleinen Café ein Stück die Straße hinunter zu bewerben. Er würde vielleicht sogar einen Teil der Bezahlung in Form von diesen Bagels, die einem praktisch auf der Zunge zergingen, akzeptieren.

Trent riss plötzlich die Augen weit auf und deutete mit dem Finger auf ihn. »Ich weiß, was du brauchst!«

»Sag bloß nicht, noch einen Schluck Whisky.«

»Du brauchst Publicity. Du musst etwas tun, um in den Blickpunkt der Öffentlichkeit und in die Nachrichten zu kommen. Dann hat dein Agent auch die Möglichkeit, sich bei seinen Nachfragen auf etwas zu berufen.« Trent zog sich einen Stuhl heran und nahm sich den Notizblock. Bevor Seth protestieren konnte, hatte er sich schon den Stift geschnappt. »Welche verrückten humanitären Projekte sind im Moment am Laufen? Wie sieht es mit deinem Twitter-Account aus? Du hast doch ein Managementsystem, das sich darum kümmert, oder?«

»Trent, es ist halb zehn Uhr morgens.«

»Und du bist weg vom Fenster, Kumpel. Komm schon, das muss sich ändern.« Trent streckte fordernd die Hand aus. »Gib mir dein Telefon. Wir werden uns ein wenig umschauen. Vielleicht finden wir etwas Weihnachtliches und Herzerwärmendes, womit wir Dr. Mike von *Manhattan Med* zu neuem Ansehen verhelfen können.« Er streckte einen Finger in die Luft. »Wie wäre es mit dem Zoo? Die Leute lieben Tiere. Da muss es doch ein paar leidende Viecher geben, die ein bisschen Aufmerksamkeit brauchen. Ich sehe es schon vor mir ... Dr. Mike von *Manhattan Med* rettet Erdmännchen das Leben.« Er hielt kurz inne. »Wie wäre es mit der Sache, für die deine Mutter sich einsetzt?«

Seth schüttelte den Kopf. »Nein.«

»Okay ...«

»Ich weiß nicht so recht, Trent. Das klingt alles so, als sei es eher etwas für dich als für mich.« Seth war natürlich bewusst, dass soziale Medien, Fototermine und Promotion für einen Schauspieler unverzichtbar waren, aber diesen Teil des Berufs konnte er am wenigsten leiden. Einer der Gründe, warum er sich für das Schauspiel begeistert hatte, war die Möglichkeit, in die Rolle eines anderen Menschen zu schlüpfen. Es war viel einfacher, als sich seiner Vergangenheit stellen zu müssen. Und das würde er heute tun ... falls er es schaffte.

»Hör mal zu, Mann, willst du den Nuss-Job haben? Wenn du im Moment dringend etwas brauchst, vertraue ich ihn dir an.« Trent grinste. »Mit diesen Augen kannst du alles verkaufen.«

Seth lächelte. »Sag so etwas nie vor Publikum in einer Bar. Niemals.«

Trent lachte. »Komm schon, tu mir den Gefallen. Wir suchen uns jetzt eine Sache, um dich wieder ins Gespräch zu bringen.«

KAPITEL
FÜNF

Lara Weeks' Scheunenwohnung, Appleshaw, England

»Da muss es doch jemanden geben«, lallte Susie und ließ sich auf das rustikale Ledersofa fallen. Es war braun und abgewetzt und erinnerte Lara an Sättel und Cowboys. Und es roch auch ein wenig danach. Wahrscheinlich weil die ganze Wohnung immer noch nach Scheune aussah – trotz des Umbaus, der vorgenommen worden war, nachdem sie beschlossen hatte, aus dem Haupthaus auszuziehen.

»Ich kenne jeden in Appleshaw«, entgegnete Lara und ging leicht schwankend zu der kleinen Küche, um Gläser zu holen. Sie hatte sich die Flasche mit Floras Mince-Pie-Whisky unter den Nagel gerissen und die Party verlassen, als der DJ »All I Want For Christmas Is You« aufgelegt hatte.

»Und wie wäre es mit Ian vom Fish-and-Chips-Laden?«

»Susie!«

»Was?«

»Er sieht aus wie zwölf!«

»Aber er muss über sechzehn sein, denn er arbeitet schon seit mindestens zwei Jahren dort in Vollzeit.«

Lara schenkte die braune duftende Flüssigkeit in zwei große Gläser und setzte sich neben Susie. »Ich weiß, aber sechzehn ist viel zu jung, und außerdem gefällt er mir nicht.« Sie trank einen Schluck, zog die Beine unter sich und lehnte sich mit dem Glas in der Hand auf dem Sofa zurück. »Und aus einem bestimmten Blickwinkel sieht er ein bisschen aus wie ein Schellfischfilet.«

»Er muss dir nicht gefallen!«, rief Susie. »Dan soll glauben, dass du auf ihn stehst.«

»Nun ... das wird er nicht tun.«

»Warum nicht?«

»Weil ich auf *Dan* stehe.« Lara seufzte. »Wir reden miteinander, verstehst du? Und er weiß, wen ich mag und wen nicht. Wir haben ›Küssen, heiraten, meiden‹ gespielt.« Sie hatte zugegeben, dass sie als Mädchen ein bisschen für Jennifer Lawrence geschwärmt hatte, und Dan hatte gestanden, dass es ihm genauso gegangen war. Sie hatten gelacht, noch ein Bier getrunken, Erdnüsse gegessen und beide festgestellt, dass sie Keith Lemon auf jeden Fall links liegen lassen würden.

»Aber es muss doch außer Dan jemanden geben, der dir gefällt.« Susie verschüttete ein wenig Whisky auf ihrem T-Shirt und wischte mit der Hand über ihre Brüste. »Es ist doch ganz normal, dass man jemanden anschaut, ihn bewundert und sich denkt: ›Ja, wenn ich keinen Freund hätte, käme er mit Sicherheit infrage.‹«

Lara lächelte ihre Freundin an. »Und wer ist das bei dir? Wen schaust du so an? Bei David liegt das ja schon ein halbes Jahr zurück.« Susies spanischer Freund war ebenso verrückt wie sie. Sie hatten sich bei einer Friseurtagung kennengelernt – es war Liebe beim ersten Undercut gewesen. Susie hatte jedes zweite Wochenende bei ihm in London verbracht, und David war im Gegenzug nach Appleshaw gekommen und hatte sich ein wenig in Mrs Fitchs Tortillas verliebt. Aber dann hatte sich beruflich eine tolle Chance für ihn ergeben, und er hatte das Land verlassen. Lara wusste, dass ihre Freundin unter dieser örtlichen Trennung litt.

»David und ich stehen uns immer noch sehr nahe«, erwiderte Susie steif.

»Er ist nach New York gezogen«, erinnerte Lara sie.

»Das weiß ich.« Susie schniefte. »Wir halten Kontakt über FaceTime, wann immer wir Zeit dafür finden.«

»Aber du hast ihn schon seit sechs Monaten nicht mehr gesehen.«

»New York ist weit weg. Und wie gesagt – er hat viel zu tun und ich auch. Alle sind immer wahnsinnig beschäftigt.« Susie trank noch einen großen Schluck aus ihrem Glas. »Außerdem reden wir jetzt nicht über mich und David, sondern wir wollen jemanden finden, mit dem du Dan eifersüchtig machen kannst.«

Lara schüttelte den Kopf. Sie wollte nicht, dass ihr Leben sich in eine dumme Herausforderung aus einer Reality-Show verwandelte. Es sollte eigentlich keinen Grund dafür geben, Dan eifersüchtig zu machen. Dan sollte jetzt bei ihr sein, mit ihr ins Freizeitheim gehen und sich über die riesige Christbaumkugel aus Papier lustig machen, die schon seit den 1970ern dort hing.

»Was habe ich mir dabei nur gedacht?« Susie sprang plötzlich vom Sofa auf, und ihre vom Alkohol leicht getrübten Augen leuchteten auf. »Wir dürfen uns natürlich nicht auf Appleshaw beschränken.«

»Du denkst an Salisbury?« Lara schüttelte wieder den Kopf. »Oh, nein, Susie, nicht den Typ vom Prezzo, der mir immer eine Extraportion Oliven gibt.«

»Nicht Salisbury«, erwiderte Susie. Sie nahm Laras Laptop vom Couchtisch, platzierte ihn auf ihre Knie, klappte den Deckel auf und lehnte sich zurück. »Ein Prominenter.« Sie begann zu tippen. »Irgendwo auf dieser Welt.«

»Was?«

»In einem Magazin habe ich von dieser Frau gelesen – sie hat mit ihren Lieblingspromis getwittert und alle Antworten bei Facebook und Instagram eingestellt, um ihren Ehemann eifersüchtig zu machen.« Susie holte tief Luft und ließ ihre Finger über die Tasten fliegen. »Er fühlte sich unwiderstehlich zu Byron Burgers hingezogen und verbrachte seine Zeit lieber mit einem Doppelburger mit Käse und Speck als mit ihr ... Wie auch immer, es hat funktioniert.«

»Es hat funktioniert? Wie meinst du das?« Lara beugte sich ein Stück vor. Nicht, dass sie an dieser lächerlichen Idee interessiert gewesen wäre. »Du meinst, Leute wie ... Tom Hardy haben ihr geantwortet? Das glaube ich nicht.«

»Na ja, offensichtlich nicht alle A-Promis ... Obwohl sie eine Antwort von Zayn Malik bekommen hat.«

»Ich bin nicht sicher, ob ich ihn in der A-Liga verorten würde.«

»Das Wichtige dabei ist, dass sie tatsächlich Antworten und Aufmerksamkeit bekommen hat. Und deshalb werden wir das bei dir und Dan genauso machen.« Susie tippte auf das Touchpad. »Wir loggen dich jetzt bei Twitter ein und legen dann los.«

»Ich benutze Twitter nicht, um das Leben von Promis zu verfolgen. Ich hole mir dort Informationen über die Welt«, erklärte Lara. Es war eine ihrer Lieblingsbeschäftigungen, sich ein Land auszusuchen, es bei Twitter einzugeben und zu schauen, was sie darüber erfahren konnte. Wenn sie den ganzen Tag Viehfutter oder Düngemittel transportiert hatte, war das am Abend eine Möglichkeit, das Dorf zu verlassen und auf Reisen zu gehen. Mit ihrem Laptop konnte sie auf jeder Straße der Welt spazieren gehen. Und das tat sie oft. In Gedanken hatte sie bereits Tacos in Mexiko gegessen und Limoncello in Venedig getrunken.

»Wir fangen mit Ed Sheeran an. Er scheint ein netter Kerl zu sein ...«

»Susie, hör auf damit.« Auch wenn sie vom Whisky ein bisschen beschwipst war und das Weihnachtsessen ihren Magen gut gefüllt hatte, erschien ihr das nicht richtig. Sie sollte mit Dan ein richtiges Gespräch darüber führen – nicht nur mit ihm ein paar Worte kurz vor dem Umzug in Appleshaw über die Freisprechfunktion ihres Telefons austauschen. Sie legte eine Hand an den Rand des Bildschirms. »Wie soll mir das weiterhelfen?«

Susie richtete sich auf und zog den Laptop zu sich heran. »Du hast mir gesagt, dass Dan an Weihnachten mit Chloe vom Golfclub nach Schottland fährt.«

»Ja.« Als ihre Freundin das laut aussprach, zog sich Laras Brust wieder schmerzvoll zusammen.

»Wir müssen handeln! Er soll begreifen, dass die Liebe seines Lebens, die Frau seiner Träume zu einer endgültigen Trennung bereit ist, wenn er sich nicht ganz schnell am Riemen reißt. *Du* wirst gefragt sein ... *Du* wirst Ed Sheerans Liebe in Appleshaw sein. Okay, es ist nicht ganz so wie in ›Galway Girl‹, aber du verstehst, was ich meine, oder?«

Sie wollte es nicht verstehen – sie wollte nicht einmal diese verrückte Unterhaltung führen. Sie wollte jetzt Dan ausziehen, klassische Weihnachtslieder von einer Playlist hören, dem leisen Schnarchen der Ziegen von der Farm nebenan lauschen, sich warm und zufrieden fühlen und den Dezember genießen ... Aber Dan war unterwegs nach irgendwohin mit irgendwem. Oder mit Chloe.

»Wir sollten noch mehr berücksichtigen – sogar bis hinunter zu den D-Promis«, fuhr Susie fort. »Wie hieß der Schauspieler, an dem du einen Narren gefressen hattest?«

Lara schüttelte sich und griff nach der Whiskyflasche.

»Ein wenig eingrenzen solltest du das schon. Da gab es einige. Eine Weile stand ich sogar auf John Simm.«

»Wir brauchen einen, der jünger und heißer ist als er ... Wie hieß gleich noch diese Serie? Er spielte einen Arzt, ein wenig mürrisch und nachdenklich, aber auch sehr nachdrücklich, als es um eine drogensüchtige Mutter mit ihrem Neugeborenen ging ...«

»Dr. Mike«, erwiderte Lara. »Aus *Manhattan Med.*« Sie schaute sich die Serie immer noch an, obwohl sie ohne Dr. Mike nicht mehr so gut war. Er war für sie immer eine Augenweide für ein oder zwei Stunden gewesen, wenn Dan beruflich auf Reisen war. Und sie war sehr wählerisch, daher hatte sie auch die möglichen Einheimischen, die Dan eifersüchtig machen sollten, vehement abgelehnt.

»Genau! Den schreiben wir auch an«, erklärte Susie und richtete den Blick wieder auf den Bildschirm.

»Und Dan weiß, dass er mir gefällt«, gestand Lara. »Er hat sich sogar an einem Wochenende nicht rasiert, weil Dr. Mike in einer Folge einen Dreitagebart hatte.«

»Na also!«, rief Susie. »Jetzt kommen wir der Sache schon näher. Wie heißt Dr. Mike im wahren Leben?«

»Seth.« Lara rückte näher an Susie heran. »Seth Hunt.«

»Seth Hunt«, wiederholte Susie und tippte den Namen im Suchfeld bei Twitter ein. »Dann wollen wir mal sehen, was du gemacht hast, seit du dieses fiktive Krankenhaus verlassen hast.«

KAPITEL
SECHS

Dominique Bistro, Christopher & Gay Street, New York
Seth warf noch einmal einen Blick auf seine Armbanduhr, schenkte sich Wasser in sein Glas nach und zog die Manschetten seines dicken rot-schwarz-karierten Hemds zurecht. Nachdem er sich die Brille auf der Nase hochgeschoben hatte, schaute er sich die anderen Gäste in dem Restaurant an. Alle schienen sich angeregt zu unterhalten, so als würde sich die französische Atmosphäre auf sie übertragen. Es war kalt, und einige hatten noch ihre Schals um den Hals geschlungen und die Mäntel zwar aufgeknöpft, aber noch nicht ausgezogen, um sich vorher noch ein wenig zu akklimatisieren. Niemand wirkte so nervös, wie er sich fühlte. Er war aufgeregt, weil er gleich seine Mutter treffen würde. Verrückt. Und dann sah er sie.

Wie ein Wirbelwind mit dunklen Locken kam sie durch die Tür herein, einen orangefarbenen Schal um den Hals geschlungen, und streifte sich bereits im Gehen den dicken Wintermantel ab. Und plötzlich empfand er nur noch Liebe und Bewunderung für Katherine »Kossy« Hunt.

Seth stand auf und winkte ihr zu, aber sie wusste bereits, wo er Platz genommen hatte. Sie saßen immer am selben Tisch, wenn sie hier aßen – er stand am Ende eines großen Fensters mit Ausblick auf die Straße, neben einigen Regalen voll mit Schallplatten, Korken in einem Glasgefäß und einem grob geschnitzten Holzkürbis.

Sie ging auf ihn zu und nahm dabei ihren Schal ab.

»Hör zu«, begann Kossy. »Bevor du etwas sagst – ich weiß, dass ich zu spät komme, aber du kannst dir nicht vorstellen, was bei mir heute Vormittag alles los war.«

Seth lächelte. Fast alle Gespräche mit seiner Mom fingen so an. Er zog sie an sich und umarmte sie, und sie stieß den Atem aus, als hätte sie nicht damit gerechnet. Vielleicht hatte er sie ein wenig länger als üblich festgehalten. Sie küsste ihn auf die Wange, hielt ihn dann ein Stück von sich entfernt fest und musterte ihn gründlich.

»Bist du krank?«, fragte Kossy nachdrücklich. »Falls du krank bist, solltest du mir das sagen, bevor ich Ravioli bestelle. Ravioli ist hier mein Lieblingsessen, und wenn es von schlechten Nachrichten begleitet wird, dann …«

»Ich bin nicht krank, Mom«, versicherte Seth ihr.

»Na gut.« Kossy hängte ihren Mantel über die Rückenlehne ihres Stuhls. »Als du mir am Telefon dieses Treffen vorgeschlagen hast, habe ich mich vielleicht sehr gelassen verhalten, aber ich habe selbstverständlich mit deinem Vater über den möglichen Grund gesprochen, bevor ich zur Arbeit gefahren bin.«

Seth war plötzlich ein wenig verunsichert. Er wollte seine Eltern nicht beunruhigen. Auf keinen Fall. Aber er dachte nun schon seit Monaten darüber nach und hatte sich vorgenommen, seine Frage vor dem 1. Dezember zu stellen. Bevor in dieser Jahreszeit alles zu sentimental, verschneit und verzuckert war.

»Dein Vater möchte wissen, ob du schwul bist.«

Seth stieß mit dem Ellbogen an das Wasserglas, sodass einige Tropfen auf den dunklen Holztisch schwappten.

»Ich habe ihm gesagt, dass eine Mutter das schon längst wüsste. Stimmt's?«, fuhr Kossy fort.

Er wischte das Wasser mit seiner Serviette auf. »Ich bin nicht schwul, Mom.«

Wieder musterte sie ihn prüfend, als wollte sie sicherstellen, dass er das ernst meinte. »Ich bin ein bisschen enttäuscht. Als dein Dad das sagte, habe ich uns schon gemeinsam in der ersten Reihe bei einer Vorstellung von *Hello, Dolly!* sitzen sehen.«

»Dafür muss ich nicht schwul sein«, erklärte Seth.

Kossy stupste ihn lächelnd am Arm an und lachte dann laut. »Ich weiß, Seth, das war nur ein Witz.« Sie streckte die Hand aus und kniff ihn in die Wange. »Können wir jetzt bestellen? Ich habe den ganzen Vormittag damit verbracht, meinen Gästen zuzusehen, wie sie aus Ton Penisse geformt haben.« Sie verdrehte die Augen. »Eigentlich sollten sie Gefäße töpfern.«

Seine Mom war eine großartige Frau. Sie arbeitete in einem Obdachlosenheim und sorgte dafür, dass zumindest einige der Wohnungslosen in der Stadt etwas zu essen, zu trinken und einen sicheren Schlafplatz hatten. Sie setzte sich außerdem in einigen Kampagnen für sie ein und versuchte, die Stadtverwaltung dazu zu bewegen, noch mehr Zentren wie ihres zu unterstützen. Außerdem lag ihr viel daran, den Bedürftigen nicht nur die lebensnotwendigen Güter zukommen zu lassen, sondern auch ihr Leben zu bereichern. In ihrem neuesten Projekt versuchte sie, Obdachlose – sie nannte sie ihre Gäste – ein wenig mit Kunst vertraut zu machen und sie dazu zu bringen, Gegenstände herzustellen. Das sollte das Selbstwertgefühl steigern. Nicht alle waren von dieser Idee begeistert, doch wenn Kossy erst einmal ein wenig nachgeholfen hatte, genossen die meisten einen produktiven Tag mit der Aussicht auf ein sauberes Bett für die folgende Nacht. Und weil seine Mom eine so wunderbare, hart arbeitende, liebevolle und schöne Frau war, fiel es ihm um so schwerer, ihr seine Frage zu stellen.

Kossy hatte bereits einen Kellner herbeigewinkt und ihr Lieblingsgericht Ravioli mit frischen Pilzen und Ricotta bestellt. Seth bestellte bei jedem ihrer Besuche in diesem Lokal etwas anderes; er zog es vor, alle Gerichte auszuprobieren und jedes Mal etwas zu finden, was er sich eines Tages wieder bestellen oder lieber nicht mehr anrühren wollte. Bisher hatte er allerdings noch nie etwas bekommen, was ihm gar nicht geschmeckt hatte.

»Ich nehme den Nordatlantik-Lachs.« Er gab dem Kellner die Speisekarte zurück. »Sollen wir eine Flasche Wein bestellen?«

»Wenn ich jetzt zum Mittagessen Wein trinke, esse ich anschließend die gebrannten Tongefäße«, erwiderte Kossy. »Für mich ein Mineralwasser.«

»Und für mich ein Glas Malbec, bitte.« Er brauchte einen Schluck Alkohol, um die Sache besser in Angriff nehmen zu können.

»Also«, begann Kossy, beugte sich leicht über den Tisch nach vorne und verschränkte ihre Hände mit den Daumen nach oben. »Hast du schon eine neue Rolle?«

»Noch nicht ganz«, gestand Seth.

»Noch nicht *ganz*«, wiederholte Kossy. »Ist das eine Geheimsprache unter Schauspielern? Bedeutet das, dass bei irgendeinem Projekt die Ampel auf Gelb steht und du nur noch auf das grüne Licht wartest? Komm schon, Seth, erzähl es deiner Mutter. Brauchst du Geld? Geht es darum?«

»Nein.« Obwohl die Antwort eigentlich ja lauten müsste, wenn seine Flaute noch weiter andauerte. Er schüttelte den Kopf. »Wir haben schon lange nicht mehr zusammen zu Mittag gegessen. Ich dachte … das sei eine gute Idee.«

»Klar, aber das nehme ich dir nicht ab«, erwiderte Kossy. »Entweder steckst du in Schwierigkeiten, oder es handelt sich um jemanden, den du kennst. Was immer es ist – du kannst mir alles sagen, Seth. Wirklich alles. Sind wir zu Hause nicht immer ganz offen miteinander umgegangen? Haben wir beide nicht oft deinem Vater zugehört und uns bemüht, nicht laut loszulachen, wenn er uns erzählt hat, dass er aus Spaghetti ein Sportwagenmodell hatte nachbauen wollen?«

Seth grinste unwillkürlich. Er wusste, dass er seiner Mutter alles anvertrauen konnte – sie würde immer ehrlich und offen reagieren –, aber jetzt ging es um etwas ganz anderes, und er fühlte sich unbehaglich dabei. Obwohl er die Gelegenheit dazu gehabt hätte, hatte er das Thema in den letzten sechzehn Jahren nie angesprochen. *Er* war derjenige gewesen, der behauptet hatte, es nicht wissen zu wollen. Eigentlich verstand er nicht, warum er jetzt plötzlich diese Information haben wollte, aber seit einem Vorsprechen vor einem Monat ließ ihm dieses quälende Gefühl keine Ruhe mehr.

»Wir sollten auf die Ravioli warten«, sagte Seth leise. Oder zumindest auf den Rotwein und den Moment, in dem er den ersten Schluck des samtweichen Alkohols auf seiner Zunge schmecken konnte.

»Ich habe es dir gesagt – jetzt, wo ich Ravioli bestellt habe, darf es sich nicht um schlechte Neuigkeiten handeln, sonst ist mir das Essen hier für alle Ewigkeit verleidet.«

»Das würde ich dir nicht antun«, erwiderte Seth.

»Hast du etwa eine Rolle in einer Filmbiografie bekommen? Du weißt, dass ich diese Biografien nicht ausstehen kann – mit Ausnahme der von Winston Churchill.« Sie atmete hörbar ein und schlug die Hände vors Gesicht. »Ist dir eine Rolle angeboten worden, die eigentlich Gary Oldman hätte spielen sollen?«

»Nein.« Er schüttelte den Kopf. Wenn das nur der Fall wäre ...

»Seth, komm schon, erzähl's mir, Schätzchen. Du spannst mich auf die Folter.«

Er räusperte sich. Das musste er sich abgewöhnen. Es klang nach einem Mangel an Selbstvertrauen, und das war für einen Schauspieler sehr ungünstig. »Mom ...«

»Lass diese Pausen und rede endlich, Seth. Als du den Angstpatienten gespielt hast, hast du das auch ständig gemacht. Ich habe mir dabei sämtliche Fingernägel abgebissen und wäre beinahe über die deines Vaters hergefallen.«

»Ich möchte, dass du mir sagt, woher ich komme.«

Er beobachtete, wie seine Mom die Hände vom Tisch nahm und blass wurde. Genau das hatte er befürchtet. Es war zu viel Zeit vergangen – sein ganzes Leben –, und er hatte so lange damit gewartet, dass sie nicht mehr mit dieser Frage gerechnet hatte.

»Mom, trink einen Schluck Wasser.« Er füllte ihr Glas nach.

»Es geht mir gut«, erklärte Kossy, aber ihre Stimme klang nicht so. »Alles in Ordnung.«

»Mom, hör zu, ich weiß, dass ich vor Jahren gesagt habe, ich wolle es nicht wissen, aber ...«

»Seth.« Sie griff nach ihrem Wasserglas. »Es ist alles in Ordnung. Mir geht es gut. Wirklich. Wow, ich habe nur nicht erwartet, dass du das sagen würdest. Ich bin alle Szenarien durchgegangen, weil ich mir Sorgen gemacht habe, aber ...«

Ein Teil von ihm hätte am liebsten alles wieder zurückgenommen, was er gesagt hatte, aber die andere Hälfte stand entschlossen dazu. Schließlich hatte er lange darüber nachgedacht. »Ich weiß, dass das für dich unerwartet kommt, aber … Ich habe mich für eine Rolle beworben, eine großartige Rolle. Leider habe ich noch keinen Bescheid bekommen. Es geht um einen Mann namens Sam, der adoptiert wurde, und … Da ich auch adoptiert wurde, dachte ich, ich sollte mich in den Charakter besser einfühlen können, aber das war nicht der Fall.« Er atmete tief ein. »Und dann habe ich begonnen, darüber nachzudenken. Wie kann ich Sam wirklich verstehen, wenn ich mich selbst nicht verstehen kann?«

Er sah, wie seiner Mutter Tränen in die Augen stiegen, und griff rasch nach ihrer Hand. Sie schlug sie weg, zog aus ihrem Ärmel ein Papiertaschentuch und tupfte sich damit die Augen ab. »Schon gut. Ich hätte dich nicht so lange mit diesen Gefühlen alleinlassen sollen. Es ist mein Fehler.«

»So lange denke ich noch nicht darüber nach, und du kannst nichts dafür«, erwiderte Seth. »Es war meine Entscheidung.«

»Die du im Alter von sechzehn Jahren getroffen hast. Ich hätte die Sache immer wieder zur Sprache bringen sollen. Jedes Jahr, um sicherzugehen, dass du genau weißt …«

»Mom …«

»Ich werde dir alles sagen.« Kossy sah ihm in die Augen. »Selbstverständlich werde ich das tun.« Sie seufzte. »Zumindest alles, was ich weiß.«

Seth fühlte sich erleichtert, so, als hätte jemand eine Wolke vor der Sonne weggeschoben.

»Aber eines musst du mir versprechen, Seth.« Kossy sah ihn ernst an.

»Alles, was du willst.«

Sie nahm seine Hände in ihre und drückte sie fest. »Versprich mir, dass du immer daran denkst, dass es für einen

Menschen nicht wichtig ist, woher er kommt, sondern was aus ihm wird.«

Er erwiderte den Händedruck seiner Mom und schaute in ihre warmen, ehrlichen braunen Augen. »Das verspreche ich dir.«

KAPITEL
SIEBEN

Lara Weeks' Scheunenwohnung, Appleshaw
»Lara!«

»Lara, das ist doch verrückt! Aldo, lass sofort meinen Arm los!«

»Lara, darf ich bei Dan meine Karate-Kenntnisse anwenden?«

»Wenn du das tust, nehme ich dir alle Automagazine weg, die ich dir geschenkt habe, Aldo!«

»Lara sagt, dass man nichts zurückfordern darf, was man jemandem geschenkt hat. Ich werde jetzt mit Dan Karate machen, Lara!«

Laras Kopf fühlte sich an, als wäre er von einem schlechten Holzfäller in zwei Teile getrennt worden und hinge nur noch an einigen Splittern fest, bevor er irgendwann auf den Boden fallen würde oder auch nicht. Als sie das Fenster öffnete, schlug ihr die eiskalte Winterluft ins verkaterte Gesicht. Sie hielt den Atem an, schloss kurz die Augen und presste die Hände an die Ohren. Dann streckte sie den Kopf zum Fenster hinaus und brüllte: »Hör auf, so laut herumzuschreien!«

Obwohl sie sich die Ohren dabei zugehalten hatte, tat ihr der Schrei weh, und sie öffnete vorsichtig die Augen, um zu sehen, was unter ihrem Fenster vor sich ging. Aldo hielt Dan in einem Todesgriff aus der Kampfkunst fest, den *sie* ihm beigebracht hatte, nachdem er bei einer Anlieferung auf einem

Hof schikaniert worden war. Dan versuchte verzweifelt, sich herauszuwinden.

»Lass mich los, Aldo! Lara, das ist verrückt. Sag ihm, er soll mich loslassen!«

»Was willst du hier?« Sie musste cool bleiben. Er durfte auf keinen Fall sehen, dass sie sich über sein Erscheinen freute – früh am Morgen, nachdem er ihr gesagt hatte, er brauche eine Auszeit. Hier halfen nur Ruhe und Ausdauer ...

»Ich glaube, ich habe mein graues Jackett hier vergessen«, rief Dan.

Er kam also, um sich seine Sachen abzuholen, nicht, um nach ihr zu sehen. Das war ein heftiger Schlag ins Gesicht. »Es ist nicht hier.« Sie wusste nicht, ob das der Wahrheit entsprach, aber sie fühlte sich im Moment ganz schrecklich. Nur gut, dass sie heute nicht fahren musste. Sie zog den Kopf zurück, ohne sich weiter darum zu kümmern, ob Aldo Dan immer noch im Todesgriff festhielt. Sie schluckte. Aber wenn Aldo ihm nun wehtat? Oder wenn er Aldo wehtat? Nein, Dan war zwar klüger, aber Aldo war stärker. Und sie sollte sich einfach zurückhalten. Das war es, was Susie ihr nach etlichen Drinks zu sagen versucht hatte.

Lara atmete tief durch und betrachtete die Verwüstung ihres großräumigen Wohnbereichs. Ihre Sofakissen lagen überall verstreut auf dem Fußboden. Auf dem Couchtisch lagen Päckchen mit Dörrfleisch und Chips, daneben standen Gläser und eine leere Flasche Whisky ... Hatten sie tatsächlich die ganze Flasche ausgetrunken? Das würde auf jeden Fall ihren enormen Kater erklären ...

Ihr Blick fiel auf ihren Laptop. *Twitter! Promis!* Ihr wurde übel. Susies verrückte Idee, Dan eifersüchtig zu machen ... Was hatten sie getan? Wem hatten sie auf Twitter eine Nachricht geschickt? Langsam zog sie den Saum ihres T-Shirts mit der Aufschrift »Fcuk Yeah« nach unten, knöpfte ihre Strickjacke zu und wagte sich vorsichtig an ihren Computer. Nachdem sie mit einem Finger ihr Passwort eingetippt hatte, sah sie, dass drei Tabs offen waren. *Wie man Weihnachtskuchen ohne Füllung herstellt. Heiße Musiker unter dreißig. Twitter.* Lara war sich nicht sicher, vor welchem Fenster sie sich am meisten fürchtete. Sie klickte auf Twitter. *Vier Nachrichten.*

Ihr blieb beinahe das Herz stehen. Sie hatte noch nie vier Nachrichten bekommen. Ein paar Likes für ihre Fotos von ihrem LKW Tina vor einer schönen englischen Landschaft oder ein Retweet auf etwas, was sie über eine Folge von der Serie *Silent Witness* geschrieben hatte … mehr aber nicht. Niemand hatte versucht, sich mit ihr in Verbindung zu setzen – bis auf diesen hochdekorierten verwitweten Ex-Soldaten.

Sie klickte das entsprechende Feld an, um sich die Kommentare anzusehen.

@edslefttoe: Hab deinen Tweet an Ed Sheeran gesehen. Tut mir leid wegen deines Freunds. Ed ist im Augenblick nicht bei Twitter unterwegs, aber du kannst ihm bei Instagram folgen. Viel Glück!

Oh Gott! Susie hatte tatsächlich einen Tweet an Ed Sheeran geschickt! Vielleicht konnte sie herausfinden, wie vielen Leuten ihre Freundin von ihrem Beziehungsdesaster berichtet hatte, bevor sie sich die Antworten anschaute.

@realappstitude: Beziehungsprobleme? Laden Sie sich unsere kostenlose App herunter und klicken Sie sich zu einem neuen Ich … und einer neuen Zweisamkeit.

Das wurde immer schlimmer.

@dailyhardon: *lach* Ich glaube, du suchst möglicherweise nach Tom Hardys Account ... Aber wir können uns treffen – vielleicht du UND eine Freundin! #allthekinks #tomhardy #hotandhard

Lara fühlte sich plötzlich schmutzig. Sie nahm die Hände von der Tastatur und wischte sie an ihrem Pullover ab. Wie hatte es in ihrem Leben so weit kommen können, dass sie nun Sex-Tweets bekam?

Als es auf der Holztreppe polterte und krachte, drehte sie sich rasch um. Die Tür flog auf, und ein eisiger Wind fegte durch Laras Loft. Dan stürzte, dicht gefolgt von Aldo, auf sie zu.

»Du hast mich ausgetrickst!«, beklagte sich Aldo, packte Dans Pullover und zog daran. »Lara, er hat gesagt, dass er noch mehr Fußballkarten für mein Album hat!«

»Lass meinen Pullover los! Der ist von Pringle!« Dan versuchte, sich aus Aldos Griff zu winden, damit sein Pullover nicht weiter wie ein Gummiband gedehnt wurde.

»Du versuchst schon wieder, mich reinzulegen!«, rief Aldo und zerrte noch fester an Dans Pullover. »Ich weiß, was Pringles sind!« Er wickelte sich ein Stück der Wolle um den Arm. »Einmal gepoppt, nie mehr gestoppt!«

»Aldo, schon gut.« Lara seufzte.

Aldo lockerte seinen Griff nicht.

»Aldo! Kein Dojo!«, befahl sie ihm.

Sofort ließ er Dan los, trat einen Schritt zurück und verschränkte die Arme vor der Brust.

Dan starrte Lara verblüfft an. »Was zum Teufel war das? Machst du eine Art Wachhund aus ihm?«

»Hey!«, rief Lara wütend. »Aldo steht direkt neben dir.«

»Genau hier«, bestätigte Aldo.

»Wir haben einen Code, seit ich Aldo Karate beigebracht habe«, fügte sie hinzu. »Und ich habe dir bereits gesagt, dass dein graues Jackett nicht hier ist.« Sie zog ihr T-Shirt zurecht und wünschte, sie hätte sich etwas Hübscheres angezogen. Warum trug sie nicht das schöne Oberteil mit den aufgedruckten Christbäumen, das sie sich am letzten Wochenende gekauft hatte? Am Bildschirm ihres Laptops hatte sie bereits gesehen, dass ihr kurzes Haar, das normalerweise in jeder Lebenslage und bei jedem Wetter gut saß, heute Morgen schrecklich aussah. Sie musterte Dan in seiner engen Jeans, den nagelneuen Nikes, dem kanariengelben Poloshirt unter dem jetzt ein wenig außer Form geratenen schwarzen Designer-Pullover, und das Herz tat ihr weh. Bereits früh an einem Samstagmorgen war er frisch geduscht und perfekt gekleidet und duftete nach Wald und Mandarinen …

»Ich weiß«, erwiderte Dan ein wenig ruhiger. »Aber nach dem gestrigen Abend …«

Er machte sich Gedanken um sie! Susie hatte recht. Er wollte gar nicht Schluss machen. Sie musste ihm nur ein wenig mehr Freiraum geben. Auf seine Bedürfnisse Rücksicht nehmen.

»Tina ist nichts passiert.« Lara lächelte. »Sie hat nicht einmal einen Kratzer abbekommen. Dad hat vor, auf der nächsten Truck Convention über meine professionelle Fahrt zu berichten.«

»Du wärst beinahe auf eine Seite gekippt!«, sagte Aldo aufgeregt und nahm seine Arme zu Hilfe, um die Situation zu beschreiben. »Bist gerade noch an den Leuten vorbeigeschlittert, und dann … *wusch!* Alles wieder unter Kontrolle!«

»Muss er hier sein?«, fragte Dan.

Das war ein bisschen gemein. Lara schenkte Aldo rasch ein Lächeln. »Könntest du nachschauen, ob die Hennen heute Morgen ein paar Eier neben den Zaun gelegt haben, Aldo?«

»Klar.« Aldo warf Dan einen bösen Blick zu. »Wenn du das möchtest.«

»Ja, bitte.« Sie begleitete ihn die Treppe hinunter zur Vordertür und achtete dabei darauf, dass er mit seinen riesigen Füßen auf den Stufen nicht stolperte oder mit seinen langen Armen nicht am Geländer hängen blieb. Erst als die Tür hinter ihm ins Schloss fiel, atmete sie auf.

»Das wird nicht besser mit ihm, richtig?« Dan pustete auf seine verschränkten Hände. »Ist die Heizung an? Es ist eiskalt hier drin.«

»Es ist der zweite Dezember«, stellte Lara fest.

»Und eiskalt«, wiederholte Dan.

Hatte er das tatsächlich vergessen? Sie stellte die Heizung erst zwölf Tage vor Weihnachten an. Das hatten sie gemeinsam schon immer so gemacht. Sie waren in das mexikanische Restaurant Cactus Jack in Salisbury gegangen, hatten dort Enchiladas gegessen und Bier getrunken und waren dann, den Bauch voll mit scharf gewürztem Essen, in ihre wunderschöne, gemütliche Scheunenwohnung zurückgekehrt. Eigentlich sollte sie ihn daran erinnern, aber vielleicht war das für ihn mittlerweile unbedeutend. Wenn er wirklich eine Vordreißiger-Krise hatte – oder was auch immer das war –, musste sie ihm eine Stütze sein und durfte ihn nicht auf irgendwelche Fehler hinweisen.

»Ich stelle sie später an.« Sie wusste nicht, was sie nun tun sollte; sie stand dem Mann gegenüber, mit dem sie so lange Zeit ihr Leben geteilt hatte, und hatte keine Ahnung, wie sie sich verhalten sollte. Wie sollte sie sich geben? Wie sollte sie es anstellen, vertraut und gleichzeitig verführerisch zu wirken? Sollte sie ihm einen Platz auf dem Sofa anbieten, wo sie üblicherweise Sex miteinander hatten? Es fühlte sich alles so peinlich und unwirklich an. Ein einziges Telefonat hatte alles verändert. »Möchtest du etwas trinken?«

»Nein«, erwiderte Dan. »Danke, aber ... ich gehe aus. Ich wollte nur wissen, ob mein Jackett hier ist ... und schauen, wie es dir geht.«

Sie brannte darauf zu wissen, wohin er ging. Mit wem. Für wie lange. Aber wenn sie ihn danach fragte, würde sie sich anhören wie eine kontrollsüchtige Freundin und nicht wie die selbstbewusste Partnerin, die sie für ihn sein wollte. Warum war ihr die Website über Beziehungen, die Susie ihr laut vorgelesen hatte, besser im Gedächtnis geblieben als die Promis, denen ihre beste Freundin einen Tweet geschickt hatte? Warum hatte sich ihr Gehirn nach zu viel Alkohol dazu entschlossen, nur einiges zu speichern? Eigentlich sollte es doch alles oder nichts behalten.

»Mir geht es gut.« Lara nickte nachdrücklich. Ein selbstbewusstes Nicken sprach mehr als tausend Worte. »Ich bin nur ein wenig müde nach der Weihnachtsfeier. Es war ein toller Abend. Du hättest dabei sein sollen – das ist natürlich kein Vorwurf. In der Disco wurde Clean Bandit und Sia gespielt anstatt wie üblich Steps und Kylie.«

»Ich wette, sie haben auch einige Songs von Michael Bublé gespielt.« Ein Lächeln umspielte seine Lippen.

»Oh, ja, natürlich.« Lara verdrehte die Augen.

»Dann stimmt es also nicht, was ich im Supermarkt gehört habe?« Dan schob die Hände in die Taschen seiner Jeans.

»Was meinst du damit?« Wussten die Dorfbewohner etwa, was sie und Susie gestern bei Google nachgeschlagen hatten? Lara wusste, dass sich hier alle Neuigkeiten schnell verbreiteten, aber sie konnte sich nicht vorstellen, dass Mrs Fitch die Fähigkeit besaß, eine Webcam als Spionagewerkzeug zu verwenden. Selbst Lara hatte Schwierigkeiten damit, die richtigen Tasten für einen Screenshot zu drücken ...

»Du bist früh gegangen«, stellte Dan fest. »Weil du eine Art Panikattacke hattest.«

»Ha! Was? Das erzählt man sich?« Sie stieß heftig den Atem aus und wedelte mit den Armen wie ein verängstigter Truthahn an Weihnachten mit den Flügeln. Sie hatte sich nur kurz ein bisschen aufgeregt, und ihr war für einen Moment lang schwindlig geworden. »Wir haben alle zu viel von Floras Whisky getrunken.« Lara lief zum Couchtisch hinüber und hob zum Beweis die leere Flasche hoch. In diesem Augenblick piepste ihr Telefon und meldete ihr den Eingang einer Nachricht. »Und du weißt doch, wie die Leute im Supermarkt reden – um diese Jahreszeit wird sogar Lance schon von After Eights high.«

»Dann stimmt es also nicht?«, fragte Dan. »Nichts davon?«

»Susie und ich sind nach der Feier zu mir gegangen, haben uns auf Scuzz *Rock Bands Do Christmas* angehört, einiges getrunken und Chips gegessen, bis Aldo sie dann nach Hause begleitet hat.« Warum erzählte sie ihm haarklein, was sie gemacht hatte? *Benimm dich gelassen und selbstbewusst, das verleiht dir Kraft.*

»Okay.« Dan atmete tief aus.

»Okay«, wiederholte Lara und versuchte verzweifelt, ihr heftig pochendes Herz zu ignorieren. *Er war hier, weil er sich Sorgen machte. Er war hier, weil er sich schuldig fühlte ...* Sie schluckte und ließ den Blick durch den Raum schweifen. »Ich glaube wirklich nicht, dass dein graues Jackett hier ist.«

»Schon gut«, sagte Dan leise. »Alles klar. In Ordnung.

Gut. Dann gehe ich jetzt wieder«, fügte er dann hinzu und hörte sich plötzlich an wie ein ganz anderer Mensch. Mit zwei langen Schritten hatte er die Treppe erreicht. Er ging tatsächlich. So schnell, wie er gekommen war.

»Dann sehen wir uns ... vor ... du weißt schon ... Bevor du nach Schottland fährst.« Sie brachte es nicht über sich, die Auszeit zu erwähnen. Und während sie »Schottland« sagte, dachte sie an Chloe.

»Ich fahre erst eine Woche vor Weihnachten nach Schottland.« Er lief weiter die Treppe hinunter.

»Ich weiß, ich meine nur ... wegen der Arbeit und den Ferien und so ...« Das klang erbärmlich. Susie würde toben, wenn sie das hören könnte. »Also ... dann sehen wir uns ... vorher noch?«

Dan blieb auf der vorletzten Stufe vor dem mit einigem Stroh bedeckten Fußboden stehen und drehte sich zu ihr um. »Ich habe meine Meinung über die Auszeit nicht geändert, Lara.«

Natürlich nicht. Er hatte es ihr gestern Abend erst gesagt. Niemand fällte eine Entscheidung, teilte sie jemandem mit und nahm sie gleich wieder zurück. Nicht, wenn es um etwas so Wichtiges ging.

»Schau, ich weiß, dass es schwer für dich ist. Für mich ist es auch nicht leicht. Aber ich glaube, dass es so am besten ist.« Er schenkte ihr ein Lächeln. »Okay?«

Okay? War das eine ernst gemeinte Frage? Er hörte sich so an, als wollte er eine launische alte Tante beschwichtigen. Aber sie musste Selbstvertrauen beweisen und optimistisch bleiben, was den Ausgang dieses Szenarios betraf.

Sie brachte ein schwaches Lächeln zustande. »Dann sehen wir uns vielleicht im Pub.«

»Klar«, erwiderte Dan. »Bis dann im Pub.«

Er zog die Tür auf und ließ einen weiteren Schwall eisiger Luft herein; kurz darauf waren sein Pringle-Pullover, seine schönen Beine und der Rest von ihm verschwunden.

Es war kein Whisky mehr im Haus, und Lara wollte sich am liebsten wieder ins Bett verkriechen, um ihren Kater auszukurieren, doch ihr Telefon piepste schon wieder und meldete, dass mehrere Nachrichten eingegangen waren. Sie ging zum Couchtisch zurück und warf einen Blick auf das Display. Die Nachrichten waren alle von Susie.

Hast du auch so schlimme Kopfschmerzen wie ich?
Sitzt du?
?
Antworte!
??
Pack deinen Koffer!
Wir fliegen nach New York!!!
Und schau dir deinen Twitter-Account an!!!
Du hast eine Antwort von Seth Hunt bekommen!!!

KAPITEL
ACHT

Salon »Cuts and Curls«, Appleshaw, High Street
Lara hatte Susie nach diesen Nachrichten angerufen, um sich zu erkundigen, was das alles zu bedeuten hatte. Sie hatte den Hörer ein Stück von ihrem Ohr weghalten müssen, da ihre beste Freundin sehr laut und schrill gekreischt hatte, was sich mit ihrem Kater nicht gut vertrug. Da im Hintergrund ein Föhn lief, konnte sie nur irgendetwas von irgendwelchen Flügen hören. Also hatte sie sich angezogen, so viele Paracetamol geschluckt, wie erlaubt war, und war zur High Street gegangen, um dort mehr und hoffentlich besser verständliche Informationen zu bekommen.

Zu Beginn der Adventszeit war die High Street bereits weihnachtlich geschmückt, und vor jedem Laden hingen glitzernde Lichter. Selbst an der Metzgerei baumelten rötliche Lämpchen in Form von Schweinshaxen an der Markise. Der riesige Baum – gespendet von der Gärtnerei in Appleshaw – war wie üblich in den verschiedensten, nicht aufeinander abgestimmten Farben geschmückt, und das Lametta sah aus, als käme es aus biblischen Zeiten. Unter den tieferen Ästen saßen kostümierte Pfadfinder und Pfadfinderinnen, die zwölf Stunden am Tag das Krippenspiel darstellten und hin und wieder eine Pause einlegten, um ein Eiersandwich zu essen. Sie hatte einmal die Maria gespielt, bis Russell, der das Hinterteil des Esels verkörpert hatte, ihr unter das Kleid schauen wollte. Danach hatte sie sich nur noch für die Rolle eines Schafhirten bereit erklärt und darauf bestanden, eine Latzhose zu tragen.

Sie trat aus der Kälte in das warme und glänzende Ambiente des Friseursalons »Cuts and Curls«. Susie drehte gerade Ruby vom Appleshaw Inn die Haare auf. Zwei Teenager – Zwillinge, die neuen Samstags-Aushilfen – standen in der Mitte des Schaufensters und kämpften mit einem Christbaum, der viel zu groß war und drohte, auf das Regal mit den teuren Produkten zu krachen, die Susie aus Amerika hatte kommen lassen.

»Wir fliegen nach New York, Ruby«, sprudelte Susie hervor, während sie geschickt mit den Lockenwicklern hantierte und um den Stuhl herumging, auf dem ihre Kundin saß.

»Oh, ich habe gehört, dort ist ziemlich viel los«, erwiderte Ruby.

Susie lachte. »Überall ist mehr los als in Appleshaw.«

»Wann ist es so weit? Im Frühjahr?«, erkundigte Ruby sich.

»Nein, nächste Woche. Oder die Woche danach. Es kommt darauf an, wann wir einen Flug buchen können.«

»Meine Güte!«

Ruby drehte den Kopf und schaute Susie verblüfft an. Offensichtlich konnte sie sich nicht vorstellen, dass man etwas so schnell in Angriff nehmen konnte. Und damit war die Barkellnerin nicht allein …

Ein Schrei ertönte – eines der Zwillingsmädchen fiel auf den Boden, und die Fichte landete direkt auf ihr. Lara lief rasch hinüber, um zu helfen. Sie hob den Baum hoch und hielt ihn fest, während der andere Zwilling versuchte, ihn mit einem Wollfaden an der Jalousie zu befestigen. Ihre Schwester rappelte sich hoch und klopfte sich die Fichtennadeln von der Kleidung.

»Ich weiß, ich störe dich bei der Arbeit«, rief Lara, immer noch die Hände am Baum. »Aber wir müssen reden.«

»Darüber, was wir nach New York mitnehmen müssen?« Susies Begeisterung verbreitete sich in der nach Peroxid riechenden Luft im Salon. »Dort ist es im Augenblick sehr kalt. Richtig kalt. Mit Minusgraden am Tag. Zu kalt, um zu schneien. So kalt, dass man Handschuhe und eine Wollmütze braucht. Und es gibt Bagels mit Frischkäse. Und eiskaltes Bier …«

»Und heiße Schokolade«, fügte Ruby strahlend hinzu.

»Ich kann nicht nach New York fliegen«, stieß Lara hervor. Das war doch verrückt.

»Was?«, rief Susie. »Warum nicht?«

»Weil ich kein Geld habe, bis ich meinen Weihnachtsbonus bekomme – falls Dad in diesem Jahr überhaupt allen einen Bonus zahlen kann.«

»Ich habe es dir doch am Telefon schon gesagt: David organisiert die Flüge. Er will das unbedingt machen. Wie er mir erzählt hat, reichen seine Trinkgelder dafür aus. Seine Trinkgelder! Und ich fehle ihm. Wir haben gestern Abend noch stundenlang telefoniert.« Susie warf Ruby einen Blick zu. »Ich bin aber nicht zu müde, um meine Arbeit gut zu machen.« Sie atmete tief durch. »Du brauchst also nur ein paar Dollar oder ein, zwei Kreditkarten, wenn du dir auf der Fifth Avenue etwas kaufen willst …«

»Und Geld für eine Unterkunft«, fügte Lara hinzu. »Du hast mir erzählt, dass David sich mit jemandem ein Apartment teilt, das kleiner ist als Harry Potters Schrank unter der Treppe.«

»Das stimmt«, sagte Susie mehr an Ruby als an Lara gerichtet. »Ich habe Fotos davon gesehen. Er muss sogar seine Beine anziehen, wenn er sich ins Bett legen will.«

»Dort können wir also nicht übernachten«, stellte Lara fest. Sie hielt immer noch den Baum fest, während einer der Zwillinge mit dem Wollfaden hantierte. »Also brauchen wir Geld für eine Unterkunft.« Eigentlich wusste sie nicht, warum sie überhaupt darüber redete. Sie musste arbeiten. Das Transportunternehmen hatte zu dieser Jahreszeit viele Aufträge. Dan würde vielleicht seine Meinung über die »Auszeit« noch einmal ändern, bevor er nach Schottland fuhr, und dann musste sie vor Ort sein ...

»David sucht bei Airbnb etwas für uns. In seiner Nähe gibt es jede Menge günstige Wohnmöglichkeiten.«

»Was meinst du mit ›günstig‹?« Lara verschränkte die Hände vor der Brust. Der Christbaum schwankte zur Seite, fiel aber nicht um. Beide Zwillinge klatschten in die Hände und kramten in einer Schachtel mit Dekorationsgegenständen.

»Ich drehe nur noch rasch die restlichen Lockenwickler in Rubys Haar und setze ihr die Trockenhaube auf, dann können wir einen Kaffee trinken«, sagte Ruby, immer noch beschwingt. »Ich kann es kaum glauben, dass ich endlich nach New York reise. Ich meine, ich war schon in den Staaten, aber nur in Atlanta, und dort habe ich außer dem Tagungszentrum kaum etwas gesehen ... mit Ausnahme einer richtig guten Bar mit dem Namen Ping-Pong-Laden.«

Lara machte sich auf den Weg zum hinteren Teil des Salons, wo sich die Küche befand.

»Sag mir einen guten Grund, warum du nicht nach New York fliegen kannst.«

»Ich habe einen Job.«

Sie saßen auf einem beigefarbenen Kunstledersofa in einer Ecke der winzigen Kaffeeküche des Salons. Es war ziemlich abgewetzt und hatte schon viele Geheimnisse zu hören bekommen. Dort hatte Fion Charles aus dem Herrenhaus, eine von Susies Kundinnen, völlig verzweifelt gestanden, dass sie Drillinge erwartete und nicht wusste, wie sie sich, nach den vielen Versuchen einer künstlichen Befruchtung, jetzt fühlte. Und hier hatte Diego geschlafen, ein Friseur aus Mexiko, der im letzten Sommer angeheuert worden war, weil plötzlich alle im Dorf ihre Bärte gestutzt haben wollten – sogar Mrs Hopkiss.

»Nenn mir zwei Gründe.«

»Aldo.«

»Komm schon, Lara, du bist nicht für Aldo verantwortlich.«

Doch, ein bisschen schon. Als ihr Dad sich bereit erklärt hatte, ihn aufzunehmen, hatte Lara ihm ihre Hilfe angeboten. Aldo hatte schon früh seine Eltern bei einem Brand verloren, und als dann seine Tante Peggy an Krebs gestorben war, stand er mit zehn Jahren ganz allein da. Lara erinnerte sich sehr gut daran, wie es sich anfühlte, wenn man verlassen wurde. Nur war *sie* nicht ganz allein gewesen – sie hatte noch ihren Dad gehabt. Außerdem war Aldo nicht der Hellste. Wegen seiner Lernschwierigkeiten brauchte er viel Unterstützung, Liebe und eine Familie, auf die er sich verlassen konnte. Die Weeks gaben ihm all das und noch mehr.

»Er ist mein Bruder. Ich kann ihn nicht im Stich lassen.«

»Das tust du doch nicht«, entgegnete Susie. »Dein Dad wird sich um ihn kümmern.«

»Ich weiß, aber …«

»Wann hast du zum letzten Mal Urlaub gemacht?«

Mit Dan auf einem Campingplatz. Eng aneinandergeschmiegt in einem Zelt. Sie stand kurz davor, in Tränen auszubrechen.

»Du brauchst eine Auszeit«, erklärte Susie.

Bei diesem Wort fühlte sie sich noch mehr den Tränen nahe.

»Ich kann nicht.«

»Es ist wegen Dan, richtig?«

Sie brachte es nicht fertig, darauf zu antworten, aber ihr war bewusst, dass ihre Miene sie verriet.

»War er etwa bei dir?«

»Nein«, erwiderte Lara hastig.

»Verdammt, er war bei dir.« Susie pustete auf die Kaffeetasse in ihrer Hand. »Lass mich raten: Er hat im Supermarkt jemanden über deinen kleinen Zusammenbruch bei der gestrigen Feier reden hören.«

»Was?«, rief Lara. »Du hast auch davon gehört?«

»Wir leben in einem kleinen Dorf.«

»Ich weiß, aber ich habe gedacht, dass meine hervorragenden Fahrkünste, mit denen ich den Suppenstand gerettet habe, interessanter wären als der kurze Moment, in dem ich … ein wenig durchatmen musste.« Sie trank rasch einen Schluck Kaffee und verbrannte sich den Mund.

»Wir haben gestern über alles gesprochen«, rief Susie ihr ins Gedächtnis. »Wir hatten einen Plan. Und du hast auf Twitter eine Antwort von Seth Hunt bekommen!«

»Und eine Direktnachricht«, erklärte Lara seufzend.

»Was?«, rief Susie. »Was meinst du damit?«

Der Tweet hatte gelautet:

@laraweekend: Kopf hoch. Du hast dein Glück selbst in der Hand. Dein Freund weiß gar nicht, was er an dir hat!

Eine netter Beitrag. Ihr lief ein Schauer über den Rücken, als sie sich daran erinnerte, dass Dr. Mike den Satz mit dem Glück zur Medizinstudentin Iris gesagt hatte, bevor sie dann in der vierten Staffel zusammenkamen. Aber es war ja nur eine Zeile im Text. Und wahrscheinlich stammte der Tweet ohnehin von seinem Social-Media-Manager. Trotzdem hatte sie sich nach Dans Aufbruch ein paar Minuten lang besser gefühlt.

Doch dann hatte sie gesehen, dass Seth Hunt ihr gefolgt war und ihr eine Direktnachricht geschickt hatte. Er oder sein Social-Media-Manager – sie musste realistisch bleiben.

»Zeig her!« Susie streckte fordernd die Hand nach Laras Telefon aus.

Sie zog es aus der Hosentasche und gab es ihrer Freundin. In Sekundenschnelle rief Susie Twitter auf und las laut vor:

»›Hey, Lara‹ ... Oh, ist das süß!« Susie räusperte sich. »›Ich wollte dich nur wissen lassen, dass ich eine solche Trennung auch schon durchgemacht habe. Das ist richtig schlimm. Ich fühle mit dir.‹ Oh, ich liebe ihn, er ist toll! ›Aber du musst stärker sein als er, und das kannst du, auch wenn du dich im Moment nicht so fühlst.‹ Oh mein Gott, Lara, er klingt wie ein absolut perfekter ...«

»Schauspieler?«, warf Lara ein. »Wie ein perfekter Schauspieler.« Er war gut. Deshalb hatte sie sich auch so oft *Manhattan Med* angeschaut. Dr. Mike war absolut überzeugend gewesen.

»›Wenn ich dir irgendwie helfen könnte, würde ich das gern tun, ganz ehrlich.‹ Meine Güte, meint er das ernst?«

»Wahrscheinlich nicht«, erwiderte Lara.

»›Wie ich sehe, lebst du in Großbritannien, also weiß ich nicht so recht, wie ich dich unterstützen kann. Aber solltest du jemals in New York sein, schick mir eine Direktnachricht, und ich werde sehen, was ich tun kann. Seth.‹ Lara! Lara, hast du das verstanden?«

»Ja.« Lara hatte die Nachricht bereits gelesen. Zweimal.

»Das ist deine große Chance! Die Nachricht ist echt und stammt sicher nicht von irgendeinem Managerteam!« Susie sprang von ihrem Stuhl auf und verschüttete ein wenig Kaffee auf dem abgewetzten Sofa. »Wir fliegen nach New York, und du wirst Dan mit einer Menge Fotos von dir und Seth Hunt in den sozialen Medien eifersüchtig machen.«

Lara schnipste mit den Fingern vor dem Gesicht ihrer Freundin. »Und der Hypnotiseur befiehlt dir, wieder aufzuwachen, wenn er bis drei zählt. Eins, zwei, drei ... du bist wieder wach.«

»Hör zu.« Susies Stimme klang ruhiger, nicht mehr ganz so hysterisch. »Ich weiß, dass du Dan liebst. Und ich schlage ja auch nicht vor, dass du in New York mit Seth Hunt schlafen sollst, obwohl ich es tun würde, wenn ich nicht so verliebt in David wäre. Ich kann es kaum erwarten, nach all den Monaten seinen heißen Latino-Körper wieder zu berühren. Aber ich meine ja nur ...«

»Was?«, fragte Lara. »Was willst du mir damit sagen?«

»Du brauchst wirklich eine Pause. Eine Auszeit von deinem Job. Von Aldo. Von Appleshaw.« Susie stellte ihre Kaffeetasse auf die Arbeitsfläche. »Lara, ich weiß, wie gern du verreisen würdest. Du glaubst, deine Ausflüge bei Google reichen aus, aber das stimmt nicht.« Sie griff nach Laras Händen und nahm sie in ihre. »Das ist eine großartige Gelegenheit, einmal aus Appleshaw wegzukommen und New York zu sehen – den Big Apple! Kurz vor Weihnachten! Wir werden überall Weihnachtsmänner sehen, Lichterketten, Eisläufer – und Kleiderläden!«

Lara lächelte bei Susies letzter Bemerkung. Ihre Freundin hielt viel von einer Einkaufstherapie; sie vermisste die Designershops und kleinen Boutiquen in London. Und sie hatte recht: natürlich würde Lara gern all die Orte, die sie nur online kannte, einmal besuchen – eines Tages –, aber sie hatte sich vorgestellt, mit Dan zu verreisen. Sie schluckte und setzte zu einer Antwort an.

»Warte«, hielt Susie sie davon ab. »Sag noch nichts. Lass mich zuerst noch einmal mit David sprechen. Ich will mich vergewissern, dass seine Trinkgelder tatsächlich für unsere Flüge ausreichen, und mich nach den Kosten für eine Unterkunft über Airbnb erkundigen. Während ich das tue, kannst du noch einmal über alles nachdenken.« Sie drückte Laras Hände. »*Gründlich.*«

»Also gut, für dich«, erwiderte Lara.

»Nein, Lara«, widersprach Susie. »Für *dich*.«

KAPITEL
NEUN

Blind Tiger, Bleecker Street, New York
Seth stellte sein Pilsglas ab und atmete tief aus. Um ihn herum entspannten sich die Leute nach der Arbeit, entweder, bevor sie zu ihrem Partner nach Hause gingen, oder um anschließend in der Stadt noch um die Häuser zu ziehen. Das Feuer in dem großen grauen Kamin wärmte ihm den Rücken, und von seinem hölzernen Barhocker hatte er einen guten Blick auf den dunklen Himmel, die strahlenden Weihnachtslämpchen an den Gebäuden auf der gegenüberliegenden Straßenseite, den sich stauenden Verkehr und die im Schneckentempo fahrenden gelben Taxis. Der Lärm dort draußen wurde von der warmen Luft, der Musik und dem Stimmengewirr in der Bar gedämpft.

Seine Mutter war eine Prostituierte. Er schloss die Augen und wiederholte diesen Satz, ein Flüstern auf den Lippen, und versuchte, ihn sich bewusst zu machen. *Seine Mutter war eine Prostituierte.* Und er war anscheinend ein intoleranter, prüder Mensch, der sich dummerweise eingebildet hatte, seine leibliche Mutter sei vielleicht eine hart arbeitende katholische Verkäuferin gewesen, die ihren Freund geliebt und einen Vater mit sehr strengen Moralvorstellungen gehabt hatte. Stattdessen handelte es sich um eine Hure, die auf der Straße in der Nähe des Obdachlosenheims seiner Mutter gearbeitet hatte. Er hatte die Wahrheit hören wollen, und nun wusste er Bescheid. Und was nun?

»Meine Güte.« Trent kam von der Toilette zurück. »Du hast dein Bier schon ausgetrunken?«

Seth starrte auf das Glas, in dem sich nur noch ein wenig Schaum befand. Er hatte nicht einmal den Geschmack wahrgenommen. »Ich hole uns noch zwei Bier.«

»Für mich nur noch ein kleines«, sagte Trent. »Du weißt ja, dass ich morgen Erdnüsse verkaufen muss.«

»Dann bist du also zum Vorsprechen gegangen?«

»Ja, und ich habe den Job bekommen«, erwiderte Trent. »So, wie du es vorhergesagt hast.«

»Das ist großartig.«

»Und du? Hast du deinen Agenten angerufen?«

»Fast.«

»Seth, das ist keine Antwort. Warum schiebst du das so lange hinaus?«

»Ich muss über etwas nachdenken.«

»Über etwas oder über vieles?«

Er war noch nicht bereit, sich ihm anzuvertrauen. Er wusste nicht, warum, aber es ging einfach nicht. Aber Trent würde auf einer Antwort bestehen. Er war wie eine New Yorker Ratte, die die Reste von Spaghetti mit Hackfleischbällchen gerochen hatte.

»Ich denke darüber nach, mir einen anderen Agenten zu suchen«, stieß Seth hervor. Das stimmte eigentlich nicht. Obwohl er sich mit Andrew einmal darüber unterhalten sollte, warum er ihn nie zurückrief. Worum seine Gedanken tatsächlich kreisten, war die Neuigkeit, dass seine Mutter eine Hure war.

»Das halte ich für eine gute Idee, Kumpel.« Trent nickte zustimmend und nippte an seinem Bier. »Dezember ist der perfekte Monat für einen Neubeginn.« Er schlug Seth mit der Hand auf die Schulter. »Die meisten Leute warten damit bis zum Glockenläuten an Silvester und Januar, aber es ist besser, jetzt zuzuschlagen. Und ich möchte dir einen Vorschlag machen.« Er knöpfte den Kragen seines türkisblauen Baumwollhemds auf, als es ihm neben dem Kaminfeuer zu warm wurde.

»Sag nichts«, begann Seth. »Sie brauchen noch jemanden für die Erdnusswerbung.«

»Hör zu, ich bin eigentlich zu gut für diese Nussgeschichte, aber im Augenblick sind die Aufträge spärlich gesät. *Du* bist auf jeden Fall zu gut für Nüsse, und ich werde dafür sorgen, dass du nie wieder Werbespots drehen musst.«

»Damit hatte ich nie ein Problem, ich meine damit nur, dass ... es ist eben nicht ...« Er war absolut vertieft in seine Gedanken über seine Herkunft gewesen. »Können wir noch zwei Pils haben?«, bat er den Barkeeper.

»Ich möchte dein Management übernehmen«, erklärte Trent bestimmt.

»Trent, das musst du nicht tun.«

»Ich möchte es aber. Und ich möchte ganz offen mit dir sein – ich bin überzeugt davon, dass ich diesen Job verdammt gut machen werde«, erklärte er mit seiner üblichen prahlerischen Art.

Seth lächelte unwillkürlich bei dem Selbstbewusstsein, das sein Freund an den Tag legte.

»Lass mich ausreden. Ich weiß, dass ich theoretisch nicht Andrews Erfahrung habe, aber wie du bin ich schon seit Jahren in dieser Branche tätig. Ich habe viele Kontakte und kenne Leute, die wiederum Kontakte haben. Und es gibt keinen Haken bei der Sache. Ich stelle dir meine Dienste kostenfrei für den gesamten Dezember zur Verfügung, und wenn es mir nicht gelingt, dir in dieser Zeit eine anständige

Rolle zu beschaffen, kannst du dir einen anderen Agenten suchen.«

»Trent, du bist ein großartiger Schauspieler«, erklärte Seth.

»Nein«, erwiderte Trent seufzend. »Ich bin nur Durchschnitt. Du bist der tolle Schauspieler – nein, unterbrich mich nicht. Ich habe kein Problem damit. Ich weiß, dass ich in absehbarer Zeit nicht in Leonardo DiCaprios Fußstapfen treten werde. Ich muss nehmen, was ich bekommen kann, wenn ich in diesem Business bleiben will.«

»Trent, ich …«

»Gib mir diese Chance, Seth. Lass mich an deiner Karriere arbeiten. Lass mich deinen farblosen Lebenslauf ein bisschen aufpolieren.«

Der Barkeeper brachte ihnen die Drinks. Was hatte er zu verlieren, wenn er Trent einen Monat lang eine Chance gab? Andrew schien sich auf andere Kunden zu konzentrieren. Vielleicht war es an der Zeit für eine Veränderung.

»Ich werde Andrew dazu bringen, auf die Kündigungsfrist zu verzichten«, fügte Trent hinzu.

»Ich habe einen Vertrag unterschrieben«, rief Seth ihm ins Gedächtnis.

Trent fuhr mit der Hand durch die Luft, als hätte das keinerlei Bedeutung. »Ich kenne seinen Friseur.«

»Und wie soll das helfen?«

»Erzählst du etwa deinem Friseur nicht alles? Gestehst ihm nicht die kleinen Indiskretionen in Hotellifts mit Schauspielerinnen, die es besser wissen sollten? Mit *verheirateten* Schauspielerinnen?«

Seth neigte nicht dazu, irgendjemanden alles zu erzählen. Er war kein indiskreter Mensch – zumindest war er das in all den Jahren nie gewesen. Aber wer konnte schon wissen, wozu der Sohn einer Prostituierten noch fähig war ...

»Okay«, stimmte Seth zu, bevor er einen Schluck von seinem Bier trank, wobei sich ein wenig Schaum auf seine Oberlippe legte.

»Okay?« Trents Augen leuchteten auf wie der Christbaum am Rockefeller Center. »Ich bin dein Agent?«

»Für einen Monat. Dann sehen wir weiter.«

»Juchhu!« Trent reckte eine Faust in die Luft. »Das wirst du nicht bereuen, Mann, das verspreche ich dir!«

Er schlug ihm so kräftig auf den Rücken, dass Seth beinahe vom Stuhl fiel und sein Mund noch weiter in den Bierschaum eintauchte.

»So, da ich nun offiziell das Team Hunt anführe und wir dich so schnell wie möglich wieder ins Spiel bringen müssen, werde ich zuerst das Management deiner Social-Media-Accounts übernehmen. Hast du heute schon einen Blick darauf geworfen?«

Nachdem er Trent wegen des Treffens hier geantwortet hatte, hatte er noch nicht einmal einen weiteren Blick auf sein Telefon geworfen. »Nein, aber das kann ich gleich machen«, erwiderte Seth. »Sollen wir ein Foto von unseren Drinks auf Instagram posten? Die Leute mögen doch Bilder von Getränken und Essen, oder?«

»Ja«, bestätigte Trent. »Aber überlass das alles mir. Ich habe deine Login-Daten. Und ich arbeite bereits an einer Sache bei Twitter, die dir große Aufmerksamkeit in der Presse bringen könnte, falls sie klappt.«

»Du hast meine Login-Daten?«, fragte Seth verblüfft. »Du bist doch erst seit sechzig Sekunden mein Agent.«

»Und schon bin ich besser vorbereitet als Andrew, richtig?«

»Das kann man wohl so sagen.«

»Also, zwei Dinge: Nächste Woche hast du im Central-Park-Zoo einen Fototermin als einer der neuen Prominenten, die sich für Wildlife und das Fundraising für den Zoo einsetzen.«

»Was?«

»Du magst Tiere, Seth; du hast diesen kurzen Künstlerfilm gedreht, in dem du geschlagene neun Minuten mit einem Waran in einem Schrank verbracht hast.«

»Er war betäubt!«

»Lemuren«, stieß Trent hervor. »Ich habe ein paar Lemuren für dich besorgt. Für eine Weihnachtsszene. Ihr werdet alle kleine Weihnachtsmützen tragen, und es werden noch ein paar andere Promis dabei sein. Vielleicht Katherine Langford. Sie hat die Hannah Baker in *Tote Mädchen lügen nicht* gespielt.«

»Vielleicht?«

»Entweder sie oder das Mädchen, das Judy Robinson in der Neufassung von *Lost in Space* spielt.« Trent nickte zufrieden. »Eine Win-win-Situation, das weiß ich.«

»Trent ...«

»Und zu Punkt zwei: Lass diese Brille weg.« Trent nahm sie Seth von der Nase und steckte sie in seine Hosentasche.

»Hey! Gib sie mir zurück! Du weißt doch, dass ich ohne Brille kaum etwas sehe!«

»Warum trägst du sie denn plötzlich?«

»Ich wollte meinen Augen eine Pause gönnen. Außerdem hatte ich noch keine Zeit, meine Kontaktlinsen beim Optiker abzuholen.«

»Dann nimm dir Zeit dafür«, befahl Trent. »Noch vor dem Termin mit den Lemuren.« Er hob sein Glas hoch. »Also, wo wollen wir heute Abend essen? In einem Lokal, wo die Reichen und Berühmten verkehren? Vielleicht in Tarantinos koreanischem Restaurant?«

»Ich hoffe, dass wir die Miete für diesen Monat schon bezahlt haben«, erwiderte Seth.

»Ja, haben wir.« Trent schlug Seth wieder auf die Schulter. »Und in der Stadt herrscht Weihnachtsstimmung. Also lass uns losziehen. Hast du schon einen Topf für den Christbaum gefunden?«

»Meine Mom kümmert sich darum.«

In Seths Hosentasche summte sein Telefon. Trent streckte sofort die Hand aus.

»Darf ich jetzt meine Anrufe nicht mehr selbst entgegennehmen?«

»Ist es geschäftlich?«, wollte Trent wissen.

Seth warf einen Blick auf das Display. Es war Andrew.

»Andrew«, informierte er seinen Freund.

Trent nahm Seth das Telefon aus der Hand. »Seth Hunts Anschluss, Trent Davenport am Apparat ... Andrew! Wow, schön, von dir zu hören. Wie lange hast du dich schon nicht mehr gemeldet? Ich würde sagen, seit Wochen nicht mehr ...«

Seth beobachtete, wie Trent zur Tür der Bar schlenderte, um sich einen ruhigeren Platz für das Gespräch zu suchen. Vielleicht waren Trents Pläne genau das, was er jetzt brauchte.

KAPITEL
ZEHN

Eine Woche später … East Village, New York
Lara stieg aus dem gelben Taxi und schaute hinauf zum Morgenhimmel, der langsam hell wurde. Der gefrorene und mit leichtem Schneefall bedeckte Boden unter ihren Doc Martens fühlte sich hart an und knirschte. Die Luft war eisig, und ihre Bomberjacke befand sich in ihrem Koffer, aber das störte sie im Moment nicht. Sie atmete tief ein. Das war New York – das echte New York –, nicht der schale Geruch im Flughafenterminal, wo man sie gefühlte mehrere Stunden festgehalten und von Kopf bis Fuß gründlich durchsucht hatte. Sie konnte den Fluss riechen, Feuchtigkeit, Dampf und gegrilltes Fleisch … Bei Letzterem meldete sich ihr Magen und erinnerte sie daran, dass sie seit der Mahlzeit im Flugzeug nichts mehr gegessen hatte. Nur die Packung Chips, die Aldo ihr in den Rucksack gesteckt hatte.

Aldo hatte so verloren gewirkt, als sie ihm gesagt hatte, dass sie nach New York fliegen würde. Er hatte sie gefragt, ob sie am Sonntag zum Abendessen wieder da sein würde, so als würde sie nur zehn Meilen nach Salisbury fahren. Die Reaktion ihres Dads war ein wenig anders ausgefallen. Gerry hatte ihr eine Liste von zwanzig Dingen erstellt, die sie auf keinen Fall in New York tun durfte. Unter anderem sollte sie auf keinen Fall in der Mitte eines Gehsteigs stehen bleiben, sich nicht wie eine Touristin anziehen und auf keinen Fall ein Taxi nehmen. Das trübte ihre Vorfreude ein wenig. Aber nachdem sich seine anfängliche Besorgnis ein wenig gelegt hatte, hatte er ihr ihren Weihnachtsbonus überreicht – in Dollar – und sich gewünscht, dass sie viele Fotos machte. Und im letzten Moment, kurz bevor Susies Dad sie abholen und zum Flughafen Heathrow fahren wollte, hätte Lara beinahe gekniffen. Reisen war etwas, was sie sich sehnlichst wünschte, wovor sie sich aber auch fürchtete. Seit sie Tina für eine Lieferung nach Frankreich hatte fahren sollen, besaß sie einen Reisepass, doch als der Tag dann gekommen war, hatte sie vorgegeben, krank zu sein. Ihre Online-Reisen bei Google hatten Erwartungen in ihr geweckt, und sie wollte nicht enttäuscht werden. Andererseits hatte sie auch Angst davor, dass ihre Vorstellungen bestätigt werden könnten. Appleshaw war so lange Zeit alles für sie gewesen. Was, wenn sie nun mehr von dieser Welt sah und nicht mehr zurückkommen wollte? Wie ihre Mum ...

»Oh, Lara! Schau dir das an!«, rief Susie. Sie stieg aus dem Taxi und setzte sich gekonnt ihren schicken Pelzhut auf den Kopf. »Das sieht aus wie der beste Werbespot für Weihnachten, den es jemals gegeben hat!«

Lara schluckte. Susie hatte recht. Die Dekoration hier stellte Appleshaw bei weitem in den Schatten. An den Baldachinen der Restaurants – italienische und japanische auf der anderen Straßenseite – hingen bunte Lichterketten, vor den Hotels und Bars standen geschmückte Weihnachtsbäume, und die Fenster der drei- und vierstöckigen Häuser ringsumher waren hell erleuchtet. Die ganze Stadt schien zu erwachen. Alles sah aus wie in den Kinofilmen. Und Lara war mittendrin. Sie sollte außer sich vor Freude sein, aber Angst schien alle ihre Rezeptoren zu blockieren.

Susie nahm ihre Freundin in den Arm und zog sie an sich. »Ich weiß, wie du dich fühlst.«

»Wann rollen hier die ersten Imbisswagen an?« Lara brachte ein schwaches Lächeln zustande.

»Hat er es schon getan?«, fragte Susie tonlos.

Lara wusste sofort, worauf sie sich bezog. Als sie Dan von ihrer Reise nach New York erzählt hatte, hatte er ihr vorhergesagt, dass sie damit überfordert sein würde, denn für sie sei ja schon die Menschenmenge auf dem Sommerfest in Appleshaw zu viel. Und noch bevor sie ihm erzählen konnte, dass sie ein nettes kleines (günstiges) Apartment in East Village gefunden hatten, dass David ihnen in seiner freien Zeit einiges zeigen würde und dass man in dem Laden Brooklyn Denim Company die besten Jeans kaufen konnte, hatte Dan ihr eröffnet, dass er seinen Beziehungsstatus bei Facebook ändern würde. Das hatte sie umgehauen – sie war immer noch platt.

»Ich habe noch nicht nachgeschaut«, erwiderte Lara.

»Soll ich es tun?«

»Nein.« Lara schüttelte den Kopf. »Das mache ich später.«

Susie stupste sie mit dem Ellbogen an. »Und dann posten wir Fotos von dir und Seth Hunt im Zoo.«

Lara begriff immer noch nicht, wie sie, ein durchschnittliches, hart arbeitendes Mädchen vom Land, in den Big Apple gekommen war, kurz davor, von Dan den Laufpass zu bekommen. Und nun sollte sie am Nachmittag im Central-Park-Zoo einen Schauspieler treffen, den sie in ihrer Scheunenwohnung Staffel für Staffel im Fernsehen gesehen hatte. Und sie hatte immer noch keine Ahnung, warum Seth Hunt sich mit ihr in Verbindung gesetzt hatte. In der vergangenen Woche hatte er mit ihr über Weihnachten und Partys gechattet und ihr erzählt, dass er Sternzeichen Zwilling war ... Und als sie ihm dann von ihrer Reise nach New York geschrieben hatte, hatte er sie in den Zoo eingeladen. Und ihr war auch immer noch nicht klar, wie ihr Fotos mit einem attraktiven Schauspieler bei ihrer Beziehung mit Dan helfen sollten ... Falls sie überhaupt noch eine Beziehung mit ihm hatte. Wie wollte er seinen Beziehungsstatus ändern? Auf Single? Oder auf »Es ist kompliziert«? Oder den Eintrag ganz weglassen? Sie wusste nicht, was am schlimmsten wäre.

»Hallo, ich bin noch hier, und Ihr Gepäck steht auf dem Gehsteig«, meldete sich der Taxifahrer zu Wort. Susie drehte sich mit einem leisen Schrei zu ihm um, entschuldigte sich und kramte in ihrer Tasche nach ihrer Geldbörse.

Lara schaute an dem Gebäude vor ihr nach oben. Es war fünf Stockwerke hoch, wobei sich die erste Fensterreihe auf derselben Höhe wie der Gehsteig befand und die zweite nur ein kleines Stück höher. Dort waren die Fenster bogenförmig und ringsum weiß gestrichen. Auf den Simsen standen leicht verschneite Blumentöpfe, in denen sich Schneemänner in verschiedenen Posen befanden – einer schwang eine Zuckerstange, ein anderer rauchte Pfeife, und einer trug einen roten Hut. Und alle hatten einen leuchtenden Bauch. Sie hoffte, dass sich ihr Apartment nicht im Erdgeschoss befand. Und dass sie sich um die Schneemänner kümmern durfte. Aldo hätten sie gefallen. Sofort regten sich Schuldgefühle in ihr. Sie war noch nie so weit weg von ihrer Familie gewesen, und nun lag die halbe Welt zwischen ihnen.

Lara gähnte. »Vielleicht sollten wir uns eine Weile hinlegen.« Im Flugzeug hatte sie kaum geschlafen. Außerdem hoffte sie, dass sie dann diesen Termin im Zoo verschlafen würden. Bei Tageslicht betrachtet kam ihr diese Sache ziemlich erbärmlich vor.

»Das ist nicht dein Ernst!« Susie nahm den Griff ihres mit vier Rädern bestückten Koffers in die Hand. »Wir sind in *New York*!« Sie schob Lara ihren Koffer zu, wobei an den Rädern ein wenig Schnee hängen blieb. »In der Stadt, die niemals schläft ... In der wir unsere Reiseschuhe wegwerfen und uns einige viel bessere bei Saks kaufen können.«

»Ich weiß, aber ...«

»Kein Aber«, entgegnete Susie streng. »Wir sind hier, um uns bewusst zu machen, dass wir starke, unabhängige Frauen sind, die in ein Flugzeug steigen und eine Gelegenheit beim Schopf packen können, die wie ein gut gezielter Schneeball auf uns zufliegt.«

»Du bist hierhergekommen, um endlich wieder mit David schlafen zu können«, meinte Lara.

»Und um ihm zu zeigen, dass ich eine starke, unabhängige und *heiße* Frau bin, die er nicht vergessen sollte, obwohl diese Stadt ihn mit diversen Versuchungen lockt.«

»Dann müssen wir ja heute nicht in den Zoo gehen«, stellte Lara fest.

»Oh, Lara, warum nicht? Es geht um Seth Hunt! Dr. Mike! Und er hat *dich* gebeten, zu seinem Wohltätigkeitstermin zu kommen.«

Lara musste ständig daran denken, wann Dan in diesem Golfclub ankommen würde und wie viele Schlafzimmer dieses Ferienhaus in Schottland wohl hatte. Warum hatte sie ihm diese Frage nicht gestellt? Vielleicht konnte sie später bei Google etwas darüber herausfinden.

»*Ich* möchte ihn auf jeden Fall treffen«, fuhr Susie fort. Vielleicht gebe ich mich als Lara aus. Dein Foto zeigt mehr von deinem Truck als von dir.«

»Und wie soll dir das dabei helfen, David von den Versuchungen dieser Stadt fernzuhalten?«

»Guter Einwand.« Susie ging auf die Stufen vor dem Eingang zu. »Dann musst du eben einfach nur du selbst sein.«

Sie selbst sein. Lara sog tief die kalte Luft ein und wünschte sich, ihr Sweatshirt mit der Aufschrift »Panik in der Disco« wäre ein bisschen dicker. In ihrem gemütlichen, sicheren Dorf in Südengland mit Dan, ihrem Dad und Aldo in ihrer Nähe wusste sie genau, wer Lara Weeks war, aber jetzt, wo sie in der Großstadt New York auf sich allein gestellt war, war sie sich plötzlich nicht mehr sicher.

»Komm schon.« Susie lief die Stufen hinauf und zog ihren Koffer hinter sich her. »Wir schauen uns die Behausung an, verstauen unser Gepäck und machen uns dann auf die Suche nach einem richtig guten Bagel-Laden!«

Bagels. Echte Bagels aus New York, frisch aus dem Ofen, nicht nur Bilder auf Pinterest. Laras Magen klatschte Beifall und befahl ihren Beinen, sich in Bewegung zu setzen. »Wir sollten uns Pumpernickel kaufen«, rief sie Susie hinterher. »Das wollte ich schon immer mal probieren!«

# KAPITEL ELF

Central-Park-Zoo, New York

»Mach ein fröhliches Gesicht!«, flüsterte Trent Seth zu, während er sich selbst um eine freundliche Miene bemühte.

»Das *ist* mein fröhliches Gesicht!«, erwiderte Seth und winkte der Menge zu, die sich vor ihm versammelt hatte. Sie hatten in der eisigen Kälte über dreißig Minuten ausgeharrt, während eine Rede über die Bedeutung der Wildlife-Kampagne gehalten worden war. Eine großartige Sache. Er hatte sich darüber informiert, obwohl Trent ihm gesagt hatte, das sei nicht nötig. Der Central-Park-Zoo tat alles, was in seiner Macht stand, um die Erhaltung wild lebender Tiere und Studien der Zoologie zu unterstützen. Er konnte sich jedoch noch nicht so recht vorstellen, einen Lemuren auf den Arm zu nehmen …

»Seth, du bist ein hochqualifizierter Schauspieler. Wenn das deine beste Leistung ist, hast du ein Motivationsproblem.«

Er bemühte sich um ein breiteres Lächeln. Seit wann war das ein Problem für ihn? Und seit wann vermied er es, Anrufe von seiner Mutter entgegenzunehmen? Am Abend zuvor hatte Kossy ihn angerufen, aber als er ihr Bild auf dem Display gesehen hatte, war ihm sofort klar geworden, dass er ihren Anruf nicht annehmen würde. Obwohl er nicht genau wusste, warum. Sie hatte nur getan, worum er sie gebeten hatte, und nun, da er Bescheid wusste, war er noch verwirrter als je zuvor. Was würde als Nächstes geschehen? Würde er anhand der vagen Information versuchen, seine leibliche Mutter ausfindig zu machen? Wollte er das wirklich? Vielleicht hatte Kossy etwas herausgefunden. Möglicherweise war das der Grund für ihren Anruf gewesen. Seit ihrem gemeinsamen Mittagessen in der vergangenen Woche hatten sie nicht mehr miteinander gesprochen. Er hätte den Anruf annehmen sollen. Oder sie zurückrufen.

»Warte auf deinen Einsatz«, zischte Trent ihm zu. »Und denk an das, was wir besprochen haben. Du gehst auf die Bühne, sicherst dir die beste Position in der Mitte und suchst dir dann den kleinsten, süßesten Lemuren mit den größten Augen aus.«

»Das klingt verrückt.« Seth liebte Tiere, aber diese Lemuren sahen aus wie eine Mischung aus Waschbären und wütenden Eichhörnchen.

»Und halte dich von dem Weihnachtsmann fern«, fuhr Trent fort. »Es heißt, dass er genauso ruppig ist wie die Figur, die er in *Basement One* gespielt hat.

»Kann ich noch irgendetwas tun?«, fragte Seth.

»Ja«, erwiderte Trent. »Lächle noch strahlender.«

»… so, liebe Zuhörer, ich bitte um einen Applaus. Wir wollen den talentierten Prominenten dafür danken, dass sie uns dieses Weihnachten bei unserer Wildlife-Kampagne unterstützen.«

»Oh, mein Gott, Lara, da ist er!«

Sie hatten Bagels bei Tompkins Square Bagels gegessen – die Variante *Grav Deluxe* mit Räucherlachs, getrockneten Tomaten, Kapern, Zwiebeln und Avocado auf Pumpernickel –, und danach hatte Susie darauf bestanden, in der Fifth Avenue einen ersten Blick auf die begehrten Läden zu werfen.

Bei Kate Spade verglich Susie Taschen so hingebungsvoll, als wäre ihre Entscheidung ebenso wichtig wie die Brexit-Verhandlungen. Lara hatte sich noch nie viel aus Handtaschen gemacht. Alles, was sie brauchte, lag auf Tinas Armaturenbrett oder steckte in ihren Manteltaschen. Sie verstand nicht, warum jemand bereit war, Hunderte Dollar für eine Handtasche auszugeben. Das hatte sie auch laut ausgesprochen, während Susie überlegte, ob sie sich für eine Trage- oder eine Umhängetasche entscheiden sollte, und prompt von einer Frau in der Nähe ein entrüstetes Schnauben geerntet. Susie hatte sich dann doch nicht zu einem Kauf durchringen können. Offensichtlich gab es noch Hunderte andere Taschenläden in New York. Die großartige Weihnachtsdekoration war allerdings wirklich sehenswert gewesen – Lampen, die wie Eiszapfen von der Decke hingen, und Sitzgelegenheiten in Form von riesigen roten Christbaumkugeln.

Und nun waren sie im Central-Park-Zoo, der so aussah, als hätte jemand einen Spielzeug-Safaripark in die Mitte einer winterlichen Hauptstadt gestellt. Niedrige Tiergehege und offene Flächen waren umgeben von hoch aufragenden Wolkenkratzern aus Glas und Beton. Der Zoo erinnerte sie an etwas, was Aldo in früheren Jahren aus Legosteinen gebaut hatte. Sie hatten bereits die berühmte Uhr fotografiert und sich die festlichen Klänge der Glocke angehört, neben der zwei freche Affen saßen. Jetzt waren sie an der Anlage für die Seelöwen angekommen, standen zwischen kahlen Bäumen und schneebedeckten Bänken und schauten zu den Leuten auf der winterlich gestalteten Bühne hinüber. Neben einem Weihnachtsmann stand ein Schlitten mit Geschenken, zwei Weihnachtselfen tanzten, und der Mann, mit dem sie Nachrichten ausgetauscht hatte, betrat die Bühne. Seth Hunt.

»Er ist groß«, stellte Lara fest. »Größer, als ich dachte.«

»Er ist heißer, als ich dachte«, seufzte Susie.

»Selbst mit dieser Elfenmütze«, stimmte Lara ihr zu.

»Vor allem mit dieser Elfenmütze.«

Sie wollte ihn unbedingt reden hören. Als Dr. Mike hatte er eine wunderbar weiche Stimme gehabt, sexy und gleichzeitig vertrauenswürdig. Aber das war seine Rolle gewesen. Vielleicht quiekte er im wirklichen Leben wie Micky Maus. Sie ging ein paar Schritte weiter nach vorne und schob sich durch die Menge, bis eine Frau vor ihr sie so misstrauisch anschaute, als wäre sie eine Taschendiebin. Taschendiebstahl stand auf der Liste der Dinge, vor denen ihr Dad sie in New York gewarnt hatte ... und in Brownsville. Vielleicht brauchte sie doch eine Handtasche.

»Hallo! Ich freue mich, heute bei Ihnen sein zu können, um dieses großartige Projekt und die Wildlife-Kampagne zu unterstützen. Wenn es Ihnen möglich ist, spenden Sie bitte für die Tiere, damit sie auch weiterhin in diesem und auch anderen großartigen Zoos fachmännisch betreut werden können.«

Samtweich. Aufrichtig. Wundervoll. Aber natürlich nur ein Mittel zum Zweck. Um Fotos zu machen, mit denen sie Dan zeigen konnte, dass sie eine starke, selbstbewusste Frau war, *seine* selbstsichere Frau, die nun ihr Leben in die Hand nahm.

»Wir müssen näher ran«, erklärte Susie und schob sich durch die Menge. »Hat er gesagt, wo er dich treffen will?«

»Nein«, erwiderte Lara. »Keine Ahnung. Ich habe diese Einladung nicht so ernst genommen. Viele Leute sagen ständig Sachen, die sie nicht wirklich so meinen.« *Wie Dan, als er ihr gesagt hatte, dass er sie liebte* ... Sie schluckte. »Wahrscheinlich wollte er nur freundlich sein – oder er war an diesem Abend genauso betrunken wie wir. Und als wir ihm sagten, dass wir nach New York kommen würden, wusste er nicht, wie er aus dieser Nummer wieder herauskommen sollte. Also suchte er sich diesen öffentlichen Ort aus, weil er wusste, dass ich ihm hier nicht zu nahe kommen kann.« Sie schluckte noch einmal. »So hätte ich das auch gemacht.« Obwohl sie bereits über ihre Sternzeichen gesprochen hatten und er sie zum Lachen gebracht hatte ...

Plötzlich stieg ein Gefühl der Enttäuschung in Lara auf. Und das lag mit Sicherheit am Jetlag. Sie war noch nicht wieder ganz bei sich. Um sie herum war alles weihnachtlich geschmückt, aber üblicherweise verbrachte sie diese Zeit, die sie so sehr liebte, in ihrem Scheunenapartment und bereitete die Wohnung und sich auf zwei Wochen mit traditionellem Essen und Trinken und Treffen mit ihrer Familie vor. Und stattdessen stand sie nun in einem Zoo. In New York.

»Jemand mit einer so schokoladigen Stimme kann sicher niemanden absichtlich in die Irre führen«, schniefte Susie. »Dr. Mike könnte niemals so etwas tun.«

»Aber Dr. Mike ist nicht echt«, rief Lara ihr ins Gedächtnis und fuhr sich mit der Hand durch das Haar.

»Komm schon«, drängte Susie sie. »Ich will ihn auf jeden Fall kennenlernen, auch wenn du so tust, als würde dich das nicht interessieren.« Sie drehte sich um und bahnte sich mit einem lauten »Verzeihung« den Weg durch die Menge.

»Susie!«, rief Lara. »Susie, warte!«

# KAPITEL
ZWÖLF

Seth trug eine hellgrüne goldbestickte Elfenmütze mit einem Glöckchen, das bei jeder Bewegung klingelte, selbst wenn er nur einatmete. Und nun würde man die Lemuren bringen, und er musste weiterlächeln, obwohl ihm nicht danach zumute war. Außerdem fror er sich den Hintern ab, weil Trent es ihm nicht erlaubt hatte, sich einen Mantel überzuziehen. Wenn Seth nicht bald einen starken Kaffee bekam, bestand die Gefahr, dass er seinen neuen Agenten noch vor dem Abend feuern würde.

Er hoffte auf ein Zeichen, dass die Sache bald vorbei sein würde, und schaute zu Trent hinter den Kulissen hinüber. Leider reagierte Trent darauf mit einigen Bewegungen, mit denen er in *Dance Moms* hätte auftreten können. Trent steckte seine Finger in den Mund, zog ihn weit auseinander, hüpfte dabei auf und ab und verdrehte die Augen. Seth musste sich zusammenreißen, um nicht laut loszulachen. Er deutete Trents Verrenkungen als Hinweis, dass er offensichtlich immer noch nicht glücklich genug wirkte.

»Hey, welchen der beiden möchten Sie auf den Arm nehmen? Das hier auf der linken Seite ist Cyrus, und der andere ist unser kleiner Jax.«

Seth betrachtete die beiden Lemuren auf den Armen der Zoomitarbeiterin. Beide Tiere starrten ihn an, als wäre er Futter. Aus der Nähe betrachtet schauten sie aus wie winzige Kängurus mit langen Gliedmaßen und einem flauschigen geringelten Schwanz, der aussah, als könnte er sich jeden Moment in eine Boa constrictor verwandeln, sich um seinen Hals schlingen und ihn zu Tode würgen. Zumindest wäre ihm dann nicht mehr kalt.

»Nimm den Niedlichen!«, zischte Trent ihm zu. »Den mit den großen Augen wie Amanda Seyfried.«

Seth starrte auf die Lemuren mit den geringelten Schwänzen. Sollte er tatsächlich mit einem Blick in ihre großen gelben Augen herausfinden, wer von den beiden niedlicher war? Und stand es tatsächlich schon so schlimm um ihn, dass er so etwas machen musste, um sein Profil aufzuwerten?

Klein war gleichzusetzen mit niedlich, oder? »Ich nehme diesen«, erklärte Seth und streckte die Hände nach dem Tier aus, das die Tierpflegerin Jax genannt hatte.

»Okay. Ich werde ihn kurz ein wenig beruhigen.« Die Frau strich dem Lemuren sanft über den Kopf und die Ohren, bis seine Augen einen Ausdruck annahmen, als sei er in Hypnose versetzt worden. *Der Lemur muss beruhigt werden, bevor er einem Laien übergeben wird.* Plötzlich war er heilfroh, dass Trent keine Grizzlybären für ihn ausgesucht hatte …

»Beißt er?«, fragte Seth und fühlte sich dabei sehr unmännlich.

»Beißen Sie?« Die Tierpflegerin bekam einen heftigen Lachanfall, und Seth wunderte sich, dass sie dabei ihre Arbeitskleidung nicht sprengte.

Er brachte ein nervöses Lächeln zustande und versuchte verzweifelt, das sich windende Tier richtig zu halten, als es ihm gereicht wurde – und dabei nicht an die Körperöffnungen zu kommen, aus denen es vielleicht flüssige oder auch feste Ausscheidungen abgeben könnte.

»Ganz ruhig«, befahl die Tierpflegerin. »Keine plötzlichen Bewegungen oder Laute.« Sie grinste. »Er mag zwar klein sein, aber wir haben ihn nicht ohne Grund nach der Hauptfigur aus *Sons of Anarchy* benannt.«

Seth hielt still, zwang sich zu einem wahrscheinlich ziemlich albernen Lächeln und hätte Trent am liebsten geviertelt. Jax stieß ein Knurren aus.

»Ich glaube nicht, dass er Tiere mag«, meinte Lara. Sie und Susie standen nur ein paar Reihen vor der Bühne, hinter einer großen Gruppe von Teenagern, die begeistert einen Mann Anfang zwanzig knipsten. Er war als Countrysänger vorgestellt worden und stand neben Seth Hunt auf der Bühne. »Er scheint sich mit dem Affen auf dem Arm nicht sehr wohlzufühlen.«

»Gib dem Mann eine Chance«, erwiderte Susie. »Hast du schon einmal einen Lemuren auf dem Arm gehabt? Außerdem bin ich nicht daran interessiert, wie gut er mit Tieren umgehen kann. Was zählt, ist sein Wert bei Instagram.« Susie rückte ihren Hut zurecht. »Und der ist gewaltig.«

»Der Affe wird gleich pinkeln«, verkündete Lara.

»Woher willst du das wissen?«

»Jetzt gleich ...«

Sie beobachtete, wie Seth die Hand, mit der er den Affen von unten stützte, wegzog, als Flüssigkeit auf seine dunkle Jeans tropfte. Das Tier witterte seine Chance, sprang aus Seths Armen auf den Boden und sauste über die Bühne auf das Publikum zu.

»Oh Gott! Er ist getürmt!«, rief Susie. »Das ist schrecklich! Gehört er nicht zu einer vom Aussterben bedrohten Art?« Beunruhigt fügte sie hinzu: »Könnte er Tollwut haben?«

Einige Zoomitarbeiter versuchten, die restlichen Tiere auf den Armen der Prominenten zu beruhigen, während andere in die Menschenmenge sprangen und Jax hinterherliefen. Lara schaute dem Tier nach. Sein Schwanz ragte aus der Menge heraus. Die meisten wichen vor dem Lemuren zurück, und einige griffen vergeblich nach ihm. Instinktiv wusste sie, wohin das Tier laufen würde. Es hatte seine Vorteile, wenn man neben einer Farm aufgewachsen war. Als die ersten Klänge von Frank Sinatras »I'll Be Home for Christmas« erklangen, drängte sich Lara durch die Menschenmenge, um ihre Mission zu erfüllen.

»Lara!«, rief Susie. »Lara, wohin gehst du?«

»Seth! Meine Güte, du hast den verdammten Lemuren fallen lassen!« Trent rannte auf die Bühne. Seine Körpersprache verriet, dass er angepisst war – so wie Seths Hose –, aber sein Gesicht blieb ganz ruhig und kameratauglich.

»Ich habe ihn nicht fallen lassen!«, protestierte Seth und schüttelte seine feuchte Hand. Er nahm die Elfenmütze vom Kopf und wischte sie daran ab. »Der Lemur, der übrigens nach dem Mitglied einer berüchtigten Motorradgang benannt ist, hat mich in die Rippen geboxt und ist abgehauen.« Er wollte sich über die Augen wischen – sie waren trocken und gereizt, weil er seine Kontaktlinsen trug –, aber da seine Finger nass vom Affenurin waren ...

»Das wird ein richtig mieser Auftritt in den Medien, außer wir können daraus noch einen Beitrag für eine dieser Pannenshows machen. Oder ... du läufst jetzt los und rettest ihn.«

»Ihn retten? Trent, ich habe es nicht einmal geschafft, ihn festzuhalten.« Er warf einen Blick auf die Zuschauer, die wieder alle ihre Smartphones zückten. Jetzt richteten sie sie nicht mehr auf den Countrysänger, sondern auf die Bäume an der Seite des Parks. Er schluckte. »Hier gibt es doch

Fachleute«, erklärte er. »Ich bin sicher, sie werden die Situation in wenigen Minuten unter Kontrolle haben.« Er wandte sich Trent zu. »Soll ich das vielleicht übers Mikro verkünden?« Er ließ die Mütze auf die Bühne fallen.

»Du gehst jetzt dorthin und fängst den Affen«, befahl Trent und schubste ihn an der Schulter nach vorne. »Zumindest solltest du so tun, als seist du daran interessiert! Du bist jetzt ein Vertreter der Wildlife-Kampagne.« Er senkte die Stimme. »Quetsch dir, wenn möglich, ein paar Tränen raus.«

KAPITEL
DREIZEHN

Lara war erst einen halben Tag in New York, und nun befand sie sich hoch oben in einem Baum, direkt hinter einem wütenden Lemuren, der ihr mit Sicherheit gleich eine Stinkwolke in die Nase blasen würde. Sie hatte Madagaskar im Netz nachgeschlagen – nicht den Film, sondern die Insel. Von einem kleinen Unternehmen war ein Restposten Kaffee im Café vom Gartencenter angeliefert worden – Mrs Fitch hatte gelernt, nicht viele Fragen zu stellen –, und Lara war neugierig geworden. Wo lag diese Insel? Und wie sah es dort aus? Sie hatte Bilder von weißen Sandstränden und Regenwäldern gefunden. Blauer Himmel und hohe Luftfeuchtigkeit. Eine andere Welt. Als sie Dan davon erzählt hatte, hatte er gesagt, dass ein Kollege von ihm bereits dort gewesen war, und dass die All-inclusive-Hotels sehr gut waren. Aber Lara hatte sich nicht für die Luxushotels interessiert – sie hatte sich alles angeschaut, was sie über Holzhütten, Hängematten, Netze und Sprays gegen die blutsaugenden Insekten, Bars mit einem Dach aus Weinranken und Ratten, die die Wände hinaufrannten, finden konnte … und über Lemuren, die sich mit einer üblen Geruchswolke gegen ihre Feinde zur Wehr setzten.

Lara stieß einen leisen Pfiff aus, um die Aufmerksamkeit des Lemuren auf sich zu ziehen. »Hör mal, das ist mein erster Tag hier, und ich habe wirklich nicht damit gerechnet, in der Mitte eines Zoos auf einem Baum zu sitzen.« Mit wem sprach sie hier eigentlich? Mit ihm? Ihr? Sie hatte keine Ahnung und wollte es auch nicht herausfinden. »Aber sag bitte meiner Freundin Susie nicht, dass es mir hier oben besser gefällt als in den Handtaschenläden.«

Und was war nun ihr Plan? Sie hatte gewusst, dass der Lemur auf einen Baum klettern würde, und war ihm gefolgt, aber was kam als Nächstes? Außer, dass alle sie filmten und wahrscheinlich ihr Versagen sofort bei YouTube einstellen würden. Ihr war kalt, und der Wind betäubte ihre Finger. Sie hielt sich mit einer Hand am Baumstamm fest und griff mit der anderen nach dem Zweig neben dem Lemuren. Drei Äste weiter unten hingen Lametta und Lichterketten, aber hier oben waren die Zweige kahl und schützen sie nicht mehr vor den Elementen. Sie musste etwas unternehmen. Das Tier verstand anscheinend nur Französisch oder Madagassisch, und sie beherrschte keine dieser beiden Sprachen.

»Ma'am, halten Sie sich von dem Tier fern! Wir besorgen entsprechende Gerätschaften, mit denen wir es unbeschadet einfangen können.«

Die Ansage über die Lautsprecheranlage dröhnte ihr in den Ohren. Lara warf einen Blick nach unten auf die Menschenmenge. Großartig. Das war der Dank dafür, dass sie dem Affen hinterhergeklettert war. Nun, da sie jetzt schon hier war, würde sie auch alles tun, um ihn wieder nach unten zu bringen. Sie griff nach dem Ast über ihrem Kopf.

»Hey«, sagte eine samtweiche Stimme.

Lara verfehlte den Ast und hielt sich rasch am Baumstamm fest. Seth Hunt war nur einen Ast unter ihr und sah von Kopf bis Fuß aus wie ein perfekter Instagram-User. Plötzlich wurde ihr übel. Aus verschiedenen Gründen. Unter anderem stieß ihr der Pumpernickel auf.

»Hallo«, erwiderte sie.

»Okay, das erklärt, was Sie hier oben machen.«
»Wie meinen Sie das?«
»Sie sind Engländerin.«
Offensichtlich erkannte er sie nicht. Wahrscheinlich hatte Susie recht – auf ihrem Profilfoto war viel zu viel von Tina und viel zu wenig von ihrem Gesicht zu sehen.
»Und was heißt das?«, fragte Lara. »Sie haben gerade einen Lemuren fallen gelassen, also sollten Sie nicht unhöflich sein.«
»Das war nicht meine Absicht. Ich meinte damit, dass keiner der Leute hier, selbst nicht diejenigen mit einer Uniform, so mutig waren, diesen Baum hinaufzuklettern. Nur eine Engländerin.«
Sie lächelte unwillkürlich. »Aber ich bin nicht die einzige Person«, erwiderte sie. »Sie sind auch hier oben. Und Sie scheinen sich hier nicht sehr wohlzufühlen.« Der Wind wurde stärker. »Außerdem haben Sie keine Jacke an.«
»Sehr gut bemerkt«, antwortete Seth.
»Und der Lemur hat Sie vollgepinkelt.«
»Auch das stimmt.«
Er streckte den Arm aus und zog seinen schlanken Körper geschickt auf den Ast ihr gegenüber. Wenn sie nicht so sehr darauf konzentriert gewesen wäre, nicht vom Baum zu fallen und den Lemuren einzufangen, wäre ihr sicher vorher schon aufgefallen, dass man von hier oben einen wunderbaren Blick auf den gesamten Central Park hatte, dessen weite Flächen mit einer leichten Schneeschicht bedeckt waren.
Sie sollte ihm sagen, wer sie war. Das Mädchen, mit dem er über den Ozean hinweg getwittert hatte. Das Mädchen, das ihn dazu benutzen wollte, ihren Freund eifersüchtig zu machen und ihn zurückzugewinnen. Na ja, eigentlich eher das Mädchen, das sich von ihrer besten Freundin in einem Moment der alkoholisierten Schwäche dazu hatte überreden

lassen. In gefährlicher Position auf einem Baum balancierend klang das noch lächerlicher.

»Haben Sie irgendeine Idee, wie wir ihn vom Baum holen könnten?«, fragte Seth. »Ich bin mir zwar bewusst, dass ich hier oben sitze, aber ich habe keinen blassen Schimmer, wie es jetzt weitergehen soll.«

Wenn die Kameras der Stadt nicht jede Sekunde auf ihn gerichtet wären, seit er diese Weihnachtsbühne betreten hatte, wäre Seth ganz sicher jetzt nicht auf diesem Baum. Eigentlich war er nach oben geklettert, um Trent zu entkommen. Und diese dunkelhaarige Frau, die ihn irgendwie an die tolle Margot Robbie erinnerte, machte sich bei dieser Kletterei eindeutig besser als er.

»Haben Sie etwas zu essen?«, wollte die Frau wissen.

»Hier?«

»Nein, in Ihrer Küche bei sich zu Hause.«

»Keine Ahnung. Vielleicht ein paar Reste von der letzten Bestellung beim Chinesen. Und Müsli.« Er sah sie an. »Sie haben gemeint, ob ich etwas dabeihabe, oder?«

»Natürlich habe ich das gemeint!«

»Nein, obwohl ...« Hatte er nicht noch einen Kaugummi übrig? Er nahm eine Hand vom Baumstamm, kramte in seiner Hosentasche und zog einen Streifen heraus. »Kaugummi?«

»Für den Affen?« Sie schüttelte den Kopf. »Ich habe meine Zweifel daran, dass Sie von dieser Wildlife-Kampagne viel Ahnung haben.«

»Auch da haben Sie wieder recht.«

»Sie essen Obst«, erklärte sie und griff nach einem Ast, um sich weiter nach oben zu hangeln. »Und Blätter. Manchmal auch Baumrinden.«

»Es dauert ziemlich lange, bis sie mit der Spezialausrüstung anrücken«, stellte Seth fest.

»Wir brauchen keine Spezialausrüstung.«

Er sah ihr zu, wie sie sich weiter nach oben hievte. Der Zweig schwankte leicht unter ihrem Gewicht, und die Menge unter ihnen atmete hörbar ein. Sie versuchte es noch einmal und schwang sich auf einen Ast, auf dem sie nur noch eine Armlänge von dem Ausbrecher entfernt war.

»Als ich die verwilderte Katze mit ihren Jungen vom Scheunendach geholt habe, stand mir auch keine Spezialausrüstung zur Verfügung.«

»Ach ja?« Er hatte keine Ahnung, wovon sie sprach.

Er beobachtete, wie sie etwas aus der Tasche ihrer kurzen wattierten Jacke zog und versuchte, den Gegenstand zu erkennen, während er ihr nachkletterte. »Ist das ... ein Kartoffelchip?«

»Psst!«, zischte die Frau.

»Hören Sie«, begann Seth leise. »Ich möchte das Tier auf jeden Fall retten, aber sollten alle Stricke reißen und es zu Tode kommen, wäre mir ein Unfall lieber als eine Vergiftung.«

»Und das sagt der Mann, der ihm soeben noch einen Kaugummi hatte geben wollen. Ich werde ihn den Pringle nicht essen lassen – ich will ihn nur dazu bringen, dass er danach greift«, erwiderte sie.

»Er mag nicht gepackt werden«, warnte Seth sie. »Aber er lässt sich beruhigen, wenn man ihn hinter den Ohren krault.«

»Das können Sie dann übernehmen, nachdem ich ihn nach unten gebracht habe.«

Lara zog sich vorsichtig an dem nächsthöheren Ast, den sie für stark genug hielt, ihr Gewicht zu tragen, nach oben und versuchte, an nichts anderes als an die vor ihr liegende Aufgabe zu denken. Sich musste sich konzentrieren, genauso, wie sie es bei der Fahrt in Richtung Suppenstand getan hatte, obwohl sie unter dem Schock Dans verletzender Worte gestanden hatte.

Sie atmete tief durch, schob jegliche Furcht beiseite und streckte langsam, Zentimeter für Zentimeter, dem Lemuren den Kartoffelchip entgegen. In diesem Moment ertönte Dean Martins »Let it Snow! Let it Snow! Let it Snow!«

»Das ist etwas ganz Feines«, flüsterte Lara. »Ein richtiger Leckerbissen an Weihnachten. Viel besser als Baumrinde und Früchte. Komm schon, komm und hol es dir.«

Sie wollte diesen Affen unbedingt vom Baum holen. Er sah ziemlich gefährlich aus, aber wahrscheinlich hatte er genauso viel Angst wie die fauchende Katze mit ihren Jungen, die sie im Sommer gerettet hatte. Ihr war klar, dass der Lemur sie beißen konnte, aber er hatte keine richtigen Krallen und konnte ihr hoffentlich nicht die Augen auskratzen …

»Komm schon, mein Kleiner, nur noch ein Stückchen näher …« Wenn jetzt jemand von dem Organisationskomitee wieder etwas über den Lautsprecher brüllte, würde sie ausrasten.

»Ich glaube, er springt auf den Köder an«, flüsterte Seth hinter ihrer Schulter.

»Psst!«, stieß sie so streng und so leise wie möglich hervor. In dem Moment, in dem das Tier nach dem Pringle griff, würde sie die Gelegenheit nutzen …

Der Lemur streckte vorsichtig seine Pfote aus. Lara wartete keine Sekunde länger. Sie ließ den Kartoffelchip fallen, packte den Affen und zog ihn – hoffentlich nicht zu fest – an ihren Körper und lehnte sich gegen den Baumstamm, um das Gleichgewicht nicht zu verlieren. Von unten ertönte begeisterter Applaus, mit dem sie nicht gerechnet hatte. Irgendwie war die Situation ein wenig unwirklich.

»Wow«, stieß Seth hervor. »Gut gemacht!«

»Jetzt muss ich nur noch herausfinden, wie ich mit dem kleinen Kerl auf meinem Arm nach unten kommen soll.« Lara verstärkte ihren Griff, als der Lemur zu heulen begann.

»Soll ich nach der Spezialausrüstung fragen?«, erkundigte sich Seth.

»Unterstehen Sie sich!«

Er lächelte und stieg vorsichtig nach unten. »Ich heiße übrigens Seth. Seth Hunt.« Er hielt sich mit einer Hand an einem mit Reif überzogenen Ast fest und streckte ihr die andere entgegen.

»Ich weiß«, erwiderte Lara. »Sie standen mit dem Lemuren auf der Bühne. Und wenn mich nicht alles täuscht, ist die Hand, die Sie mir gerade entgegenstrecken, voll mit seinem Urin.« Sie klemmte sich den Lemuren unter den Arm und folgte Seth nach unten.

»Wissen Sie eigentlich immer über alles Bescheid?« Seth wischte sich die Hand an seiner Jeans ab. »Über Lemuren, über meine Unfähigkeit, mit ihnen umzugehen …«

»Wenn es darum geht, meinen Freund zu verstehen, bin ich im Augenblick ziemlich schlecht.« Lara seufzte und schwang sich auf den nächsten Ast. »Aber das wissen Sie ja schon.«

»Hier ist er! Er kommt! Mit dem Lemuren! Schaut nur! Seth Hunt hat den Affen gerettet! Applaus für ihn! Seth Hunt hat den Lemuren gerettet! Seth Hunt hat den Lemuren gerettet!«, rief ein blonder junger Mann in einem engen Anzug.

»Oh, Gott, das war ein Fehler«, stöhnte Seth. »Die ganze Sache war ein Fehler.«

»Wer ist das?«, fragte Lara, während die Gruppe um den Baum immer größer wurde. Etliche Handys waren wie TV-Kameras auf sie gerichtet.

»Trent ist mein ... neuer Agent«, gestand Seth. »Er macht das noch nicht lange und ist wohl ein wenig überdreht.«

»Ich glaube, er möchte, dass Sie den Lemuren nehmen.« Lara hielt den Affen ein Stück von sich weg – zur großen Freude des Tiers.

»Oh, nein. Nein, nein, nein. Sie können das viel besser als ich«, stieß Seth sofort hervor.

Lara lachte. Er war witzig, und seine Stimme war tatsächlich so voll, schokoladig und sexy, wie Lara sie von seiner Rolle als Dr. Mike im Umgang mit seinen Patienten kannte.

»Und ich werde allen klarmachen, dass nicht ich, sondern Sie dieses Tier gerettet haben«, fügte Seth hinzu.

»Seth! Seth, nimm den Lemuren und drück ihn an dich!«, rief Trent. »Kannst du ihn in die Arme nehmen und ihn wiegen wie ein Baby?«

Als Lara versuchte, ihren Stiefel auf den letzten Ast etwa einen Meter über dem gefrorenen Boden zu setzen, rutschte sie plötzlich ab. Eine kräftige Hand packte sie und zog sie wieder nach oben. Durch die Menge ging ein Raunen, und einige Zoomitarbeiter liefen herbei.

»Alles in Ordnung?«, fragte Seth.

Sie schöpfte Atem – allmählich brannte die eisige Luft in ihrer Lunge. »Ja«, bestätigte sie. »Wir sind schon fast in Sicherheit, da werden wir doch jetzt nicht noch einen tragischen Unfall erleiden.«

»Ich werde als Erster hinunterspringen und Sie mit dem Affen dann auffangen.«

Seth hatte keine Ahnung, warum er das gesagt hatte. Seine diesbezüglichen Fähigkeiten waren bestenfalls durchschnittlich, und das bezog sich auf Baseball und nicht auf eine Frau mit einem Affen im Arm. Aber bisher hatte er praktisch noch nichts für deren Rettung getan.

»Ich kann ohne Hilfe springen«, erklärte Lara. »Ich springe jeden Tag aus meinem Fahrerhaus.

»Mit einem Tier im Arm?« Seth machte sich für den Absprung bereit.

»Einmal sogar mit einem Schwein.« Sie hustete. »Das war ein Fehler ... meines Bruders.«

Seth sammelte seine Kräfte und sprang, in der Hoffnung, dass er dort landen würde, wo die Zoomitarbeiter versuchten, die Zuschauer vom Baum zurückzudrängen. Seine Knie knirschten ein wenig bei der Landung, aber er drehte sich sofort um und richtete den Blick auf den Ast, auf dem er seine Mitstreiterin zurückgelassen hatte.

»Warum hast du dir das Tier nicht geschnappt?« Trent hatte trotz der Minustemperaturen ein gerötetes, verschwitztes Gesicht. »Wir sollten es jetzt auf deinen Arm setzen. Damit können wir vielleicht den Schaden begrenzen, den seine Flucht verursacht haben könnte.«

»Trent, dort oben hängt noch eine Frau im Baum fest.«

»Ja, Kumpel, das weiß ich«, erwiderte Trent. »Und dass sie sich wie Jane im Dschungel benimmt, wird dich einige gute Zeilen in dem ersten Artikel kosten, der über diesen Auftritt geschrieben wird.«

Seth wandte sich von ihm ab und streckte die Arme zu den untersten Ästen des Baums aus. »Hören Sie, ich habe es versprochen – ich werde das schon schaffen!« Er schlug die Hände zusammen, blies kurz darauf und reckte sie wieder nach oben. »Sie springen, und ich fange Sie beide auf.«

»Hey, nur das Tier, nicht beide«, warf Trent ein. »Wenn du ein Mädchen und ein vom Aussterben bedrohtes Tier fallen lässt, kannst du positive Pressemeldungen vergessen.«

»Ich brauche keine Hilfe«, rief die Frau über ihm. »Geht mir nur einfach aus dem Weg.«

»Wir sollten eine Leiter holen«, schlug einer der Tierpfleger vor. »Dann steige ich hinauf und hole Jax, und …«

Plötzlich flog die Frau über ihm durch die Luft.

KAPITEL
VIERZEHN

Lara landete so geschickt neben Seth, als hätte sie so etwas schon etliche Male zuvor getan. Der Lemur hatte seinen schwarz-weiß-geringelten Schwanz um ihren Hals gewickelt, und die Tierpfleger rückten hektisch mit einer ausbruchsicheren Kiste an.

»Geht es ihm gut? Ist er verletzt? Haben Sie ihn gefüttert?«

»Ich glaube nicht … Und nein.«

Der Lemur wurde ihr aus den Armen gerissen, und plötzlich stand sie verwirrt und mit großen Augen vor all den auf sie gerichteten Kameras.

»Ich bin der Meinung, wir sollten sie nicht so bedrängen. Sie hat schließlich einiges durchgemacht.« Seth trat einen Schritt näher, während der kreischende Jax in die Transportbox gesteckt wurde.

»Meine Güte, Lara, geht es dir gut?« Susie lief auf ihre Freundin zu.

Es ging ihr gut. Tatsächlich. Aber als sie vom Baum gesprungen und auf dem mit Reif bedecktem Boden gelandet war, hatte sie die Menschenmenge gesehen und sich plötzlich gefühlt, als würde sie von einer Lawine verschüttet. Sie atmete tief durch und wandte sich ihrer Freundin zu. »Alles in Ordnung.«

»Wie ist Ihr Name, Ma'am? Warum haben Sie sich dazu entschlossen, heute diesen Lemuren zu retten? Haben Sie so etwas schon einmal getan?«

Eine Frau in einem dunklen Wollmantel hielt Lara ein Mikrofon vor die Nase, und die Menschenmenge schob sich Zentimeter für Zentimeter weiter vor und schloss sie immer mehr ein.

»Ich glaube, wir sollten alle ein wenig zurücktreten«, sagte Seth bestimmt. »Trent, kannst du dafür sorgen, dass wir ein bisschen mehr Platz haben?«

»Nette Geste.« Trent grinste. »Sehr galant.« Er hob die Arme. »Treten Sie zurück, meine Damen und Herren. Machen Sie den Weg frei für den Helden der Stunde, der gleich die Bühne wieder betreten wird.«

»Heldin«, korrigierte Seth ihn. »Die Heldin der Stunde.«

»Ich möchte wirklich nicht auf die Bühne«, protestierte Lara, als sie von der Menge vorwärtsgeschoben wurde.

»Hören Sie nicht auf Trent«, erwiderte Seth. »Wir lassen ihn einfach herumschreien. Das verschafft uns ein bisschen Platz, und dann hauen wir ab.«

»Ich bin Susie.« Susie hielt ihren Hut fest, als Trent sich gewaltsam einen Weg durch die Menschenmenge bahnte.

»Seth«, erwiderte Seth. »Seth Hunt.«

»Wir wissen, wer Sie sind, Dr. Mike«, fuhr Susie fort. »Wir haben Staffel für Staffel Doritos mit Dips verschlungen, während Sie Ihre Patienten in Manhattan behandelt und nebenher noch einige Geheimnisse aufgedeckt haben.

»Na ja ...«, begann Seth.

»War er nicht großartig?«, warf Trent ein und führte sie an einem riesigen Christbaum vorbei, neben dem glitzernde Engel Trompete bliesen und sich dabei im Kreis drehten.

»Absolut«, stimmte Susie ihm zu. »Und ich finde es toll, wie Sie Lara hier helfen.«

»Susie ...«, begann Lara. Seth hatte sie nicht erkannt,

und sie hatte beschlossen, dass das gut war. Sehr gut sogar. Sie konnte die ganze Sache vergessen. Weihnachten stand schon fast vor der Tür, und wenn Dan aus Schottland zurückkam, würde alles wieder seinen normalen Weg gehen. Warum auch nicht?

»Was Dan ihr antut, ist wirklich grausam. Er will nicht auf sein Weihnachtsgebäck verzichten, also lässt er sie zappeln, und sie weiß nicht, in welche Richtung die Sache gehen wird und ob er seine Meinung ändern wird. Er gibt ihr ständig andere Zeichen. Das ist einfach nicht fair.«

»Ich bin mir nicht sicher, ob ich Sie verstehe«, sagte Seth.

Lara seufzte. Jetzt musste sie die Sache wohl aufklären. »Ich bin Lara«, verkündete sie. »Lara Weeks.«

Seth blieb stehen und schaute sie verwirrt an. »Kennen wir uns?«

Lara schüttelte den Kopf. »Nicht persönlich.« Sie seufzte. »Susie, das ist doch lächerlich.«

»Nein, das ist es nicht«, entgegnete Susie. »Sie ist laraweekend.«

Trent wirbelte so schnell herum, dass er dabei beinahe einen dekorativen Zuckerstangenbaum umgeworfen hätte. »Laraweekend!«, rief er. »Du bist laraweekend?« Er packte Seth an den Schultern und schüttelte ihn. »Seth! Das ist laraweekend!«

Seth hatte das Gefühl, als würde er die Hauptrolle in einer Sitcom spielen, von der er nie das Drehbuch gelesen hatte. Alle starrten ihn an und warteten auf seine Reaktion. Und Trent benahm sich, als hätte er beim Glücksrad gewonnen.

»Oh, laraweekend, Seth hat mir so viel über dich erzählt«, erklärte Trent.

Seth wollte um eine Erklärung bitten, aber Trent verpasste ihm einen kräftigen Schlag zwischen die Schulterblätter und verstärkte dann seinen Griff.

»Wow ... das ist wirklich ganz toll! Ist das nicht toll, Seth?« Trent nickte so heftig, als wäre sein Kopf an einem Gummiband befestigt.

»Natürlich ist das toll«, brachte Seth mühsam hervor. Er musterte Lara und versuchte verzweifelt, sich daran zu erinnern, wo er sie kennengelernt hatte. War sie Schauspielerin? Hatte er mit ihr bei einem Dreh gearbeitet? Sie hatte oben auf dem Baum ein Schwein erwähnt. Hatte er jemals bei einem Film etwas mit Schweinen zu tun gehabt?

Sie war zierlich, vielleicht eins fünfundsechzig groß. Ihr kurzes braunes Haar wirkte eher schick als burschikos und betonte ihre großen kastanienbraunen Augen ... Und unter dieser kurzen Jacke befanden sich Kurven. Er war sich sicher, dass er sich an sie erinnern würde, wenn er sie schon einmal getroffen hätte. Normalerweise konnte er sich Gesichter sehr gut merken.

»Also, laraweekend, du bist hier in New York, hast meinen Kumpel Seth kennengelernt und, wow, einen verdammten Affen gerettet!« Trent lachte laut und streckte eine Hand nach dem nächsten Journalisten aus. »Hallo Sie! Sie sollten ein Foto von diesen beiden machen! Sie setzen sich für die Wildlife-Kampagne ein! Juchhu! Lemuren vor!«

»Trent ...«, begann Seth.

Trent zog ihn an sich, als wollte er gleich zu den Klängen von Dean Martins Weihnachtswalzer mit ihm tanzen. »Ich erkläre dir alles später, versprochen. Benimm dich einfach so, als wärst du Wikipedia.«

»Was?«

»Tu so, als wüsstest du alles. Und so, als wäre dir klar, wovon ich spreche. Vertrau mir. Das könnte etwas Besonderes werden – vor allem nach dem, was heute hier passiert ist.«

»Trent ...«

»Laraweekend, du stellst dich hierhin und du, Seth, direkt daneben – ein bisschen näher, Mann. Sie wird dich schon nicht beißen – grrr!« Trent stieß ein lautes Lachen aus und krümmte seine Finger zu Krallen, während der Journalist seine Kamera auf sie richtete.

»Es tut mir sehr leid«, sagte Seth zu Lara.

»Sie müssen mich für verrückt halten.« Lara atmete nervös aus.

»Wir sind beide hinter einem Tier aus Madagaskar einen Baum hinaufgeklettert, also sind wir wohl beide ein bisschen verrückt.«

Sie schenkte ihm ein Lächeln. Woher könnte er sie nur kennen?

»Ihr müsste auf jeden Fall heute Abend kommen«, erklärte Trent. »Beide.« Er verschaffte sich wieder Platz in der Menge und schob sie durch das Gewühl. »Sally, nicht wahr?«

»Susie«, erwiderte das andere Mädchen ein wenig verärgert.

Was war heute Abend? Wozu lud Trent diese eigentlich Fremden ein? »Heute Abend?«, fragte Seth nach.

»Bitte entschuldigen Sie meinen Freund – sein Gehirn scheint sich dem des Lemuren angepasst zu haben ...« Trent legte die Lippen an Seths Ohr. »Deine Mom veranstaltet heute die Feier für die Obdachlosen. Tag der offenen Tür. Die jährliche Party im Winter, bei der die Hälfte der Gäste das Besteck mitgehen lässt.«

Seth schnappte nach Luft. Er konnte kaum glauben, dass er einen der wichtigsten Termine im Kalender seiner Eltern vergessen hatte. Kossy und Ted luden jedes Jahr regelmäßige Besucher des Obdachlosenheims und weitere fünfzig Personen, die an diesem Tag dort erschienen, zu einem Winterfest in ihrem Haus ein. Es gab Essen aller Art, von italienischen bis zu kreolischen Speisen und auch amerikanisches Barbecue. Im Gegensatz zu der Benefizveranstaltung, die kurz vor Weihnachten stattfand, sollte dabei kein Geld zur Erhaltung der Einrichtung gesammelt werden. Das Fest diente dazu, den Hungrigen eine gute Mahlzeit zu servieren und ihnen ein wenig menschliche Würde zu geben, wenn auch nur für diesen Abend. Wahrscheinlich hatte Kossy deshalb versucht, ihn anzurufen. Sicher hatte sie ihm sagen wollen, was er mitbringen sollte. Wie hatte er sich nur so sehr auf sich selbst konzentrieren können?

»Wir treffen uns doch heute Abend zum Dinner mit David, oder?«, fragte Lara ihre Freundin.

»Ich habe keine Ahnung, wer David ist«, warf Trent ein. »Aber er kann auch kommen. Es wird eine tolle Party.«

»Trent, ich ...«, begann Seth.

»Ich kann ja mit David essen, und du gehst auf die Party«, meinte Susie, als sie sich endlich aus der Menge befreien und zu einem der Ausgänge des Zoos retten konnten.

Susie setzte eine Miene auf, die zwei Dinge bedeuten konnte. Entweder litt sie an schlimmer Verstopfung, was gut möglich war, wenn ihr Körper auf Pumpernickel ebenso reagierte wie ihrer. Oder sie hatte plötzlich den Geist einer sehr aufgeregten Animefigur in sich, die ein Geheimnis hütete. Lara hatte von Anfang an befürchtet, dass sie bei der ersten Gelegenheit in New York abgeschoben werden würde. Susie und David waren ein Paar, und kein Pärchen, das sich seit sechs Monaten nicht mehr gesehen hatte, wollte eine dritte Person bei sich haben. Außer sie standen auf so etwas. Sie schauderte.

»David und ich könnten uns dann dort mit dir treffen«, fuhr Susie fort und stieß Lara einen ihrer spitzen Ellbogen in die Rippen. »Wann und wo?«

»Hier hören alle mit«, flüsterte Trent und warf über die Schulter einen Blick auf eine Gruppe von Leuten. Sie hatten ihre Aufmerksamkeit wieder auf den Countrysänger gerichtet, der offensichtlich auf der Bühne einen Song vortragen wollte. »Ich werde ...« Er räusperte sich. »Seth wird euch die Adresse schicken. Sieben Uhr dreißig. Und zieht euch nicht zu schick an, lieber ganz einfach ... sehr einfach. Die meisten der Gäste besitzen nicht viel. Im letzten Jahr hat jemand ein Kleidungsstück von Givenchy getragen und es nie wiedergesehen.«

»Wir werden da sein«, erwiderte Susie. »Danke. Bis heute Abend.«

»Komm mit«, sagte Trent zu Seth. »Wir müssen dich noch einmal auf die Bühne bringen, bevor der nächste Tim MacGraw alles an sich reißt.«

»Bis später!«, rief Susie mit übertriebener Begeisterung.

»Es hat mich gefreut, Sie kennenzulernen«, sagte Seth. Er schenkte ihnen ein Lächeln, bevor er an seinem Hemd vor die weihnachtliche Dekoration gezerrt wurde.

Susie drehte sich zu Lara um, und ihre Augen sahen aus, als hätte sie mehr als nur einen Mince-Pie-Whisky getrunken. »Ich kann es nicht fassen! Seth Hunt! Dr. Mike! Du und der Lemur! Und die Presseleute haben Fotos gemacht. Vergiss deine Selfies auf Instagram – morgen wird dein Bild in allen Medien zu sehen sein!«

Tatsächlich? Lara war sich nicht sicher, ob das eine gute Sache war. Und sie wusste auch nicht so recht, was sie von dieser Party halten sollte. Okay, Seth Hunt war ein Prominenter, aber sie kannte ihn eigentlich gar nicht. Wie konnte Susie ein Treffen für sie mit einem Unbekannten vereinbaren, irgendwo in New York, in einer Stadt, die viel größer und unüberschaubarer war als Birmingham? Nach ihrem Sprung vom Baum wollte Lara nur noch so schnell wie möglich auf Facebook nachschauen, ob Dan tatsächlich seinen Status geändert hatte ... und, wenn ja, wie.

»Ich bleibe gern in unserem Apartment, während du mit David essen gehst.« Lara stieß mit ihrem Stiefel gegen ein kleines Eisstück auf dem Boden, während sie zum Ausgang gingen. Der Himmel hatte sich bewölkt und kündigte bei Temperaturen um den Gefrierpunkt Schneefall an.

»Du willst im Apartment bleiben?« Susies Stimme klang, als hätte Lara ihr soeben verkündet, dass sie ab sofort abstinent war.

»Ja.« Lara nickte. »Wir sind erst seit einem halben Tag hier, und ich habe noch mit dem Jetlag zu kämpfen. Ich weiß, dass du dich gern mit David zum Abendessen treffen möchtest – und ihn wahrscheinlich zur Nachspeise vernaschen willst –, also mache ich es mir in unserem Apartment gemütlich und ...«

»Und schmachtest nach Dan?«

»Ich wollte sagen, dass ich fernsehen werde.«

»So wie zu Hause.«

»Das ist unser erster Tag«, rief Lara ihrer Freundin ins Gedächtnis.

»Genau! Der erste Tag unseres Abenteuers in New York, und ich werde dich nicht allein im Apartment zurücklassen, damit du dir *Law & Order* anschaust.«

»Wie wäre es mit *Chicago P.D.*?«

»Du hast Seth Hunt kennengelernt!« Susie packte sie an

den Armen und schüttelte sie. »Seth Hunt! Deinen traumhaften Dr. Mike.«

Lara verdrehte die Augen. »Er ist nicht *mein* traumhafter Dr. Mike.«

»Nein, 2016 war er jedermanns traumhafter Dr. Mike. Und, wie ich bei Facebook gesehen habe, nach einer Umfrage der Fernsehstar mit dem größten Sexappeal.«

»Ich sage ja nicht, dass er nicht attraktiv ist.« Oder nicht nett. Er war freundlich und witzig. Und er war offensichtlich wirklich dazu bereit gewesen, sie bei ihrem Sprung vom Baum aufzufangen. »Aber ... ich habe kein gutes Gefühl dabei.«

»Also gut«, begann Susie. »Dann muss ich jetzt wohl ein ernstes Wort mit dir reden.«

Lara schluckte, als Susie sich plötzlich anhörte wie *Marcella*.

»Dan hat dir gesagt, dass er seinen Status bei Facebook ändern wird.«

Lara war klar, dass ihr nicht gefallen würde, was sie nun sicher zu hören bekam. Sie starrte auf ihre Doc Martens und auf den Boden, während sie den Zoo verließen.

»Dan fährt über Weihnachten mit Chloe nach Schottland.«

Das hörte sich so an, als würde Susie ihrer Beziehung die letzte Ölung erteilen.

»Dan hat dir gesagt, dass er sich eine Auszeit wünscht.«

Ja, das war alles richtig. Schrecklich und verletzend, aber unbestreitbar wahr. Lara hob den Kopf.

»Ich persönlich würde den Mistkerl richtig bloßstellen, indem ich alle peinlichen Fotos von ihm zu den günstigsten Zeiten ins Netz stellen würde – in der Werbepause bei *Coronation Street*, fünf Minuten vor den Nachrichten um zehn, um sieben Uhr morgens zum Kaffee –, aber ich weiß, dass du das nicht tun wirst. Also ...« Susie atmete tief ein. »Dann musst du eben den anderen Weg gehen und dich so zeigen, als seist du nach der Trennung total glücklich. Du musst versuchen zu vergessen, was Dan tut, dich auf dein jetziges Leben konzentrieren und es genießen. Deinen Urlaub hier, mit mir ... und die Chance, mit Seth Hunt auf eine Party zu gehen.« Susie grinste und schüttelte gleichzeitig den Kopf. »Ich kann es kaum fassen, dass ich das soeben gesagt habe: Du gehst mit Seth Hunt auf eine Party.«

Susie hatte recht, das war Lara bewusst. Sie grübelte ständig über alles nach und blies Trübsal. Sie sollte damit aufhören und sich stattdessen einer Fantasie über einen Schauspieler hingeben, für den sie einmal geschwärmt hatte ... Auch wenn das lächerlich war.

Lara zog ihr Telefon aus der Jackentasche; das Display war voller Chipskrümel.

»Ihh! Meine Güte, was klebt denn da an deinem Telefon? Diese Jacke sollte eine Gesundheitswarnung tragen. Hast du sie schon einmal gewaschen?« Susie schnupperte, blieb dann stehen und lehnte sich gegen einen Feuerhydranten. »Was hast du vor?«

»Ich mache jetzt, was ich gleich nach unserer Landung hätte tun sollen.«

»Du rufst Aldo an?«

»Ich habe ihm eine SMS geschickt.«

»Du rufst deinen Dad an?«

»Aldo wird ihm erzählen, dass ich ihm geschrieben habe. Wahrscheinlich mindestens sechs Mal.«

»Du überprüfst Dans Facebook-Account?«

Lara nickte, drückte entschlossen auf das Onscreen-Symbol und suchte rasch nach »Dan Reeves«. Schon nach wenigen Sekunden bekam sie ihre Antwort.

»Dan Reeves ist offensichtlich ...« Sie reichte Susie ihr Telefon.

Single. So lautete sein Status. *Single.* In ihren Augen und ihrer Kehle brannten Tränen, aber sie schluckte sie schnell hinunter. Diese Genugtuung wollte sie ihm nicht geben, schon gar nicht hier im pulsierenden New York. Nicht hier, wo wunderschöne kegelförmige Lämpchen golden an einem Hochhaus glitzerten, dessen oberes Ende sie nicht sehen konnte, und wo ein Zeitungsverkäufer als Pinguin verkleidet auf der Straße stand. Sirenen heulten, und Autofahrer hupten, und sie fühlte sich sehr klein, aber plötzlich hellwach ...

»Ich sollte zu der Party gehen, oder?« Lara blinzelte, um ihren Schmerz zu verdrängen, und schaute ihrer Freundin in die Augen.

»Ja, auf jeden Fall«, erwiderte Susie.

KAPITEL FÜNFZEHN

Gramercy, New York

»Ich habe versucht, dich anzurufen«, begann Seth, als Kossy die Tür zu seinem früheren Zuhause, einem teilweise mit Efeu bewachsenen, dreistöckigen Sandsteingebäude, aufriss. »Und ich habe drei SMS geschrieben.« Er reichte ihr zwei große Einkaufstüten aus Papier. »Ich habe ein paar Bier, Würstchen, Kartoffelsalat und jede Menge Chips und Guacamole besorgt ...«

Kossys Haare hingen ihr zerzaust auf die Schultern, und sie trug eine Schürze über ihrem langärmligen blassgelben Kleid. Sie nahm Seth die Tüten ab, stellte sie auf die Türschwelle und umarmte ihn, bevor sie ihn in die Wangen kniff. »Ich dachte schon, du würdest nicht kommen. Ich sagte zu deinem Dad: ›Seth kommt sicher nicht, denn ich habe seit unserem Ravioli-Essen nichts mehr von ihm gehört.‹ Und dann kochten wir Jambalaya, der Fernseher lief, und sie brachten Bilder aus dem Zoo ... Und dann haben wir dich gesehen, neben diesem tollen neuen Countrysänger und mit einem Affen auf dem Arm!« Kossy ließ ihn los und nahm sein Gesicht in die Hände. »Du hast einen kleinen Affen gehalten und so wunderbare Dinge über den Zoo gesagt, in dem wir zum ersten Mal mit dir waren, als du vier warst und versucht hast, die Seehunde zu füttern.«

»Das war ein Lemur, Mom«, erklärte Seth.

Sie winkte ab. »Ich wette, sie sind noch schlüpfriger.

Komm rein, komm rein! Wir haben alles unter Kontrolle – in dreißig Minuten kommt der Bus.« Sie hob die Einkäufe auf und stapfte ins Haus.

Er lächelte, als er das chaotische, aber einladende Haus betrat. Jedes Bücherregal, jedes Schränkchen und jeder Stuhl – und von allen gab es einige – war mit Erinnerungen an das gemeinsame Leben seiner Mutter und seines Vaters geschmückt. Willkürlich gesammelte Kieselsteine, Pflanzen – einige gerade noch am Leben, andere blühend –, Fotos, Zierfiguren – einige davon mit fehlenden Körperteilen –, technische Geräte – einige aus den Achtzigern und kaputt – und Kabel mit Steckern, von denen niemand wusste, woher sie kamen und wozu sie dienten. Zu dieser Unordnung waren nun auch noch Hunderte Lamettafäden dazugekommen. Sie hingen am Treppengeländer und an den Pinnwänden, waren um Porzellanpuppen und ausgestopfte Vögel geschlungen ... Seth folgte seiner Mom in die Mitte des Hauses, wo Küche, Esszimmer und Wohnzimmer eine Einheit bildeten und auf eine Terrasse und eine kleine Rasenfläche hinausführten.

»Gefallen dir meine Bäume? Sie gefallen dir doch, oder?« Kossy eilte in die Küche und deutete auf zwei wuchtige Fichten, die viel zu groß für den kleinen Raum waren.

»Ich ...«, begann Seth.

»Dein Dad findet sie zu breit, aber ich habe ihm gesagt, dass das eine Beleidigung ist. Kannst du dir vorstellen, dass er das eines Tages auch zu mir sagt? ›Kossy, du bist zu breit.‹ Was soll ich dann darauf erwidern? ›Kauf mir ein größeres Haus?‹ Könnte das passieren, Seth? Was glaubst du?«

»Wo ist Dad?«, fragte Seth und schaute zu, wie sich seine Mutter im geordneten Chaos in der Küche wieder an die Arbeit machte.

»Hinter dem Haus«, erwiderte Kossy. »Stör ihn nicht. Er

steht auf einer Leiter und versucht, die Lichterketten zum Leuchten zu bringen. Was wäre die Party des Jahres ohne Weihnachtslichter?«

Seths Telefon piepste.

»Möchtest du eine Tasse Kaffee, Seth? Oder sollen wir es uns erlauben, den José Cuervo aufzumachen? Um uns ein bisschen bei der Partyvorbereitung zu helfen.« Kossy hob eine Flasche Tequila hoch und schwenkte sie durch die Luft.

»Ich hätte gern eine Tasse Kaffee, wenn es dir recht ist«, erwiderte Seth und zog sein Telefon aus der Tasche. Die Nachricht war von Trent.

> Vor der Party solltest du wissen, dass @laraweekend eine Frau ist, der du über die Trennung von ihrem Freund hinweghilfst. Das wird einfach großartig. Ich könnte mir gut vorstellen, dass das zu einem Exklusivinterview führt – vielleicht mit Ellen. Der nette Kerl, der etwas Gutes tut – das weckt Gefühle bei den Zwanzigjährigen UND bei deren Müttern. Ich weiß, ich bin ein Genie. Übrigens hat das mit Netflix nicht geklappt. Ich glaube, sie geben die Rolle Michael Fassbender. Tut mir leid, Kumpel!

»Scheiße!« Seth warf sein Telefon auf die Arbeitsfläche und fuhr sich mit den Händen durchs Haar.

»Seth! Du fluchst in meinem Haus – direkt vor mir!« Kossy drückte eine mit Mehl bestäubte Hand an die Brust. »Sind wir denn jetzt wieder im Jahr 2000?«

»Tut mir leid, Mom.« Er nahm sein Telefon wieder an sich und steckte es in die Tasche seiner neuen Jeans. »Entschuldige.«

»Schlechte Nachrichten?«, erkundigte sich Kossy.

»Ich ...« Er hätte die Rolle in der Netflix-Serie wirklich sehr gern übernommen, wenn auch nicht so gern wie die Rolle des Sam in dem nächsten Universal-Film *A Soul's Song*, aber im Augenblick konnte er nur an das Mädchen auf dem Baum mit dem Lemuren denken. Und daran, dass Trent ihn in die ganze Sache hineingedrängt hatte, um der Presse etwas verkaufen zu können. Und nun sah alles so aus, als hätte er sich das ausgedacht. Warum nur hatte er Trent erlaubt, sich um seine Auftritte bei den sozialen Medien zu kümmern? »Ich habe nur eine Rolle nicht bekommen, das ist alles.« Seine Mom sollte nicht erfahren, wie verkorkst sein Leben seit einiger Zeit war.

»Die Rolle, von der du mir erzählt hast? Der adoptierte junge Mann?«

Er schüttelte den Kopf. »Nein. Von dieser Rolle habe ich noch nichts gehört.«

»Und wir hatten noch keine Gelegenheit, uns weiter über Candice zu unterhalten.«

Seth zuckte zusammen, als er den Namen seiner leiblichen Mutter hörte. Er hasste sich selbst. Was war nur los mit ihm? Er schluckte, versuchte verzweifelt, sich wieder zu sammeln, und nahm zur Ablenkung einen Zahnstocherbehälter in Form eines Weihnachtsmanns in die Hand.

»Ich habe mit Bernadette in der Küche gesprochen, und sie sagt, Candice' Nachname sei Garcia gewesen. Ich schäme mich, dass ich das nicht gewusst habe.« Kossy steckte ihre Hände in eine Schüssel mit etwas, was aussah wie Teig. »Wir versuchen, die Unterlagen herauszusuchen, aber so kurz vor Weihnachten ist im Zentrum zu viel los.«

»Garcia«, wiederholte er. »Spanisch?«

»Sie sah ein wenig so aus. Aber tolles dunkles Haar muss nicht unbedingt genetisch bedingt sein – da reichen schon ein paar günstige Haarpflegeprodukte. Nicht, dass ich damit Erfahrung hätte.«

»Glaubst *du* denn, dass sie aus Spanien stammte?«, fragte Seth. Hatte er von ihr seine Haarfarbe? Seine Haut war eigentlich nicht wirklich olivfarben. Seth Garcia – unglaublich, das klang noch mehr nach Hollywood als Seth Hunt.

»Ich weiß es nicht«, erwiderte Kossy. »Wie ich dir bereits gesagt habe, kannte ich sie nur so gut, wie man die Menschen im Obdachlosenheim kennen kann. Manche betrachten es als eine Art Zuhause, andere kommen einmal und nie wieder. Candice war etwa vier Monate lang hin und wieder unser Gast und kam dann nicht mehr.«

»Und sie hat mich bei dir gelassen«, stellte Seth fest.

Kossy nickte und knetete die Masse in der Schüssel. »Aber ich weiß, dass sie dich bei sich behalten hätte, wenn es ihr möglich gewesen wäre. Sie hätte sich um dich gekümmert und …«

»Mom«, unterbrach Seth sie rasch. »Du musst daraus keine herzerwärmende, erhebende Geschichte machen. Sie war eine Straßenprostituierte.« Er hielt inne, die Worte kamen ihm nur schwer über die Lippen und hörten sich steif an. »Wie hätte sie diesen Job weitermachen und sich dabei um ein Baby kümmern können? Sicher hätte sie mich dann irgendwann in einer Drogenhöhle zurückgelassen, und ich wäre krank geworden oder an Vernachlässigung gestorben. Oder …«

»Ich glaube nicht, dass sie jemals Drogen genommen hat«, entgegnete Kossy. »Das hätte ich bemerkt. Sie war keine Drogensüchtige.«

»Aber die Leute, mit denen sie in Kontakt war …«

»Wir haben alle Verbindungen zu Menschen aus allen möglichen sozialen Schichten.«

»Jetzt hörst du dich an wie Dad.« Ted war Beratungslehrer und beherrschte die schwere Kunst, für die örtlichen Jugendlichen gleichzeitig ein Freund und Ratgeber zu sein. Heutzutage, wo Gleichberechtigung für alle herrschte und bloße Theorien nicht mehr akzeptabel waren, war er für gewöhnlich der König der politischen Korrektheit.

»Willst du versuchen, sie ausfindig zu machen, Seth?«, fragte Kossy. »Diese Frage hast du mir bei unserem Lunch, als meine Ravioli bereits kalt waren, immer noch nicht beantwortet.«

»Ja, das stimmt.« Seth wusste nicht, was er darauf sagen sollte. Er wollte wissen, wer sie war und woher sie kam, aber er war sich nicht sicher, ob er den nächsten Schritt gehen sollte.

Kossy nahm die Hände aus dem Teig, ließ am Spülbecken Wasser darüberlaufen und wischte sie sich an einem weihnachtlich bedruckten Handtuch ab. »Ich werde alles tun, um dir bei deiner Suche zu helfen, falls du das wirklich willst.«

»Ich weiß«, erwiderte Seth. »Ich muss noch eine Weile darüber nachdenken. Ist das in Ordnung?«

Kossy lächelte. »Natürlich. Ganz so, wie du möchtest. Lass es mich einfach nur wissen, wenn ich etwas für dich tun kann.«

Seth atmete tief durch. »Vielleicht ... wenn du ... Gibt es Fotos vom Obdachlosenheim? Auf denen sie zu sehen ist?«

»Das kann ich dir nicht versprechen. Wie gesagt, die meisten kommen und gehen und stellen sich nicht für irgendwelche Fotografen in Pose, aber es könnte ein paar Aufnahmen geben. Ich werde mir alles anschauen, was ich habe.«

Seth lächelte. »Danke, Mom.«

»Wow!« Der aufgeregte Schrei von draußen lenkte Seths Blick auf die Terrassentür. Im Garten hinter dem Haus leuchteten nun mehr Lämpchen als bei einem Konzert von Pink Floyd.

»Kaum zu glauben.« Kossy kam hinter der Arbeitsfläche hervor und schaute auf den Garten hinaus. »Er hat mir versprochen, dass er dieses Jahr eine besondere Beleuchtung anbringen wird, aber ich war skeptisch.« Sie atmete tief durch und betrachtete die tanzenden Laserlichter. »Ich war tatsächlich mehr als skeptisch.«

Innerhalb weniger Sekunden drehten sich die pink- und lilafarbenen Lichter immer schneller, überzogen den Zaun mit einer Farbenflut, wirbelten hinauf in den bewölkten Himmel und wieder zurück. Und dann erloschen sie plötzlich, und ein lautes, enttäuschtes Stöhnen wurde durch die doppelverglaste Tür hörbar.

»Wie ich mir schon dachte.« Kossy seufzte tief. »Ich habe mich zu früh gefreut.«

»Ich gehe mal und schau nach, ob ich helfen kann.« Seth ging zur Tür.

»Warte.« Kossy eilte zu ihm hinüber. »Du musst zuerst deine Jacke anziehen.« Sie streifte sie ihm über, zog den Reißverschluss zu und zupfte sie zurecht, als wäre er ein Dreijähriger. »Es ist eiskalt draußen.«

Er beugte sich lächelnd vor und küsste sie auf die Wange. »Danke, Mom.«

KAPITEL
SECHZEHN

Lara schaute auf ihr Telefon und die Nachricht, die sie für Aldo tippte.

Heute habe ich in New York einen Pumpernickel-Bagel gegessen und einen Lemuren im Central-Park-Zoo von einem Baum gerettet. Lemuren würden dir gefallen. Sie sehen aus wie Wildkatzen, aber sie haben längere Schwänze und sind nicht so bissig. Und sie mögen Pringles. Vergiss nicht, morgen Dad beim Rausbringen der Mülltonnen zu helfen, und denk dran, dass es im Gartencenter 20% Rabatt gibt. xxx

Während sie den letzten Satz löschte, fuhr das Taxi vor einer Reihe von gepflegten Stadthäusern vor. Sie musste Aldo nicht an die Mülltonnen oder den Rabatt im Gartencenter erinnern – er wusste das, auch wenn sie immer befürchtete, er könnte es vergessen. Sie musste aufhören, ihn zu behandeln, als bräuchte er ständig Hilfe, denn damit würde sie ihn tatsächlich zu einem hilfsbedürftigen Menschen machen. Alle anderen nahmen ständig an, dass Aldo sich nicht um sich selbst kümmern konnte. Sie hatte immer versucht, ihm beizubringen, dass er mit ein wenig Übung und Geduld alles erreichen konnte, was er wollte.

Der Taxifahrer räusperte sich so laut, als hätte er sich an einem Wintereintopf verschluckt.

»Tut mir leid.« Lara beugte sich zu ihm vor. »Sind wir schon da?«

»Am Ziel, Lady«, erwiderte er. »Das Haus, wo die Tür weit offen steht und die Leute auf den Stufen etwas trinken, als hätten wir Sommer. Auf was für eine Party sind Sie denn eingeladen?«

»Ich habe keine Ahnung«, erwiderte Lara und griff in ihre Jackentasche, um die Geldbörse herauszuziehen.

Sie und Susie hatten nicht viel Zeit gehabt, darüber zu sprechen, denn David war schon früh in ihr Apartment gekommen, um ihre beste Freundin zum Dinner abzuholen. Offensichtlich hatte er Susie, eine halbe Weltreise entfernt, sehr vermisst, und die beiden hatten sich verliebt angehimmelt. Lara war ein bisschen eifersüchtig gewesen, aber sie hatte sich bei diesem Anblick auch daran erinnert, dass Dan sie schon seit Langem nicht mehr auch nur annähernd so verliebt angesehen hatte.

Sie bezahlte den Taxifahrer und stieß die Wagentür auf. Als sie auf den Gehsteig trat, fielen die ersten Schneeflocken. Sie sog mit einem tiefen Atemzug die kalte Luft ein und warf einen Blick auf die Häuser. Sie ähnelten sich alle, aber trotzdem besaß jedes einen eigenen Charakter. Einige waren aus braunen Ziegeln gebaut, andere hatten beigefarbene Mauern, und alle waren, trotz der Jahreszeit, mit Grünpflanzen verziert. An manchen Mauern wucherte Efeu, und auf den Treppenstufen standen Kübel mit Tannen oder anderen winterharten Gewächsen und verschönerten die kleinen Vorgärten. Alle Häuser waren weihnachtlich angehaucht – mit goldenen Lichterketten an den Fenstern oder einem sanften Licht hinter den Vorhängen. Vor allem das Haus, auf das sie nun zuging. Auf den Stufen saß ein halbes Dutzend Leute mit nicht zusammenpassenden Hüten, Jacken und Schals. Einige trugen Schuhe, die ihre Zehen nicht bedeckten.

»Hallo«, begrüßte sie den Mann auf der dritten Stufe. »Fröhliche Weihnachten.«

»Reiß dir bloß nicht alle Pasteten unter den Nagel!«, blaffte der Mann sie an. Sein Bart reichte bis zu der Stufe, auf der er saß, und außer etlichen Krümeln schien sich darin auch noch etwas Lebendiges zu befinden.

»Okay.«

»Iss mir nicht alles weg«, fügte er barsch hinzu. »Ich möchte noch mehr haben.«

»Soll ich … Ihnen noch etwas besorgen?«, fragte Lara.

Er schüttelte den Kopf. »Es gibt nur mehr, wenn Kossy das sagt.«

»Oh, ich verstehe. Tut mir leid«, sagte Lara. Was für eine Party war das hier?

»Kümmere dich nicht um Earl«, warf ein junges Mädchen mit Dreadlocks ein. »Er hat die ganze Woche nichts gegessen, um genug Platz im Bauch für heute Abend zu haben.« Sie legte Lara eine Hand mit bis zum Nagelbett abgekauten Fingernägeln auf den Arm. »Und es gibt immer noch einen Nachschlag.«

Lara lächelte.

»Du hast keine Ahnung, was für eine Party das hier ist, richtig?«

»Ist das so offensichtlich?«

»Wir sind alle wegen Kossy hier. Sie leitet das Zentrum, in dem wir versuchen, ein Bett für die Nacht und eine warme Dusche zu bekommen. Sie ist die beste Frau, die ich jemals kennengelernt habe. Und heute Abend findet ihre Weihnachtsparty für uns statt. Essen, Getränke, Spaß und keine Beurteilungen. Wir fühlen uns so, als würden wir in diesem

Stadtviertel leben – so, als könnten wir tatsächlich hier wohnen.« Das Mädchen lächelte. »Ich hoffe, du hast Hunger.«

Lara wollte gerade erwidern, dass sie am Verhungern war, schloss jedoch rasch den Mund wieder. Sie hatte keine Ahnung davon, wie sich das tatsächlich anfühlte, und die Leute, vor denen sie nun stand, sahen so aus, als würden sie es wissen. War das eine Spendenveranstaltung, die Seth unterstützte?

»Du bist zum ersten Mal hier, oder? Hattest wohl bisher noch keinen Kontakt zu Pennern?« Das Mädchen lachte.

»Nein … hier in New York noch nicht. Aber in der Fernfahrerkneipe in England, in der ich mir oft ein Sandwich besorge, hängen sehr viele … Penner herum. Aber ich will damit nicht sagen, dass du oder die anderen ungepflegt seid.«

Das Mädchen lachte wieder. »Du bist cool. Das ist schon in Ordnung. Ein bisschen Dreck macht mir nichts aus. Das erinnert mich daran, warum ich dieses Leben gewählt habe. Der äußerliche Schmutz gibt mir das Gefühl, im Inneren sauberer zu sein – mehr als mir das dort gelungen ist, wo ich herkomme.« Sie streckte eine Hand aus. »Ich bin Felice.«

Lara schüttelte ihr die Hand. »Lara. Es freut mich, dich kennenzulernen.«

»Gleichfalls.« Felice setzte eine Bierflasche an den Mund und trank einen Schluck. »Dann bist du wohl eine der guten Menschen, die gekommen sind, um uns zu zeigen, dass es auf dieser Welt nicht nur Mistkerle gibt, die uns übers Ohr hauen wollen.«

»Na ja, ich wurde eingeladen von …« Sollte sie wirklich sagen, dass Seth Hunt sie eingeladen hatte? Das klang lächerlich. Aber es war die Wahrheit, und auf ihren Accounts in den sozialen Medien war einiges los, seit Susie ein Foto von ihr und Seth im Zoo eingestellt und es getaggt hatte.

Bisher gab es jedoch noch keine Reaktion von Dan ... »Seth Hunt hat mich eingeladen.«

»Ach, der heiße Sohn.« Felice grinste.

»Sohn?«

»Seth ist Kossys Sohn. Er hilft beim Grillen. Es gibt Würstchen, falls du dir ein Sandwich machen möchtest«, sagte Felice mit perfekt nachgeahmtem britischem Akzent.

»Aber nur eines!«, rief Earl.

»Dad, die Würstchen verbrennen gleich«, erklärte Seth und schob sie rasch auf das obere Gitter des Grills.

»Ich würde sie noch ein paar Minuten brutzeln lassen«, erwiderte Ted gelassen, während er ein paar Steaks in der Pfanne anbriet, ein wenig Brandy darübergoss und das Fleisch flambierte.

»Noch ein paar Minuten, und sie sind total verkohlt«, entgegnete Seth. Obwohl es leicht zu schneien begonnen hatte, schwitzte er. Seine Mom hatte Heizstrahler, Kaminöfen und altmodische Ölfässer im Garten aufgestellt. Die Gäste hatten sich davor versammelt, wärmten ihre Hände an den Flammen oder rösteten Marshmallows. Old Eddie, der an die achtzig sein musste, spielte Mundharmonika zu der Weihnachtsmusik, die aus dem ältesten Ghettoblaster kam, den Seth jemals gesehen hatte. Er vibrierte so heftig auf dem Tisch, dass die Plastikflaschen mit Ketchup und Senf Richtung Tischkante hüpften.

»Nach all den Jahren unserer Grillpartys hast du immer noch nicht verstanden, dass wir aufpassen müssen, nicht wegen einer Lebensmittelvergiftung verklagt zu werden.« Ted legte seine Steaks auf Teller, die ihm blitzschnell von den hungrigen Gästen aus der Hand gerissen wurden.

»Im Ernst, Dad, glaubst du tatsächlich, dass dich von diesen Leuten jemand verklagen würde? Du tust doch etwas Gutes.«

Ted fuhr mit seinem Pfannenwender durch die Luft. »Und wir tun es nicht blauäugig.« Er senkte die Stimme. »Glaubst du denn, dass jeder hier bedürftig und hungrig ist?«

»Du hast mich schon als bedürftig bezeichnet, als ich mit fünf Jahren unbedingt zu Weihnachten ein Feuerwehrauto haben wollte. Und wenn ich jetzt nicht gleich ein Würstchen bekomme ... Was soll ich dazu noch sagen?«

»Es kommen auch immer Presseleute, Seth«, fuhr Ted fort. »Sie wollen jedes Jahr über die verrückten guten Menschen berichten, die ihr Heim für die Mittellosen der Stadt öffnen, und hoffen, dass uns einer von ihnen ein Messer an die Kehle setzt, ein Feuer legt oder unsere irdischen Güter stiehlt.«

»Manchmal lassen die Leute tatsächlich etwas mitgehen.« Seth dachte an das Kleidungsstück von Givenchy.

»Natürlich«, erwiderte Ted. »Sie besitzen nichts. Und wenn sie diese grässliche Sammlung Staubfänger von deiner Mutter stehlen wollen, um sie für ein paar Dollar zu verhökern, werde ich sie nicht davon abhalten.«

»Aber ...«

»Außer dir haben deine Mutter und ich nichts, was wir nicht ohne zu zögern hergeben würden.« Ted schlug Seth auf die Schulter. »Wir haben unsere Erinnerungen.« Er klopfte sich an die Schläfe seines blonden Kopfs. »Wichtig sind all die erlebten Zeiten, nicht der ganze Schnickschnack. Obwohl ich eine neue Bohrmaschine entdeckt habe, die mir der Weihnachtsmann hoffentlich bringt.«

Seth lächelte seinen Vater an und ließ den Blick über dessen beigefarbene Hose gleiten, die in dicken Winterstiefeln steckte, und über den an den Ärmeln hochgerollten Pullover mit dem Rentiermotiv. Ted war ein ehrlicher, hart arbeitender Mann, der seit seiner Kindheit immer für ihn da gewesen war, von dem Moment, an dem er sein erstes Haustier verloren hatte – eine Schnecke aus dem Garten –, bis zu seiner ersten Filmpremiere. Dann zuckte er plötzlich zusammen. »Die Würstchen, Dad! Sie sind schon fast verbrannt!« Er nahm sie rasch vom Grill und legte sie auf Papierteller.

Ted lachte. »Hier hast du die Antwort auf deine erste Frage wegen einer möglichen Klage: Ich lasse die Würstchen verbraten, damit die Presseleute auf keinen Fall eine Lebensmittelvergiftung bekommen können. Wenn sie sich über meine schlechten Grillfähigkeiten aufregen wollen, dürfen sie das gern tun.« Er half Seth beim Verteilen. »Aber wenn du das Gefühl hast, verkohlte Würstchen könnten deiner Karriere schaden, kannst du sie jederzeit fallen lassen.« Ted grinste. »So wie diesen Lemuren.«

»Hey, das war ein Schlag unter die Gürtellinie«, protestierte Seth.

Das Haus war überfüllt mit Menschen und Dingen. Jeder Zentimeter der Wand war mit Fotos und Bildern verziert, die jedoch fast alle von den Gästen verdeckt wurden. Einige standen, andere saßen oder hatten sich gegen die Möbel gelehnt. Lara hatte einen Blick in das gemütliche Wohnzimmer auf der rechten Seite geworfen, aber dort spielten eine Menge Leute an einem Tisch Karten um etwas, was wie Sushi aussah. Sie ging weiter in das an die Küche angeschlossene Esszimmer, in dem zwei riesige Christbäume emporragten. Die Luft war erfüllt von Musik, Gelächter, Gläserklirren und Korkenknallen. Sie fühlte sich ein wenig fehl am Platz, beklommen und vollkommen überwältigt – immerhin war sie ganz allein in New York in einem Haus voller fremder Menschen. In der Küche zog sie sich neben einem der Christbäume in eine Ecke zurück, zog ihr Telefon aus der Jackentasche und rief die SMS auf, die sie noch nicht an Aldo abgeschickt hatte.

Heute habe ich in New York einen Pumpernickel-Bagel gegessen und einen Lemuren im Central-Park-Zoo von einem Baum gerettet. Lemuren würden dir gefallen. Sie sehen aus wie Wildkatzen, aber sie haben längere Schwänze und sind nicht so bissig. Und sie mögen Pringles.

Wie sollte sie den Text beenden? Nicht mit einer Anweisung. Vielleicht mit einem Vorschlag. Mit irgendetwas Nettem.

Du darfst gern während meiner Abwesenheit die Türchen an meinem Adventskalender öffnen und die Schokolade essen, wenn du möchtest. Xxx

»Hallo, ich bin Kossy. Möchten Sie etwas zu trinken?«
Lara schaute von ihrem Telefon auf. Vor ihr stand eine hübsche Frau Anfang fünfzig mit beeindruckendem, leicht gewelltem schwarzem Haar, durchzogen von einigen grauen Strähnen. Susie würde sich sicher mit Freude daraufstürzen.
»Ich ... weiß nicht, ob ich lange bleiben werde.« Das hatte sie eigentlich nicht sagen wollen, und es hatte sich sehr unhöflich angehört. »Tut mir leid. Ich wollte sagen, dass ich nicht obdachlos oder ausgehungert bin, und ich habe ein schlechtes Gefühl dabei, wenn ich hier etwas esse oder trinke ... Ich möchte niemandem etwas wegnehmen.«
Kossy lachte laut. Ein volles, sattes Lachen, das an die

Konsistenz eines dunklen Feigenpuddings mit Sahnehäubchen erinnerte. »Sie gefallen mir! Sie sind ein bisschen verrückt!« Sie legte Lara einen Arm um die Schultern. »Ich bin auch nicht obdachlos und theoretisch nicht am Verhungern, aber ich habe gelernt, dass jeder Mensch essen und trinken muss. Und in diesem Haus nimmt niemand jemand anderem etwas weg. Bier?«, fragte Kossy. »Oder soll ich den Tequila aufmachen?« Sie senkte die Stimme. »Ich warte schon seit fünf Uhr darauf, dass ich die Flasche endlich öffnen kann.«

»Ein Bier wäre wunderbar«, erwiderte Lara.

»Kommt sofort.« Kossy griff nach Laras Arm und schob sie durch die Menge zur Kücheninsel. »Ich gebe Ihnen sogar zwei, wenn Sie mir alles über sich und England erzählen. Sicher kennen Sie die Queen persönlich, oder?«

Lara lächelte. »Ein Bier reicht fürs Erste.«

»Ha!«, rief Kossy. »Eine Frau mit Geheimnissen.« Dann stieß sie hörbar den Atem aus und legte beide Hände ans Gesicht. »Ich kenne Sie! Ich weiß, dass ich Sie kenne! Warten Sie eine Minute, gleich habe ich es! Sie waren mit meinem Seth in einer Fernsehsendung. War es *Manhattan Med*? Haben Sie diese Lernschwester gespielt, mit der er in Staffel vier ein Techtelmechtel hatte? Ich war immer der Meinung, dass man aus ihrer Rolle mehr hätte machen sollen.«

Lara schüttelte den Kopf. »Nein, das bin ich nicht. Schön wär's – sie hat eine sehr schöne Haut.«

»Das stimmt ...« Kossy öffnete eine Bierflasche und reichte sie Lara. »Aber Sie sind Schauspielerin, richtig?«

Lara lächelte. »Nein, LKW-Fahrerin.«

»Ach was! Bei diesem Aussehen?«

Sie wurde rot; sie bekam nicht oft Komplimente für ihr Aussehen. Hauptsächlich war sie eben einfach Lara, die einen Truck fuhr. Oder, bei manchen Firmen, bei denen sie

Ladungen anlieferte, die hübsche Kleine, die wahrscheinlich nichts im Hirn hatte. Sie trank einen großen Schluck Bier. »Wollen Sie damit sagen, dass hübsche Mädchen keine LKWs fahren können?«

»Meine Güte, das hätte ich doch jetzt beinahe getan. Dafür werde ich sicher in der Hölle schmoren! Kommen Sie schon, helfen Sie mir aus meiner Not. Wie heißen Sie, und woher kenne ich Sie?« Kossy schraubte die Tequilaflasche auf und schenkte sich einen kleinen Schluck in ein Glas ein.

»Ich bin Lara.«

»Und sie war heute mit mir in den Nachrichten zu sehen. Auf einem Baum im Zoo.«

Seth stand plötzlich neben Lara, ohne dass sie ihn hatte kommen sehen. In der dunklen Jeans, dem Hemd und dem Pullover sah er lässig, aber auch sehr sexy aus. Er hatte seine Jacke über den Arm gehängt, und in der Hand hielt er einen Teller mit Würstchen. Bevor er ihn auf die Arbeitsfläche stellen konnte, bedienten sich die Gäste bereits.

»Hallo.« Lara beschlich das Gefühl, dass sie nicht auf dieser Party sein sollte. Das war offensichtlich das Haus seiner Eltern, und sie war in eine wichtige Veranstaltung hineingeplatzt ...

»Sie nennen es ›Die Rettung des Primaten Ryan‹, richtig?«, sagte Kossy. »Bernadette hat mich vorhin angerufen und mir gesagt, dass es ein *Bending Topic* bei Twitter ist. Habe ich das richtig gesagt? Es klingt irgendwie komisch.«

»Ein *Trending Topic*, Mom«, erklärte Seth. »Und der Lemur heißt Jax. Hi, Lara, möchten Sie ein Würstchen?«

Sie sah, dass sein Gesicht sich nach diesem Angebot leicht rötete.

»Sehr direkt, Seth.« Kossy lachte. »Das hätte Dr. Mike sagen können. Nehmen Sie sich ein Würstchen. Und gern auch von allem anderen, was Sie hier finden können. Ich hole rasch noch ein paar Brötchen.«

»Danke, das ist prima«, sagte Lara rasch und nahm sich ein Würstchen von Seths Teller. »Das genügt mir.«

»Glauben Sie mir, in diesem Haus haben Sie keine Chance – Sie müssen tun, was meine Mom sagt.«

»Sie ist sehr nett.« Lara biss in das Würstchen. Es schmeckte hervorragend.

»Ist es ihr schon gelungen, Ihre gesamte Lebensgeschichte in Erfahrung zu bringen?«

»Sie hat mit ein zweites Bier dafür angeboten.«

»Dann stecken Sie jetzt in der Tinte.«

»Nein.« Lara biss noch einmal so kräftig in das Würstchen, dass ihr das Fett übers Kinn lief. »Ich bin auf einer tollen Party in New York, esse ein leckeres Würstchen und begreife gerade, wie viel Glück ich habe.«

»Ich hole Ihnen das zweite Bier«, erwiderte Seth lächelnd.

KAPITEL
SIEBZEHN

Während er gegrillt und Getränke ausgeschenkt hatte, hatte Seth sich rasch die Kommentare auf Twitter angeschaut und war überrascht, dass er Lara noch in die Augen schauen konnte. Ihr erster Tweet war etwas ungewöhnlich, aber er spürte, dass sie es ehrlich meinte. Offensichtlich liebte sie ihren Freund und wollte alles Menschenmögliche tun, um die Beziehung zu retten. Bei den Antworten, die Trent an seiner Stelle gegeben hatte, kringelte sich in ihm alles wie ein Geschenkband an einem Weihnachtspäckchen. Er hätte niemals einen kitschigen Satz aus *Manhattan Med* zitiert – er hätte überhaupt nicht geantwortet. Twitter war für ihn lediglich eine berufliche Notwendigkeit. Und er las nie die Direktnachrichten, weil sie meistens von irgendwelchen durchgeknallten Leuten kamen. Nachdem er mit Mad Maggie – der verrückten Maggie, die von allen so genannt wurde und das nicht als Beleidigung empfand – getanzt hatte, nahm er sich vor, Lara ein drittes Bier zu bringen und ihr zu gestehen, dass Trent seine sozialen Medienkontakte verwaltete. Dass sein Freund es gut gemeint hatte – auch wenn das ein wenig zu nett ausgedrückt war –, und dass er, Seth, zwar mit ihr fühlte, aber nicht die richtige Person war, diese Sache mit ihr durchzustehen. Ihm war klar, dass er nicht Alex Pettyfer war. Und im Augenblick befand er sich in einer seltsamen Situation. Seine Karriere hing am seidenen Faden, und er musste sich mit den Neuigkeiten über seine Herkunft anfreunden. Er war unkonzentriert und erlebte eine gefühlsmäßige Achterbahnfahrt. Als er seinen Blick über den Garten schweifen ließ, sah er, dass Lara sich mit Earl unterhielt. Earl hatte normalerweise nicht viel zu sagen, außer, dass er jeden beschuldigte, ihm sein Essen wegzunehmen …

»Wann sehen wir dich wieder auf der großen Leinwand? Bei deinem letzten Film hat deine Mutter einen Projektor besorgt, und wir haben uns alle auf den Fußboden gesetzt, Popcorn gegessen und ihn uns angeschaut.« Mad Maggie sah ihn aus blutunterlaufenen Augen an und zeigte ihr lückenhaftes Gebiss.

»Es wird tatsächlich schon bald eine Premiere geben, Maggie.«

Er hätte es beinahe vergessen, bis er nach seinem Blick auf Twitter in seinen Kalender geschaut hatte. Wie konnte man eine Filmpremiere vergessen? Der Film war vor über einem Jahr gedreht und vorerst zurückgehalten worden, weil sich die Handlung zu sehr mit den realen Geschehnissen auf der Welt deckte. Er hatte einigen kleineren Magazinen ein paar Interviews über die bevorstehende Premiere gegeben, aber eigentlich war er keiner der funkelnden Sterne wie Mark Wahlberg, sondern eher eine flackernde Taschenlampe mit schwacher Batterie. Aber trotzdem musste er bei der Filmpremiere erscheinen, und die Finanzspritze hatte ihm geholfen, die Miete für diesen Monat zu bezahlen.

»Roter Teppich und Champagner?« Maggie sog die eisige Luft durch die Zähne. »Ich kann mich nicht an das letzte Mal erinnern, als ich Champagner getrunken habe … oder einen Teppich gesehen habe.« Sie schniefte. »Die Villen der Reichen sind ebenso kahl wie die besetzten Häuser. Jeder lebt so, als hätte er nichts. Irgendwie komisch!« Sie lachte laut und herzhaft und drückte mit ihren kräftigen Händen seinen Arm.

»Mädchen wie du sollten kein Bier trinken«, erklärte Earl. Ein paar Krümel vom Weihnachtskuchen fielen ihm dabei aus dem Mund in den Bart.

»Mädchen wie ich?«, fragte Lara. »Das ist ein Vorurteil, Mr Earl. Sie kennen mich doch gar nicht.«

»Ich sehe, dass du hübsch bist ... und nicht obdachlos. Und du hast dir vier Würstchen zu viel genommen.«

Lara legte in gespieltem Entsetzen eine Hand auf die Brust. »Verfolgen Sie etwa genau mit, was jeder hier isst, Mr Earl?«

Er rückte so nahe an sie heran, dass sein Bart sie an der Seite ihres Gesichts kitzelte und sich ein leichter Körpergeruch mit dem Duft nach gegrilltem Fleisch, der kalten Luft und dem Geruch nach Winter vermischte. Es schneite immer noch, aber die Schneeflocken fielen so sanft vom Himmel wie Federn, streichelten die Gäste und verschonten die Möbel im Freien vor Kälte und Feuchtigkeit.

»Manche Leute versuchen immer, sich einen Vorteil zu verschaffen«, flüsterte Earl ihr zu. »Siehst du den Kerl dort drüben?« Er deutete mit einer leichten Kopfbewegung nach rechts auf einen Mann in mittlerem Alter mit einer roten Wollmütze, der neben dem Grill stand. »Der ist nicht von Kossys Zentrum. Er kommt von der anderen Seite der Stadt.« Earl schob sich ein Stück Kuchen in den Mund. »Das ist ein professioneller Nutznießer von Obdachlosenheimen.«

Lara hätte bei dieser absurden Anschuldigung beinahe laut gelacht. »So ähnlich wie die Leute, die uneingeladen auf Hochzeiten gehen?«, fragte sie. »Er geht von einem Obdachlosenheim zum anderen und nimmt sich dort, was er kriegen kann?«

»Du hast es erfasst, Mädchen.«

»Aber wenn Sie das wissen, warum sagen Sie dann nichts?«
Lara konnte nicht glauben, dass sich jemand tatsächlich als Obdachloser ausgab, um den Menschen, die wirklich bedürftig waren, etwas wegzunehmen.

»Kossy heißt hier jeden willkommen«, erklärte Earl. »Die guten Menschen, die schlechten, die ganz schlimmen … Hier versammeln sich Lügner, Diebe und Leute, die für den letzten Burger auf dem Grill töten würden.«

Lara schluckte, schaute dem alten Mann in die Augen und versuchte herauszufinden, ob er das ernst meinte. Plötzlich begann er schallend zu lachen und sah nicht mehr aus wie ein Verbrecher in einem Verhörraum, sondern wie ein Moderator im Kinderfernsehen – wenn auch ein etwas heruntergekommener.

»Das ist New York, Mädchen! Gewöhn dich dran!«

»Hey, Earl.« Seth gesellte sich zu ihnen. »Mom sagt, dass sie gleich noch einen weiteren Kuchen anschneiden wird. Wenn du also noch ein Stück haben möchtest …«

»Ich muss los«, sagte Earl zu Lara. »Und trink nicht zu viel Bier.«

»Nein, Sir«, erwiderte Lara und nahm noch einen Schluck aus der Flasche. Von Seth hatte sie nicht mehr viel gesehen, seit er ihr die zweite Flasche Bier gebracht hatte. Sein Dad hatte ihn gerufen, um ein kleines Feuer auf dem Grill zu löschen, dann musste er auf die Leiter steigen, um die Lichterkette zu reparieren, und danach wurde er ständig zum Tanzen aufgefordert, unter anderem von einer Frau, die aussah, als sei sie mindestens im zehnten Monat schwanger; er musste sie eine Armlänge von sich entfernt halten, um nicht mit ihr zusammenzustoßen.

»Ich hoffe, Earl hat sich anständig benommen«, sagte Seth.

»Er hat gesagt, dass ich zu viel esse und nicht so viel Bier trinken soll, weil ich ein Mädchen bin.«

»Ach was! Haben Sie ihm erzählt, dass Sie heute eine vom Aussterben bedrohte Art gerettet haben?«

»Das hätte ihn, glaube ich, weniger beeindruckt als mein Bierkonsum.«

Er lachte. »Sie kennen ihn offensichtlich schon sehr gut.«

Lara lächelte; sie fühlte sich wohl hier. Der ganze Abend war nett und zwanglos, beinahe familiär. Wenn man die Gäste ein bisschen sauber machen würde – nur ein wenig –, ein paar Strohballen besorgen, die Stadtkulisse durch Bäume ersetzen und Dad und Aldo kommen lassen würde, könnte das eine Party in Appleshaw sein. Ihre Angst davor, ohne Susie und David hier sein zu müssen, hatte sich gelegt, seit die Weihnachtslieder lauter erschallten und sie bereits zwei Coors Light getrunken hatte.

»Möchten Sie sich setzen?« Seth drückte ihr eine der beiden Bierflaschen, die er mitgebracht hatte, in die Hand. »Wir hatten noch keine Gelegenheit, uns zu unterhalten.«

Das stimmte, und sie war in vielerlei Hinsicht froh darüber. In gewisser Weise war es ihr leichter gefallen, als frischgebackener Single eine Party zu besuchen, wo niemand sie kannte und keine Erwartungen an sie stellte. Hier wusste niemand, dass sie im betrunkenen Zustand einen dummen Tweet an einen ihrer Lieblingsschauspieler gepostet hatte ...

»Kommen Sie.« Seth ging voran. »Hier unter dem Heizstrahler stehen ein paar stabilere Stühle.« Er warf beim Gehen einen Blick über die Schulter. »Das heißt, dass mein Dad sie repariert hat, also sollten Sie kein Problem damit haben, aber ich setze mich lieber nur auf den Rand.«

Sie lächelte, plötzlich nervös. Er würde ihr Fragen stellen.

Wissen wollen, ob sie eine hilfsbedürftige, verrückte Stalkerin war, die wahrscheinlich deswegen ihren Freund Dan verloren hatte. Aber sie war bereit, ihm zu sagen, dass das alles Susies verrückter Plan gewesen war und dass dabei auch eine Menge Mince-Pie-Whisky eine Rolle gespielt hatte. Die Krümel von dem Weihnachtskuchen auf Earls Lippen hatten eine üble Erinnerung in ihr wachgerufen.

Sie nahm vorsichtig auf einem der blau gestrichenen Holzstühle Platz. Er wackelte so stark, dass sie sich an dem schmiedeeisernen Bistrotisch festhalten musste, auf dem ein Teelichthalter in Form eines Weihnachtsmanns stand, unzählige Erdnussschalen lagen und in einem Glas ein Fichtenzweig mit einer silbernen Schleife hing.

»Alles in Ordnung?« Seth griff nach ihrem Arm.

»Ja. Tut mir leid, ich habe nicht damit gerechnet, dass der Stuhl so wacklig ist.«

»Ich glaube, Dad hat Klebstoff statt Schrauben verwendet«, meinte Seth. »Meine Mom bittet ihn schon seit einem halben Jahr, ihn zu richten, also hat er irgendwann wohl einfach zum einfachsten Mittel gegriffen, um sich das nicht mehr anhören zu müssen.«

Lara lachte. »Eine kurzfristige Lösung.«

»Ja.« Er reichte ihr eine Bierflasche. »Ist es das, was Sie sich auch für die Beziehung mit ihrem Freund wünschen?« Er ließ sich vorsichtig auf den Stuhl neben ihrem sinken.

»Autsch. Damit musste ich jetzt wohl rechnen.«

»Hören Sie, Lara ...«, begann Seth.

»Ich weiß, was Sie sagen wollen, und ich bin ganz Ihrer Meinung.«

»Tatsächlich?«

»Hundertprozentig. Eigentlich würde ich hundertzehnprozentig sagen, wie es heutzutage heißt, aber das habe ich schon immer für Blödsinn gehalten, weil das nicht stimmen kann.«

»Richtig«, pflichtete Seth ihr bei.

»Nachdem ich im Central Park auf einen Baum gestiegen bin, obwohl ich erst ein paar Stunden zuvor in diesem Land angekommen bin, halten Sie mich sicher für eine Vollidiotin. Für eine total verrückte Stalkerin, die Sie auf diese Party einladen mussten, um ihr zu zeigen, wie nett Sie sind. Sie sind wirklich nett, und ich wünschte mir wirklich, dass Sie Ihre Zeit nicht damit verschwendet hätten, meinen verrückten Tweet zu beantworten. Wahrscheinlich wären Sie jetzt viel lieber Ed Sheeran.« Lara trank einen Schluck Bier. »Haben Sie gewusst, dass er momentan nicht bei Twitter ist? Aber nicht, weil ihm niemand schreibt – ich habe es getan, aber nur, weil Susie das wollte. Sie hat auch Tom Hardy vorgeschlagen, aber seinen Benutzernamen nicht gefunden.« Sie trank noch einen Schluck Bier. »Meine Güte, das klingt wirklich bescheuert.«

Seth beobachtete, wie sie nervös auf dem Stuhl hin und her rutschte, an den Fichtenzweig fasste, mit den Fingern über das Geschenkband fuhr und dann ihren Daumen über die glänzende rote Nase des Weihnachtsmanns an der Kerze gleiten ließ.

»Das soll nicht heißen, dass Sie ganz unten auf der Liste standen. Ganz im Gegenteil. Sie waren eine der ersten Personen, an die ich gedacht habe. Aber nicht, weil ich ein besessener Fan von *Manhattan Med* bin. Ich bin nicht einmal im Fanclub ... Ich weiß nur, dass es einen Fanclub gibt, weil ich mich einmal eingetragen habe, um Neuigkeiten über die nächste Staffel zu erfahren. Na ja, wenn man das getan hat, sind die Daten gespeichert, und man bekommt ständig Infos über alles Mögliche ...«

Sollte er sie jetzt unterbrechen? Offensichtlich war sie mit der Situation ebenso überfordert wie er. Die Vorspiegelung falscher Tatsachen tat auf Dauer niemandem gut. Er öffnete den Mund und setzte zu einer Erklärung an.

»Von mir aus können wir das alles gern einfach vergessen. Meine Kontaktaufnahme. Das verrückte Szenario, mit dem wir Futter für meinen Instagram Account beschafft haben. Ich meine, Sie sind so berühmt, und ich bin nur ...«

»Ich glaube, die Presse nennt Sie das ›Lemurenmädchen‹«, warf Seth ein. »Wenn Marvel Studios davon Wind bekommt, bietet man Ihnen vielleicht eine Filmrolle und ein paar Werbeverträge an.«

Lara lächelte. »Sie sind wirklich nett. Und vernünftig und verständnisvoll. Und Sie haben mir Bier gebracht – Earl wird Ihnen später deswegen die Leviten lesen, denn er passt mit Sicherheit genau auf, wie viel ich trinke. Es war sehr freundlich von Ihnen, mich heute einzuladen, und ich genieße den Abend sehr. Obwohl ich mir da nicht sicher war, denn ich bin ganz allein hier, und das ist New York und nicht Appleshaw, und die Stadt ist zwar aufregend, aber auch ein wenig angsteinflößend ... Und Sie haben bestimmt hundert wichtigere Dinge zu tun, als Fotos mit mir zu machen.«

»Hundertzehn«, erwiderte Seth lächelnd.

»Eine reelle Zahl. Das hört sich so an, als wäre das tatsächlich der Fall.« Lara hob ihre Bierflasche.

Seth lehnte sich auf seinem Stuhl zurück. »Lara, ich muss Ihnen etwas sagen.«

»Sie haben den Sicherheitsdienst verständigt. Die Männer sind bereits mit Tasern ausgerüstet unterwegs, und wenn ich mich ganz ruhig verhalte und das Haus verlasse, habe ich mit keinen Konsequenzen zu rechnen und darf irgendwann auch mal wieder in die Staaten einreisen, falls ich mir das ein zweites Mal leisten kann. Ich konnte es mir schon dieses Mal kaum leisten, und ich fühle mich in einem Flugzeug nicht sehr wohl. Ich bin erst seit einem halben Tag hier und weiß nicht so recht, ob ich begeistert sein oder lieber bei Google nachlesen soll, wie ein Flugzeug in der Luft bleiben kann. Denn es sah alles sehr schwer aus und fühlte sich auch so an – so als würde man sich dem Gesetz der Schwerkraft widersetzen.«

»Sie sind zum ersten Mal geflogen?«, fragte Seth erstaunt.

»Ich habe zum ersten Mal England verlassen, denn die Isle of Wight zählt wohl nicht.«

»Wow! Ich glaube, ich habe noch nie jemanden kennengelernt, der noch nie gereist ist.«

»Mit Ausnahme der meisten Leute hier?« Lara deutete auf die tanzenden und lachenden Gäste, die sich ihre Hände am Feuer wärmten. »Vielleicht habe ich mich deshalb mit Earl so gut verstanden. Möglicherweise haben wir uns voneinander angezogen gefühlt, weil wir beide Würstchen mögen und nie verreisen.«

Seth schüttelte den Kopf. »Glauben Sie mir, Earl spricht meistens nicht viel, aber hin und wieder erzählt er etwas, was niemand in diesem Raum weiß, und das klingt so überzeugend, dass er es offensichtlich selbst erlebt hat.«

»Oder er ist ein sehr guter Schauspieler«, meinte Lara.

Seth lachte. »Natürlich. Das ist auch möglich.«

»Also, wie viel Zeit habe ich noch?«

»Wofür?«

»Bis die Sicherheitsleute eintreffen.«

»Auf jeden Fall können Sie Ihr Bier noch austrinken.« Er lachte kopfschüttelnd.

»Aber darum ging es nicht, oder?«

»Nein.«

»Was wollten Sie mir denn sagen?«

Jetzt war die Gelegenheit gekommen, um ihr zu gestehen, dass Trent diesen abgedroschenen Tweet verfasst hatte. Dass er bis zu diesem Nachmittag nicht einmal gewusst hatte, wer sie war. Aber was würde das bringen? Es könnte ihr Selbstbewusstsein verletzen, und offensichtlich war das bereits schon durch ihren Freund geschehen. Und er würde sich dabei nicht gut fühlen. Tatsächlich käme er sich vor wie ein gefühlloser Mistkerl, einem Menschen gegenüber, der ihm geholfen hatte. Wie er gehört hatte, futterte Jax wieder zufrieden alles, was Lemuren so fraßen – Obst und Baumrinde hatte sie gesagt, oder? –, und schien keinen Schaden von seinem Abenteuer davongetragen zu haben.

»Ich bin ...«, begann er. »Ich bin eigentlich gar nicht so berühmt.« Er lächelte, setzte seine Bierflasche an die Lippen und wartete auf ihre Reaktion. Sie sah ihn offen an. Vielleicht wünschte sie sich, sie hätte doch lieber Tom Hardy geschrieben ... Und warum störte ihn diese Vorstellung ein wenig? Er hatte ohnehin schon genug um die Ohren. Zumindest hoffte er das. Falls er einen weiteren Anruf von Universal bekommen würde oder sich mit seiner leiblichen Mutter treffen wollte ...

»Unsinn!«, rief Lara lachend. »Sie sind Dr. Mike! Jeder kennt Sie. Und wenn Sie nicht berühmt wären, hätte man Sie nicht als Botschafter für den Central-Park-Zoo haben wollen.« Sie atmete durch. »Aber ich habe schon verstanden. So kommen Sie gut aus der Sache raus. Sie machen der verrückten Engländerin klar, dass Sie nicht berühmt genug sind, um diesen Dan eifersüchtig zu machen, und dass dieser Plan nicht funktionieren wird. Und Sie haben recht. Dan würde wahrscheinlich nicht einmal Notiz davon nehmen, wenn ich Nacktfotos von mir und Jennifer Lawrence gepostet hätte.«

Seth versuchte, sich kein detailliertes Bild von ihrer Figur zu machen. Er hatte ihre Kurven bereits zur Kenntnis genommen, schließlich war er nicht blind. Es war ihm nicht entgangen, dass sie unglaublich gut aussah, und bei der Erwähnung von Nacktfotos zog sich sein Magen zusammen. Aber vielleicht waren daran die verkohlten Würstchen vom Grill schuld, die er gegessen hatte. Nein, er war sich sicher, dass es an ihr lag. Und er konnte sich nicht daran erinnern, wann eine Frau bei ihm zum letzten Mal eine solche Reaktion hervorgerufen hatte ...

»Schon gar nicht, wo er sich jetzt als ›Single‹ bezeichnet«, fügte Lara hinzu.

»Oh.«

»Das ist wohl wirklich eine Auszeit – wenn nicht sogar das Ende«, seufzte Lara.

Dieser Dan musste ein kompletter Idiot sein. Allerdings hatte jede Geschichte immer zwei Seiten. Nichts war nur schwarz oder weiß. Aber Lara schien authentisch zu sein. Ein guter Mensch. Eine nette Frau, die ihn um Hilfe gebeten hatte – und dabei an Trent geraten war. Das konnte er ihr aber nicht sagen.

»Hören Sie.« Seth beugte sich nach vorne und wurde durch ein lautes Knarren daran erinnert, dass der Stuhl möglicherweise gleich unter ihm zusammenbrechen würde. »Mein Leben ist nicht so aufregend, wie Sie glauben, aber im Augenblick bin ich auf der Suche nach einer neuen Aufgabe und habe deswegen ein wenig Zeit.« Das stimmte und auch wieder nicht, aber was er jetzt tat, war richtig. Und es hatte ganz sicher nichts mit Trents Wunsch zu tun, dass er auf seinem Lebenslauf einen Auftritt bei *Ellen* hinzufügen konnte. »Was halten Sie davon, wenn ich Ihnen diese Woche ein paar sehenswerte Orte in New York zeige, Sie und Ihre

Freundin ein wenig in der Stadt herumführe? Wir könnten einige tolle Fotos schießen – wir auf dem Empire State Building und am Times Square ...« Er zuckte mit den Schultern. »Falls Ihnen das weiterhilft.«

Er beobachtete, wie sich ihre Lippen zu einem strahlenden, aufrichtigen Lächeln verzogen und ihr Gesicht sich aufhellte. »Das würden Sie tatsächlich für mich tun?«

»Das ist wohl das Mindeste, was ich für das Lemurenmädchen tun kann.«

Und plötzlich saß sie fast auf seinem Schoß und legte ihm die Arme um den Hals. Ein süßer Duft nach Zuckerwatte, Glühwein und Fichtennadeln stieg ihm in die Nase, und er spürte ihre Körperwärme.

»Danke«, hauchte sie. »Das bedeutet mir sehr viel.«

»Nichts zu danken, Lemurenmädchen«, erwiderte er und drückte sie kurz an sich. »Keine Ursache.«

KAPITEL
ACHTZEHN

»Sie sind gegangen!«, rief Kossy und legte eine Hand an die Stirn. »Ich mag und respektiere wirklich jeden Einzelnen von ihnen, aber als sie anfingen, mit den leeren Bierflaschen Jenga zu spielen, wurde es doch ein wenig anstrengend.« Sie ließ sich auf einen der Gartenstühle fallen; er brach unter ihr zusammen, und sie landete auf dem mit einer dünnen Schneeschicht bedeckten Boden.

»Mom, alles in Ordnung?« Seth sprang auf und griff nach ihrer Hand.

»Ted!« Kossy rappelte sich mit Seths Hilfe auf. »Sind das die Stühle, die du im Sommer hättest reparieren sollen?«

Ted neigte den Kopf und betrachtete die Stühle, bevor er antwortete. Dann schob er seine Mütze zur Seite und kratzte er sich am Kopf. »Ich bin mir nicht sicher.«

»Lüg mich nicht an, Ted Hunt. Wir wissen beide, dass das die Stühle sind, die du reparieren solltest.«

»Und das habe ich auch getan«, erwiderte Ted.

»Mit dieser verdammten Klebepistole! Nicht mit Nägeln oder Schrauben, wie jeder vernünftige Mensch, der möchte, dass ein solcher Stuhl länger als eine verdammte Minute in New York hält.«

»Hast du Tequila getrunken?«, fragte Ted.

»Was?«, fauchte Kossy. »Was soll diese Frage?«

»Du hast in den letzten beiden Sätzen zweimal ›verdammt‹ gesagt.«

»Na und? Oh, das heißt also, dass ich vom Tequila betrunken bin, richtig?«

»Ja, normalerweise schon.«

Seth lachte laut und beobachtete wie so oft die Auseinandersetzung zwischen seinen Eltern. Dieser Schlagabtausch war wie ein Balzritual, ein Teil ihrer Beziehung, auf den sie beide nicht verzichten wollten. Er war beinahe froh darüber, dass sein Dad sämtliche Gegenstände niemals ordentlich reparierte. Wenn alles im Leben seiner Eltern perfekt wäre, hätte seine Mom nichts mehr, worüber sie sich aufregen konnte.

»Ich weiß nicht, worüber du dich so amüsierst, Seth. Du musst noch die Toiletten putzen, und du weißt ja, wie sehr Obdachlose eine richtige Toilette zu schätzen wissen.« Kossy grinste und ließ sich vorsichtig auf einem anderen Stuhl nieder, bevor sie ihre Tasse mit heißer Schokolade in die Hand nahm. »Du glaubst ja wohl nicht, dass sie nur wegen des Essens und der Getränke hierherkommen, oder?«

»Oh, Mann. Habe ich nicht schon letztes Jahr die Klos geputzt, Mom?«

»Ich mach das schon.« Ted streckte die Hand in die Luft, setzte sich neben Kossy und reichte Seth eine weitere Flasche Bier.

»Aber sie müssen richtig geputzt werden. Mit Reinigungsmitteln. Nicht nur mit Wasser und einem kurzen Schwung mit der Klobürste«, befahl Kossy.

»Ich habe ein sehr starkes Bleichmittel in der Garage.«

Seth lächelte. Wie viele New Yorker besaßen seine Eltern kein Auto. In der Garage seines Dads lagerten Werkzeuge, etliche Sachen, die er bei TV-Einkaufskanälen erstanden hatte, und Bücher, die Kossy nicht im Haus haben wollte und von denen er sich nicht trennen konnte.

»Also ... Dein Vater und ich würden gern mehr über Lara erfahren.« Kossy lehnte sich auf ihrem Stuhl zurück und pustete auf ihre heiße Schokolade. Dampf stieg in die Luft und mischte sich mit den leichten Schneeflocken, die in der Dunkelheit tanzten.

»Ich mag sie«, meinte Ted. »Sie trinkt gern Bier.« Er atmete tief ein und starrte in die Ferne. »Wie hieß deine Freundin, die ausschließlich Karottensaft getrunken hat?«

»Ach ja, wie war gleich noch ihr Name?«, warf Kossy ein.

»Rosie«, erwiderte Seth. »Und wir haben uns nur ein paar Mal getroffen.«

»Aber du hast sie hierhergebracht.«

»Weil ich wusste, dass du immer Karotten im Haus hast.«

»Hast du Lara dann mitgebracht, weil du weißt, dass ich immer ausreichend Bier im Haus habe?«, fragte Ted nachdenklich.

»Ich habe sie nicht mitgebracht – sie ist mit einem Taxi gekommen.« Und sie hatte sich auch mit einem Taxi abholen lassen und sein Angebot, sie zu dem Apartment in East Village zu begleiten, abgelehnt. Sie hatten verabredet, sich am morgigen Nachmittag am Empire State Building zu treffen.

»Du weichst uns aus, Seth«, meinte Kossy. »Findest du nicht auch, Ted?«

»Ja, mir fehlt hier gerade der Augenkontakt«, erwiderte Ted.

Seth schüttelte den Kopf und schaute seine Eltern demonstrativ an. In diesem Moment begriff er, wie glücklich er sich schätzen konnte, dass dieses wunderbare Paar ihn bei sich aufgenommen hatte. Ebenso wie die Hälfte aller Bedürftigen in dieser Stadt, nur hatte er nicht nur Weihnachten, sondern sein ganzes Leben hier verbringen dürfen.

»Vielen Dank«, sagte Seth leise. »Dafür, dass ihr nicht

ausgeflippt seid, weil ich mich nach meiner Mom erkundigt habe.« Er räusperte sich. »Nach meiner anderen Mom.«

»Wow, heute drücken sich alle sehr salopp aus«, merkte Ted an. »Ich komme mir beinahe vor, als wäre ich wieder in der Schule.« Er fuhr sich mit der Hand über den Nacken und trank noch einen Schluck.

»Hast du dich schon entschieden?«, fragte Kossy vorsichtig. »Ob du ...«

»Nein. Ich meine, ich ... ich möchte gern mehr über sie wissen – wie sie aussieht, ob ich ihr ähnlich sehe ... Ich weiß nicht so recht. Ist das dumm von mir? Wenn man über eine Person mehr wissen will, obwohl man sich nicht sicher ist, ob man sie treffen möchte?«

»Nein, Schätzchen, natürlich nicht.«

»Und es geht vielleicht nicht nur um sie«, warf Ted ein. »Möglicherweise gibt es ja noch einen Bruder oder eine Schwester. Da kann einiges auf dich zukommen.«

»Ted ...«, mahnte Kossy.

Seth atmete ein und sog die kalte Nachtluft tief in seine Lunge. »Mir ist bewusst, dass sie vielleicht eine andere Familie hat. Warum auch nicht?« Er seufzte. »Und ich bin nicht so naiv zu glauben, dass sie schließlich doch meinen verdammten Vater geheiratet hat und ich mich auf eine Wiedervereinigung mit einer perfekten Familie freuen kann. Ich habe hier bereits die perfekte Familie und brauche keine andere. Ich möchte nur ...«

»Nein, ich meinte die andere Mütze, die neben dir in dem Karton lag«, erklärte Ted.

Kossy stand rasch auf. »Soll ich noch heiße Schokolade machen? Seth, du trinkst doch sicher gern eine Tasse, oder? Das saugt das Bier und die krebserregende Kohle auf dem Fleisch vom Grill auf.«

»Habe ich etwas verpasst?«, fragte Seth.

»Du hast ihm nichts von der Mütze erzählt, stimmt's?« Ted wandte sich an Kossy. »Du hast versprochen, ihm alles zu sagen.«

»Natürlich. Ich hatte es auch vor ... Zum richtigen Zeitpunkt.«

»Kossy, er ist achtundzwanzig Jahre alt, und er hat dich um Antworten gebeten. Um die Ehrlichkeit, die du ihm versprochen und üblicherweise auch nicht verwehrt hast.« Ted schüttelte den Kopf. »Das passt nicht zu uns.«

Seth beobachtete, wie sich seine Mom wieder setzte, dieses Mal, ohne sich um die Stabilität des Stuhls zu kümmern, und den Blick auf den schneebedeckten Boden richtete. »Könnt ihr mir bitte sagen, was hier los ist?«

»Kossy?«, sagte Ted.

Seine Mom schüttelte den gebeugten Kopf; auf ihren dunklen, mit grauen Strähnen durchzogenen Scheitel fielen Schneeflocken.

»Seth, als du im Obdachlosenheim zurückgelassen wurdest, hattest du eine Mütze auf. Und eine zweite lag neben dir.« Er griff seufzend nach Seths Händen und hielt sie fest. »Natürlich könnte es ein Ersatzmützchen für dich gewesen sein, aber es könnte auch bedeuten, dass du nicht das einzige Baby warst.«

Seth schluckte; sein Herz hämmerte gegen seinen Brustkorb. Damit hatte er nicht gerechnet. Das war kaum zu glauben.

»Ich habe immer gedacht ... wir haben uns gedacht ..., dass deine Mutter vielleicht Zwillinge zur Welt gebracht hat«, fügte Ted hinzu.

KAPITEL
NEUNZEHN

Laras und Susies Airbnb-Apartment, East Village
Lara hatte das Fenster des Apartments weit geöffnet, saß auf dem Sims und atmete die Morgenluft von New York ein. Von ihrem Aussichtspunkt aus sah sie die drei Schneemänner, die sie Harry, Ron und Hermine getauft hatte, und dahinter lag das Herz von East Village.

Bereits jetzt schienen sich dort die trendigsten Menschen der ganzen Welt versammelt zu haben. Sie trugen Jacken in allen Varianten – lang und aus Leder, pinkfarben und flauschig – und dazu einen außergewöhnlichen Mix von Kleidungsstücken, die darunter hervorschauten. Zerrissene Jeans und Karohemden, Shorts und Sportschuhe, ein Weihnachtsmann auf einem Skateboard ... Alle steuerten Cafés an, sprachen in ihre Handys, fuhren auf Fahrrädern, Rollerblades oder mit dem Bus. Es war laut, ganz anders als in Appleshaw, aber wenn Lara die Augen schloss, war dieses ständige Brummen beinahe beruhigend, und das Beobachten dieser neuen Welt, die an ihr vorüberzog, gab ihr das Gefühl, Teil von etwas Größerem zu sein.

»Guten Morgen.«

»*Buenos días.*«

Lara drehte sich um und begrüßte Susie und David, die sie nicht mehr gesehen hatte, seit sie am Abend zuvor zum Essen ausgegangen waren. Sie hätte nicht einmal bemerkt, dass sie sich in dem Apartment aufhielten, wenn sie in der Nacht nicht die Toilettenspülung gehört hätte und davon ausgegangen war, dass es sich nicht um einen Einbrecher handelte. Ihr Dad hätte wahrscheinlich sofort auf einen Eindringling getippt. Er glaubte, dass der Big Apple genau so war, wie er in den Filmen dargestellt wurde.

»Guten Morgen«, erwiderte Lara und schwang sich vom Fensterbrett.

»Frierst du nicht?« Susie schloss rasch das Fenster. »Es ist kalt hier drin. Ich bin mir nicht sicher, ob die Heizung funktioniert, obwohl das in der Beschreibung von Airbnb versprochen wurde.«

»Hey, Baby, willst du damit etwa sagen, ich hätte dich letzte Nacht nicht genügend gewärmt? Das würde meinen Stolz verletzen, nachdem wir uns so lange nicht mehr gesehen haben.« David hängte sich an Susie, als wäre sie ein Wäscheständer und er ein feuchter Morgenmantel, der ausgelüftet werden musste.

»Letzte Nacht war mir nicht warm«, erwiderte Susie leise, drehte sich in seinen Armen um und schmiegte sich an seine nackte Brust. »Mir war heiß ... glühend heiß ... Ich war so heiß wie über dem Feuer geröstete Kastanien, so heiß wie die dicke Bratensoße, die man an Weihnachten über den Truthahn gießt, so heiß wie ...«

»Okay«, unterbrach Lara sie. »Kannst du bitte damit aufhören? Ich will nicht hören, was du sagst, wenn du beim Plumpudding angelangt bist.«

»Brandy-Butter«, fuhr Susie fort und leckte sich über die Lippen. »Großzügig darübergegossen ...«

»Soll ich noch Kaffee aufsetzen?«, fragte Lara und ging zur Küchenzeile. »Die Heizung lässt zwar zu wünschen übrig, aber die Kaffeemaschine funktioniert sehr gut.«

»Vergiss den Kaffee.« Susie löste sich von ihrem dunkelhaarigen Latin Lover und folgte Lara in die Küche. »Wie war die Party gestern Abend mit Dr Mike?«

»Wenn du erschienen wärst, würdest du es wissen.« Lara schniefte, als wäre sie verstimmt. Aber das war sie nicht – die Party hatte ihr großen Spaß gemacht. Außerdem hatte sie nicht erwartet, dass ihre beste Freundin nach der monatelangen Trennung von ihrem Geliebten nach dem Abendessen tatsächlich auf ihre Zweisamkeit verzichten würde. »Und nenn ihn nicht immer Dr. Mike. Er hat auch einige andere Rollen gespielt.« Er hatte ihr ein wenig von den Filmen erzählt, in denen er mitgespielt hatte. Von einigen hatte sie zwar gehört, sie aber nicht gesehen. Sie würde sich mit Sicherheit daran erinnern, wenn er ihre Fernsehabende am Freitag in einer anderen Kleidung als dem weißen Arztkittel bereichert hätte.

»Es war meine Schuld.« David hob die Arme und streckte seinen schlanken Körper. »Wir haben dieses kleine spanische Lokal in West Village entdeckt, wo sie *pisto* so servieren, wie es meine Großmutter kocht. Ich bin mit dem Besitzer ins Gespräch gekommen, und er hat uns Schweinefüße gebracht, und dann …«

»Schweinefüße!«, rief Lara. »Und ich hatte gestern Abend schon Zweifel an den Bestandteilen einiger der Burger.«

»Sie schmeckten sehr gut.« Susie setzte sich auf einen der Barhocker. »Ich hatte sie vorher noch nie probiert.«

»Nicht einmal Mrs Fitch hat sie im Café des Gartencenters auf der Speisekarte, und bei ihr gibt es einige merkwürdige Sachen«, meinte Lara.

»Aber ihre Tortillas! Sehr lecker!« David lächelte. »Auf jeden Fall nehme ich die Schuld auf mich. Verzeihst du mir, dass ich dir deine wunderschöne, sexy Freundin für einen Abend weggenommen habe, Lara?«

David umschmeichelte Susie und griff nach ihr, als würde er einen modernen Tanz aufführen wollen. Lara hatte vergessen, wie zupackend er war. Es war nett, konnte einem aber manchmal die Luft zum Atmen nehmen.

»Geh unter die Dusche«, befahl Susie ihm, legte eine Hand an seine Wange und gab ihm einen spielerischen Schubs. »Hast du heute Morgen keine Kunden?«

»Erst um halb elf«, erwiderte David. »Ich habe die Termine nach hinten verschoben, damit wir mehr Zeit miteinander verbringen können. Und mein erster Kunde heute ist ein Prinz.«

»Geh duschen!«, befahl Susie noch einmal.

»Was?« David stemmte die Hände in die Hüften. »Ich erzähle dir, dass einer meiner Kunden ein Prinz ist, und du willst keine Einzelheiten wissen?«

»Ich möchte von Lara etwas über die Party hören. Der Prinz kann warten, bis du geduscht hast.« Susie lächelte. »Sind Prinzen nicht sehr pflichtbewusst?«

»Er ist auf jeden Fall sehr attraktiv. Weil ich ihm die Haare style«, erklärte David strahlend.

»Ab unter die Dusche. Mach dich zurecht.«

»Ich mag es, wenn du mich auf diese Weise herumkommandierst. Das habe ich sehr vermisst, Baby.« David warf Susie eine Kusshand zu und machte sich rasch auf den Weg ins Badezimmer.

Lara schaltete die Kaffeemaschine an und stellte eine Tasse in Position. Der köstliche Duft nach dunklen gerösteten Bohnen zog durch die Luft. Allein bei dem Gedanken an eine weitere Tasse Kaffee wurde ihr warm.

»Also, erzähl mir alles über die Party und Seth. Und lass nichts aus. Ich habe mir Sorgen gemacht, weil du nichts getwittert und keine Fotos bei Facebook eingestellt hast. Das solltest du doch tun, um Dan auf die Palme zu bringen«, rief Susie ihr ins Gedächtnis.

Lara wollte Dan nicht auf die Palme bringen, ganz im Gegenteil. Sie wollte, dass er sah, dass ihr hier in New York die Welt zu Füßen lag und dass sie einen tollen Begleiter an ihrer Seite hatte, weil sie interessant und witzig war. Und viel mehr zu bieten hatte als die Lara Weeks aus Appleshaw, die einen LKW fuhr und bisher noch nie eine Fernreise gemacht hatte. Aber vielleicht hatte Dans Ankündigung, dass er nun ein Single war, das Spiel geändert. Hatte er schon Fotos gepostet, seit er seinen Status geändert hatte? Vielleicht war er auch irgendwo, wo ihm die Welt zu Füßen lag, mit einer schönen Frau an seiner Seite – Busen-Chloe. »Das war keine Party, bei der Fotos gemacht wurden«, erwiderte Lara, nahm eine zweite Tasse zur Hand und reichte Susie die gefüllte.

»Auf jeder Party werden Fotos gemacht.«

»Nicht auf dieser.«

»Wer war dort? Einige Berühmtheiten? Affleck, Tatum? Diesel?«

»Earl war da und ein cooles Mädchen mit Dreadlocks namens Felice.«

»In welchen Filmen haben sie mitgespielt?«, fragte Susie und nippte an ihrem Kaffee. Erst jetzt sah Lara, dass ihre Freundin Davids T-Shirt trug, auf dem Leoparden mit pinkfarbenen Rosen zwischen den Zähnen aufgedruckt waren.

»Das sind keine Schauspieler, sondern Obdachlose.«

»Was?«

Während sie sich noch eine Tasse Kaffee machte, berichtete Lara von Kossys Obdachlosenheim und der jährlichen Weihnachtsparty, die sie für die Leute, die auf der Straße lebten, organisierte.

»Aha«, sagte Susie, als Lara sich auf den Barhocker neben sie setzte. »Seth sah also geheimnisvoll und verträumt aus, während er den Stadtstreichern von New York Hotdogs servierte, und die Paparazzi schossen rührende Fotos für die heutigen Morgenzeitungen. Bist du auf einigen Aufnahmen zu sehen?« Susie fuhr mit der Hand durch die Luft, den Mund voll mit heißem Kaffee. »Weißt du, dass du Lemurenmädchen genannt wirst?«

»Das habe ich gehört.« Und sie hatte ein paar Tweets gelesen. Jemand hatte sich nicht gerade schmeichelhaft über ihre Brüste ausgelassen – beziehungsweise über deren Nichtvorhandensein. Danach hatte sie nicht weitergelesen. Sie nippte an ihrem Kaffee, sodass der Schaum sich auf ihrer Oberlippe absetzte. »Auf dieser Party waren keine Paparazzi. Nur ein paar getarnte Presseleute. Eigentlich war es so wie unser Scheunentanz im Sommer. Ganz zwanglos, und alle haben das Essen, die Getränke und die Musik genossen ...«

»Und Tante Floras Sommerpunsch, der es allerdings nicht mit ihrem Mince-Pie-Whisky aufnehmen kann.«

»Das stimmt.«

»Also, wie ist es gelaufen? Wenn es keine Fotos gibt, können wir in den sozialen Medien nichts Neues einstellen, oder? Hat er kalte Füße bekommen?«, wollte Susie wissen. »Oder du?«

Lara schüttelte den Kopf. »Ich habe ihm gesagt, dass das eine dumme Idee war – *deine* Idee – und dass ich damit irgendwie in ein anderes Universum geraten bin wie in dieser deutschen Fernsehsendung auf Netflix ... Nachdem ich ihm alles lang und breit erklärt und ihm gestanden habe, dass ich mich wie eine Idiotin verhalten habe, sagte er ...«

»Ja?« Susie sah sie an, als würde sie gleich erfahren, ob eine der Kandidatinnen von *Love Island* schwanger war.

»Er hat mir erzählt, dass er im Augenblick auf neue Rollen

warte und ein wenig Zeit habe, um uns die Stadt zu zeigen und hier und da ein paar Bilder zu schießen. Falls ich glaube, dass mir das weiterhilft.«

»O mein Gott! Dr. Mike führt uns in New York herum! Lara, das ist fantastisch! Die besten Neuigkeiten, die ich je gehört habe! Das wird Dan und sein blödes, eiskaltes schottisches Ferienhaus über den Hudson blasen, oder wie der nächste schottische Fluss dort heißen mag.« Susie hielt inne und schaute Lara an, die beide Hände um ihre Kaffeetasse gelegt hatte. »Warum freust du dich nicht? Das haben wir doch gewollt! Es ist sogar mehr als das. Er schenkt uns seine Zeit, um uns seine Heimatstadt zu zeigen. Da wird es jede Menge Gelegenheiten für Fotos geben.«

»Ich weiß«, sagte Lara leise. Gestern hatte sie unter dem Einfluss von Bier gestanden, und bei dem Duft nach Zimt und Muskatnuss von Kossys Plätzchen und dem der Kerzen hatte sie Dan seine Statusänderung heimzahlen wollen. Doch jetzt war sie zurückhaltender. Eigentlich wollte sie diese Reise nur für sich machen und nicht für irgendjemand anderen. War das selbstsüchtig? Sie war sich nicht sicher, ob sie sich schon einmal egoistisch verhalten hatte. Fühlte sich das so an?

»Hör zu.« Susie stellte ihre Tasse ab und legte einen Arm um Laras Schultern. »Das ist Schicksal. Ein Gottesgeschenk, ein Karma, das dir in den Schoß gefallen ist. Und meine Aufgabe ist es, dafür zu sorgen, dass du es nicht vergeudest.« Sie zupfte an einer Strähne von Laras Haar. »Wir sollten David bitten, dir ein paar dunkle Strähnchen zu färben. Oder vielleicht lässt er mich an seinen Arbeitsplatz, damit ich dich umstylen kann. Vielleicht ein bisschen weihnachtlich. Wie wäre es mit silberfarbenen Strähnchen? Sie sind im Moment sehr angesagt.«

Lara verzog das Gesicht. »Damit sieht man immer älter aus.«

»Wie wäre es dann mit roten?«

»Ich weiß nicht ...«

»Komm schon, Lara. Ein ganz neuer Look, während du in New York bist.«

Laras Telefon summte. Sie zog es rasch aus ihrer Hosentasche.

»Ist das Dan?« Susie kniff die Augen zusammen.

»Nein, das ist Aldo.« Sie schüttelte den Kopf, während sie die Nachricht las.

Ich habe die ganze Schokolade aus dem Kalender gegessen. Dad hat gesagt, ich hätte nur ein Fenster jeden Tag bis Weihnachten aufmachen dürfen. Tut mir leid.

»Geht's ihm gut?«, fragte Susie.

»Ja.« Lara lächelte. »Alles in Ordnung.«

KAPITEL ZWANZIG

Seth Hunts und Trent Davenports Apartment, West Village, New York

»Heute und morgen keine Kohlenhydrate!«, befahl Trent scharf, als Seth mit einem Teller voll getoasteter Bagels in der Hand zur Kücheninsel kam.

»Was?« Seth schluckte. Er war am Verhungern. Obwohl er bei der Grillparty viel gegessen hatte, brauchte er noch etwas, um das Bier zu neutralisieren. Und den Whisky, den er nach seiner Rückkehr getrunken hatte. Seine Mom hatte geweint und sich Vorwürfe gemacht, und er hatte nur stumm das dichter werdende Schneetreiben betrachtet, schockiert und wie betäubt von der Neuigkeit, dass er einen Bruder oder eine Schwester haben könnte. Ebenso alt wie er und ihm vielleicht wie aus dem Gesicht geschnitten. Und niemand wusste mehr darüber. Er hatte nicht gewusst, was er dazu sagen sollte – er wollte den schönen Abend nicht kaputtmachen und nichts sagen, was er später möglicherweise bereuen würde. Also hatte er sich ein Taxi geholt und sich zurück nach West Village fahren lassen. Seine Mom hatte bereits mehrmals versucht, ihn zu erreichen, aber er hatte es bisher noch nicht fertiggebracht, ihre Anrufe entgegenzunehmen.

»Ich habe dir auf die Schnelle ein Vorsprechen für ein Biopic an Land gezogen. Es geht um David Hasselhoffs Leben.«

»Und für welche Rolle soll ich vorsprechen?« Seth setzte sich und schenkte sich Kaffee ein. Trent nahm ihm rasch die Kanne aus der Hand und schob ihm stattdessen eine Packung Orangensaft hin.

»Soll das ein Witz sein?«, fragte er. »Natürlich für ›The Hoff‹.«

»Trent, ich weiß nicht, ob das etwas für mich ist ...«

»Es geht um die Rolle von David in seinen Zwanzigern, als er noch stahlharte Bauchmuskeln hatte, daher keine Kohlenhydrate. Und du solltest noch ein paar Mal ins Fitnessstudio gehen. Du bist doch noch Mitglied, oder?«

Das war er tatsächlich, aber in letzter Zeit war er nur hin und wieder schwimmen gegangen. Er lief lieber durch die Stadt, schnappte frische Luft und genoss die wunderbare Atmosphäre in New York. Aber auch das hatte er schon länger nicht mehr getan. Um seine Muskeln zu trainieren, hatte er lediglich vor dem Fernseher ein paar Sit-ups und Kniebeugen gemacht und sich dabei etliche Folgen von *Friends* angeschaut.

»Trent, ich weiß, dass du alle Hebel in Bewegung setzt, und ich weiß auch, und das musst du mir glauben, dass ich nicht wählerisch sein darf, wenn ich weiterhin in West Village wohnen möchte, aber ...«

»Es geht um die Rolle von ›The Hoff‹.« Trent sah ihn an wie ein Nachrichtensprecher, der eine Meldung von globalem Ausmaß verkündete. »Nicht um einen Werbespot für Nüsse.«

»Das ist mir klar«, erwiderte Seth. »Wirklich. Aber ich ...« Was sollte er sagen? Dass er sich eigentlich nur eine zweite Chance für die Rolle von Sam in *A Soul's Song* wünschte, jetzt, wo er wusste, dass seine Mutter eine Prostituierte war und er vielleicht einen Zwilling hatte? Mit diesem Bezugspunkt konnte er sich noch besser in die Rolle einfühlen, da war er sich ganz sicher. Und er hatte ein gutes Gefühl bei diesem Film. Die Atmosphäre erinnerte an Nicholas Sparks, und welcher Schauspieler bei vollem Verstand würde sich keine Rolle in einer Nicholas-Sparks-Verfilmung wünschen? »Ich möchte diesen Film von Universal. *A Soul's Song.* Sollten wir da nicht noch einmal nachfassen?«

»Du meinst, dort anrufen?«, fragte Trent mit geweiteten Augen. »Den Besetzungschef zur Eile antreiben?« Trent sprach den letzten Satz so aus, als hätte Seth vorgeschlagen, an die Tür des Weißen Hauses zu klopfen und den Präsidenten zum Kaffee einzuladen.

»Na ja ... ich weiß nicht ... Es wäre furchtbar zu erfahren, dass ein anderer Schauspieler die Rolle bekommen hat, weil ich in der ersten Runde nicht mein Bestes gegeben habe.«

»Du solltest dich nicht zu erpicht verhalten, das macht keinen guten Eindruck.« Trent nahm sich einen Bagel und biss hinein.

»Ich weiß, aber ich habe einfach das Gefühl, dass diese Rolle genau zu mir passt.« Klang das zu eingebildet? Wer war er schon? Schließlich nicht Matt Damon.

Trent deutete mit dem Finger auf ihn und nickte. »Das ist gut. Positiv. So positiv habe ich dich schon seit einiger Zeit nicht mehr erlebt. Aber ...«

»Aber?«

»Wir sollten uns nicht nur auf eine bestimmte Rolle konzentrieren. Ist das nicht eine der wichtigsten Regeln eines Schauspielers?«

»Ja, schon.«

»Also sollten wir uns gut vorbereiten und uns absichern.« Trent schenkte sich Kaffee ein. »Wann war das Vorsprechen für diese Rolle?«

»Vor zwei Wochen und drei Tagen«, erwiderte Seth.

Trent atmete hörbar ein. Es klang so, als wären Seths Chancen auf einen Rückruf genauso gering wie der Plan, Weihnachten ausfallen zu lassen.

»Es ist schon eine Weile her, aber das wird ein großartiger Film, ein richtig großes Werk. Da dauert es eben länger, bis Entscheidungen getroffen werden. Komm schon, Trent, das weißt du doch.«

»Ich habe einmal eine Absage per Telefon bereits nach sechsunddreißig Minuten bekommen.«

»Aber das war keine Absage. Keine Nachrichten sind gute Nachrichten. Das ist hier mit Sicherheit der Fall.« Das wollte er glauben. Und das hielt ihn bei der Stange. Die Aussicht auf eine Rolle, die er wirklich haben wollte. Wenn er ehrlich war, hatte es noch keine solche gegeben, seit er bei *Manhattan Med* ausgestiegen war. Und diese Arbeit würde ihn von seiner verkorksten, verrückten familiären Situation ablenken.

»Okay«, sagte Trent, den Mund voll mit einem Bissen Bagel. »Wir machen es wie folgt: Du bereitest dich auf das Hasselhoff-Vorsprechen vor und gibst mir die Kontaktdaten vom Regisseur und vom Produzenten von *A Soul's Song*.«

»Rufst du sie an?« Jetzt war Seths Interesse geweckt.

Trent winkte ab. »Das ist doch überholt. Heutzutage macht man Geschäfte spontan und direkt. Deshalb konnte ich gestern auch nicht zu eurer Party kommen.« Er nahm sich noch einen Bagel und biss hinein. »Ich würde dir ja sagen, dass es mir leidtut, aber ich glaube, eine Entschuldigung ist nicht nötig, denn ich habe stattdessen mit dem Besetzungschef für *Knight to Bay – Die David Hasselhoff Story* in einem vietnamesischen Lokal zu Abend gegessen.«

»Danke, Trent«, sagte Seth aufrichtig.

»Also, wie ist es mit laraweekend gelaufen? Wie ich sehe, nennt man sie in den sozialen Medien Lemurenmädchen. Es hätte nicht besser laufen können – außer, dass sie dich den Lemurenjungen genannt hätten, aber offen gesagt bin ich froh, dass sie das nicht tun. Das ist bei Weitem nicht so cool wie *Deadpool*.«

Seth hatte ganz vergessen, wie wütend er auf Trent gewesen war, weil er diese Geschichte auf den sozialen Medien mit Lara inszeniert hatte. Er hatte den Abend zuvor sehr genossen, und das hatte hauptsächlich an ihrer Gesellschaft gelegen. Er schluckte, nicht sicher, welche Emotionen bei dem Gedanken daran in ihm aufstiegen.

»Du hättest mir sofort von ihr erzählen müssen, als du den Tweet gesehen hast.«

»Und was hättest du dann gesagt?«, fragte Trent. »Nein, du brauchst nicht zu antworten. Ich weiß, dass du die Nachricht einfach ignoriert hättest. Falls du sie überhaupt gelesen hättest. Und die arme laraweekend wäre jetzt allein und mit gebrochenem Herzen in New York, obwohl Dr. Mike ihrer problembeladenen Seele Trost spenden könnte.«

Seth schüttelte den Kopf. »Ich weiß, was du vorhast, aber da werde ich nicht mitmachen. Sie ist nett. Ich werde sie nicht für Publicityzwecke ausnutzen.«

»Ähm, warte mal, Kumpel. Ich glaube, dass sie dich für ihre Pläne benützen möchte, außer, sie hätte ihre Meinung geändert.«

Trents Argument war nicht von der Hand zu weisen, aber auf der Party hatte Seth einen anderen Eindruck gehabt. Er hatte den Abend mit Lara verbracht und keine Sekunde lang @laraweekend mit ihr in Verbindung gebracht – sie war keine Frau, die Publicity suchte. Seiner Meinung nach wollte sie lediglich ihrem Freund zeigen, dass sie stark war, auch wenn sie sich vielleicht nicht so fühlte. Und Seth war nur eine Stütze, auf die sie bei ihrer Suche zwischen Ed Sheeran und Tom Hardy gestoßen war.

»Komm schon, Seth, uns hätte nichts Besseres passieren können als die Sache im Zoo. Es kann nicht schaden, wenn du mit ihr noch ein paar Stunden verbringst und ein paar Fotos bei Twitter einstellst. Das Lemurenmädchen und der neue Aktivist für das Projekt Wildlife. Setz einen Tag an für den Zoo. Gibt es in dem Film Tiere, die du magst? Dann fügst du noch einen Hashtag für Universal hinzu. Es geht darum, im Blickpunkt der Öffentlichkeit zu bleiben, und zwar durch eine Wohlfühl-PR. Dafür gibt es nichts Besseres als Tiere und Beinahe-Ärzte, die sich um gebrochene Herzen kümmern. Und wir steuern auf Weihnachten zu, Mann! All die romantischen Filme von Hallmark Movies im Fernsehen … Das erinnert mich daran, dass wir bei ihnen schon mal die Fühler für 2019 ausstrecken sollten.«

Sollte er Trent erzählen, dass er sich am Nachmittag mit Lara treffen würde? Eigentlich sah er keinen Grund dafür. Falls sie Fotos machen würden, dann sollte sie darüber entscheiden. Er wollte sein Ansehen als Schauspieler nicht mit irgendetwas fördern, was nicht authentisch war. Für ihn gab es gewisse Grenzen. Er war sich nicht sicher, ob Trent sich dessen bewusst war, aber sein Freund war an seine Weisungen gebunden. Seth war sein Boss. Vielleicht sollte er ihn daran erinnern.

»Wann findet das Vorsprechen für ›The Hoff‹ statt?«, fragte Seth und wechselte das Thema.

»Heute Nachmittag. Um zwei Uhr. Ich schicke dir die Einzelheiten per SMS.«

Sein Mut sank. Genau zu dieser Zeit wollte er sich mit Lara am Empire State Building treffen.

»Geh ins Fitnessstudio«, befahl Trent. »Konzentriere dich auf auf das Wesentliche. Ich habe keine Ahnung, was von dir erwartet wird, und mir ist klar, dass du dir nicht in ein paar Stunden eine Matte auf der Brust wachsen lassen kannst, aber wir geben unser Bestes, okay?«

KAPITEL EINUNDZWANZIG

Macy's, West 34th Street

»Schau dir das an!«, rief Susie begeistert. Sie strahlte so sehr vor Freude, dass Lara beinahe schon befürchtete, sie würde mit ihrem nächsten Atemzug die ganze Straße mit Glitter bedecken.

Macy's war das größte, leuchtendste und glänzendste Warenhaus, das Lara jemals gesehen hatte – im wirklichen Leben und auch im Internet. Es ragte vom Bürgersteig hoch hinauf in den Himmel und bot eine fantastische Farbkomposition, die am Nachmittag bereits beeindruckend war, aber in der Nacht sicher noch viel prächtiger wirken würde. An jedem zweiten Fenster waren riesige Weihnachtskränze in Grün, Rot und Gold angebracht, und die restlichen Fenster waren mit roten Vorhängen mit goldenen Sternen in der Mitte bedeckt. Das Kaufhaus sah aus wie ein Puppenhaus in der Fantasie eines kleinen Mädchens, nur vielfach vergrößert.

»Was kann man hier kaufen?« Laras Nacken schmerzte, als sie ganz nach oben schaute.

»Lara!«, rief Susie und öffnete den Mund, als gehörte das ebenso zum Allgemeinwissen wie die Tanzschritte beim Cha-Cha-Slide.

»Was? Du weißt doch, dass ich nicht gern shoppen gehe.« Sie lächelte. »Gibt es dort auch Rockband-T-Shirts?«

»Macy's ist das größte Kaufhaus auf der Welt«, erwiderte Lara. »Dort kann man alles kaufen, was mein Herz begehrt.«

»Schuhe?« Lara bemühte sich, nicht zusammenzuzucken.
»Und Handtaschen und Schmuck und alles für Männer. Ich muss ein Weihnachtsgeschenk für David besorgen.«

In New York war Weihnachten allgegenwärtig. Jedes Gebäude war mit glitzernden Dekorationen geschmückt, und an den Bordsteinen der Gehwege sangen Chöre pausenlos Weihnachtslieder wie *Die Zwölf Weihnachtstage* und Klassiker von Mariah Carey. Lara liebte die Weihnachtszeit und hielt normalerweise bestimmte festliche Rituale ein. Dazu gehörten vom vierzehnten Dezember an After Eight und Pastete auf Toast zum Frühstück. Aber hier fühlte sie sich ganz weit weg von Appleshaw und allem, was vor diesem Einschnitt in ihrem Leben geschehen war – dazu gehörte auch Dan –, und eine Folge davon war, dass sie nicht wie sonst die Tage bis Weihnachten zählte. Sie würde vor Heiligabend wieder zu Hause sein, also musste sie sich überlegen, welche Geschenke sie für ihren Dad und für Aldo besorgen konnte. Allerdings bezweifelte sie, dass sie für die beiden bei Macy's etwas Passendes finden würde.

»Ich habe an etwas aus Leder gedacht«, erklärte Susie, während sie auf den Eingang zusteuerten.

»Solche Abteilungen gibt es bei Macy's auch?«, fragte Lara.

»Eine Tasche«, fügte Susie hinzu. »Hübsch, aus Leder, praktisch. In der er seine Scheren, Kämme und Bürsten verstauen kann. Vielleicht sogar mit einem Monogramm. Was hältst du davon?«

»So wie ihr euch heute Morgen geküsst habt, würde er vielleicht das Ding aus Leder vorziehen, an das ich gedacht habe.«

»Wir haben uns sechs Monate lang nicht gesehen«, rief Susie ihr ins Gedächtnis. »Da gab es einiges nachzuholen.«

Lara konnte nicht abstreiten, dass ihr Davids Liebesbezeugungen für Susie gefielen. Aber sie war auch ein bisschen neidisch, denn Dan hatte sie nie so umarmt, als wollte er sie nie wieder gehen lassen. Und wer wusste schon, an wen er sich im Moment gerade schmiegte? Vielleicht sollte sie lieber einen Blick auf Facebook werfen, anstatt nach Weihnachtsgeschenken für ihren Vater und Aldo zu suchen. Mrs Fitch sagte immer »Gefahr erkannt – Gefahr gebannt«, oder so ähnlich. Falls sie vorhatte, Bilder von sich und Seth zu posten, sollte sie vielleicht vorher nachschauen, welche Fotos Dan eingestellt hatte, nur um zu sehen, welche Auswirkungen später ihre Posts möglicherweise hatten. Würde er ein Foto einstellen, das ihn zeigte, wie er seinen Singlestatus in den Ferien genoss? Oder würde er sich zurückziehen und gar nichts veröffentlichen? Würde er sie liken oder das Angry-Face-Emoticon wählen? Nein, Letzteres war nicht Dans Stil, und er hatte auch keinen Grund, wütend zu sein. Schließlich hatte er diese Situation herbeigeführt.

»Kommst du?« Susie wartete unter dem riesigen Stern am Eingang.

»Wenn es bei Macy's alles zu kaufen gibt, dann finde ich doch sicher auch etwas für Aldo, oder?« Lara folgte rasch ihrer Freundin.

»Meine Güte, Lara, sie verkaufen zwar alles, aber sie vollbringen keine Wunder.«

»Das ist überhaupt nicht witzig.«

»Nun komm schon«, drängte Susie. »Vielleicht finden wir etwas für dich, was du zu unserem Treffen mit Seth anziehen kannst.«

»Das ist kein Date, sondern nur eine Möglichkeit, ein paar Fotos zu machen.«

»Ich weiß. Aber Dan würde sich sicher freuen, wenn du etwas trägst, was er noch nicht an dir gesehen hat.« Sie deutete auf das T-Shirt unter Laras halb offener Jacke. »Etwas ohne einen Fleck vom Inder um die Ecke.«

»Das ist eines meiner Lieblings-T-Shirts«, protestierte Lara. »Ich weiß auch nicht, was heutzutage bei einem Curry solche Flecken hinterlässt.«

»Darüber sollten wir wahrscheinlich lieber nicht nachdenken«, erwiderte Susie. »Komm jetzt, wir haben nur ein paar Stunden Zeit.«

Macy's war von innen ebenso spektakulär wie von außen. Es war, als würde man eine unendlich große Weihnachtswerkstatt betreten, in der auf nahtlos ineinander übergehenden Etagen schimmernde und funkelnde Waren ausgestellt waren. Die echten Christbäume rochen so frisch und würzig, dass man das Gefühl bekam, sich in einem tiefen dunklen Weihnachtswald zu befinden. Überall glitzerten Kristalle – sie baumelten von der Decke, ragten wie Stalagmiten aus dem Boden und hingen, wahrscheinlich als Accessoire-Vorschlag, an den Kleiderpuppen – und ließen an *Die Eiskönigin* und Discokugeln denken. Susie war ganz in ihrem Element. Sie schwebte durch die Gänge und strich mit den Fingern zärtlich über alles, was ihr in den Weg kam.

»Du brauchst eine Tasche. Wie wäre es mit dieser? Sie liegt ganz im Trend der Saison. Dieses gedämpfte Orangerot passt perfekt zu Weihnachten; eine klassische Hobo Bag mit einem professionellen Touch.« Susie zog sie aus dem Regal und drückte sie an Laras Jacke.

»Wann sollte ich so etwas brauchen?« Lara wich zurück, als würde die Tasche Nowitschok enthalten. »Ich fahre einen LKW.«

»Diese Bemerkung zeigt, wie sehr du dein Leben einschränkst, indem du immer denkst wie ... wie ...«

»Wie eine LKW-Fahrerin?«, schlug Lara vor.

»Fass sie an.« Susie reichte ihr die Tasche. »Fühl sie zwischen deinen Fingern und stell dir vor, wie sie dir jeden Tag dabei hilft, all deine wichtigen Sachen mit dir zu tragen.«

Lara warf einen Blick auf die Tasche, in der man wahrscheinlich die Kleidung für eine ganze Woche unterbringen konnte ... für eine vierköpfige Familie. Sie hatte immer nur ihr Telefon, ihre Schlüssel, ihre Kreditkarte und vielleicht ein bisschen Bargeld bei sich. Keine Rechtfertigung für eine so große Tasche, die man wohl eher für einen Umzug verwenden konnte. Susies Augen glänzten vor Bewunderung, und ihre Finger schlossen sich um die Griffe der Tasche.

»Jetzt habe ich es kapiert«, sagte Lara lächelnd. »*Du* willst diese Tasche haben.«

»Nein«, erwiderte Susie rasch. »Nein, ich finde, sie ist perfekt für dich.«

»Warum kaufst du sie dir nicht?«

»Weil ich keine weitere Handtasche brauche ... und weil sie sehr gut zu dir passt.«

»Nun, ich brauche sie auch nicht, und ich will sie nicht haben.« Ihr Blick schweifte zu der Abteilung mit Sonnenbrillen hinüber. Waren Designerbrillen hier nicht viel billiger als in Großbritannien? Aldo verlor seine Sonnenbrillen ständig, und selbst im Winter, wenn die Sonne tief stand, kam man als LKW-Fahrer nicht ohne Brille aus. Das wäre vielleicht ein nettes Weihnachtsgeschenk für ihn.

»Du solltest dir etwas gönnen«, meinte Susie und folgte Lara zu dem Stand mit den Ray-Bans.

»Das werde ich tun«, erwiderte Lara. »Ich habe genug

Geld zusammengekratzt, um mir während unseres Aufenthalts hier drei Mahlzeiten am Tag leisten zu können.«

»Ich meinte, du solltest dir etwas Hübsches kaufen.«

»Richtig«, bestätigte Lara. »Pizza, sobald wir eine Gelegenheit dazu haben. Können wir den Einkaufsbummel ein wenig abkürzen? Gibt es hier eine Fressmeile?«

»Hier gibt es alles!«

»Sogar etwas für Aldo!« Lara nahm sich eine der Sonnenbrillen, setzte sie auf und betrachtete lächelnd ihr Spiegelbild. »Siehst du, es gibt doch Wunder.«

»Bitte wirf einen Blick auf Facebook«, sagte Susie plötzlich.

»Was?«

»Ich weiß, dass du seit Stunden Facebook nicht mehr besucht hast, und ich möchte, dass du jetzt dreißig Sekunden lang einen Blick daraufwirfst, damit ich nicht länger verschweigen muss, was ich heute Morgen dort gesehen habe.«

»Was hast du denn gesehen?« Lara schluckte.

»Bitte, Lara, schau es dir an, und danach reden wir darüber.« Susie ließ die Handtasche auf den Boden fallen. »Und ich bezahle die Pizza.«

Ihr Telefon fühlte sich in ihrer Hosentasche an wie ein riesiger, dicker Elefant. Sie wusste, dass sie nachschauen sollte – sie hatte sich fest vorgenommen, es zu tun, bevor sie sich mit Seth traf. Aber jetzt, wo sie dazu gezwungen wurde, war alles anders. Und offensichtlich ging auf den sozialen Medien etwas vor sich, was ihr nicht gefallen würde, sonst hätte Susie sich nicht bereit erklärt, sie auf eine Pizza einzuladen. Das konnte eigentlich nur etwas mit Dan zu tun haben.

»Ich halte ihn übrigens für einen Scheißkerl. Ein totales Arschloch, das es nicht verdient hat, wie sehr du dich bemühst, diese Beziehung aufrechtzuerhalten.«

Lara zog ihr Telefon hervor und drückte auf das blaue Zeichen mit dem »F«. Sie hatte Dan für das Feature »See First« aktiviert, also würde es nicht lange dauern, bis sie zu sehen bekam, was Susie so aufregte …

Dan Reeves: Weihnachtsbummel :-)

Diese Information sagte ihr noch nicht viel, doch dann entdeckte Lara seinen Standort und einen Tag in seinem Post. Ihr Herz schien sich in einem Aufzug in wilder Fahrt nach unten zu befinden und dort von jemandem zertrampelt zu werden.

»Er ist auf dem Weihnachtsmarkt in Salisbury«, brachte Lara mühsam hervor. »Mit Chloe.«

Susie umarmte sie und drückte sie so fest an sich, als hätte Lara eine Nacht in isländischer Kälte verbracht, und sie müsste sie nun vor dem Erfrierungstod retten. »Ich weiß, ich weiß. Es ist schrecklich und grausam, und ich kann es nicht fassen, dass er es veröffentlicht hat. Ich meine, zuerst sein Status als Single, und nun zeigt er sich stolz mit einer anderen Frau.«

»Wir gehen immer gemeinsam auf den Weihnachtsmarkt in Salisbury«, stammelte Lara. »Er trinkt immer Glühwein, und ich esse deutsche Würstchen.« Sie hatten sich immer dick angezogen und den ganzen Nachmittag damit verbracht, alle kleinen Holzbuden zu besuchen, die auf dem Marktplatz der Stadt aufgebaut waren. In einem Rundbau spielten Bands, der Duft nach winterlichen Gewürzen hing in der Luft, und es gab handgefertigte Kleinigkeiten zu kaufen, die man sonst nirgendwo bekam. Man sah viele lächelnde Gesichter, Besucher, die fröhlich Weihnachtslieder mitsangen, und spürte, wie sehr sich alle auf Weihnachten freuten.

»Ich weiß«, wiederholte Susie.

Laras Verunsicherung verwandelte sich rasch in Ärger. Zorn. Sie war wütend auf Dan und auf sich selbst. Was tat sie hier in New York, den Tränen nahe, während er mit der Femme fatale der Stadt über den Weihnachtsmarkt in Salisbury schlenderte?

»Wie kann er das wagen?«, fauchte Lara. »Was bildet er sich ein?«

»So ist es gut«, sagte Susie, als Lara sich aus ihrer Umarmung löste, ihre Arme in die Luft riss und sich beinahe in den perlmuttfarbenen Christbaumkugeln verhedderte. »Jetzt ist wahrscheinlich der Zeitpunkt gekommen, an dem du wütend werden sollst.«

»Er hat von einer Pause gesprochen!«, rief Lara.

»Ich weiß.«

»Von einer Auszeit! Und nun das!«

»Ich weiß.«

»Nun, das kann ich mir nicht einfach so gefallen lassen, oder? Ich meine, es war eine Sache, diese Auszeit zu akzeptieren, ihm eine kleine Pause zu gönnen, damit er sich über seine Gefühle und seine weiteren Pläne im Klaren werden konnte. Aber das bedeutete doch nicht, dass er seinen Status bei Facebook auf Single ändern und mit einer anderen Frau Weihnachtseinkäufe machen kann, oder?«

»Auf keinen Fall!«

»Also gut!«, stieß Lara mit so viel Elan hervor, als wäre sie Emma Willis, die den nächsten Kandidaten bei *The Voice* ankündigte.

»Also gut!«, wiederholte Susie mit ebenso viel Nachdruck.

»Ich ... ich werde jetzt etwas kaufen«, erklärte Lara. »Etwas, was ich mir normalerweise nie kaufen würde.«

Susie grinste begeistert, hob die Handtasche vom Boden

auf und präsentierte sie Lara, als würde sie etwas im Teleshoppingkanal *QVC* anpreisen. »*Voilà!*«

»Nein.« Lara ließ den Blick durch Macy's schweifen und versuchte, alles wahrzunehmen und etwas zu finden. »Ich brauche ...«

»Schuhe? Ich habe ein Paar tolle Stiefel mit einem nerzfarbenen Keilabsatz gesehen. Oder wie wäre es mit einem Mantel? Hier wird es allmählich kalt, und deine Jacke hat schon bessere Tage gesehen ...«

Plötzlich fiel Lara etwas ein, und sie schaute ihre Freundin an. »Bring mich in die Abteilung, wo es Schals gibt.«

»Oh, ja!« Susie stellte die Handtasche in das nächstliegende Regal und klatschte in die Hände. »Etwas in Pink oder Rubinrot, passend zu Weihnachten. Ich habe vorhin ein sehr hübsches Seidentuch entdeckt, das hoffentlich nicht zu teuer ist. Hier entlang!«

KAPITEL ZWEIUNDZWANZIG

Das Empire State Building

Schneeflocken fielen aus den strahlend weißen Wolken über New York, und Lara warf einen Blick in ihre Tasche von Macy's und betrachtete ihre Einkäufe so stolz wie eine Henne ihre frisch geschlüpften Küken. Sie war jetzt die glückliche Besitzerin von einem Dutzend Schals in den verschiedensten Farben. Susie hatte für sie begeistert von einem goldfarbenen Christbaum ein Dutzend Wollmützen in allen nur erdenklichen Farben gezupft. Und außerdem hatte Lara eine Sonnenbrille als Weihnachtsgeschenk für Aldo und ein paar Golftees aus Sterlingsilber für ihren Dad gekauft. Was natürlich ihrer Kreditkarte nicht gutgetan hatte.

»Binde dir einen der Schals um.« Susie hüpfte auf und ab, um sich warm zu halten. »Den hellgelben. Der wird auf Instagram der Knaller.«

»Wie spät ist es?«, erkundigte sich Lara.

»Kurz vor zwei«, erwiderte Susie. »Er wird sicher gleich hier sein.«

Lara warf einen Blick auf ihre Armbanduhr. Es war bereits zehn Minuten nach zwei. Seth würde nicht kommen. Sie atmete tief durch, drehte sich um und schaute hinauf zu dem großartigen Gebäude, vor dem sie standen.

Es war einhundertzwei Stockwerke hoch und aus Beton, Kalkstein und Granit mit einem Stahlrahmen gebaut – sie hatte sich vorher auf ihrem Telefon die Details angeschaut.

Mit diesen einhundertzwei Stockwerken erreichte es eine Höhe von vierhundertdreiundvierzig Metern und führte in mehreren Blöcken hinauf bis zu einem Blitzableiter. Die Spitze des Gebäudes schien die Wolken zu berühren, und sie mochte sich nicht vorstellen, wie es war, dort oben zu sein, wenn tatsächlich der Blitz einschlug. Die Bilder, die sie vom Inneren gegoogelt hatte, waren beeindruckend. Sie erwartete eine Pracht, die sie in Appleshaw noch nie zu sehen bekommen hatte. Dort war das Großartigste das Teegeschirr, das Mrs Fitch für die Seniorennachmittage hervorholte, wenn im Gartencenter Tee und Gebäck gereicht wurden.

»Lass uns hineingehen.« Lara drehte sich zu Susie um.

»Was? Aber wir warten doch auf Seth, richtig? Hat er nicht gesagt, hier draußen? Genau hier, wo wir jetzt stehen?«

»Ja, aber vielleicht ist ihm etwas dazwischengekommen.«

»Hat er dir eine Nachricht geschickt? Hast du bei Twitter nachgeschaut?«

»Nein, aber ...«

»Dann mach das jetzt!«

»Gehen wir doch einfach hinein.«

Susie stemmte die Hände in die Hüften und sah sie streng an. »Ich werde mich nicht von der Stelle rühren, bis du dir deine Nachrichten angeschaut hast.«

Seth kam zu spät. Auf seiner Brust befand sich Klebstoff, an dem sein Hemd festhing. Jedes Mal, wenn er zu laufen begann, zerrte es schmerzhaft an seiner Haut. Er konnte nicht begreifen, warum der Besetzungschef darauf bestanden hatte, dass alle Kandidaten beim Vorsprechen ein Brusttoupet trugen. Er war sich sicher, dass er diese Rolle nicht haben wollte, obwohl ihn der Gedanke an die Miete in einem der teuersten Viertel der Stadt quälte. Er warf noch einmal einen

Blick auf seine Armbanduhr. Fast schon viertel nach zwei. Er hasste es, zu spät zu kommen; Lara glaubte wahrscheinlich, dass er nicht mehr auftauchen würde.

Er beschleunigte seinen Schritt, aber die Straßen waren voll von Touristen, die sich nur langsam voranbewegten und immer wieder stehen blieben, um Fotos zu machen. Es gab mehr Hotdog-Verkäufer auf einem Quadratmeter als nötig, Hydranten, denen er alle paar Meter ausweichen musste, und eine dünne Schneeschicht auf dem Gehsteig, die sein Vorankommen erschwerte. Und es hatte begonnen zu schneien.

Seine Mom hatte angerufen, kurz bevor man ihm das Toupet auf die Brust geklebt hatte, also hatte er nicht mit ihr sprechen können. Er hatte sich ihre Nachricht angehört, bevor er die Treppe zur U-Bahn hinuntergestiegen war. Sie hatte sich für den Abend zuvor entschuldigt und ihm mitgeteilt, dass sie ein Foto von seiner Mutter gefunden habe. Bei dieser Information krampfte sich sein Magen zusammen. Er würde sich anschauen können, wie seine leibliche Mutter aussah. War er ihr ähnlich? Würde er beim Anblick des Fotos eine gewisse Verbundenheit empfinden? Er schrieb zurück, dass er im Obdachlosenheim vorbeikommen würde. Und das würde er auch tun, sobald er die große Angst vor diesem Szenario im Griff hatte.

Vierunddreißigste Straße. Er hatte es geschafft. Rasch lief er zum Eingang des Empire State Building und hoffte, dass Lara noch dort war. Trotz dieser eigenartigen Umstände – Twitter, ein Lemur auf einem Baum, Biertrinken auf wackligen Stühlen – freute er sich darauf, diesem britischen Mädchen die Sehenswürdigkeiten seiner Stadt zu zeigen. Sie war noch nie in den Vereinigten Staaten gewesen, noch nie aus Großbritannien herausgekommen, und nun war sie bei ihrer ersten Fernreise in dieser Metropole gelandet. New York war vielleicht nicht perfekt, aber für ihn einer der coolsten Orte auf diesem Planeten. Und er war gespannt darauf, ob sie das auch so empfinden würde. Er mochte sie. Seit langer Zeit hatte er nicht mehr so leicht und so schnell an jemandem Gefallen gefunden.

Er hörte Laras Stimme. »Nichts. Keine Direktnachricht und auch keine andere. Können wir jetzt endlich reingehen? Bevor ich keine Lust mehr auf Pizza habe?«

Seth lächelte, als er auf die zwei Frauen zuging. Susie entdeckte ihn sofort, und er winkte ihr zu.

»Lara«, sagte Susie.

»Was? Du willst, dass ich jetzt meinen Snapchat-Account checke? Er hat weder meine Zugangsdaten für Snapchat oder für Facebook. Und meine Handynummer hat er auch nicht, also …«

»Hey.« Seth tauchte plötzlich vor Lara auf.

Lara trat einen Schritt zurück und stieß gegen einen Jungen auf einem Kickboard, der ins Schleudern geriet und auf einen Laternenpfahl zuschlitterte. Seth streckte rasch den Arm aus, packte den Jungen an seiner Jacke und zog ihn hoch, bevor er stürzte. »Alles in Ordnung?«, fragte er den Teenager.

»Ja klar«, erwiderte der Junge so überzeugt, wie Seth es in seinem Alter auch getan hätte, und reihte sich mit seinem Kickboard wieder in den Strom der Fußgänger ein.

»Und Ihnen geht es auch gut?« Seth wandte sich an Lara, die mit den Füßen auf den Boden stampfte, als wollte sie den lästigen Schnee loswerden, der sie aus dem Gleichgewicht gebracht hatte.

»Natürlich.« Laras Wangen röteten sich leicht. »Es ist ziemlich rutschig hier … der Schnee und so.«

Seth nickte lächelnd. »Das ist New York im Winter. Er schlug seine behandschuhten Hände aneinander. »Es tut mir wirklich leid, dass ich zu spät komme. Ich musste David Hasselhoff spielen.«

»Tatsächlich?« Susies Augen leuchten auf.

»Wirklich?«, fragte Lara.

»Ja«, bestätigte Seth. »Meine Brust ist noch voll von dem Klebstoff für das Brusttoupet.«

»Meine Güte! Dürfen wir uns das anschauen?«, fragte Susie.

»Susie!«, rief Lara.

Seth lachte. »Empfehlen kann ich das nicht. Ich habe es trotz Trents Anordnung heute Morgen nicht ins Fitnessstudio geschafft, also bin ich nicht ganz in Form.«

»Oh, ich bezweifle, dass Sie so sehr außer Form sind wie die Hälfte der Leute in unserem Dorf«, erwiderte Susie. »In Appleshaw haben nur die Hühner Brustmuskeln.«

»Alle interessieren sich mehr für *Countryfile* als für Fitness«, warf Lara ein. »Ähm, *Countryfile* ist eine Fernsehsendung über … das Landleben.«

»Das klingt nett«, meinte Seth. »Wir haben hier nicht so viele Grünflächen. Außer den Parks. Und von da oben haben wir einen guten Blick darauf.« Er deutet mit einem Finger nach oben. »Sollen wir hineingehen? Raus aus der Kälte?«

»Ja!«, stimmte Susie sofort zu. »Aber zuerst machen wir ein Foto. Sie und Lara am Eingang einer der berühmtesten Sehenswürdigkeiten im Big Apple.«

»Klar.« Seth warf Lara einen Blick zu. Susie hatte ihr einen Schubs gegeben, sodass sie nun direkt neben ihm stand und peinlich berührt wirkte. »Alles in Ordnung?«, fragte er.

Sie nickte und lächelte schwach. »Sie hat mich zu einem Einkaufsbummel bei Macy's gezwungen, und ich habe darauf bestanden, dass sie mich anschließend auf eine Pizza einlädt, damit ich dieses Trauma bewältigen kann.«

»Hierher schauen!«, befahl Susie und ging ein paar Schritte zurück, als wollte sie versuchen, sich in dem unendlichen Strom der Passanten in New York einen Platz zu verschaffen – keine leichte Aufgabe.

»Ihre Freundin sieht heute sehr glücklich aus«, bemerkte Seth, während er auf Susies Fotohandy schaute.

»Sie hat in der Nacht kaum geschlafen, weil sie mit ihrem Freund zusammen war.«

»Oh«, erwiderte Seth. »Dann verstehe ich ihre Stimmung.«

Lara lachte. »Zu viel Information? TMI – so heißt es doch auf Twitter, oder?«

»Nein, Sie haben das sehr gut erklärt.«

»Könnt ihr ein bisschen näher zusammenrücken?«, rief Susie laut, um das Hupen der New Yorker Taxis zu übertönen. »So, als würdet ihr euch gut kennen. Sonst sieht es aus wie das Foto eines verzweifelten Fans, und das wollen wir doch nicht.«

Seth rückte näher an Lara heran und legte einen Arm um ihre Schultern. Er spürte, dass sie kurz zusammenzuckte.

»Es tut mir wirklich leid«, sagte Lara. »Wegen alldem. Wenn Sie sich jetzt umdrehen und davonlaufen wollen, dann ...«

»Hey, wenn ich zu laufen anfange, zieht mir der Klebstoff jede einzelne Faser aus meinem Hemd.« Er zog sie zu sich heran. »Das wird uns Spaß machen. Das Empire State Building ist großartig. Ich freue mich darauf, es Ihnen zu zeigen.« Er schenkte Susie noch ein Kameralächeln. »Ein kleines Dankeschön dafür, dass Sie den Primaten Jax gerettet haben.«

Als er sah, dass sie lächelte, entspannte er sich ein wenig.

»Das war ein kleines Biest«, erwiderte Lara.

»Wäre ich nicht Mitglied des Wildlife-Projekts, würde ich wahrscheinlich um Lemuren einen großen Bogen machen.«

»Auf jeden Fall sollten Sie darauf achten, dass sie Ihnen nicht ihr Hinterteil zuwenden«, sagte Lara. »Der Lemur hat mich mit einer üblen Wolke eingenebelt. Den Geruch habe ich bis heute noch nicht aus meinem Haar bekommen.«

Seth lachte laut und zuckte zusammen, als der Klebstoff an seiner Brust an der Haut zerrte.

»Das ist perfekt!«, rief Susie und hüpfte auf und ab. »Wunderbar!«

KAPITEL DREIUNDZWANZIG

»Wow!«, rief Lara. Sie rannte durch die Türen auf die Rampe und zu dem eingezäunten Bereich im sechsundachtzigsten Stockwerk.

»Lara, warten Sie!« Seth eilte ihr hinterher.

»Sie können sie nicht aufhalten«, erklärte Susie. »Höhenangst ist ihr fremd. Hat es Sie beeindruckt, wie sie den Baum hinaufgeklettert ist? Sie steigt ständig auf Dächer, wenn jemand auf den benachbarten Farmen Hilfe braucht.«

»Ich kann dich hören«, rief Lara. Sie atmete tief die kalte Luft ein, während ihr der Wind eisige Schneeflocken ins Gesicht blies. Das Innere des Empire State Building hatte alle ihre Erwartungen erfüllt. Überall Art déco vom Feinsten mit einem Hauch von Weihnachten. Von der spektakulären Lobby mit den beiden glitzernden Christbäumen bis hin zu den schokoladenbraunen Marmorwänden mit goldfarbenen Einsprengseln wirkte jedes Stockwerk beinahe majestätisch und zeigte die Geschichte des Gebäudes vom Entwurf bis zum Bau und der Fertigstellung. Und es erinnert auch an einige Kinofilme – *King Kong* war Laras Lieblingsfilm gewesen. Aber am meisten hatte sie sich auf diesen Ausblick gefreut. Nicht von der Spitze, die abgesperrt war, sondern von diesem Aussichtspunkt, von dem aus sie die Stadt im winterlichen Wetter betrachten konnte. Es war atemberaubend.

Lara ließ die Einkaufstüte von Macy's auf den Boden fallen, hielt sich an der Metallbrüstung fest und presste ihr Gesicht an das Gitter, um alles möglichst gut sehen zu können. Von hier aus sahen die anderen Wolkenkratzer, die von unten betrachtet riesig erschienen, wie Zwerge aus. Dampf zog durch die Winterluft, und zwischen den schmalen hochragenden Gebäuden aus Stahl und Glas sah sie kleine, mit Schnee gesprenkelte Grünflächen. Die Stadt war so weit entfernt von Appleshaw. Sie war geschäftig, pulsierend und energiegeladen, und Lara fühlte sich mittendrin sehr lebendig.

»Susie«, rief sie, ohne den Blick abzuwenden. »Komm her und schau dir das an.«

»Oh, nein.« Susies Stimme verriet Lara, dass sie einige Meter von ihr entfernt stehen geblieben war. »Ich sehe alles von hier aus sehr gut. Wunderschön. So viele Gebäude.«

»Komm schon, Susie. Von dort hinten kannst du gar nichts sehen. Du musst näher kommen.« Lara drehte sich um und sah, dass ihre Freundin den Blick starr auf das iPhone in ihrer Hand gerichtet hatte. »Was machst du denn da? Die Aussicht auf New York ist großartig, und du …«

»Ich schaue bei Google nach, welche Medikamente gegen Gleichgewichtsstörungen helfen.«

»Du hast keine Gleichgewichtsstörungen«, erklärte Lara. »Das wäre eine Störung im Innenohr. Du hast Höhenangst.«

»Wenn ich noch einen Schritt vorwärtsgehe, ist bei mir noch viel mehr gestört als das Innenohr. Ich gehe und hole mir einen Kaffee. Möchtest du auch einen?«

»Nein«, erwiderte Lara. »Ich würde gern dieses Gitter abreißen, um einen besseren Blick auf den Hudson River zu haben.«

»Seth? Kaffee?«

»Nein, vielen Dank.«

»Sie haben keine Höhenangst, richtig?«, fragte Lara Seth, als er sich neben sie stellte.

»Ich dachte, Sie seien ein richtiger Fan von *Manhattan Med*. Erinnern Sie sich nicht mehr an die Szene auf dem Krankenhausdach? Als ich den miesepetrigen Dr. Crowther davor bewahrt habe, sich in sein Verderben zu stürzen?«

»Natürlich erinnere ich mich daran. Allerdings habe ich geglaubt, Sie seien in dieser Szene gedoubelt worden.«

»Was?« Seth presste eine Hand an die Brust, als hätte sie ihm einen schweren Schlag verpasst. »Ich habe mich in schwindelerregende Höhen gewagt, und Sie haben gedacht, ich hätte mich doubeln lassen? Ich bin erschüttert.«

»Eigentlich habe ich das Hausdach nicht für echt gehalten. Irgendetwas am Hintergrund kam mir komisch vor.«

Seth stieß sie mit dem Ellbogen an. »Okay, ich gestehe.«

»Das Dach war nicht echt?«

»Stimmt. Aber ich habe keine Höhenangst. Ich würde auch gern die Absperrung wegreißen, um den Geruch der Stadt besser einatmen zu können.«

Lara beobachtete, wie er für einen Moment die Augen schloss, tief die nach Schnee riechende Luft einsog und dann wieder auf das Panorama vor ihnen blickte.

»Wie fühlt es sich an?«, fragte er schließlich. »Ihre erste Reise nach Amerika. Ihre erste Fernreise.«

»Na ja …«, begann Lara. Wie fühlte es sich an? Angsteinflößend? Aufregend? Sie empfand eine Mischung aus etlichen Gefühlen, die alle neu für sie waren. Wie sollte sie das in Worte fassen? »Wie haben Sie sich gefühlt, als Sie zum ersten Mal hier oben waren?«

»Nun, wie man mir erzählt hat, war ich da erst ein Jahr alt und saß in einer Babytrage auf dem Rücken meines Vaters.

Er ist die sechsundachtzig Stockwerke bis hierher zu Fuß hinaufgestiegen, und ich habe ihm ins Haar gespuckt.«

»Nein!« Lara schlug eine Hand vor den Mund.

»Beim ersten Mal, an das ich mich erinnern kann, war ich sieben und musste für den Schulunterricht eine Zeichnung anfertigen. Ich habe also einen großen Block und Farbstifte mitgebracht, doch dann regnete es eine Stunde lang.«

»Und Sie konnten kein Bild zeichnen«, mutmaßte Lara.

»Nein. Aber ich war ein zielstrebiges Kind, also starrte ich eine Weile auf den Regen, bis ich erkannte, dass ich die Buntstifte nicht verwenden konnte. Ich skizzierte die Stadt in verschiedenen Grautönen und bekam dafür die beste Note der ganzen Klasse.«

»Angeber.« Lara lachte und richtete den Blick wieder auf die Gebäude im Schneetreiben.

»Und nun sagen Sie mir, wie es sich anfühlt, so hoch oben in einem fremden Land, mit Schneeflocken im Gesicht.«

Es sollte sich eigentlich merkwürdig anfühlen, denn hier war sie weit weg von ihrer Komfortzone. Aber sie war absolut zufrieden und gleichzeitig unfassbar aufgeregt. Das war New York, und sie, Lara Weeks, eine LKW-Fahrerin aus Appleshaw, stand direkt mittendrin.

»Ich habe das Gefühl, als ... als würde ich nicht stillstehen«, begann Lara. »Als würde ich fliegen, vielleicht mit einem Gleitschirm oder auch im freien Fall.« Sie atmete tief durch. »Als würde ich über allem schweben. aber es ist nicht beängstigend, nicht so, als könnte ich jeden Moment abstürzen, sondern ganz kontrolliert.« Sie schaute mit einem Lächeln auf die Stadt. »Ich würde am liebsten ganz laut schreien: ›Hey, New York! Hier bin ich! Und ich möchte gern ein Teil von dir sein!‹« Sie lachte laut. »Und dann würden alle mich für eine Verrückte aus England halten, peinlich berührt in ihre Kaffeetassen schauen und sich wünschen, ich würde wieder verschwinden.«

Seth schluckte. Er konnte den Blick nicht von ihr abwenden. Es war herrlich, sie zu beobachten; sie strömte eine Energie aus, wie er es noch nie bei jemandem erlebt hatte. Vor seinen Augen schien sie zum Leben zu erwachen, vollkommen ungehemmt und frei. Und sie saugte New York in sich auf, als wäre es der schönste Ort, an dem sie jemals gewesen war.

»Halten Sie mich für verrückt?« Lara wandte sich zu ihm um.

»Nein«, erwiderte er. »Ich wünschte, jeder, der hierherkommt, würde so denken wie Sie.« Er atmete tief ein. »Und ich finde, wir sollten laut schreien.«

»Was?«

»Ich bin der Meinung, wir sollten es tun. Genau so, wie Sie gesagt haben.« Er grinste sie an. »Wir sollten laut rufen: ›Hey, New York! Hier bin ich! Und ich möchte gern ein Teil von dir sein!‹«

Lara lachte. »Jetzt halte ich *Sie* für verrückt.«

»Es war Ihre Idee.« Er stupste sie an.

»Ich weiß, aber ich habe gesagt, dass ich es gern tun *würde*. Nicht, dass ich es tatsächlich tun werde.«

»Warum denn nicht? Wenn Sie es wollen, sollten Sie es tun«, meinte er. »*Wir* sollten es tun.«

»Aber ...«

»Was hält Sie davon ab?«

»Alles, was mein Dad mir darüber gesagt hat, dass man lieber gesehen und nicht gehört werden sollte.«

»Und haben Sie immer alles getan, was Ihre Eltern Ihnen gesagt haben?«

»Mein Vater«, verbesserte sie ihn.

»Ist Ihre Mutter gestorben?«, fragte Seth leise.

»Nein.« Lara schüttelte den Kopf. »Sie hat uns verlassen. Wahrscheinlich, weil ich zu laut war.«

»Das glaube ich nicht.«

»Mein Dad hat mir erzählt, dass ich im Vereinsheim die instrumentalen Stellen immer lauthals mitgesungen und alle damit in den Wahnsinn getrieben habe.« Sie seufzte. »Wer kann schon wissen, dass niemand ein mit den Lippen geblasenes Saxofonsolo hören möchte?«

Seth senkte die Stimme. »Nun, diese Leute sind jetzt alle Tausende Meilen entfernt.«

Sie lächelte ihn an. »Das stimmt.«

»Also gut, dann schreien wir jetzt gemeinsam. Wir halten uns an dem Gitter fest und sprechen mit dem Big Apple.«

Er sah zu, wie sie ihre Finger um das Metall legte und tief einatmete, während ihr der Wind das Haar ins Gesicht wehte.

»Bei drei«, sagte Seth. »Eins ... zwei ... drei!«

Wie aus einem Mund riefen sie: »Hey, New York! Hier bin ich! Und ich möchte gern ein Teil von dir sein!«

Sie lachte und schaute ihn begeistert aus großen Augen an. Ihr heißer Atem stieg in die kalte Luft, und auf ihrem kurzen dunklen Haar sammelten sich Schneeflocken. Er lächelte. »Für mich fühlte sich das ziemlich gut an.«

»Für mich auch. Sehr gut sogar.« Sie warf einen Blick über die Schulter auf die anderen Touristen, die die Aussicht genossen. »Und bisher hat noch niemand die Polizei gerufen.«

»Das stimmt«, bestätigte er. Als er sie anschaute, wurde sein Herzschlag plötzlich unregelmäßig. War dieser Klebstoff auf seiner Brust etwa durch die Haut nach innen gedrungen und verursachte ihm nun Herzprobleme? Seine

Gedanken und Gefühle durchströmten ihn so heftig, als suchten sie verzweifelt einen Weg nach draußen. Warum jetzt? Warum hier? Mit dem Lemurenmädchen?

»Ich bin adoptiert«, hörte Seth sich plötzlich selbst sagen.

»Oh! Wow! Das habe ich nicht gewusst«, erwiderte Lara rasch. »Haben *Sie* es gewusst?«

»Ja. Meine Eltern Kossy und Ted haben es mir gesagt, als ich zwölf war, und ich habe das damals ganz locker genommen. Na ja, nachdem ich mich an den Gedanken gewöhnt hatte. Aber seit ich für diese Rolle vorgesprochen habe, will ich mehr darüber wissen.«

»Und haben Sie schon etwas erfahren?«, fragte Lara interessiert. »Wissen Sie schon, wer Ihre leiblichen Eltern sind? Werden Sie sich mit ihnen treffen?«

»Ich ... weiß es nicht.« Er war sich immer noch nicht im Klaren darüber.

»Oh.«

»Ich bin mir nicht sicher, wie viel ich erfahren möchte. Ich habe da noch einige Bedenken.«

»Sie meinen, Sie haben Angst.«

»Vielleicht«, gab er zu.

»Wovor? Es ändert nichts daran, wer Ihre Eltern sind, wenn Sie nicht nach ihnen suchen. Nur wissen *Sie* es dann eben nicht.«

So wie sie es ausdrückte, klang es ganz einfach. Sie hatte eine erfrischende Art, Dinge ganz klar darzustellen. In seiner Welt sprach niemand wirklich offen über alles – weder Agenten noch Besetzungschefs. Trent ohnehin nicht und auch seine Mom anscheinend nicht.

»Meine Mom Kossy hat im Obdachlosenheim ein Foto von meiner leiblichen Mutter gefunden.«

»Nun, worauf warten wir dann noch?« Lara trat einen

Schritt von der Brüstung zurück. »Ich möchte wissen, wie sie aussieht, und Sie brennen sicher darauf!«

»Ja, das stimmt«, räumte Seth ein.

»Gehen wir«, forderte Lara ihn auf. »Außerdem habe ich in dieser Tasche einige Schals und Mützen. Susie glaubt, ich hätte sie alle für mich gekauft, aber sie sind für die Leute, die ich gestern kennengelernt habe. Der orangefarbene Schal wird Earl ausgezeichnet stehen. Für Felice habe ich eine türkisfarbene Mütze, und Mad Maggie bekommt einen Schal mit Glitzer.«

Seth schüttelte den Kopf. »Sie haben für alle Geschenke gekauft?«

»Ich weiß, dass sie Almosen hassen, aber ich werde ihnen erklären, dass ich das alles gekauft habe, um Susie davon abzuhalten, mir eine Handtasche aufzudrängen, die ich nicht brauche. Und das entspricht tatsächlich der Wahrheit.«

»Und Sie haben hier oben genug gesehen?«, fragte Seth.

»Für heute schon.« Lara ließ noch einmal den Blick schweifen. »Jetzt will ich mich wieder unten ins Leben stürzen.« Sie grinste. »Und ein Teil davon sein.«

»Ihr hättet euch auch Kaffee holen sollen!« Susie kam auf sie zu, in der Hand einen großen Pappbecher, an dem sie sich die Finger wärmte. »Ich habe mir einen mit Schokoladenstückchen und Karamell besorgt.« Sie blieb an der Absperrung stehen. »Ich werde ihn hier oben genießen.«

»Wir fahren jetzt wieder nach unten«, erklärte Lara. »Seth wird dich einigen Leuten vorstellen, die ich gestern Abend kennengelernt habe.«

»Ach ja?«

»Du hast doch nicht tatsächlich geglaubt, dass ich alle diese Schals und Mützen für mich gekauft habe, oder?«

KAPITEL
VIERUNDZWANZIG

Chapel Shelter, West 40th Street

Das Obdachlosenheim befand sich in einer alten Kirche. Damit hatte Lara nicht gerechnet. Sie war sich nicht sicher, was sie erwartet hatte, aber auf keinen Fall dieses riesige, ein wenig schäbige sakrale Gebäude, das sie nun betraten. Im Inneren herrschte reges Treiben. Im Hauptraum wurden Weihnachtsdekorationen angebracht – einige Leute auf Trittleitern hantierten mit Lametta und Sternenketten –, eine andere Gruppe malte unter Anleitung eines Lehrers Bilder auf Staffeleien, und in einer Ecke lagen drei Männer auf Gymnastikmatten und dösten. Lara schluckte, ein wenig überwältigt von dieser Szene. Sie war fast froh, dass Susie nicht mitgekommen war, weil sie sich lieber mit David hatte treffen wollen. Das hier war etwas ganz anderes als Macy's.

»Alles in Ordnung?«, fragte Seth.

»Ja, natürlich«, erwiderte Lara. »Hier ist … ziemlich viel los.«

Seth lachte und führte sie zielstrebig an dem Chaos von Dekorateuren und angehenden Kunstmalern vorbei. »Im Moment ist es noch ruhig«, erklärte er. »Am Abend, wenn alle zur Bettenverlosung kommen, geht es dann richtig rund.«

»Zur Bettenverlosung?«, fragte Lara.

»Das ist eines der größten Zentren in dieser Gegend, aber

es gibt trotzdem nie genügend Betten für die vielen Menschen, die sie brauchen.« Er seufzte. »Also werden Zettel mit den Namen in einen Hut geworfen, und wer gezogen wird, hat ein Bett für die Nacht.«

»Das klingt … nicht sehr lustig.« Lara wusste nicht so recht, was sie dazu sagen sollte.

»Ja, meine Mom macht das immer noch jeden Tag fertig.«

»Denkt dran«, sagte der Lehrer am anderen Ende des Raums. »Ich will nicht nur einen Baum sehen, sondern das wahre Wesen eines Baums!«

Lara ging an den Staffeleien vorbei. Sie hätte nicht gewusst, wie sie das Wesen eines Baums malen sollte. Die meisten hatten Christbäume mit bunten Kugeln und einem Stern an der Spitze gemalt. Eine Frau hatte sich für einen tanzenden Hotdog entschieden, und ein Mann, der nur knapp einen Meter groß war, hatte eine erschreckend gute Karikatur von Hillary Clinton gezeichnet.

»Möchten Sie am Kunstunterricht teilnehmen?«, fragte Seth.

Lara schüttelte den Kopf. »Dafür fehlt mir das Talent.«

»Kommen Sie«, forderte er sie auf. »Wir bringen Mom die Schals. Sie weiß sicher, wo die anderen alle sind.«

Seth führte sie durch eine Tür am Ende des Raums und über einen Gang in ein Zimmer, das wie eine Kantine aussah. An langen Holztischen saßen einige Leute und aßen. Sie hatten ihre Mäntel und Mützen anbehalten und schienen zu frieren. Einigen lief die Nase, und sie husteten, während sie etwas schlürften, was nach Hühnersuppe duftete. Hinter einem Drahtgeflecht mit einer mit einem Vorhängeschloss gesicherten Tür befand sich ein Küchenbereich. Zwei Helfer mit Hauben und Plastikhandschuhen rührten in zwei riesigen Töpfen auf dem Herd. Sie durchquerten den Raum und gingen einen weiteren Gang entlang bis zu einer hellroten Tür. Seth klopfte an, bevor er sie öffnete.

»Hey, Mom.«

»Was machst du denn schon hier?« Kossy sprang hinter ihrem Schreibtisch auf und stieß dabei einen von den vielen Papierstapeln um. Das ganze Zimmer sah aus wie ein riesiger Ablagekorb – jede verfügbare Fläche war mit Papieren bedeckt.

»Ich ...«, begann Seth.

»Ich habe dir doch gesagt, du sollst mir eine SMS schicken, bevor du kommst. Ich wette, sie sind mit der Weihnachtsdekoration noch nicht fertig. Und mit den Bildern vom Wesen der Bäume auch nicht. Und es ist jetzt ... wow, beinahe vier Uhr. Ich weiß nicht, wohin der Tag verschwunden ist. Kannst du mir das sagen?« Kossy unterbrach sich und ging um den Schreibtisch herum. »Lara!«, rief sie überrascht und legte die Hände an die Lippen.

»Hallo, Mrs Hunt.«

»Kossy. Nenn mich einfach Kossy, Schätzchen. Ich will nicht noch älter wirken, als ich mich bereits fühle. Alle nennen mich Kossy, stimmt's, Seth?«

»Nur ich nicht«, meinte er.

»Na ja, das ist etwas anderes, und ich bin mir nicht sicher, ob ich im Moment die Bezeichnung ›Mom‹ tatsächlich verdiene ...« Kossy hielt inne, und Lara sah, wie Mutter und Sohn einen Blick tauschten.

»Schon in Ordnung, Mom«, sagte Seth. »Ich habe Lara von ... Candice erzählt.«

»Ach ja?«

»Wir waren auf dem Empire State Building«, erklärte Lara. »Und haben etwas auf die Stadt hinausgeschrien.«

»Nun, jeder muss sich hin und wieder etwas von der Seele

schreien. Vor allem, wenn drei Mitarbeiter krank sind und mehr Gäste kommen als je zuvor.« Das hörte sich so an, als wäre sie die Managerin eines Luxushotels.

Lara hob die Einkaufstüte von Macy's hoch. »Ich habe ein paar Sachen gekauft. Für Earl und Felice und Maggie und alle anderen, die damit etwas anfangen können.«

»Tatsächlich?« Kossy ging auf Lara zu. »Von Macy's!«

»Das ist eine lange Geschichte, aber es handelt sich um einen Einkauf auf Kreditkarte, der aus vielen Gründen nötig war.«

»Also gut. Dann besorgen wir euch jetzt Kaffee und schauen nach, wer hier ist«, meinte Kossy. »Earl kommt allerdings nie vor Einbruch der Dunkelheit. Er spielt in Lower East Side Ukulele, um sich ein paar Cent zu verdienen. Und Felice hat einen neuen Freund.« Kossy verdrehte die Augen. »Ich bin zwar nicht sicher, ob er einen guten Einfluss auf sie hat, aber ich bin nicht ihre Mutter, also ...«

»Hast du etwas von Kaffee gesagt?«, fragte Seth.

»Ohne Karamell und Schokoladenstückchen, wenn möglich«, fügte Lara hinzu.

»Schätzchen, falls du hier Karamell und Schokostückchen im Kaffee findest, ist das unbeabsichtigt – wahrscheinlich ist dann jemandem etwas aus dem Bart gefallen.«

»Gut, danke. Ich bin kein Fan von zusätzlichen Zutaten, außer bei Pizza, da nehme ich gern alles.«

»Sehr gut! Du kannst jederzeit wiederkommen.« Kossy legte Lara einen Arm um die Schultern.

KAPITEL
FÜNFUNDZWANZIG

Seth konnte es kaum glauben, dass er die Frau vor sich sah, die ihn auf die Welt gebracht hatte. Er saß in dem Hauptraum, wo jemand gerade einen Vortrag über Empfängnisverhütung hielt, und hob das Foto näher an die Augen. Er sollte wirklich seine Brille wieder tragen. Die dunkelhaarige Frau auf dem Foto sah so jung aus, noch nicht bereit, Mutter zu werden. Und so war es wohl auch gewesen. Er fuhr mit dem Finger über ihr dunkles Haar. Sie stand neben drei anderen Personen, zwei Frauen und einem Mann, die in die Kamera lächelten – mit dem Mund und den Augen. Hätte er nicht gewusst, dass dieses Foto in einem Obdachlosenheim aufgenommen worden war, hätte er geglaubt, dass diese jungen Menschen sich gerade darauf freuten, am Abend auszugehen. Candice' Kleidung sah nicht schäbig oder abgewetzt aus. Sie trug ein rotbraunes Samtkleid und dazu Stöckelschuhe. Wahrscheinlich ihre Berufskleidung. Er schluckte.

»Alles in Ordnung?« Kossy setzte sich neben ihn.

»Ja«, erwiderte er rasch, obwohl es nicht der Wahrheit entsprach. Er war sehr aufgewühlt und hatte das Gefühl, dass seine gesamte Existenz in der Schwebe hing.

»Ich konnte es kaum glauben, dass Bernadette dieses Foto so schnell gefunden hat. Du weißt ja, wie es hier aussieht. Wir ersticken in einer Papierflut und haben einfach nicht genug Zeit für alles.« Kossy warf einen Blick auf das Foto und atmete tief durch. »Sie war sehr hübsch, findest du nicht?«

Er wusste nicht, was er sagen sollte. Es war sehr schwer, sich vorzustellen, dass diese junge Frau seine Mutter war. Natürlich war sie inzwischen älter und glich vielleicht eher einer Mutter, aber damals war sie viel jünger gewesen, als er jetzt war, noch ein Teenager. Es war ein merkwürdiges Gefühl, dass sie ihn nur wenige Monate nach dieser Aufnahme auf die Welt gebracht hatte. Und vielleicht noch ein anderes Baby ...

»Sie hat dunkles Haar.« War das alles, was ihm dazu einfiel?

»Ja«, bestätigte Kossy. »Und deine Augen.«

Das war schwierig für ihn, er fühlte sich unbehaglich. Warum nur? Er hatte sich doch dafür entschieden. Aber jetzt, wo er ihr Foto sah, war sie plötzliche eine reale Person, nicht mehr nur ein Name ... und offensichtlich hatte sie seine Augen.

»Ich weiß nicht, was ich sagen soll.«

»Das verstehe ich.« Kossy griff nach seiner Hand. »Und falls es dir hilft, mir geht es genauso. Aber wahrscheinlich hilft dir das nicht weiter.« Sie hielt kurz inne. »Vor allem nicht nach dem gestrigen Abend ...«

»Glaubst du wirklich, dass es vielleicht noch ein zweites Baby gab?«, fragte Seth unverblümt.

»Ich weiß es nicht.« Kossys Stimme zitterte leicht. »Ich habe die Mütze erst entdeckt, nachdem sie weggelaufen war. Danach habe ich in allen Mülltonnen in der Umgebung nachgeschaut, aber nichts gefunden. Ich habe auch einige Institutionen für Kinderschutz informiert. Seth, ich habe alles getan, was in meiner Macht stand, das verspreche ich dir.«

»Davon bin ich überzeugt.« Daran hatte Seth nie gezweifelt. Seine Mom handelte immer richtig und gut, das war schon immer so gewesen. »Glaubst du, dass sie das andere Baby mitgenommen hat, falls es eines gab?«

»Nein«, erwiderte Kossy sofort, aber Seth sah, dass sie schluckte. »Nein, das glaube ich nicht.«

»Aber es wäre möglich. Vielleicht hätte sie mit einem Baby keine Schwierigkeiten gehabt, aber zwei waren ihr einfach zu viel.«

»Seth ...«

»Schon in Ordnung. Ich meine ... ich weiß nichts über sie. Und du weißt auch nicht viel über sie. Wir können nur raten und Vermutungen anstellen.« Und das würde auch so bleiben, solange er nicht etwas unternahm.

»Und was nun?« Kossys Stimme klang so, als hätte sie Angst vor seiner Antwort.

»Keine Ahnung«, gestand er seufzend. »Ich muss das alles noch verarbeiten.«

»Okay, aber du weißt, dass ich immer für dich da bin, Seth«, erwiderte Kossy. »Was immer du auch brauchst.«

»Ja, das weiß ich.« Seth legte das Foto auf den Tisch.

»Und wie ich sehe, trifft das auch auf Lara zu.« Kossy deutete mit einer Kopfbewegung auf die andere Seite des Raums, wo Lara sich mit Felice unterhielt. Das obdachlose Mädchen drehte eine türkisfarbene Mütze in der Hand. »Was ist zwischen euch beiden los?«

»Wir sind ...«, begann Seth. Wie sollte er das seiner Mom erklären? »Sie ist ... nun ja, ich zeige ihr ein wenig von der Stadt. Sie ist aus England und macht hier Urlaub, so wie ihre Freundin Susie, die uns eigentlich begleitet hat, aber dann ein Date mit ihrem Freund hatte, also ...«

»Ich verstehe.« Kossy zog die Augenbrauen nach oben und stand auf. »Geh mit ihr zum Bryant Park.«

»Zum Weihnachtsmarkt?«

»Das ist ein Einkaufsparadies, und außerdem kann man dort eislaufen. Das wahre New York in der Weihnachtszeit.«

In diesem Augenblick summte sein Telefon, und er zog es rasch aus der Hosentasche. Trent hatte ihm eine Nachricht geschickt.

Du solltest mich jetzt umarmen. Der Besetzungschef von *A Soul's Song* hat heute Abend um acht eine Tischreservierung im Café Cluny. Frag mich nicht, woher ich das weiß. Ich kann nicht mitkommen, weil ich den Werbespot für die Nüsse drehen muss – mit einem Gorilla. Wenn du die Rolle wirklich willst, pack die Gelegenheit beim Schopf!

»Schlechte Nachrichten?«, fragte Kossy.
»Nein«, erwiderte Seth prompt. Vielleicht sogar sehr gute. Wenn er genügend Mut aufbringen würde.
»Nimm das Foto mit.« Kossy schob es ihm zu. »Und ich werde mich heute Nachmittag bemühen, noch mehr Informationen bei uns zu finden.« Sie nickte, als habe sie sich nun endlich mit der Situation abgefunden.
»Danke, Mom.«

»Du schenkst mir das also, weil du reich bist und ich nichts habe?« Felice betastete die Mütze, als könnte sie kaum glauben, dass sie echt war.
»Oh, Felice, mach kein Drama daraus!« Lara lachte. »Ich bin nicht reich, und wie ich gehört habe, hast du einen Freund.« Das war mehr, als sie im Moment vorzuweisen hatte. Ihr Freund, falls er das überhaupt noch war, machte gerade Weihnachtseinkäufe mit einer Frau, die Männer zum Frühstück verspeiste – und wahrscheinlich zum Mittagessen auch ...
»Er spielt Gitarre«, erzählte Felice und setzte endlich die Mütze auf.

»In einer Band? In welcher? Ich höre zur Zeit die Brothers Osborne sehr gern.«

»Er spielt nur für die Leute auf der Straße.«

»Dann sollten er und Earl sich zusammentun und eine Band gründen.«

»Earl kann gar nicht wirklich Ukulele spielen.« Felice benutzte das nächstgelegene Fenster als Spiegel und stellte sich auf die Zehenspitzen, um sich über dem Schnee sehen zu können, der sich bereits zentimeterhoch auf dem Fensterbrett aufgetürmt hatte. »Er zupft nur ein paar Saiten, und die Leute haben Mitleid mit ihm.«

»Aber er unternimmt zumindest etwas«, meinte Lara.

»Was?«

»Na ja, in der Stadt, die neben meinem Heimatdorf liegt, gibt es einige Obdachlose, die sich einfach nur auf ein paar Decken setzen und nichts machen. Earl versucht zumindest, produktiv zu sein, auch wenn er das nicht richtig gut kann.«

»Wow«, erwiderte Felice. »Du sagst es einfach so, wie es ist.«

»Tut das nicht jeder?«

»Also gut, dann bist du wohl auch bereit, dich von jedem ausnutzen zu lassen.«

»Ich glaube einfach, dass wir aus jeder Situation das Beste machen sollten. Wir erleben alle mal eine beschissene Zeit, oder?«

»Allerdings«, stimmte Felice ihr zu. »Ich hatte heute Morgen so großen Hunger, dass ich in einer kleinen Gasse am Hinterausgang eines Chinesen etwas widerlich Stinkendes gegessen habe. Was hast du heute gegessen?«

Lara überfielen Schuldgefühle. »Eine Pizza«, gestand sie. »Bei Macy's.«

»Okay, also für wen ist das nun eine Scheißzeit?«

Lara legte die Hände an Felices Mütze und rückte sie ein wenig zurecht. »Zumindest hast du jetzt eine neue Mütze, und ich habe sie dir nicht aus Mitleid geschenkt. Ich habe sie gekauft, um meiner Freundin einen Gefallen zu tun, und ich habe sie mit meiner Kreditkarte bezahlt, die ich möglicherweise nie wieder benutzen kann.«

»Das sind Erste-Welt-Probleme.« Felice gähnte. »Und außerdem bist du mit diesem tollen Typen dort drüben zusammen.«

Seth war aufgestanden, um einer kleinen Frau dabei zu helfen, Lichterketten an einem Bücherregal anzubringen.

»Wir sind nicht zusammen«, erklärte Lara. »Wir kennen uns kaum – wir sind nur ...« Wie sollte sie das erklären? »Ich habe eine Art Freund in England.«

»Eine Art Freund?«, fragte Felice. »Ist das jemand, mit dem du mal Sex hattest und nun immer noch auf WhatsApp schreibst?«

»Nein, nichts dergleichen.«

»Was dann?«

»Sein Name ist Dan.«

»Und warum ist er nicht mit dir nach New York gekommen?«

Lara schluckte. »Er musste arbeiten.«

»Tja, noch so ein Erste-Welt-Problem.« Felice seufzte tief. »Wenn du auch einmal verrottetes asiatisches Essen hinuntergewürgt hast, können wir uns weiter unterhalten.«

»Gefällt dir die Mütze?« Lara beobachtete, wie Felice ihr Spiegelbild in der Fensterscheibe bewunderte.

»Ja«, erwiderte sie schroff. »Sie gefällt mir.«

KAPITEL SECHSUNDZWANZIG

Times Square

»Hier sieht es so ähnlich aus wie auf dem Piccadilly Circus in London«, stellte Lara fest. »Nur ist alles größer und leuchtender ... und es herrscht mehr Verkehr und Lärm.« Die letzten Worte hatte sie laut gerufen, während sie den Blick über eine von New Yorks berühmtesten Sehenswürdigkeiten gleiten ließ. Die Hochhäuser waren riesig, die Zahl der Passanten und Taxis unüberschaubar, und alles wirkte ein wenig beengt und sehr hektisch. Breite Tafeln mit Leuchtreklamen blinkten, und an jeder verfügbaren Ecke spielten Straßenmusiker – es war so viel los, dass Lara sich kaum entscheiden konnte, wohin sie zuerst schauen sollte. Plötzlich wurde sie in den Passantenstrom gezogen und stellte fest, dass Seth nicht mehr neben ihr war. Ihr Puls beschleunigte sich, während sie von der Menschenmenge weitergeschoben wurde. Sollte sie stehen bleiben? Einfach weitergehen? Mit einem Mal zog sie eine Hand an ihrem Arm aus der wogenden Menge, und sie stand vor dem Eingang eines TGI Friday's.

»Hey.« Seth sah sie besorgt an. »Alles in Ordnung?«

»Ich ...«

»Das ist alles ganz anders als in deiner Kleinstadt, richtig?«

Sie hatte Seth auf dem Weg hierher ein wenig über Appleshaw erzählt. Es fiel kein Schnee mehr, und die Sonne war herausgekommen und erwärmte die frostige Luft ein klein wenig. Während sie durch die Straßen geschlendert waren, hatte sie ihm einiges darüber erzählt, wo sie wohnte und welche Leute sie dort mochte. Und ihm von dem Vorfall bei dem Festzug am ersten Dezember berichtet. Seth hatte sie erstaunt und erschrocken angesehen – kein Wunder, dass er ein so guter Schauspieler war –, aber er schien auch wirklich daran interessiert zu sein. Doch ihre Erzählungen von Appleshaw erinnerten sie auch daran, dass sie im Ausland war, weit weg von ihrem Heimatort und Dan und vollkommen außerhalb ihrer Komfortzone.

»Erzähl mir mehr von deinem Beinahe-Bruder«, forderte Seth sie leise auf und legte ihr eine Hand auf die Schulter. »Aldo.«

Das Bild des schlaksigen jungen Manns mit dem Lockenschopf tauchte in Gedanken vor ihr auf, und sie lächelte unwillkürlich. »Er hat … Lernschwierigkeiten. Niemand weiß genau, warum, oder ob es überhaupt einen Grund dafür gibt. Dass seine ganze Familie gestorben ist, war auf jeden Fall kein guter Start für ihn.« Sie atmete tief durch. »Alles beunruhigt ihn«, erklärte sie. »Aber gleichzeitig lässt er sich von nichts aus der Fassung bringen.« Sie dachte kurz über ihre Worte nach. Ja, das entsprach der Wahrheit. »Er ist irgendwie gefangen und trotzdem frei. Ich glaube, dass er für immer irgendwo im Alter von zwölf bis achtzehn stehenbleiben wird, aber er kennt es nicht anders, also spielt das keine Rolle. Er ist, wer er ist, und er ist ein netter, liebenswerter Mensch.«

»Ich nehme an, er war auch noch nie im Ausland.«

»Er bekommt bereits Nasenbluten, wenn er nach Manchester fahren muss.«

Seth lachte laut auf, legte seine andere Hand auf ihre Schulter und verstärkte den Druck. »Alles okay?«

Lara sog tief die kalte Luft in ihre Lunge. Jetzt fühlte sie sich ein bisschen besser. »Ja«, erwiderte sie. »Mir geht es gut.«

»Wenn du glaubst, dass hier viel los ist, solltest du diesen Platz an Silvester sehen.« Seth trat wieder auf den Gehsteig; sie folgte ihm und blieb dieses Mal ganz nah neben ihm.

»Ich habe mir schon Videos davon angeschaut«, erklärte Lara.

»Es ist total verrückt. Hier spielen dann Bands, ein Feuerwerk wird veranstaltet, Tausende Leute versammeln sich und ...«

»Ein glänzender Ball.«

»Ja, wie ein großer Ball«, bestätigte Seth und nickte. »Und danach müssen achtundvierzig Tonnen Müll entsorgt werden ... Kein umweltfreundlicher Start in ein neues Jahr.«

»Wow, das ist eine Menge«, sagte Lara. »In Appleshaw fliegen nur die Papierdeckchen herum, die Mrs Fitch unter die Kuchen legt. Und immer verliert einer der Heiligen Drei Könige seine Krone.«

»Das scheint ein toller Ort zu sein«, meinte Seth.

Er hielt Appleshaw für einen tollen Ort? Der Meinung war sie auch, obwohl sie gerade staunend feststellte, was es außerhalb ihrer kleinen ländlichen Welt alles gab. Dan hielt allerdings nicht viel von Appleshaw – ihm war die Stadt Salisbury wesentlich lieber. In letzter Zeit hatte er nur noch widerwillig an den Dorfveranstaltungen, die ihr so sehr gefielen, teilgenommen. Oder er war, wie bei dem Adventsumzug, gar nicht erschienen ...

»Nun, für mich ist Appleshaw großartig«, erklärte Lara, während ein Chor auf der anderen Straßenseite eine A-capella-Version von »Stille Nacht, heilige Nacht« anstimmte. »Aber New York ist auch cool.«

»New York ist wirklich cool«, stimmte Seth ihr zu. »Ich lebe schon seit meiner Geburt hier.«

»Aber du hast Reisen gemacht?«

»Ein paar.«

»Ha! Mehr als ich.« Sie wollte unbedingt wissen, wo er schon gewesen war und was er gesehen hatte. »Welche Länder hast du schon besucht?«

»Ich war in Italien.«

»Wow.« Wahrscheinlich würde sie dieses Wort in ihrem Gespräch noch oft verwenden. Italien war eines der Länder, die sie sich im Internet immer wieder sehnsuchtsvoll angeschaut hatte. Kunstvoll verzierte Springbrunnen mit Wasser speienden Statuen, wunderschöne Plätze, wo man Pizza essen konnte, das mediterrane Klima ... Dan war beruflich schon dort gewesen – er hatte maßgefertigte Whirlpools an ein großes Hotel geliefert. Sie hatte ihn nach dem Kolosseum gefragt, und er hatte gelacht, sie angestupst und erwidert, dass er keinen Schnaps mit diesem Namen dort getrunken hätte, stattdessen aber jede Menge Limoncello.

»Hast du dort viel Limoncello getrunken?« Die Worte waren ihr entschlüpft, bevor sie darüber nachdenken konnte. Sie atmete tief die eiskalte Luft ein, und der Duft nach brutzelnden Hotdogs und karamellisierten Zwiebeln stieg ihr in die Nase.

»Hin und wieder«, erwiderte Seth »Ich habe dort ein paar Monate einen Film gedreht. Es war Herbst, also änderte sich das Wetter ständig. An manchen Tagen schien pausenlos die Sonne, an anderen regnete und stürmte es. Aber mir gefiel es dort sehr gut. Und wenn wir drehfrei hatten, konnten wir uns alle historischen Gebäude in der Gegend anschauen. Wie Touristen, verstehst du?«

Nein, das verstand sie nicht. Schließlich war sie erst seit zwei Tagen in New York.

»Tut mir leid«, entschuldigte sich Seth.

»Kein Problem. Erzähl mir mehr! Warst du auch in Paris?«, fragte Lara und blieb an einer Kreuzung stehen, an der das Straßenschild mit bunten Lämpchen geschmückt war.

»Ja, war ich.«

»Der Eiffelturm war sicher umwerfend, oder? Bist du ganz nach oben gegangen? War der Ausblick so toll wie der vom Empire State Building? Hast du Froschschenkel gegessen? Ist der Kaffee dort wirklich so gut, wie alle behaupten?«

Seth schaute nicht auf die Fußgängerampel – er konzentrierte sich nur auf Lara. Sie sprühte vor Energie und sprudelte neugierig eine Menge Fragen hervor, ganz anders als noch vor ein paar Minuten, als sie von der Hektik der Großstadt eingeschüchtert gewesen war. Jetzt war sie wieder fröhlich, begeistert und wissbegierig. Sie war voll wunderbarer, schillernder Gegensätze. Und nun starrte sie ihn an, weil er ihr auf keine ihrer Fragen eine Antwort gegeben hatte.

»Oh ... tut mir leid. Ich war auf dem Eiffelturm, teils bin ich zu Fuß die Treppe hinaufgestiegen, teils mit dem Aufzug gefahren. Keine Froschschenkel, aber einige Croque Monsieur, und der Kaffee ist tatsächlich sehr gut.«

»Wow.« Lara schaute ihn bewundernd an. »Ich kann mir gar nicht vorstellen, wie es in Paris ist.« Sie lächelte. »Ich würde gern Bier aus diesen hübschen europäischen Gläsern trinken, und Susie würde wahrscheinlich die ganze Zeit nur shoppen gehen wollen.« Sie seufzte. »An Weihnachten soll es dort besonders schön sein.«

»Was würde dein Freund gern tun, wenn er dort wäre?«,

fragte Seth. Sofort verschwand die Freude aus ihren Augen, beinahe so, als hätte jemand den Times Square Ball an Silvester zu früh von dem Wolkenkratzer herabgelassen. Er hätte sich am liebsten in den Hintern gebissen, weil er ihren Freund erwähnt hatte.

»Ich weiß es nicht«, erwiderte Lara. »Vielleicht würde er versuchen, Tickets für ein Footballspiel zu bekommen.«

»Er interessiert sich für Sport?«, fragte Seth.

»Na ja, er spielt Golf, aber ich glaube, dass er das nur aus gesellschaftlichen Gründen tut, oder weil es ihm dabei hilft, mehr Whirlpools zu verkaufen. Ansonsten schaut er lieber zu.« Sie zögerte unsicher einen Moment lang. »Treibst du Sport?«

»Dr. Mike war sehr sportlich«, erwiderte Seth grinsend und trat auf die Kreuzung.

»Er hat mit den Straßenkindern Basketball gespielt«, rief Lara ihm ins Gedächtnis. »Das ist kein richtiger Sport.«

»Moment mal! Das solltest du erst einmal versuchen. Diese paar Minuten mit den Kids, die man im Film gezeigt hat, waren gar nichts. Es hat manchmal Stunden gedauert, bis wir diese Szenen im Kasten hatten.«

»Okay, Seth Hunt treibt also Sport.« Lara lachte.

»Das habe ich nicht behauptet.«

»Anscheinend ist dir schon bei dem Basketballspiel mit den Kindern die Luft ausgegangen.«

»Das habe ich nicht gesagt ... Tatsächlich bin ich früher gelaufen. Keine Marathons oder Halbmarathons, einfach nur so zum Spaß. Dabei konnte ich mich auspowern, meine Gedanken sammeln, meinen Text lernen ... und mir die Stadt anschauen.« Er wandte sich ihr zu. »Was machst du so?«

»Ich tanze zu lauter Rockmusik in meiner Wohnung und klettere über Dächer, um Haustiere zu retten.« Sie klopfte mit einer Hand auf ihren Po. »Das scheint als Ausgleich dafür zu reichen, dass ich den ganzen Tag in Tina sitze.«

»Tina?«

»Mein LKW.«

»Er hat einen Namen?«

»*Sie* hat einen Namen.«

»Wie bitte?«

»So ungewöhnlich ist das nicht. Es gibt viele Leute, die ihren Autos Namen geben. Warum sollte ich das also nicht auch bei meinem Truck tun?«

Seth hob die Hände. »Dagegen habe ich nichts einzuwenden.«

»Susie hält mich allerdings für verrückt, weil ich sogar den Schneemännern Namen gegeben habe.«

»Den Schneemännern?«, fragte Seth, als sie auf der anderen Straßenseite angelangt waren und der Verkehr sofort wieder zu fließen begann.

»Sie sind aus Plastik und leuchten! Im Blumenkasten vor dem Fenster unseres Wohnzimmers. In unserem Apartment in East Village. Sie sind zu dritt.«

»Lass mich raten. Du hast sie Harry, Ron und Hermine getauft.«

Lara blieb stehen, starrte ihn an und riss die Augen so weit auf, als würde sie zum ersten Mal in ihrem Leben Eiscreme sehen. »Hat Susie dir das erzählt?«

»Was?«

»Das von den Schneemännern!«

Er lachte, als er begriff, was sie meinte. »Du hast sie tatsächlich Harry, Ron und Hermine genannt?«

»Was ist denn falsch daran?« Lara runzelte die Stirn.

»Ganz und gar nichts. Ich hätte sie genauso genannt.«

Ein Piepsen unterbrach sie, und Lara zog ihr Telefon aus

der Jackentasche. Er blieb neben ihr stehen, während sich die Passanten an ihnen vorbeidrängten.

»Von Susie«, erklärte Lara und las die SMS. »Sie schreibt, dass sie wieder in unserem Apartment ist und dass David uns heute Abend zu einer Hair Show eingeladen hat. Da muss ich wohl hingehen.« Sie seufzte. »Meine Güte, was ist denn eine Hair Show?«

»Eine Show, wo viel Haar gezeigt wird?«, schlug Seth vor.

»Dr. Mike war sehr klug. Bei Seth Hunt ... trifft das wohl eher weniger zu.«

»Hey!«

»Eigentlich will ich nicht zu einer solchen Show gehen.« Lara schaute von ihrem Telefon auf und blickte auf die Straße, als würde sie über ihr ganzes Leben nachsinnen. »Das hört sich so an, als würden sich da viele Leute treffen, um sich ...«

»Haare anzuschauen?«, unterbrach Seth sie.

»Ein genialer Einfall.« Lara schüttelte den Kopf. »Aber es wird sicher etwas ganz anderes sein, und um andere Dinge kennenzulernen, bin ich in New York.« Sie holte tief Luft. »Etwas anderes. Und außerdem soll ich mich mit einem heißen, wenn auch ein wenig dummen Schauspieler fotografieren lassen.«

Sie hatte »heiß« gesagt. Meinte sie das ernst? Er richtete sich auf und fühlte sich sofort ein wenig größer. In den Medien wurde er hin und wieder als »heiß« bezeichnet, und auch Frauen, an denen er interessiert war, hatten es manchmal gesagt ... Seit einiger Zeit hatte es jedoch keine solche Frau für ihn mehr gegeben. Er räusperte sich. »Erfreulicherweise fühle ich mich sehr wohl dabei, ein bisschen dumm zu sein«, scherzte er. Und dann fiel ihm plötzlich ein, was er gern mit ihr unternehmen würde. »Hör mal, wenn du nicht zu dieser Hair Show gehen möchtest, dann ...«

»Dann könnte ich mir von einer Imbissbude etwas mitnehmen? Und mir auf Netflix etwas anschauen?«

»Ja, das wäre eine Möglichkeit«, erwiderte Seth. »Aber ich habe heute Abend noch eine Verpflichtung. Und sie hat im weitesten Sinn etwas mit Frankreich zu tun, also könntest du einen Kaffee trinken, der fast so gut schmeckt wie das Original.« Er hatte in diesem Satz nichts erklärt, nur den Kaffee erwähnt. Warum benahm er sich wie der Nerd der Klasse, der die voraussichtliche Königin des Abschlussballs um ein Date bat? Nicht, dass es sich hier um ein Date handelte. Schließlich hatte Lara einen Freund, und er hatte den Kopf nicht frei genug, um sich auf jemanden einzulassen. In diesem Augenblick fühlte sich das Foto seiner Mutter in seiner Jackentasche nicht an wie ein Stück Papier, sondern wie ein Sack voll Zucker.

»Ich möchte dir auf keinen Fall deine Zeit rauben mit meiner verrückten, wahrscheinlich hoffnungslosen und sicher ziemlich lächerlichen Aktion bei den sozialen Medien.«

»Das weiß ich – das habe ich auch nie angenommen.« Was sollte er jetzt sagen? Er räusperte sich noch einmal. »Es gibt einen Film, bei dem ich wirklich gern mitspielen würde, und der Besetzungschef isst heute Abend in diesem französischen Restaurant. Ich wollte dorthin gehen und ...«

»Und dich dort an ihn heranmachen?«

»Nein.«

»Sein Wasser vergiften und dann rasch mit einem Gegenmittel zur Stelle sein?«

»Was?«

»Ich komme aus der Nähe von Salisbury. Alles ist möglich, glaub mir.«

»Nein«, entgegnete er. »Ich wollte nur mit ihm reden, mich noch einmal bei ihm vorstellen, mich vergewissern, dass er weiß, wie sehr ich mir diese Rolle wünsche, damit er an mich denkt, wenn er nachfolgende Termine vereinbart.«

Ein Taxi hupte laut, und Lara zuckte zusammen. Er streckte seinen Arm aus. »Alles in Ordnung?«

»Ein Mädchen vom Land ist nur an lautes Muhen und gelegentliche Traktorgeräusche gewöhnt.« Sie lächelte ihn an. »Alles okay.«

»Wirklich?«

»Zeig mir ein bisschen von Frankreich in New York«, forderte Lara ihn auf. »Wahrscheinlich gibt es dort mehr Möglichkeiten, ein paar gute Fotos zu schießen, als bei einer Hair Show.«

Er lächelte. »Großartig! Also, ich meine, das finde ich gut ... ja, ein paar Aufnahmen von Froschschenkeln und Kaffee ...« Er hielt inne, bevor er, so begeistert und aufgeregt wie er war, nur noch unverständliches Gebrabbel von sich geben konnte.

»Also gut«, begann Lara. »Wenn es nicht zu viel kostet, würde ich dort gern Bier aus einem von diesen europäischen Gläsern trinken.«

Er lächelte sie an. »Das gefällt mir. Gute Idee.«

KAPITEL
SIEBENUNDZWANZIG

Laras und Susies Airbnb-Apartment, East Village

»Erinnerst du dich daran, dass David davon gesprochen hat, heute Vormittag einem Prinzen die Haare zu schneiden?«

»Mmm«, murmelte Lara.

»Das war nicht gelogen.«

»Hast du das denn angenommen?«

Lara saß wieder auf dem Fenstersims, hatte die Beine angezogen und schrieb Aldo eine SMS. Sie hatte kurz zuvor eine Nachricht von ihm bekommen, in der er ihr mitgeteilt hatte, dass er ein paar Tiere von der Farm ins Haus gelassen hatte, weil es ihnen anscheinend draußen zu kalt war. Sie hatte rasch ihrem Dad geschrieben und eine Antwort bekommen, in der Gerry sie an den Zeitunterschied erinnert und ihr dann bestätigt hatte, dass das Pferd und das Alpaka wieder sicher im Stall standen. Er hatte noch einmal seine Besorgnis wegen der Gefahren in New York geäußert und sie ermahnt, sich von einem Ort namens Hunt's Point fernzuhalten.

»Ich weiß nicht; ich habe gedacht, dass er bei den Berichten über seinen Job und über New York vielleicht ein bisschen übertrieben hat. Es konnte doch unmöglich alles so toll sein. Als er sagte, dass er die Flugtickets mit seinen Trinkgeldern bezahlen werde, dachte ich, er würde sich das Geld leihen oder seine Kreditkarte belasten.«

»Woher weißt du, dass der Prinz echt ist?«, fragte Lara, den Blick immer noch auf ihre SMS gerichtet.

»Ich habe ihn selbstverständlich gegoogelt! Er stammt aus Saudi-Arabien und hat hier in New York ein Büro, wo er seine Ölgeschäfte abwickelt – natürlich Öl, was sonst? –, und mein David schneidet und stylt seine Haare. Der Prinz besteht darauf, von ihm persönlich bedient zu werden.«

»Wer hat ihm die Haare geschnitten, bevor David nach New York gekommen ist?«, fragte Lara und tippte weiter.

»Ich habe keine Ahnung. Warum fragst du?«

»Na ja, es muss doch einen Grund geben, warum der Prinz nun bei David gelandet ist. So lange ist er ja noch nicht hier.«

»Weil David ein ausgezeichneter Haarstylist ist.«

»Ich weiß, ich habe mich nur gefragt ...« Sie schaute von ihrem Telefon auf und richtete endlich den Blick auf Susie. »Wow!«

»Was ist los?« Susie zwinkerte und schaute dann an sich herunter. Sie trug einen schicken langen roten Rock, der ihre Figur betonte, und dazu einen cremefarbenen Pullover, der auf beiden Ärmeln mit Rotkehlchen aus glitzernden Steinchen verziert war.

»Dein Haar!«, rief Lara. »Es sieht ...« Sie suchte verzweifelt nach dem richtigen Wort. »Es sieht außergewöhnlich aus.«

Susie grinste, ging auf Lara zu und benutzte die Fensterscheibe als Spiegel. Vorsichtig schob sie ein paar lockere Strähnen zurück in die Hochsteckfrisur, die sich spiralförmig fast dreißig Zentimeter nach oben schraubte. »Es soll aussehen wie das Guggenheim-Museum.«

»Meine Güte! Das tut es tatsächlich.«

»Findest du?«

»Ja, wirklich. Ich weiß nicht, wie du so etwas schaffst«, erwiderte Lara bewundernd.

»Und ich weiß nicht, wie du es schaffst, einen Truck zu fahren ... oder wie du Dan ertragen kannst.« Susie schaute Lara an und schlug die Hand vor den Mund. »Tut mir leid ... Das ist mir einfach so rausgerutscht.«

»Schon in Ordnung.« Lara nickte entschieden. »Ich weiß, was du meinst, und du hast natürlich recht.«

»Gibt es noch mehr Posts vom Weihnachtsmarkt in Salisbury?« Susie setzte sich neben Lara auf einen Stuhl.

»Ich habe noch nicht nachgeschaut.«

»Erzähl doch keinen Unsinn!«

»Es stimmt aber.«

»Lara!«

»Also gut, ich habe einen Blick daraufgeworfen.« Sie schniefte. »Aber es gibt nichts Neues. Bis auf ein paar Kommentare von seinen blöden Kollegen zu dem Foto.«

»Und was sagen die doofen Whirlpool-Verkäufer?«

»Nicht viel. Nur dummes Zeug.«

»Lara, wenn du es mir nicht sagst, schaue ich selbst nach. Er ist immer noch mein Freund bei Facebook. Noch!«

Lara atmete tief durch. Einer der Kommentare hatte sie verletzt. Sie wusste, dass das dumm von ihr war, aber eine Bemerkung von Johnny, einem von Dans Freunden, einem Macho, der nach dem sechsten Bier so richtig aufdrehte, hatte sie sehr getroffen.

»Johnny Warren hat geschrieben: ›Tolle Verbesserung.‹«

»Was?« Susie sprang auf, und ihre Guggenheim-Frisur wackelte gefährlich hin und her.

»Vorsicht! Langsam, Susie, deine Frisur könnte zusammenbrechen!«

»Johnny Warren wird zusammenbrechen, wenn ich mit ihm fertig bin. So ein Idiot! Dem Blödmann setze ich nie wieder eine Strähnchenhaube auf!«

»Er lässt sich Strähnchen machen?«, fragte Lara.

»Tut mir leid, aber meine Diskretion gegenüber Kunden rückt an die zweite Stelle, wenn meine beste Freundin in den sozialen Medien angegriffen wird! Du solltest diesen Kommentar melden.«

»So schlimm ist er nun auch wieder nicht.«

»Doch, das ist er.«

»Er war ja nicht direkt gegen mich gerichtet.«

»Ich weiß, aber ...«

»Susie, ehrlich, das ist in Ordnung.«

»Nein, das ist es nicht!«

»Hör zu.« Lara griff nach Susies Hand. »Während ich hier bin, kann ich mich um so etwas nicht kümmern. Er hat sich mehr Freiraum gewünscht, und den habe ich ihm gegeben. Er betrachtet sich nun als Single, das kann ich nicht ändern. Ich muss aufhören, mich damit zu beschäftigen, was *er* macht, sondern mich stattdessen auf das konzentrieren, was *wir* tun.« Sie hielt kurz inne. »Auf das, was *ich* tue.«

»Steht das in deinem Horoskop?«, fragte Susie ernst.

»Nein, das ist die neue Regel für Lara Weeks' Leben.« Sie richtete sich auf, streckte die Beine aus und stellte die Füße auf den Boden. »Und ich bleibe nicht hier, während du diese Hair Show besuchst. Ich gehe in ein französisches Restaurant. Mit Seth.«

Susie legte beide Hände an die Wangen und sah sie verblüfft an, als hätte ihr jemand gesagt, dass Schwarz das neue Schwarz war. »Ein Date! Du hast eine Verabredung!«

»Es ist kein Date«, entgegnete Lara sofort.

»Ihr geht in ein französisches Restaurant! Das ist für mich ein Date!«

»Ich bin aber kein Single«, rief Lara ihr ins Gedächtnis.

»Dan behauptet das aber von sich«, konterte Susie und setzte eine strenge Miene auf.

»Seth ist vielleicht auch kein Single«, gab Lara zu bedenken. Hatte Seth eine Freundin? Sie wusste es nicht; sie hatte ihn nicht danach gefragt. Obwohl sie gemeinsam auf einer Besichtigungstour gewesen waren, wusste sie nicht einmal das Wesentliche über ihn! Allerdings hatte er ihr verraten, dass sein Sternzeichen Zwilling war.

»Doch, ist er«, verkündete Susie, als wüsste sie genau darüber Bescheid. »Er hat sich im letzten Jahr von seiner Freundin getrennt, aber das schien ohnehin nichts Ernstes gewesen zu sein. Sie hat sich anscheinend nur von Gemüsesäften ernährt und ständig mit Hanteln und Hula-Hoop-Reifen trainiert.«

»Er hat mir gesagt, dass er kein begeisterter Sportler ist, aber hin und wieder joggt«, erzählte Lara und rief sich ihr Gespräch ins Gedächtnis.

»Na also. Dann hat er ohnehin nicht zu Fräulein Rohkost gepasst.«

»Es ist nur ein Abendessen, und er möchte dabei irgendeinen Casting Director beeindrucken, der ebenfalls dort isst.«

»Oh, mein Gott – er bezieht dich schon in sein Leben mit ein.«

»Ich glaube, ich bin eher zur Unterstützung dabei, damit er nicht allein dortsitzt, falls der Typ nicht auftauchen sollte.«

»Und du wirst mit Dr. Mike die hervorragende französische Küche genießen.«

»Wenn du nicht ein berühmtes New Yorker Museum auf dem Kopf hättest, würde ich mit dir tauschen und an deiner Stelle mit David zu der Hair Show gehen.«

Susie grinste. »Nein, das würdest du nicht tun.«

»Du hast recht«, gab Lara zu. »Aber ich brauche deine Hilfe. Ich habe einen Blick auf die Speisekarte geworfen und versucht herauszufinden, was am wenigsten ausgefallen ist. Du weißt ja, für mich ist es bereits extravagant, einen Hotdog mit Senf anstatt mit Ketchup zu essen.«

Susie lachte und setzte sich wieder neben sie. »Komm schon, Lara. Das ist deine erste große Reise. Genieß dein Leben!«

»Das tue ich.« Sie schluckte. »Aber ... nicht mit Mussolini.«

»Was?«

Lara klickte auf Safari und reichte Susie ihr Telefon, wo nun die Speisekarte vom Café Cluny zu sehen war.

»Meine Güte, du gehst ins Café Cluny!«, rief Susie. »Jetzt denke ich doch noch einmal über die Hair Show nach.«

»Du hättest nichts gegen Mussolini einzuwenden?«, fragte Lara, nicht klüger als zuvor.

»Dieses Restaurant ... Viele Prominente besuchen es. Sogar Bradley Cooper war schon einige Male dort.«

»Tatsächlich?«

»Ja«, bestätigte Susie aufgeregt. »Und Mousseline ist eine helle Soße. Das Hähnchen klingt hervorragend. Das wird dir schmecken.«

»Glaubst du, dass ich mich umziehen sollte?« Lara zupfte an ihrem Ramones-Pullover.

»Was?«, rief Susie. »Ja! Auf jeden Fall! Vielleicht ist Bradley Cooper dort, und außerdem hast du ein Date mit Seth Hunt. Komm schon! Bevor David hier wie eine nervöse Giraffe hereingesprungen kommt und ich gehen muss.«

»Es ist kein Date«, rief Lara nicht nur Susie, sondern auch sich selbst noch einmal ins Gedächtnis.

KAPITEL
ACHTUNDZWANZIG

Café Cluny, West 12th Street

Seth war nervös. Wie dumm von ihm. Das war kein Vorsprechen, sondern ein Dinner. Und ein geschickt arrangiertes Treffen. Er musste ganz er selbst sein. Und es schaffen, deutlich zu machen, wie sehr er diese Rolle haben wollte. Er wollte nicht verzweifelt oder bedürftig klingen, obwohl sein Kontostand beinahe schon dazu führen konnte ... Er wollte positiv und engagiert wirken.

»Diese verflixte blöde Strumpfhose! Mist! Wozu soll dieses Ding gut sein? Wenn eine Frau Nylon an den Beinen haben sollte, dann hätte sicher die Evolution dafür gesorgt!«

Auf der gegenüberliegenden Straßenseite stapfte Lara durch den zentimeterhohen Schnee und zupfte dabei an ihrer Strumpfhose. Sie trug immer noch ihre Doc Martens und diese unangemessen kurze Jacke, aber darunter spitzte ein Rocksaum hervor. Der Gehsteig vor ihr war von der Weihnachtsbeleuchtung der angrenzenden Häuser erhellt, aber sie wäre trotzdem beinahe mit einem wohlbeleibten Weihnachtsmann zusammengestoßen, der eine Glocke läutete und eine Spendendose in der Hand hielt. Seth lächelte plötzlich und hatte seine Angst vollkommen vergessen. Und dann dachte er daran, was Trent ihm kurz zuvor geschrieben hatte:

Ich habe bei Twitter ein paar Beiträge zu #Lemurenmädchen gepostet. Wäre gut, wenn du dich noch mal mit ihr treffen könntest, solange du noch im Gespräch bist und sie verzweifelt nach Ablenkung sucht. Mach ein paar Fotos, auf denen ihr zusammen nett ausseht. Nett, aber nur wie gute Freunde. In der *Ellen Show* kommt so etwas immer gut an. So in der Art wie »Dr. Mike heilt das gebrochene Herz des Lemurenmädchens«. Lass mich wissen, wie es beim Vorsprechen für *The Hoff* war. Können wir mit einer Rückmeldung rechnen?

Er hatte das Sightseeing mit Lara nicht erwähnt, und als er nach Hause gekommen war, war Trent nicht im Apartment gewesen, also hatte er ihm nichts von dem bevorstehenden Treffen erzählen können. Und er hatte keinerlei Hintergedanken dabei.

»Lara!« Seth winkte ihr zu.

Sie verabscheute diese Strumpfhose, aber in dem Moment, als Lara aufschaute, war sie froh, dass Susie sie dazu überredet hatte, sich umzuziehen. So wie Seth aussah, hätte er sofort als Model in einer Hair Show auftreten können. Er trug eine lange dunkle Wolljacke, eine schwarze Hose und Lederschuhe, und eine Strähne seines tiefschwarzen, mit Schneeflocken bedeckten Haars fiel ihm leicht in die Stirn. Er trug eine Brille mit einem einfachen schwarzen Gestell, ein Modell, mit dem sexy Menschen noch attraktiver wirkten – er sah unglaublich gut aus. Und wie sie festgestellt hatte, war er auch nett, wirklich nett, und witzig und … irgendwie ganz anders als Dan in ihrer Beziehung. Obwohl Dan im Moment wohl keine Beziehung mehr mit ihr zu haben schien.

Was war nur los mit ihr? Sie musste aufhören, sich auf ihren tollen Begleiter und ihren Herzschmerz zu konzentrieren und sich ins Gedächtnis rufen, dass sie in New York war, etwas Neues erleben konnte und, weit weg von Appleshaw, ganz unabhängig war. Das Restaurant wirkte gemütlich und gleichzeitig vornehm. Die Front um die großen Fenster herum war cremefarben gestrichen. Auf dem Gehsteig standen mit Schneeflocken getüpfelte Holzbänke und drei kleine mit weißen Lämpchen geschmückte Christbäume. Alles passte perfekt zu der Atmosphäre in West Village, die sie auf ihrem Weg von der U-Bahn hierher wahrgenommen hatte. Hier waren die Straßen mondäner und auch ein wenig begrünter als in Midtown. Es gab megacoole Bars und Luxusläden neben gemütlichen Cafés und kleinen Bistros. Manche sahen so aus, als stammten sie aus einem Filmset.

»Tragen Französinnen Strumpfhosen?«, fragte Lara rasch und zupfte am Saum ihres Rocks. »Es ist ziemlich kalt, aber ich würde sie trotzdem lieber ausziehen. Vielleicht bin ich allergisch gegen Elastan.«

»Ich bin nicht sicher«, erwiderte Seth.

»Ob ich sie ausziehen soll? Oder ob Französinnen sie tragen?«, fragte Lara nach.

»Beides«, antwortete Seth.

Lara drückte das Gesicht gegen die Glasscheibe an der Eingangstür zum Café Cluny, sodass sich das Glas durch ihren Atem beschlug, während sie nach innen spähte. Es sah wunderschön aus: kunstvoll verzierte Simse, angestrahlt von Deckenflutern, beigefarbene Vorhänge, die so drapiert waren, dass sie sich an genau den richtigen Stellen bauschten und blähten, dazu passende, halb herabgelassene Jalousien und tief über den Tischen hängende Lampen. Es waren nicht mehr viele Plätze frei.

»Alles in Ordnung?«, erkundigte sich Seth.

»Ich schaue mich nur um, wer sonst noch Strumpfhosen

trägt.« Sie holte tief Atem. »Ich kann nicht glauben, dass ich das gerade gesagt habe.«

»Nun, hoffentlich keiner der Männer, außer es handelt sich um Balletttänzer«, meinte Seth. »Lara, ich glaube nicht, dass dort drin jemand aus Frankreich sitzt. Und sicher auch niemand, den es interessiert, ob du eine Strumpfhose trägst oder nicht.«

»Meinst du?« Sie sah ihn an. »Nicht einmal der Koch? Auch wenn er Franzose ist?« Sie räusperte sich. »Susie hat mir erzählt, dass Bradley Cooper hierherkommt.«

»Sollte Bradley Cooper unter den Tisch kriechen, um sich deine Strumpfhose anzuschauen, werde ich wohl ein Wörtchen mit ihm reden müssen.«

Lara hielt einen Moment lang den Atem an, als er ihr in die Augen schaute. Er war so nahe bei ihr, sah so gut aus und würde sich sogar mit Bradley Cooper anlegen, falls der Schauspieler Interesse an ihrer kratzigen Strumpfhose zeigen würde. *Sie war kein Single. Sie war kein Single.* Sie lachte rasch. »Tut mir leid. Ehrlich gesagt glaube ich nicht, dass Bradley Cooper sich so verhalten würde.«

»Nein?«, fragte Seth. »Hast du ihm auch eine Nachricht auf Twitter geschickt? So wie Tom Hardy?«

»Das wirst du mir wohl nie verzeihen.«

»Zur Strafe wirst du wahrscheinlich Froschschenkel essen müssen«, erwiderte Seth.

»Mit Mussolini könnte ich mich abfinden.«

»Was?«

Lara schüttelte lächelnd den Kopf. »Vergiss es. Sollen wir reingehen?«

»Und all die Franzosen in New York kennenlernen? Ich kann es kaum erwarten.«

Lara schlug ihm auf den Arm. »Ich war noch nie in einem

französischen Restaurant, also mach dich nicht über mich lustig.«

»Autsch!« Seth rieb sich den Arm. »Bei jemandem mit einer solchen Schlagkraft würde ich das nie wagen.«

»Glaubst du, der Typ, den du begeistern möchtest, ist schon da?«, fragte Lara flüsternd.

»Er hat eine Reservierung um acht.« Seth schob die Tür des Restaurants auf.

»Und weißt du, wie er aussieht?«

»Ja«, erwiderte Seth. »Ich habe bei ihm schon ein paar Mal vorgesprochen. Für mehrere Rollen.«

»Aber wenn er dich schon kennt, sollte er doch wissen, wie gut du bist.«

»Ich habe dir doch gesagt, dass ich nicht wirklich berühmt bin«, sagte Seth lächelnd, während ein Ober auf sie zukam. »Wahrscheinlich erinnert er sich überhaupt nicht mehr an mich.«

»Komm schon!«, rief Lara. »*Manhattan Med* hat sich doch jeder angeschaut.«

»Na ja ... Hi, ich habe einen Tisch auf den Namen Hunt reserviert.«

»Bitte hier entlang«, erwiderte der Ober.

»Wie heißt der Mann?«, erkundigte Lara sich leise. Die Strumpfhose machte sie immer noch rasend. Sie hatte das Gefühl, als steckten ihre Oberschenkel in einer Zwangsjacke.

»Toby Jackson.«

Lara wandte sich an den Ober, der sie in die Mitte des Restaurants führte. »Wo wird Toby Jackson sitzen?«

»Ich ...«, sagte der Kellner, sichtlich verwirrt.

»Können wir bitte einen Tisch haben, von dem aus wir Toby Jackson gut sehen können? Also wenn er zum Beispiel hier sitzen würde ...« Sie deutete auf einen Tisch für zwei an der Wand. »Könnten wir dann diesen Tisch haben?« Sie zeigte auf den einzigen freien Tisch neben dem mit Lichterketten geschmückten Fenster. »Ich glaube, er hat später eine Reservierung.«

»Lara ...«, warf Seth ein.

Lara lächelte den Ober an. »Können wir hier am Fenster sitzen? Und Sie führen dann Toby Jackson an diesen Tisch?« Noch einmal deutete sie auf den freien Tisch an der Wand. »Bitte.«

»Nun ...«, begann der Ober.

»Das wäre schön. Wir geben Ihnen später dann gern ein Autogramm. Auf die Speisekarte, oder wohin Sie wollen. Das ist Seth Hunt.« Sie senkte die Stimme, betonte aber seinen Namen stärker. »*Seth Hunt*. Sie wissen schon, Dr. Mike aus *Manhattan Med*. Und ich bin das Lemurenmädchen, das im Central-Park-Zoo auf einen Baum geklettert ist. Ist das in Ordnung?«

Der Ober lächelte. »Natürlich.«

»Vielen Dank.« Lara legte eine Hand auf die Stuhllehne.

Seth trat rasch neben sie. Mit einem amüsierten Kopfschütteln zog er den Stuhl für sie zurück.

»Möchtest du hier Platz nehmen?«, fragte Lara. »Nein, Lemurenmädchen. Ich rücke den Stuhl für dich zurecht – wie sich das für einen Gentleman gehört.« Er hielt kurz inne und fügte dann flüsternd hinzu. »Wie im Film.«

»Oh, danke.« Sie setzte sich und zog den Reißverschluss ihrer Jacke auf. Der Ausblick auf die Straße war fantastisch. Schneeflocken tanzten im leichten Wind durch die Dunkelheit, bevor sie sanft auf die Straßenlaternen und die Passanten fielen. An den Markisen glitzerte Weihnachtsschmuck, und eine Gruppe kleiner Kinder formte Schneebälle, während sich ihre Mütter an der Ecke des Häuserblocks miteinander unterhielten. Sie wandte sich vom Fenster ab. »Wir sollten den Kellner bitten, ein Foto von uns zu machen.«

»Unbedingt«, stimmte ihr Seth zu. »Aber zuerst sollten wir Wein bestellen.«

»Oder Bier.« Lara lächelte. »In einem kleinen europäischen Glas.«

KAPITEL NEUNUNDZWANZIG

Lara nippte an dem Rotwein und ließ die warme Note von Honig, Vanille und Moosbeeren auf ihre Geschmacksknospen wirken. Sie hatte ein Bier getrunken, das ebenfalls gut geschmeckt hatte, aber in dem Bestreben, Dinge auszuprobieren, die sie üblicherweise nicht tat, hatten sie danach Wein bestellt. Nach einer köstlichen Vorspeise namens Hamachi Crudo aus Champignons mit Tomatenmousse und der Hähnchenbrust mit der nun berühmt-berüchtigten Mousseline ging es bereits auf neun Uhr zu.

»Der Wein schmeckt wirklich großartig.« Lara senkte den Arm und versuchte zu verbergen, dass sie einen Blick auf ihre Armbanduhr geworfen hatte. »Nein, *großartig* ist nicht das richtige Wort. Lass mich überlegen. Hmm. Vielleicht *köstlich*. Aber das verwendet man eher für Essen als für Getränke. *Üppig*. Nein, das ist falsch. *Göttlich*. Ja, er ist …«

»Lara«, unterbrach sie Seth und sah sie mit seinen großen braunen Augen durch die sexy Brille an.

»Mmm.« Sie trank noch einen Schluck aus ihrem Glas. »Göttlicher Wein.«

»Ich weiß, dass es bereits neun Uhr ist.«

Sie seufzte. »Du hast meinen Blick auf die Uhr bemerkt, richtig? Es tut mir leid. Ich genieße den Abend wirklich sehr, aber ich wünsche mir, dass dieser Mann endlich auftaucht und sich auf den Platz setzt, den ich für ihn ausgesucht habe, damit du diese Rolle bekommst.«

»So etwas kommt vor.« Seth zuckte mit den Schultern. »Manche Leute reservieren einen Tisch, doch dann überlegen sie es sich anders; sie werden krank, oder der Babysitter kommt nicht. Das ist schon okay.«

»Es ist ärgerlich.«

»Das ist New York«, rief Seth ihr ins Gedächtnis.

»Es ist unhöflich, nicht aufzutauchen«, stellte Lara fest. »Außer, er hat angerufen und abgesagt.« Sie drehte sich auf ihrem Stuhl um und schaute sich nach dem Kellner um. »Soll ich unseren Ober fragen, ob er die Tischreservierung telefonisch storniert hat?«

»Nein«, erwiderte Seth. »Das ist in Ordnung, ehrlich.« Er atmete tief durch und griff in seine Hosentasche.

Seth zog das Foto hervor, das seine Mom ihm im Obdachlosenheim gegeben hatte, und legte es neben die Weinflasche in die Mitte des Tisches. Er schob es zu Lara hinüber und beobachtete sie, wie sie es aufhob.

»Das ist meine leibliche Mutter.« Er nahm sein Glas in die Hand. »Die Frau ganz links.«

»Wow.« Lara starrte auf das Foto in ihrer Hand. »Sie ist sehr hübsch. Nicht, dass ich das nicht angenommen hätte, denn du hast eine wirklich gute DNA, und ... Susie würde sagen, dass sie sehr schönes Haar hat.«

Er lächelte. »Ja, das hat sie tatsächlich.«

»Das trifft aber auch auf Kossy zu«, merkte Lara an. »Du hättest dein Haar durchaus auch von ihr geerbt haben können.«

»Das stimmt.«

»Sie sieht glücklich aus«, fuhr Lara fort. »Und sie trägt ein tolles Kleid.«

»Ohne Strumpfhose«, meinte Seth.

»Nun, anscheinend wurde die Aufnahme im Sommer gemacht, zu einem Zeitpunkt, an dem es viel wärmer war als im Dezember. Eine Strumpfhose war daher nicht nötig.«

»Wie kommst du auf die Idee, dass das Foto im Sommer entstanden ist?«

»Die Fenster im Hintergrund sind weit geöffnet«, erklärte Lara.

Er beugte sich ein wenig vor, als sie ihm das Foto hinhielt. Sie hatte recht. Warum war ihm das nicht aufgefallen? Er hatte immer wieder auf das Foto gestarrt, seit er es bekommen hatte, aber anscheinend die Details nicht gesehen. Spielte es eine Rolle, zu welcher Jahreszeit es aufgenommen worden war? Wie konnte ihm diese Information dabei helfen, mehr über die Frau auf dem Bild zu erfahren?

»Sie war eine Prostituierte«, stieß er hervor.

»Wow.« Laras Stimme klang, als hätte er ihr soeben mitgeteilt, dass seine Mutter früher Präsidentin der Vereinigten Staaten gewesen sei. »Nun ja, wie ich Felice heute schon gesagt habe, ist es doch entscheidend, dass man etwas tut.«

»Was?«

»Sie hat gearbeitet, um sich ihren Lebensunterhalt zu verdienen, obwohl sie keine Wohnung hatte. Offensichtlich hat sie alles getan, um aus dieser Situation herauszukommen.«

Auf diese Weise hatte er das noch nicht betrachtet. Für ihn war Prostitution verbunden mit Schmutz und Müll. Und nun hatte er plötzlich das Gefühl, dass seine Gedanken anmaßend und hässlich waren. Wofür hielt er sich eigentlich, dass er von seinem Thron in der Mittelklasse auf andere herabschaute?

»Wie heißt sie?«, erkundigte Lara sich.

»Candice«, erwiderte Seth. »Candice Garcia.«

»Hast du sie schon bei Facebook gesucht?«

»Was?« Sein Puls beschleunigte sich auf das Zehnfache.

Daran hatte er noch nicht gedacht. Warum nicht? Weil er vielleicht noch nicht bereit dazu war, die Sache weiterzuverfolgen? Weil er noch nicht einmal daran denken wollte?

»Das würde ich tun. Wahrscheinlich gibt es Tausende Frauen mit dem Namen Candice Garcia, aber eine von ihnen könnte deine leibliche Mutter sein.«

»Ich ...« Ihm fehlten die Worte. Lara hatte recht. Absolut recht. Seine leibliche Mutter war möglicherweise nur ein paar Klicks entfernt. Vielleicht lebte sie sogar noch hier in New York. Und dieser Gedanke verursachte ihm Übelkeit. Mit einem Mal war sein Mund völlig ausgetrocknet.

»Ich habe mir auch einmal überlegt, meine Mutter zu suchen«, erklärte Lara wehmütig.

»Und du weißt immer noch nicht, wo sie ist?«

Sie schüttelte den Kopf. »Wie gesagt – sie hat uns verlassen, als ich sechs Jahre alt war.«

»Haben sich deine Eltern scheiden lassen?«

»Irgendwann später. Die Einzelheiten kenne ich nicht. Ich weiß nur, dass sie sich ständig über alles gestritten haben. Und ich flüchtete immer schnell zu meinem Spielzeugbauernhof in mein Zimmer. Eines Tages hat sie sich von mir verabschiedet, so wie immer, wenn sie zur Arbeit ging, aber an diesem Abend ... ist sie nicht nach Hause gekommen.« Lara schniefte. »Mein Dad hat einige Wochen lang oft geweint, und ich durfte Disney Channel anschauen. Als er sich schließlich beruhigt hatte, machten wir einfach weiter.« Sie atmete tief durch. »Nachdem wir Aldo bei uns aufgenommen hatten, dachte ich wieder über sie nach. Warum sie uns verlassen hatte. Ob es vielleicht an mir gelegen hatte. Was dort draußen für sie verlockender gewesen war als eine Transportfirma, ein Ehemann und eine Tochter.«

»Was hast du unternommen?«, fragte Seth.

»Nichts«, gestand Lara. »Ich habe nur darüber *nachgedacht*, etwas zu unternehmen. Schließlich habe ich eingesehen, dass sie sich dafür entschieden hat, ein sechsjähriges Mädchen allein zu lassen, ohne weitere Kontaktmöglichkeiten, und mir wurde klar, dass ich ihr das, unabhängig von ihrer Situation, nie verzeihen würde. All die Geburtstage, Schulveranstaltungen und Weihnachtsfeste ohne sie … Sie ist einfach gegangen und nicht wieder zurückgekommen. Das war zu viel für mich.«

»Genau aus diesem Grund habe ich nie bei meinen Eltern nachgefragt. Bis jetzt.«

»Und warum gerade jetzt?« Lara stützte die Ellbogen auf den Tisch.

Seth atmete tief ein. »Wegen dieser Rolle. Wegen Sam in *A Soul's Song*.«

»Die Rolle, die du unbedingt spielen möchtest«, ergänzte Lara.

»Sam ist adoptiert und hat das soeben nach dem Tod seiner Adoptiveltern herausgefunden. Er ist verheiratet, und er und seine Frau können keine Kinder bekommen, also wollen sie selbst ein Kind adoptieren. Nun stellen ihm die Behörden sehr viele Fragen zu seiner Person, die er nicht beantworten kann.«

»Was tut er dann?«, wollte Lara wissen.

Sie beugte sich weit zu ihm vor und sah ihn aufmerksam an; das Kerzenlicht verlieh ihrem Gesicht einen warmen Schimmer. Auch er beugte sich vor, dachte an das Drehbuch und spürte, wie sich in seinem Inneren Aufregung ausbreitete. »Nun, er macht sich auf die Suche nach der Adresse seiner Eltern …«

»Natürlich«, erwiderte Lara.

»Und dann findet er diese Briefe.«

»Briefe an seine Eltern? Von wem?«

»Wenn ich jetzt weitererzähle, verrate ich zu viel von der Handlung. Bist du sicher, dass du das hören willst? Wenn du das Ende des Films schon kennst, magst du ihn dir vielleicht nicht mehr anschauen.«

»Komm schon, weiter!«

»Es geht um offizielle Schreiben, in denen die Rede von einem gewissen Mo Parker ist.«

»Rätselhaft.«

»Ja. Sam spürt diesen Mo Parker auf – es handelt sich um einen exzentrischen Jazzmusiker.« Er atmete durch. »Ich würde zu gern wissen, wer mit dieser Rolle besetzt wird.«

»Na los, wie geht es weiter? Mo ist sein Dad, richtig?«

Seth nickte. »Ja, Mo ist sein Vater, das wird Sam sehr schnell klar. Aber er verrät Mo nicht, wer *er* ist.« Seth trank einen Schluck Wein, bevor er weitersprach. »Sam spielt Schlagzeug, allerdings nur in seiner Freizeit – von Beruf ist er Pferdepfleger. Er bewirbt sich bei Mos Band und bekommt den Job.«

»Natürlich.«

»Ja.« Seth steigerte sich bei seiner Schilderung immer mehr hinein. »Er verbringt also viel Zeit mit Mo, und schließlich erzählt ihm Mo, dass er einen Sohn hat, gezeugt mit der großen Liebe seines Lebens, und so weiter ...«

»Sams leibliche Mutter.« Lara riss die Augen weit auf. »Wer ist sie? Eine Sängerin? Einer der Charaktere im Film, von dem alle dachten, er würde nur eine Nebenrolle spielen, der tatsächlich aber eine der Hauptrollen hat?«

»Nein.« Seth hielt inne und wartete, bis Lara aufgeregt auf ihrem Stuhl hin und her rutschte und auf die Auflösung wartete.

»Nun sag schon!«, forderte Lara ihn auf.

»Sams leibliche Mutter ist ... seine Adoptivmutter!«

»Was?«

»Die Frau, die ihn großgezogen hat, ist tatsächlich seine leibliche Mutter. Sie war Mos Freundin, bis ihre Eltern das herausfanden und ihr den Umgang mit ihm verboten, doch da war sie bereits schwanger. Sie haben sie dazu gezwungen, das Baby zur Adoption freizugeben. Aber, und das ist wirklich eine tolle Wendung, sie hat ihr Baby zurückadoptiert. Ihr eigenes Baby! Nachdem sie ihren Mann geheiratet hatte.«

»Ist das denn tatsächlich möglich?«

»Keine Ahnung. Ich nehme an, das wurde gründlich recherchiert. Aber das ist eine großartige Entwicklung der Geschichte, nicht wahr?«

»Und dieser Film bedeutet dir sehr viel«, stellte Lara fest.

Sie sah an seiner Körpersprache, dass diese Rolle für ihn nicht nur ein Job war oder die Möglichkeit, seinen Namen auf der Leinwand ein bisschen größer zu sehen. Es bedeutete ihm viel mehr als das. Er sprudelte beinahe über, so begeistert war er von diesem Projekt.

»Ja«, bestätigte Seth. »Und das war mir sofort klar, als ich das Script gelesen hatte. Aber ohne zu wissen, wer *meine* Mutter ist, fühlte ich mich unzulänglich für die Rolle.«

»Und jetzt, wo du weißt, wer sie ist ...«

»Ich glaube, mein Vorsprechen wäre viel besser abgelaufen. Mit Sicherheit hätte ich mich viel mehr in Sam hineinversetzen können.« Er hielt kurz inne. »Und ich will diese Rolle unbedingt haben.«

»Dann bist du jetzt Sam.« Lara nahm die Weinflasche in die Hand und schenkte ihnen nach.

»Wie bitte?«

»Spiel Sam für mich. Jetzt!«, forderte sie ihn auf. »Wir

üben es. Sag die Zeilen auf, die du beim Vorsprechen hast sagen müssen. Wie ein Pferdepfleger, der nun ein Schlagzeuger ist.« Sie lächelte.

»Na ja, zu Beginn ist er ein ganz normaler Typ, der sein Leben genießt und weiß, was er will – seine Frau, seine Kinder. Und bei der Suche nach der Wahrheit, die beinahe zum Greifen nahe liegt, wird er nahezu rücksichtslos.«

»Ich möchte ihn sehen«, forderte Lara. »Ich verlange, dass du ihn mir jetzt zeigst.«

»Du bist verrückt«, sagte Seth.

»Ich nehme dir deinen Wein weg, bis ich Sam zu sehen bekomme.« Sie zog sein Glas zu sich herüber.

Er schüttelte den Kopf, doch dann nahm er die Brille ab und legte sie auf den Tisch. Lara beobachtete, wie er sein Haar glatt strich und kurz seine Augen schloss, bevor er sich auf seinem Stuhl aufrichtete und sie wieder ansah. Er hatte sich in einen anderen Menschen verwandelt, einfach so.

»Ich muss meine leiblichen Eltern finden.«

Lara schluckte. Erwartete er von ihr, dass sie mitmachte? Sie kannte doch den Text nicht.

»Wie kann ich ein guter Vater sein, wenn ich nicht weiß, woher ich komme?« Seth hob die Hände. »Wie kann ich für mein Kind ein Fels in der Brandung sein? Wie kann ich überhaupt jemandem helfen, wenn ich nicht weiß, wer ich bin?«

Lara war wie gebannt. Fasziniert beobachtete sie, wie Seth – nun Sam – plötzlich aufstand und das Glas Wein, das sie ihm weggenommen hatte, hochhob. »Schaut euch diesen Wein an«, sagte er laut. »Seht ihr, wie er sich an das Glas schmiegt? Er ist vollmundig, aber absolut abhängig von dem Gefäß, das ihn hält. Ohne dieses Glas würde er auf den Boden tropfen, verschüttet und verschwendet.« Er stellte das Glas so heftig auf den Tisch zurück, dass einige Tropfen auf das Holz spritzten. »*Ich* bin das Glas, Virginia, und das muss ich für unser Kind sein. Aber das ist nur möglich, wenn ich weiß, woher ich stamme. Denn eines Tages wird unser Kind ebenfalls fragen, woher es kommt, und dann sollten wir die Antwort parat haben.« Er schaute Lara mit tränenfeuchten Augen an. »Ich muss die Wahrheit wissen – ich brauche *meine* Antwort.«

Lara starrte ihn an, als er sich plötzlich wieder in Seth Hunt verwandelte und lächelte.

»Wie war das?«, fragte er.

Unvermittelt begannen die anderen Gäste im Restaurant zu klatschen und zu jubeln. Seth stützte sich verblüfft mit der Hand an seiner Stuhllehne ab, zögerte kurz, wandte sich dann seinem Publikum zu und neigte peinlich berührt den Kopf. Ihm war nicht bewusst gewesen, dass man ihm zugeschaut hatte. Er hatte anscheinend genau den richtigen Moment gewählt.

»Es tut mir sehr leid«, sagte Seth zu Lara. »Ich sollte mich bei allen Gästen dafür entschuldigen, dass ich sie beim Essen gestört habe.«

»Das wirst du nicht tun«, entgegnete Lara. »Das war …«

Ihr traten Tränen in die Augen, und als er sah, wie bewegt sie war, übermannten auch ihn seine Gefühle. Rasch wischte er sich mit dem Handrücken über die Augen und setzte seine Brille wieder auf.

»Das war geradezu oscarreif«, ertönte die Stimme eines Mannes hinter ihm.

Seth warf einen Blick über die Schulter und sah Toby Jackson vor sich stehen. Er spürte, wie sich seine Wangen röteten. Das war die Gelegenheit, auf die er gewartet hatte, jetzt mussten ihm nur die richtigen Worte einfallen.

Seth streckte die Hand aus. »Mr Jackson, ich bin Seth ...«

»Ich weiß, wer Sie sind. Und ich frage mich, warum Sie in einem Restaurant Zeilen aus einem Film zum Besten geben, der noch nicht einmal gedreht wird.«

»Sir, ich ...« Was sollte er sagen? Wahrscheinlich hatte er jetzt alles vermasselt.

»Ich habe ihn dazu angestiftet.« Lara stand auf. »Hallo, Mr Jackson. Ich bin Lara aus England, und ich habe Seth gebeten, mir ein paar Zeilen aus einem Film vorzusprechen, der ihm viel bedeutet, und daraufhin hat er mir alles über *A Soul's Song* erzählt.«

Sie hatte den Titel geflüstert und war näher an Toby Jackson herangerückt, so als wollte sie ihm das geheime Abstimmungsergebnis der Jury von *American Idol* verraten.

»Das hört sich großartig an, und ich kann es kaum erwarten, den Film zu sehen. Ich und wahrscheinlich Millionen anderer Menschen, wenn Sie die Rollen mit den richtigen Schauspielern besetzen ...«

»Sie haben es nicht auf die Recall-Liste geschafft«, sagte Toby Jackson unverblümt an Seth gewandt. »Aber nach dem, was ich soeben gehört und gesehen habe, setze ich Sie ganz oben wieder drauf.«

»Tatsächlich?«

»Freitag«, erwiderte Toby und schlug Seth auf die Schulter. »Um zehn Uhr. Gleicher Ort.« Er wandte sich zum Gehen, blieb aber wieder stehen. »Eine Sache würde ich gern noch wissen. Diese Zeilen über das Weinglas ... Ich kann mich nicht daran erinnern, dass sie im Skript stehen.«

Seth schluckte. »Nein, Sir ... ich habe sie mir ausgedacht.«

Toby schüttelte lächelnd den Kopf. »Verdammt.« Er

zeigte mit dem Finger auf ihn. »Freitag, zehn Uhr. Kommen Sie nicht zu spät.«

»Nein, Sir«, erwiderte Seth, bevor Toby sich wieder zu seiner Begleitung begab.

Seth atmete tief ein, bis sich seine Lunge gefüllt hatte, und entspannte sich dann, indem er tief ausatmete. Sein Herz schien beinahe zu bersten, und als er zu Lara hinüberschaute, sah er, dass sie ihm immer noch ein strahlendes Lächeln schenkte.

»Du hast die Rolle«, flüsterte sie aufgeregt und ein wenig zu laut.

»Noch nicht«, entgegnete Seth. »Hast du gewusst, dass er schon hier ist? Hast du ihn hereinkommen gesehen?«

Lara schüttelte den Kopf. »Nein! Ich hatte nur Augen für dich. Du warst unglaublich gut!«, rief sie begeistert. Sie schlang die Arme um ihn und drückte ihn an sich. Und es war ganz selbstverständlich, dass er ihre Umarmung erwiderte, sie an sich zog und sie festhielt. Er schloss die Augen, spürte, wie ihre einzigartige Energie auf ihn überging, atmete den Duft ein – ein bisschen Rotwein, frische Winterluft, Pfefferminze –, der sie umgab. Das sollte eigentlich nicht geschehen, aber wenn diese Umarmung, mit der sie ihn beglückwünschen wollte, noch länger andauerte, würde sie sich in etwas ganz anderes verwandeln. In den folgenden Bruchteilen von Sekunden fuhr ihm der Gedanke durch den Kopf, wie es wäre, wenn er ein Stück zurückweichen und ihr in die Augen schauen würde. Wie sich ihre vollen Lippen anfühlen würden, wenn er mit seinem Daumen darüberstreichen würde. Wenn ihr warmer Atem über seine Wange streichen würde. Wie es wäre, seine Lippen auf ihre zu legen. Sie war einfach unvergleichlich.

Sie löste sich von ihm; ihr Gesicht war gerötet, und sie

vermied es, ihm in die Augen zu schauen. »Nun ... wir sollten diesen berühmten französischen Kaffee probieren, damit ich beurteilen kann, warum man ihn in den höchsten Tönen lobt.« Sie ließ sich auf ihren Stuhl fallen und nahm die Speisekarte zur Hand.

KAPITEL DREISSIG

Hudson River Park

Auf dem Boden lag frisch gefallener Schnee, und Lara ließ den Blick über die Flutwellen des Flusses über die Gebäude wandern, die in den Farben Gold, Rot, Eisweiß und Blau strahlten. Hier am Wasser, wo es Grünflächen mit Bänken gab und das Leben am Abend gemütlicher ablief, war es nicht so hektisch wie in anderen Teilen inmitten der Metropole. Es war ruhiger, friedlicher, und sie konnte sich gut vorstellen, wie bei warmem Wetter die New Yorker hier auf den Rasenflächen lagen und sich ein kühles Getränk schmecken ließen. Selbst um diese Zeit liefen Jogger an ihnen vorbei, einige Leute führten ihre Hunde aus, und alle hatten sich gegen die Winterkälte dick eingemummelt. Es schneite immer noch leicht, aber der Wind hatte sich gelegt, und die Temperatur lag knapp unter dem Gefrierpunkt. Seth und sie spazierten in angenehmem Schweigen nebeneinanderher, und sie bemühte sich verzweifelt, nicht an diesen Moment im Café Cluny zu denken.

Die Umarmung hatte sich so gut angefühlt, so warm und verlässlich, und auch sanft und ehrlich. Ein bisschen so, wie Seth selbst war. Er gehörte nicht zu diesen Schauspielern, die ihre Popularität genossen, er schien sich eher dafür entschuldigen zu wollen. Er hatte diese Vorstellung in dem Restaurant nicht gegeben, um von allen gesehen zu werden – er hatte nur eine Rolle zeigen wollen, die ihn begeisterte. Ihn in dieser Szene zu sehen und anschließend Toby Jacksons Kommentar zu hören, war für sie etwas ganz Besonderes gewesen. Ebenso wie seine Umarmung. Sie hatte plötzlich mit offenen Augen davon geträumt, dass er ihr Gesicht in seinen Händen halten und sie küssen würde, zuerst stürmisch und wie besessen und dann, nach einer kurzen Pause, sanfter, langsamer, beinahe tantrisch ...

»Das ist der Pier 46«, erklärte Seth. »Hier ist es ruhig. Keine Spielplätze oder Imbissbuden. Nur die Aussicht und Kunstrasen.«

»Diese Piers sind großartig«, erwiderte Lara rasch und verdrängte ihre Tagträume. »Bei uns in England gibt es sie auch, aber sie ragen weit hinaus ins stürmische Meer. Und dort gibt es Spielhallen, wo man eine Menge Münzen in Automaten wirft und hofft, mehr zu gewinnen als zu investieren.«

»Davon habe ich keine Ahnung«, gestand Seth.

»Auf manchen gibt es alte Theater oder Gourmetrestaurants.«

»Und keinen Kunstrasen.«

»Nein«, bestätigte Lara. »Aber die Holzplanken sind so alt und brüchig, dass man durch die Spalten hindurchschauen kann.« Sie lächelte. »Als wir letztes Mal in Bournemouth waren, hat Aldo sich einen Finger dort eingeklemmt, und ich musste einen großen Teil von meinem Eis opfern, um ihn zu befreien.«

»Das klingt, als sei Aldo ein lustiger Kerl.« Seth trat vom Gehsteig auf den Pier.

»Ja, das ist er wirklich. Manchmal ist er etwas schwierig, aber man kann viel Spaß mit ihm haben. Aber das sieht nicht jeder auf den ersten Blick.« Sie dachte daran, wie Dan mit ihrem Beinahe-Bruder umging. Er behandelte Aldo meistens wie ein Kind. Sie wusste, dass Aldo anders war, aber darüber sollte man sich nicht lustig machen.

»Manchmal dauert es eine Weile, bis die Leute verstehen, dass etwas oder jemand außergewöhnlich ist«, meinte Seth und schob die Hände in die Taschen seiner Jacke.

Außergewöhnlich. Er hatte Aldo »außergewöhnlich« genannt, so als wäre er im guten Sinne etwas Besonderes. Sie schaute ihn an, und er wandte sich ihr zu, und als sich ihre Blicke trafen, waren Laras Träume von einem Kuss plötzlich wieder sehr lebendig.

»Und du hast mir gesagt, dass er einen LKW fährt. Das ist beeindruckend«, fügte Seth hinzu.

»Es hat eine Weile gedauert, bis er es gelernt hat«, räumte Lara ein. »Ich musste den Pedalen Tiernamen geben, damit er sie sich merken konnte.«

»Nein!« Seth lachte laut. »Wie hast du das Gaspedal genannt? Kuh?«

»Nein, Kuh steht natürlich für Kupplung. Bär ist die Bremse, und das Gaspedal habe ich Gorilla genannt. Am Anfang hieß der Schaltknüppel Schwein, aber das lassen wir inzwischen. Es wurde ein bisschen zu viel, wenn ich ihm dann sagte: ›Kuh treten, Schwein in den ersten Gang und dann langsam auf den Gorilla drücken.‹«

Seth lachte wieder, und es klang so tief und echt, dass Lara dabei an eine dunkle, köstlich cremige und mit Mokka verfeinerte heiße Schokolade dachte. Ihr lief ein Schauer über den Rücken. Das lag sicher an der filmreifen Kulisse von New York und der weihnachtlichen Atmosphäre.

»Tut mir leid«, entschuldigte sich Seth. »Aber ich kann mir so gut vorstellen, wie du so etwas sagst.«

»Was soll das heißen?«

»Dass du eine Art besitzt, die … einfach einzigartig ist.«

»Das sagen Leute oft, wenn ihnen etwas nicht gefällt«, erwiderte Lara und schniefte. »Susie sagt das ständig, wenn sie in ihren Haarzeitschriften blättert. Wahrscheinlich sagt sie das soeben bei dieser Hair Show auch. ›Oh, David, schau dir die Frisur dieser Frau an. Sie ist so ... einzigartig.‹«

»Für mich bedeutet das ›großartig‹. *Du* bist großartig.«

Lara war mit einem Mal ein wenig schwindlig. Es war nicht gut, wenn er so etwas sagte, während sie von seinen Küssen fantasierte und sie am Pier entlangschlenderten, als hätten sie ein Date.

»Erzähl mir etwas über Dan. Ich finde, ich sollte mehr über ihn wissen, jetzt, wo ich eine kleine Rolle bei deinem Abenteuer in New York spiele. Ich möchte mehr über den Mann erfahren, der mit dem Lemurenmädchen zusammen ist.«

Jetzt wurde ihr übel. In Wahrheit hatte sich Dan zum Single erklärt und stand kurz davor, mit Busen-Chloe nach Schottland zu fahren. Jedes Mal, wenn sie in letzter Zeit daran dachte, wurde sie wütend und gleichzeitig traurig.

»Er ist nicht ganz so groß wie du«, stieß Lara hervor. »Er hat dunkles Haar, kürzer als deines, und er verkauft Whirlpools.«

»Aha.«

»Seine Eltern sind nach Spanien ausgewandert, also sieht er sie kaum noch, und er hat keine Geschwister. Vielleicht hat er deshalb Schwierigkeiten mit Aldo. Er mag keine Konkurrenz.«

»Wo habt ihr euch kennengelernt?«, fragte Seth.

»Ich habe Chemikalien bei seiner Firma angeliefert«, erwiderte Lara, als sie das Ende des Piers erreicht hatten. Sie atmete tief die kalte Nachtluft ein. »Einer seiner Kollegen machte eine abfällige Bemerkung über Frauen, die LKWs fahren, und ... ich habe ihm einen Faustschlag verpasst.«

»Oh!«

»Das ist schon einige Jahre her. Inzwischen bin ich viel reifer geworden.«

»Ich wünschte, das hätte ich sehen können.«

Lara lächelte. »Dan hat mich gefragt, ob ich mit ihm etwas trinken wollte, und ich habe zugestimmt. Das war's dann schon.«

»Und er ist die Liebe deines Lebens.« Seth legte eine Hand auf die Metallbrüstung.

Das hatte Lara gedacht. Aber vielleicht hatte sie das nur geglaubt, weil sie keinen Vergleich gehabt hatte. So wie es sich auch mit Appleshaw verhielt, weil sie noch nichts anderes gesehen hatte ...

»Triffst du dich mit jemandem?«, fragte Lara. »Ich meine, hast du eine feste Beziehung?«

»Nein«, erwiderte Seth lächelnd. »Für einen Schauspieler ist das nicht so einfach. Entweder arbeiten wir monatelang ohne Unterlass, oder wir sind arbeitslos und wissen nicht, was wir anfangen sollen, bis wir die nächste Rolle bekommen.«

»Hat es noch keinen Menschen gegeben, von dem du gedacht hast, er sei die Liebe deines Lebens?«

Seth atmete tief aus und richtete den Blick auf das Wasser. »Ganz ehrlich – nein.«

»Aber du hattest schon einige Freundinnen ... oder Freunde?« Sie legte die Hände an die Wangen und sah ihn aus großen Augen an. »Meine Güte, nur weil du einen Schürzenjäger in einem Krankenhaus gespielt hast, sollte ich nicht davon ausgehen, dass du heterosexuell bist. Ich meine, pansexuell ist heutzutage in Mode, richtig? Susie hat mir von einem Mädchen erzählt, das mit Kugelhanteln trainiert und ...«

»Freundinnen«, unterbrach Seth sie. »Eindeutig Frauen. Aber die Richtige war eben noch nicht dabei.« Bei dieser Feststellung krampfte sich sein Magen zusammen, und er erinnerte sich wieder an ihre Umarmung im Café Cluny.

»Ich ... bin mir nicht sicher, ob Dan seine Meinung ändern wird, wenn er Fotos von mir in New York sieht«, gestand Lara.

Er hätte gern nachgefragt, aber er spürte, dass sie in Gedanken versunken war, und schwieg.

»Na ja ...« Sie schluckte, als würde es ihr sehr schwerfallen, darüber zu reden. »Wie gesagt, er hat seinen Beziehungsstatus bei Facebook in ›Single‹ geändert.«

»Lara.« Seth legte ihr eine Hand auf die Schulter, aber sie wich ein Stück zurück und lehnte sich gegen die Absperrung.

Sie schüttelte den Kopf, aber er sah Tränen in ihren Augen. »Er fährt an Weihnachten mit einigen Freunden und einer anderen Frau nach Schottland, und ich ... ich weiß nicht, was ich falsch gemacht habe.«

Er legte ihr wieder eine Hand auf die Schulter und hoffte, sie damit ein wenig trösten zu können. »Ich kann die Situation nicht beurteilen, aber warum glaubst du, etwas falsch gemacht zu haben?«

»Weil mir immer so etwas passiert«, erwiderte Lara. »Ich habe meine Meerschweinchen mit Kartoffelschalen gefüttert, weil ich nicht wusste, dass sie sie nicht vertragen, und sie sind gestorben. Ich habe mich darüber beschwert, dass Bill im Büro nicht oft genug Tee kochte, und zwei Tage später kündigte er, und mein Dad hatte in der arbeitsreichsten Zeit des Jahres keine Hilfe mehr. Und meine Mum ... meine Mum hat uns wahrscheinlich verlassen, weil ich nur Armeeklamotten und Jeans tragen wollte und keine hübschen Kleider und Strumpfhosen!«

Sie begann beinahe zu hyperventilieren, und Seth drehte sie sanft zu sich herum und legte ihr seine andere Hand ebenfalls auf die Schulter. »Hey, langsam atmen ...«

»Alle verlassen mich«, klagte Lara. »Deshalb muss ich in Appleshaw bei Aldo und meinem Dad bleiben. Sie verlassen sich auf mich, und ich will nicht so sein wie die anderen und sie im Stich lassen.«

»Lara, hör auf damit«, befahl Seth.

»Und nun will auch noch Dan weg, und ich weiß nicht, warum ich versuche, ihn zurückzuhalten. Wenn er mich nicht will, dann sollte ich ihn einfach gehen lassen. Er kann sich all den anderen Menschen anschließen, die mich verlassen haben.«

»Lara, sag so etwas nicht.«

»Ich weiß nicht einmal, warum ich dir das alles erzähle. Normalerweise rede ich nicht darüber. Ich bin Lara Weeks, habe vor nichts Angst, gebe jeden Tag mein Bestes, klettere auf Bäume, um Zootiere zu retten und ...«

»Und bist über den Atlantik geflogen, um mich zu treffen«, fügte Seth hinzu.

»Ja, das auch, und ich möchte mich dafür entschuldigen.«

»Das ist nicht nötig.« Seth hob eine Hand, um ihr Haar zu berühren, ließ sie aber dann unsicher in der Luft schweben. »Lara, ich habe die beste, die wunderbarste Zeit seit Langem, und das, obwohl ich soeben erfahren habe, dass meine leibliche Mutter eine obdachlose Prostituierte ist.«

»Tatsächlich?«

Er nickte. Sein Herz klopfte heftig; er schluckte und legte seine Hand wieder auf ihre Schulter. »Mir gefallen Mädchen in Armeeklamotten und Jeans.«

»Das sagst du nur, um mich zu trösten.« Lara lachte.

»Nein, das verspreche ich dir.« Er sah ihr in die Augen. »Hör zu, morgen gehe ich mit dir und Susie in den Bryant Park. Dort gibt es den schönsten Weihnachtsmarkt, und man kann dort eislaufen. Trag auf keinen Fall Strumpfhosen – für diesen Ausflug sind Jeans und Stiefel am besten geeignet.«

»Seth, was ich über die Fotos und Dan gesagt habe ...«, begann Lara.

»Du hast wohl schon genug von mir.« Seth ließ sie los und verschränkte die Arme vor der Brust.

»Was du für mich getan hast ... deine Antwort auf Twitter ... Dass du dir die Mühe gemacht hast, war wirklich total süß und lieb.«

Sein Magen protestierte. Er hatte sich nicht süß und lieb verhalten – das war Trent gewesen. Und es hatte sich nur um einen Tweet gehandelt – eine kitschige Zeile aus seiner Fernsehrolle. Aber offensichtlich hatte ihr das viel bedeutet.

»Lass uns mit Susie morgen in den Bryant Park gehen«, warf Seth rasch ein. »Wir werden Fotos von allem machen, was New York zu bieten hat, und es bleibt dir überlassen, ob du davon dann einige in den sozialen Medien einstellen möchtest oder nicht.«

»Ich habe zwar gesagt, dass ich nicht gern shoppen gehe, aber Weihnachtsmärkte mag ich sehr«, räumte Lara ein.

»Gut, dann haben wir ein D ...« Seth hätte beinahe »Date« gesagt. »Einen Deal«, machte er rasch daraus.

»Wir haben einen Deal«, wiederholte sie lächelnd.

KAPITEL EINUNDDREISSIG

Seth Hunts und Trent Davenports Apartment, West Village
»Gut, du bist schon auf!« Trent klatschte in die Hände, als er die Küche betrat.

Seth war schon seit einigen Stunden wach und dachte aufgewühlt über alles nach, was sich in den letzten Tagen ereignet hatte. Seine leibliche Mutter, die beiden Babymützchen, das improvisierte Vorsprechen im Café Cluny ... und Lara. Über Lara hatte er viel zu viel nachgedacht, und das nicht nur platonisch. Schließlich war er aufgestanden, hatte sich eine Jogginghose und ein Sweatshirt angezogen und war gelaufen, bevor die Stadt richtig zum Leben erwachte. Überall sah es weihnachtlich aus. Vor den Hotels standen geschmückte Fichten, an jeder Straßenlaterne und jedem Gebäude hingen Lichterketten, und der Duft nach Ingwer und Gewürzen schwebte in der Luft. Die Straßen waren mit einer knirschenden Schneeschicht bedeckt, und das Eis auf den Gehsteigen schimmerte wie Tortenguss. Das Joggen in der frischen Morgenluft hatte ihn belebt.

»Ja, ich bin eine Runde gelaufen. Und später gehe ich in den Bryant Park.«

»Wann?«, fragte Trent und nahm Seth die Flasche Orangensaft aus der Hand, die er sich soeben aus dem Kühlschrank geholt hatte.

»Heute Vormittag. Um zehn.«

»O nein. Nein, nein. Ich habe Pläne für dich«, erklärte

Trent. »Du wirst heute ein Winterwunderland in der Nähe des Washington Square eröffnen.«

»Was?«, rief Seth. »Heute? Wann? Und warum erfahre ich erst jetzt davon?«

»Nun ... sie wollten einen berühmten Doktor haben, und David Tennant hatte keine Zeit.« Trent schraubte die Flasche auf und setzte sie sich an die Lippen.

»Heißt das, sie wollten *irgendjemanden*, der Zeit hat, und du hast mich vorgeschlagen? Es geht doch nicht wieder um deinen Freund Carlson, oder?«

»Im Ernst, Seth, glaubst du, ich hätte nichts aus der Erdnussbuttergeschichte gelernt?«

»Es geht um ihn, richtig?« Seth nahm Trent den Orangensaft aus der Hand.

»Nein«, beteuerte Trent.

»Trent!«

»Also gut, ja. Ich schulde ihm einen Gefallen. Er hat meiner Schwester ein Auto zu einem sehr günstigen Preis verkauft. Sie braucht es unbedingt, weil ihr Sohn jetzt eine Schule irgendwo im Niemandsland besucht. Und es geht um ein neues Projekt von Carlson.«

»Um *sein* Winterwunderland?«, fragte Seth. »Um ein Autohaus, in dem die Ware mit Schnee aus der Dose besprüht wird?«

»Die Einzelheiten sind mir nicht bekannt, aber die Presse wird da sein. Und ein Rentier, das die Kinder streicheln dürfen. Und du bist das neue Gesicht der Wildlife-Kampagne und mein bester Freund, also ...«

»Meine Güte, Trent!«, stieß Seth hervor. »Ich bin mir nicht sicher, ob es wirklich eine gute Idee war, dich zu meinem Agenten zu machen.«

Trent schnappte nach Luft und griff sich an die Brust.

»Das verletzt mich. Damit hast du mich genau hier getroffen.« Er klopfte sich auf den Brustkorb.

Auf keinen Fall würde er Lara versetzen. Es war sein Vorschlag gewesen, zum Bryant Park zu gehen und ... er wollte sie unbedingt wiedersehen. Am Abend zuvor hatte er sie aus zwei Gründen als Freundin bei Facebook hinzugefügt. Erstens konnte sie ihm so alle Bilder zeigen, die sie hochgeladen hatte, und zweitens wollte er sich ihr Profil anschauen. Nun musste sie seine Einladung nur noch annehmen. Und die Suchleiste hatte noch aus einem anderen Grund geblinkt – er sollte den Namen seiner leiblichen Mutter eingeben. Nachdem er »Candice« eingetippt hatte, hatte er den Vorgang abgebrochen.

»Ich habe gestern Toby Jackson im Café Cluny getroffen«, erzählte Seth Trent.

»Tatsächlich? Wie ist es gelaufen?«

Seth lächelte, als er an seine »Vorstellung« in dem französischen Restaurant dachte. Wie er die Rolle von Sam gespielt und wie sehr Lara das gefallen hatte.

»Ich bin auf der Recall-Liste«, erwiderte Seth.

»Meine Güte! Kaum zu fassen! Das ist großartig!« Trent hob seine Hand, und Seth klatschte sie ab. »Das sage ich doch! Du und ich, wir sind ein Dream-Team!«

»Na ja ...«

»Okay, ich muss heute Vormittag noch zur Nachbearbeitung meines Nuss-Werbespots, aber ich werde versuchen, um zwölf bei Carlsons Weihnachtswelt zu sein. Das wird ganz einfach. Du sagst ein paar Worte, zerschneidest ein Band, streichelst ein Rentier, und schon bist du wieder weg.«

»Carlsons Weihnachtswelt?«, fragte Seth kopfschüttelnd.

»Carlsons Weihnachtswelt heute, eine Hauptrolle in einem Film von Universal morgen. Diese Jahreszeit wird der Hammer!«

KAPITEL
ZWEIUNDDREISSIG

Bryant Park

»Aufs Eis gehe ich nicht«, verkündete David und trat von einem Bein auf das andere. Sie standen vor einer großen Fläche, auf der sich unzählige kleine verglaste Buden mit Weihnachtsartikeln befanden. Den Mittelpunkt bildete ein riesiger goldener Baum. Es sah beinahe so aus, als hätte jemand die Wolkenkratzer aus Stahl ein Stück zur Seite geschoben und dazwischen ein kleines Dorf aufgebaut. Es wirkte alles ein wenig geordneter als in Appleshaw, wo ein wildes Durcheinander an Buden herrschte, aber trotzdem sehr weihnachtlich mit einem besonderen New Yorker Touch.

»Warum nicht?«, fragte Susie. Sie hakte sich bei ihm unter und schmiegte sich an ihn. »Du tanzt doch gern. Wir könnten so tun, als seien wir Torvill und Dean und eine sexy Rumba hinlegen.«

»Tanzen bedeutet, fließende Bewegungen zu machen, und wenn man kein professioneller Eisläufer ist und Metallkufen an den Füßen hat, bringt man das sicher nicht zustande.«

»Aber wenn du es nicht versuchst, wie willst du es dann lernen?«, fragte Lara.

»Lara, es gibt Dinge, für die man einfach geboren ist, und andere, die man niemals richtig beherrschen wird.« Er schüttelte sich den Schnee aus den Haaren. »So, wie es sich bei mir mit Hairstyling verhält.«

»Oh, David, ich bin sicher, dass du ein sehr guter Friseur bist, ganz egal, was die anderen dazu sagen«, scherzte Lara.

David öffnete und schloss den Mund, atmete dabei ein paar Schneeflocken ein und starrte sie bestürzt an.

»Lara hat dich nur auf den Arm genommen, David«, erklärte Susie. »Als ich ihr gestern von der Frau mit dem Haarteil in Form eines Weihnachtssterns erzählt habe, hat sie gesagt, dass sie sich eine neue Frisur wünscht. Und ich habe mir gedacht, dass nicht ich, sondern du ihr dabei helfen könntest.« Susie lächelte. »Wer würde sich nicht gern die Haare von jemandem stylen lassen, der sich auch um einen Prinzen kümmert?«

»Lara.« David trat einen Schritt näher und sah sie freudestrahlend an. »Ich werde dich aussehen lassen wie Angelina Jolie.«

»Das ist vielleicht ein wenig zu hoch gegriffen«, meinte Lara. »Sie hat langes Haar, ist wunderschön und ...«

»Wir könnten dir Extensions machen!« David griff in ihr Haar und zog daran.

»Au! Das tut weh«, beklagte sich Lara.

»Gestern Abend bei der Show ging es vor allem um die neue Weave-Methode, stimmt's, David?«, sagte Susie.

»Vor der Anwendung der neuen Technik sahen Haarteile oft aus wie das Hinterteil eines schmutzigen Waschbären«, erklärte David wissend. »Für meine Großtante Luciana mag das in Ordnung sein, aber sonst ...«

»Das reicht!«, erklärte Lara. »Susie, bitte sag diesem verrückten Friseur, er soll die Finger von meinen Haaren lassen!«

»Hey«, begrüßte Seth sie.

Lara drehte sich rasch um. »Oh, Gott sei Dank, ein normaler Mensch! Hilf mir, diese irren Haarstylisten wollen mir mit Extensions einen neuen Look verleihen, von dem ich noch nicht überzeugt bin.«

»Hallo.« David musterte Seth anerkennend von Kopf bis Fuß. »Ich kann es kaum glauben, dich nicht nur auf dem Bildschirm zu sehen.«

»David, das ist Seth, Seth das ist mein Freund David«, stellte Susie die beiden einander vor.

»Freut mich, dich kennenzulernen.« Seth streckte die Hand aus.

»Ganz meinerseits.« David schüttelte ihm die Hand und schaute ihm tief in die Augen. »Hast du dir schon einmal überlegt, dein Haar blond zu färben?«

»Ähm, nein. Außer vielleicht für eine Rolle.«

»Das reicht«, erklärte Susie. »Lass den Mann los und komm mit mir, damit ich etwas aussuchen kann, was du mir zu Weihnachten schenkst.«

Susie zupfte David am Ärmel und zog ihn zum Eingang des Weihnachtsmarkts.

Lara lächelte Seth an. »Was ist das Beste an diesem Markt? Sicher gibt es hier einige tolle Imbissstände.«

»Allerdings«, bestätigte Seth. »Aber ich muss leider in zwei Stunden wieder gehen. Trent hat mich an einen Freund vermittelt, das heißt, ich muss ein Winterwunderland eröffnen. Und die Beschreibung hört sich nicht besonders gut an.«

»Tatsächlich?«

»Ja, tut mir leid.«

»Das muss dir nicht leidtun. Ein mieses Winterwunderland klingt nach Spaß, und bis dahin habe ich wahrscheinlich die Lust am Shoppen bereits verloren.«

»Du willst mich begleiten?«, fragte Seth überrascht.

»Ich kann mir nichts Lustigeres vorstellen, als ein schlecht präsentiertes Winterwunderland.«

»Cool«, erwiderte Seth. »Großartig. Carlson wird deine Unterstützung zu schätzen wissen. Vielleicht bekommst du sogar einen Autoaufkleber.«

»Ein Weihnachtsgeschenk für Tina! Wunderbar.« Lara lächelte. »Komm, bevor die beiden irgendwelche Haarteile für mich kaufen.«

Die Luft war schwer von verschiedenen Düften – Chili, Muskat, Zuckerstangen, Karamellbonbons, Schokolade, Ingwer –, und an jeder Ecke ertönten Weihnachtslieder. Seth dachte daran, dass er oft mit seinen Eltern hierhergekommen war; sie hatten Weihnachtsgeschenke gekauft und einige Münzen in die Spendendosen geworfen. Er hatte Bagels gegessen, die beinahe so groß waren wie sein Kopf, und den Weihnachtsmann gesehen. Er fragte sich, ob er das alles erlebt hätte, wenn seine leibliche Mutter ihn nicht hergegeben hätte. Jetzt, da er wusste, wer sie war, stiegen einige Fragen in ihm auf.

Aber der eigentliche Höhepunkt war, Lara auf dem Weihnachtsmarkt zu beobachten. Um die Yogakleidung und die flauschigen Angorapullover machte sie einen großen Bogen, und die Halskette aus massivem Silber, die sie anprobierte, drückte ihr, wie sie sagte, die Luft ab. Danach spielte sie mit dem Gedanken, bei *Pickle Me Pete* für ihren Dad ein Glas mit eingelegtem Knoblauch zu kaufen. Sie betrachtete jedes Produkt auf eine einzigartige Weise und machte so ein Erlebnis daraus. Und er sah dadurch die Welt mit ganz anderen Augen. Und kurz bevor er zum Washington Square aufbrechen musste, standen sie am Rand der Eislaufbahn und machten sich bereit, eine Runde zu laufen. David und Susie waren noch damit beschäftigt, Schlittschuhe in der richtigen Größe zu finden, da David sich beschwert hatte, dass ihm kein Paar so richtig passte. Seth bezweifelte, dass die beiden es tatsächlich aufs Eis schaffen würden.

»Du bist doch schon Schlittschuh gelaufen, oder?«, erkundigte sich Seth und versuchte, die Weihnachtsmusik und das Kratzen der Kufen auf dem Eis zu übertönen.

»Ich versuche es mal.« Lara betrat die Eisfläche.

»Warte! Was?«, rief Seth. »Du kannst doch nicht einfach loslaufen, wenn du noch nie auf dem Eis warst.«

»Warum nicht?«, fragte Lara.

»Nun ja ... es ist nicht so einfach.«

»Du glaubst also, dass ich es nicht kann.«

»Das würde ich niemals behaupten.«

»Hmm, deine Lippen bewegen sich, und Wörter kommen aus deinem Mund, aber ich bin mir nicht sicher, ob ich dir glauben soll.« Sie wagte einen Schritt vorwärts.

»Lara, ich meine es ernst. Ich bekomme einen Herzinfarkt, wenn du jetzt losläufst.« Seth griff rasch nach ihrem Arm.

»Was ist los mit dir?«, rief Lara. »Willst du alles unter Kontrolle haben? Vielleicht hätten sie doch *dir* die Rolle von Christian Grey geben sollen.«

»Sehr witzig. Aber im Ernst – beim ersten Mal ist es schwieriger, als du glaubst.«

Lara schloss die Augen und verzog das Gesicht. »Ich komme mir vor wie beim Aufklärungsunterricht in der Schule.«

»Und ich habe Angst, dass ich dich, wenn ich dich jetzt loslaufen lasse, in die Notaufnahme bringen muss.«

»Ich weiß nicht, was mich mehr beunruhigt. Dass du glaubst, mich davon abhalten zu können, oder dass du an die Notaufnahme denkst, wo du doch selbst praktisch Arzt bist.«

»Bitte lass es langsam angehen.«

»Schon gut, aber wenn du mich nicht loslässt, werde ich nie herausfinden, wie es ist.«

»Du könntest dich an mir festhalten«, schlug Seth vor.

»Wie eine Fünfjährige?«

»Die meisten Fünfjährigen hier laufen besser Schlittschuh als ich.«

»Ich laufe jetzt los.« Lara streifte seine Hand ab und setzte einen Fuß vor den anderen.

»Lara! Lara, warte!« Er rief sie vergeblich, denn sie war bereits auf der Eisfläche. Nach den ersten zögerlichen, wackligen Schritten, bei denen sie mit den Armen ruderte, richtete sie sich auf, fand ihr Gleichgewicht und lief zuversichtlich weiter. Er folgte ihr und hatte nach ein paar Metern seine Sicherheit wiedergefunden.

»Machst du alles auf diese Weise?«, fragte Seth, als er an ihrer Seite angelangt war.

»Wie meinst du das?«

»So selbstsicher und unerschrocken.«

»Was dich nicht umbringt, macht dich stark, richtig?«

»So heißt es«, erwiderte Seth. »Aber nicht jeder ist mutig genug, um nach diesem Motto zu leben.«

»Ich bin auch nicht immer so«, gab Lara zu. »Bei praktischen Dingen, also wenn es darum geht, auf Bäume zu klettern oder mit meinem Truck beim Adventszug ein Blutbad zu vermeiden, ist es wichtig, an seine Fähigkeiten zu glauben, und das tue ich.«

»Das solltest du auf jeden Fall beibehalten.«

»Aber ich habe Zweifel an den Menschen um mich herum«, gestand Lara. »Nein, das ist nicht fair. Nicht an allen. Nicht an meinem Dad oder Aldo oder Susie oder Mrs Fitch – obwohl sie sich einmal recht seltsam verhielt, als sie die falschen Tabletten eingenommen hatte. Und eigentlich auch nicht an Dan – das habe ich zumindest geglaubt, aber ...«

»Du schränkst den Kreis der Menschen um dich ein und hältst deine Welt klein, weil ...«, begann Seth.

»Weil man zu oft enttäuscht wird, wenn man jemandem vertraut. Deshalb hatte ich vor Dan nie einen richtigen Freund. Der Reiz des Neuen – eine Freundin zu haben, die wie ein Mann einen LKW fuhr, Bier trank und in einer Scheune wohnte – war für die meisten rasch vorbei, wenn sie meinen Beinahe-Bruder Aldo kennenlernten. Außerdem bin ich sehr wählerisch.«

»Aber wenn du das Vertrauen in die Menschheit verlierst und dich nie aus deiner Komfortzone wagst, dann ...«

Seth sah, wie sie einen Schlittschuh vom Eis hob und gefährlich unsicher auf dem anderen Bein balancierte. »Ich habe mich aus meiner Komfortzone gewagt. Ich fahre auf einem Bein Schlittschuh, und das in New York, obwohl ich vorher England noch nie verlassen habe. An meinem ersten Tag hier habe ich nähere Bekanntschaft mit einem Lemuren gemacht und Würstchen in einem verschneiten Garten gegessen. Und gestern Abend habe ich in einem tollen französischen Restaurant zum Hähnchen Mussolini gegessen – nein, das heißt *Mousseline* – und mir eine Vorstellung eines wunderbaren Schauspielers ansehen können, die er nur für mich gegeben hat.«

Sie glitt mühelos über das Eis und streckte ein Bein in die Luft, während sie immer selbstbewusster wurde. Seth lief ein Schauer über den Rücken. Auch bei ihm zeigte der Reiz des Neuen, wie sie es genannt hatte, Wirkung. Sie drehte sich um, rutschte beinahe aus und griff lachend nach seinem Arm.

Seufzend lächelte sie. »Ich muss einfach nur meinen Entschluss Dan betreffend stärken und mich an all die Gründe erinnern, warum ich vorher noch nie einen festen Freund hatte.«

»Nein«, erwiderte Seth sofort und half ihr, das Gleichgewicht nicht zu verlieren. »Natürlich sollst du deinen Standpunkt aufrechterhalten, aber bitte glaube nicht, dass alle Männer so sind wie Dan.«

Was sagte er denn da? Das ging ihn nichts an. Er kannte Dan nicht. Und nach allem, was sie ihm von Dan erzählt hatte, wollte er ihn auch nicht kennenlernen. Aber es stand ihm nicht zu, solche Bemerkungen zu machen. Doch nun hatte er es gesagt, und sie schaute ihn an. Er wünschte sich, dass das Eis schmelzen und sich in tiefes Wasser verwandeln würde, in dem er versinken und erst wieder auftauchen würde, wenn er etwas Besseres zu sagen hatte.

»Das tue ich nicht«, erwiderte Lara. »Natürlich sind sie nicht alle gleich. Schließlich gibt es meinen Dad und Aldo.« Sie ließ ihn los und begann rückwärtszulaufen, ein wenig schwerfällig, aber ohne das Gleichgewicht zu verlieren. »Komm schon, wir sollten weniger reden und uns mehr bewegen, Dr. Mike.«

Er lächelte. »Du hast recht.«

KAPITEL
DREIUNDDREISSIG

Washington Square Park

»Das gefällt mir.« Lara zeigte Seth eines der Fotos, die Susie mit ihrem Handy geschossen hatte. »Du siehst aus, als würdest du gleich stürzen, und ich wirke wie eine Eisprinzessin.«

Sie gingen durch den Park und folgten der dürftigen Wegbeschreibung zu Carlsons Winterwunderland. Es lag anscheinend einen Häuserblock entfernt auf einem Stück Land, das Carlson für diese Jahreszeit gemietet hatte. Seth bezweifelte immer mehr, dass ihm dieser Auftrag in irgendeiner Weise bei seiner Karriere nützlich sein konnte.

Die Schneeflocken bedeckten den Boden, die Bänke und die Schachfiguren, mit denen im Freien gespielt wurde. Ein paar ältere Männer, warm eingemummelt in Jacken, Schals und Mützen, spielten trotz der Kälte noch Schach.

»Vielleicht sollte ich das Foto bei Twitter einstellen und #Lemurenmädchen hinzufügen. Ich weiß, ich bin kein *Trending Topic*, aber es wäre doch cool, oder?«, fuhr Lara fort. »Wenn ich diesen Titel nun schon habe, will ich schließlich nicht, dass ihn sich jemand anderes unter den Nagel reißt.«

»Nein«, erwiderte Seth rasch. »Tu das nicht.« Er wollte auf keinen Fall, dass Trent sich dadurch noch mehr in seinem Plan bestärkt fühlte, Laras Liebeskummer in der Show von Ellen DeGeneres auszubreiten.

»Warum nicht?« Lara hob den Blick von ihrem Telefon und schaute ihm in die Augen.

»Wir sollten es etwas ... persönlicher gestalten.« Was zum Teufel hatte er denn nur gesagt? Offensichtlich trat er heute von einem Fettnäpfchen ins nächste. »Ich meine ... wir sind doch Freunde, oder? Mehr Publicity brauchen wir nicht.« Das meinte er ganz ehrlich, aber er war sich nicht sicher, ob das in diesem Zusammenhang einen Sinn ergab. Schnelle Reaktionen waren nicht seine Stärke. Seine Mom sagte immer, das liege daran, dass er zu ehrlich sei, und dabei klang sie immer sehr stolz.

»Ich habe deine Freundschaftsanfrage bei Facebook angenommen«, erklärte Lara. »Du gehörst nun zu den Glücklichen, die sich alle meine Fotos vom Truck Festival anschauen können.«

»Ich kann es kaum erwarten«, erwiderte Seth aufrichtig.

»Also, soll ich nun dieses Foto von uns teilen?« Lara blieb am Fuß des Bogens stehen.

Ihre Hand zitterte leicht. Sie versuchte, so zu tun, als sei dieser Moment vollkommen unwichtig, aber das entsprach nicht der Wahrheit. In dem Moment, in dem sie das Foto hochlud, gab sie ein Statement ab. Dann teilte sie der ganzen Welt, einschließlich Dan, mit, dass sie sich mit Seth Hunt in New York aufhielt und dass sie versuchte, jede Minute ihres Aufenthalts zu genießen. Die Stadt, all der Spaß, den sie bereits gehabt und die unerwarteten Dinge, die sie bereits unternommen hatte, waren neu für sie, aber sie machten ihr keine Angst, sondern bereiteten ihr viel Freude. Allmählich öffnete sich ihr diese große Welt, und sie hätte sie am liebsten umarmt.

»Lara«, sagte Seth leise.

»Versuch nicht, mich davon abzuhalten«, erwiderte sie rasch. »Schließlich war das unser Plan, richtig?« Ihr Daumen schwebte immer noch über dem Absendebutton bei Twitter.

»Pläne verändern sich manchmal«, meinte Seth. »Sie können ... eine andere Gestalt annehmen.«

»Es wird ihm ohnehin gleichgültig sein«, stellte Lara fest. »Warum auch nicht? Er hat jetzt Chloe.«

»Es geht nicht immer um die anderen«, erklärte Seth. »Wie steht es denn mit dir?« Er hielt kurz inne. »Ist es dir wichtig, dass es ihm etwas ausmacht?«

Lara dachte darüber nach, während einige Leute, bepackt mit Einkaufstaschen und den Kopf wegen des Schneefalls gesenkt, an ihr vorbeieilten. War ihr das wichtig? Nachdem er seinen Status auf »Single« geändert und mit einer anderen Frau den Weihnachtsmarkt besucht hatte ...

»Nein«, erwiderte sie bestimmt. »Das ist es nicht.« Sie drückte auf den Knopf und schob das Telefon zurück in die Jackentasche. »Und jetzt bring mich zu dem richtig schlechten Winterwunderland.«

KAPITEL VIERUNDDREISSIG

Carlsons Weihnachtswelt
»O mein Gott!« Lara schlug die Hände vor den Mund. Seth sah, dass sie nicht wusste, ob sie lachen oder weinen sollte, und ihm ging es ebenso. Carlsons Weihnachtswelt war die schäbigste festliche Ausstellung, die man sich nur vorstellen konnte. Es war ihm sehr unangenehm, dass Lara sich das ansehen musste, und er war heilfroh, dass Susie und David beschlossen hatten, nicht mitzukommen, sondern im Bryant Park weiter einzukaufen.

Am Eingang zu dem Stück Brachland standen zwei Weihnachtselfen in Kostümen, die ihnen um mindestens drei Nummern zu klein waren – einer aß einen Burger, und der andere telefonierte. Daneben befand sich ein Imbisswagen mit einer zerrissenen Markise, unter der schwarzer beißender Rauch hervorquoll. Direkt hinter dem Eingangsbogen – einer wackligen Konstruktion mit einigen daran befestigten roten und weißen Luftballons und Lametta – war ein kleines Karussell mit einem halben Dutzend Miniaturfahrzeugen aufgebaut, auf denen Bilder von Disneyfiguren aufgeklebt waren. Der Tunnel dahinter sollte anscheinend zur Werkstatt des Weihnachtsmanns führen. Vor einer Reihe von Gebrauchtwagen verkaufte eine Frau Leuchtstäbe, und in einem kleinen, nur notdürftig eingezäunten Gehege stand ein unglücklich wirkendes Rentier.

»Ich hätte mir denken können, dass es furchtbar ist«,

meinte Seth. »Es überrascht mich nur, dass tatsächlich einige Leute hierhergekommen sind, um sich das anzutun.«

»Ist das Rentier echt?«, fragte Lara. »Oder ist das eine Verkleidung?«

Seth rückte seine Brille zurecht und schaute angestrengt hinüber. »Ich glaube, es ist echt, aber es bewegt sich kaum.«

»Das überrascht mich nicht«, sagte Lara. »Es hat ja kaum Platz. Komm mit.« Sie ging entschlossen voran.

»Lara, wohin willst du?« Seth war sich nicht sicher, ob er ihr folgen sollte.

»Ich möchte schauen, ob es dem Rentier gut geht und es aus diesem Qualm befreien!« Sie ging auf die Elfen zu.

»Aber die Ausstellung ist noch nicht eröffnet.« Er warf einen Blick zurück und sah, dass Carlson auf ihn zukam. Am liebsten wäre er jetzt geflüchtet.

»Seth Hunt!«, bellte Carlson so laut, wie es nur ein Autoverkäufer in New York konnte, und trampelte über den Schnee zu ihm hinüber. Er war nur knapp einen Meter dreiundsechzig groß, aber was ihm an Größe fehlte, machte er mit seinem Umfang wett. Er hatte eine unverkennbare Ähnlichkeit mit Danny DeVito. »Hört alle her! Wie ich es versprochen habe! Dr. Mike aus der Fernsehserie *Manhattan Med* ist bei uns in Carlsons Winterwunderland! In wenigen Minuten wird er den Laden eröffnen und dann den ganzen Nachmittag Autogramme geben.«

Durch die Menge, die sich vor dem Grundstück versammelt hatte, ging ein Raunen, und einige traten zögernd ein paar Schritte nach vorne.

»Was? Wie bitte?« Seth wandte sich an Carlson. »Trent hat mir gesagt, dass ich nur das Band zerschneiden müsse und dann wieder gehen könne. Ich habe am Nachmittag andere Termine.«

»Trent hat mir gesagt, dass Sie für den ganzen Tag gebucht sind«, zischte Carlson mit zusammengebissenen Zähnen hervor und lächelte dabei weiter den Besuchern zu.

»Nun ja, Trent bestimmt nicht mein ganzes Leben.« Seth schaute zu Lara hinüber, die sich mit einem der Elfen unterhielt.

»Aber er ist doch Ihr Agent, richtig?«

»Auf Probe.« Und nach dieser Geschichte war die Sache für ihn erledigt. Selbst wenn er deswegen vor Gericht gehen musste.

»Dann bücke ich mich eben und schlüpfe unter dem Band durch. Ich möchte mir das Rentier ansehen!«, rief Lara aus einiger Entfernung.

»Hey, wer ist denn dieses Häschen?«, fragte Carlson und richtete den Blick auf Lara.

»Wir haben nicht Ostern, und ich sehe hier kein Häschen, Carlson«, erwiderte Seth. »Falls Sie die Lady dort drüben meinen, das ist meine …« Er hielt kurz inne. »Sie ist mit mir hier.«

»Es sieht aus, als würde sie wie die Kummerkastentante Alanis Morissette mit meinen Angestellten reden. Hey, Lady! Wir haben noch nicht geöffnet.« Er marschierte zu Lara und den Elfen hinüber.

Seth lief ihm rasch hinterher. Er hatte das Gefühl, dass diese Sache nicht gut ausgehen würde.

»Weißt du, wie man sich um ein Rentier kümmert?«, fragte Lara den größeren Elfen.

»Weißt du es?«, entgegnete er.

»Das weiß ich tatsächlich«, antwortete Lara schroff. »Und außerdem kennt sich mein Bruder mit allen Tieren hervorragend aus.«

»Ach ja?«

»Ja, allerdings. Und deshalb werde ich mich vergewissern,

dass es dem Rentier gut geht. Weißt du wenigstens, was Rentiere fressen?«

»Weißt du es?«, wiederholte der Elf.

»Ach, du meine Güte. Kannst du auch noch etwas anderes sagen?«

»Lara, wir gehen«, verkündete Seth neben ihr.

»Was!«, rief Carlson. »Ich habe Besucher! Und mir ist etwas versprochen worden!«

»Wir müssen bleiben.« Lara wandte sich zu Seth um. »Wir müssen uns darum kümmern, dass es dem Rentier gut geht. Schau dir diesen schrecklichen Ort an. Das ist kein Winterwunderland – hier sieht es aus wie in einem dystopischen Film.«

»Hey! Das will ich nicht gehört haben!«, rief Carlson. »Und könnten Sie ein bisschen leiser sprechen? Ich möchte, dass diese Leute in meinen Laden kommen. Schließlich muss ich meine Familie ernähren.«

»Was sollen wir tun, Boss?«, fragte der kleinere Elf. Seine spitz zulaufende Mütze rutschte beim Sprechen nach unten.

Das Rentier stieß einen missmutigen Schrei aus. Das reichte Lara; bevor jemand sie davon abhalten konnte, schlüpfte sie unter dem Band hindurch und marschierte entschlossen auf den Pferch zu.

»Hey! Wir haben noch nicht geöffnet! Und der Eintritt kostet zehn Dollar!«, brüllte Carlson ihr hinterher.

Sie ignorierte seinen Protest und ging weiter, vorbei an den Frauen mit den Leuchtstäben und dem Mann, der das schreckliche Karussell bediente. Während sie mühsam über den harten Schnee marschierte, zog sie ihr Telefon aus der Tasche und drückte auf eine der Kurzwahltasten. Sie war sich immer noch nicht sicher über den Zeitunterschied, aber das war ihr in diesem Moment gleichgültig.

»Lara!«, ertönte eine aufgeregte Stimme, und auf dem Display erschien Aldos Bild, auf dem ihm sein zerzaustes lockiges Haar ins Gesicht fiel.

»Hey, Aldo! Du sitzt im Moment nicht am Steuer, oder?«

»Ich telefoniere nicht beim Fahren oder nehme Gespräche nur über die Lautsprecheranlage an«, erwiderte er, als würde er ein Mantra aufsagen. »Ich bin im Gartencenter. Mrs Fitch hat einen Früchtekuchen gebacken.«

Laras Magen zog sich zusammen, als ihr bewusst wurde, dass sie seit dem Frühstück nichts mehr gegessen hatte. Für ein Stück von diesem Kuchen hätte sie jetzt alles getan.

»Möchtest du ein Foto von dem Kuchen sehen?«, fragte Aldo.

»Natürlich, Aldo, aber zuerst brauche ich deine Hilfe.«

»In New York?«, stieß er atemlos hervor. »Ich darf zu dir fliegen?«

»Nein, du sollst mir am Telefon helfen.« Sie hatte mittlerweile den Pferch erreicht, in dem das traurige Rentier untergebracht war. Neben ihm befand sich nur ein kleines Stück Gras, das nicht komplett mit Schnee bedeckt war. Mehr Futter gab es nicht. Sie schaltete die Kamera auf ihrem Telefon ein und zeigte Aldo den Pferch.

»Ein Rentier!«, rief Aldo. »Das ist ein Karibu. Kannst du etwas näher herangehen, Lara?«

Lara richtete ihr Telefon auf das Rentier, ließ es von oben nach unten gleiten, um Aldo den Körper des Tiers zu zeigen, und hielt schließlich bei seinem traurigen Gesicht inne.

»Bist du in einem Park, Lara?«, fragte Aldo.

»Nein«, erwiderte Lara. »Ehrlich gesagt ist das hier alles andere als das. Ich finde, das Rentier sieht nicht sehr gut aus.«

»Es ist traurig«, stellte Aldo fest. »Seine Augen. Sie glänzen nicht so, wie sie sollten. Fahr bitte mit der Hand über sein Fell.«

»Warte einen Moment.« Lara drehte das Display herum und klemmte sich das Telefon unter das Kinn. »Worauf soll ich achten?«

»Die Haut unter seinem Fell sollte dick sein. Wenn sie das nicht ist, musst du es füttern und dann zum Tierarzt bringen.«

Sie hatte gewusst, dass es richtig war, Aldo anzurufen. Ihr Beinahe-Bruder war beinahe so gut wie ein Tierarzt. Lara streichelte das Rentier und sprach dabei beruhigend auf es ein. »Ganz ruhig, mein Junge. So ist es gut.«

»Lara, wir bleiben nicht hier.« Seth tauchte neben dem Pferch auf. »Ich habe schon befürchtet, dass hier nichts Gutes auf uns warten würde, aber es ist noch schlimmer als das. Ich kann diesen Laden nicht eröffnen.«

»Lara, wer ist dieser Mann?« Aldos Stimme drang durch Laras Telefon.

»Die Haut des Rentiers fühlt sich nicht sehr dick an«, berichtete Lara. »Und wenn ich es an gewissen Stellen berühre, schreit es.« Sie schluckte. »Ich meine ... wenn ich es an seinem Rücken anfasse.«

»Glaubst du, das Rentier ist krank?«, fragte Seth beunruhigt.

»Lara, wer ist dieser Mann?«, wiederholte Aldo. »Ist er Dojo oder nicht Dojo?«

»Tut mir leid.« Lara schaute rasch wieder auf das Display und widmete Aldo ihre Aufmerksamkeit. »Kein Dojo, Aldo«, sagte sie rasch. »Das ist Seth. Er ist ... ein Freund.«

»Dein neuer fester Freund?«, wollte Aldo wissen.

»Nein, nein, nur ein ... guter Freund.« Ihre Wangen brannten trotz der kalten Luft plötzlich wie Feuer. Vielleicht hatte sie sich bei dem Rentier mit etwas angesteckt. Sie hielt Seth das Telefon vors Gesicht, um ein bisschen Zeit zu gewinnen. »Aldo, sag hallo zu Seth.«

»Hey, Aldo, hallo.« Seth nahm Laras Telefon in die Hand. »Schön, dich zu sehen. Ich habe schon viel von dir gehört.«

»Bist du nett zu Lara?«, bellte Aldo.

»Ja, schon, ich ...«

»Aldo, mir geht es gut.« Lara nahm ihr Telefon wieder an sich.

»Dan ist nicht gut. Dan ist Dojo, egal, was du sagst.«

»Aldo, ich möchte jetzt nicht über Dan sprechen, sondern über das Rentier. Was kann ich für das Tier tun?«

»Es braucht Platz – es muss sich bewegen können«, erwiderte Aldo. »Und es braucht frisches Wasser und Heu.«

Lara nickte, das bestätigte ihre Meinung. Sie warf Seth einen Blick zu. »Wir müssen es in den Zoo bringen, Seth.«

KAPITEL
FÜNFUNDDREISSIG

»Keine Antwort«, seufzte Lara. »Ich werde immer wieder zur Informations-Hotline durchgestellt und muss mir etwas über die Größe von Elefanten anhören.«

»Carlson kommt mit den Elfen auf uns zu.« Seth schluckte. Wie hatte er nur in eine solche Situation geraten können? Zur Eröffnung eines schäbigen Autohauses zur Weihnachtszeit mit einem Tier, für das nicht richtig gesorgt wurde. Sie hatten eine Entscheidung getroffen. Wenn das Rentier krank war, musste man sich darum kümmern. Lara versuchte, den Central-Park-Zoo anzurufen.

»Komm schon.« Lara öffnete das Tor zu dem Pferch.

»Was hast du vor?«

»Na ja, wenn im Zoo niemand zu erreichen ist …« Sie betrat den Pferch, und das Rentier machte keine Anstalten, sie daran zu hindern.

»Und jetzt?« Er war sich nicht sicher, was Lara nun vorhatte, aber dass sie so entschlossen in den Pferch hineinmarschierte, bereitete ihm Unbehagen. Waren Rentiere bissig? Oder rannten sie plötzlich los? Aber ein Blick auf das Tier verriet ihm, dass es viel zu traurig war, um panisch loszulaufen, selbst wenn das in seiner Natur liegen mochte.

»Wir bringen es dorthin«, erklärte Lara und griff nach dem Ende der ausgefransten Leine, die auf dem kalten Boden feucht geworden war.

»Was?«

»Hey!« Carlson stampfte wütend auf sie zu. »Was ist hier los? Eine Tierschutzinspektion, oder was?«

»So etwas in der Art«, erwiderte Lara. »Das ist hier wirklich nötig.«

»Hören Sie zu, Lady, dieses Tier gehört einem Freund von einem Freund von mir, und es ist in guter Verfassung.«

»Wer ist denn dieser Freund von einem Freund?« Lara trat ihm einen Schritt entgegen, ohne die Leine loszulassen. »Knecht Ruprecht?«

»Seth, was soll das? Ich wollte nur, dass Sie das Band durchschneiden, ein paar Worte sagen und einige Hundert Autogramme geben. Sie müssen diesen Laden ja nicht großartig finden.«

»Nun, da liegen Sie falsch, Carlson«, begann Seth und rückte seine Brille zurecht. »Ich bin jetzt Botschafter für das Wildlife-Projekt im Central-Park-Zoo, also kann ich es nicht einfach ignorieren, wenn hier ein Tier nicht richtig gehalten wird.«

»Und das ist noch untertrieben«, warf Lara ein.

»Kommen Sie schon, ich brauche diese Chance.« Carlson schüttelte den Kopf.

»Tut mir leid, Carlson, aber das kann ich nicht machen«, erklärte Seth.

»Und wir nehmen das Rentier mit.« Lara stieß mit der Hüfte das Gatter auf und schob es mit ihrer freien Hand ganz zur Seite.

»Ich bin mir nicht sicher, ob wir das schaffen«, wandte Seth ein. »Weißt du, wie weit der Central Park von hier entfernt ist?«

»Nein«, erwiderte sie. »Aber was bleibt uns anderes übrig?«

»Ihr nehmt das Tier nicht mit!«, brüllte Carlson. »Mickey! Kirk! Haltet sie auf!«

Die Elfen liefen herbei, plusterten sich auf und breiteten ihre Arme aus wie drohende Affen.

»Mich aufhalten?« Lara warf einen Blick auf Carlsons kleine Helfer.

»Hören Sie, Carlson«, begann Seth, als er Zorn in Laras Augen funkeln sah. »Lassen Sie uns das Rentier mitnehmen.« Er konnte es kaum glauben, dass er das wirklich gesagt hatte. »Damit vermeiden Sie eine amtliche Tierschutzkontrolle. Es braucht niemand zu erfahren, dass das Rentier von Ihnen stammt. Sie können einfach weitermachen mit …« Seth schaute sich um, was sonst noch an Unterhaltung in diesem »Park« geboten war. »Mit dem Autoverkauf, den Leuchtstäben und dem Findet-Dory-Karussell.«

»Aber das Rentier ist mein Alleinstellungsmerkmal. Alles andere gibt es überall in der Stadt … und zwar größer und besser.«

»Geht ihr mir jetzt aus dem Weg?«, fragte Lara die Elfen. »Oder sollen Rudolph und ich euch niedertrampeln?«

»Ist das eine Art Weihnachtsscherz?« Carlson verschränkte die Arme vor der Brust und schien die Situation aus einem neuen Blickwinkel zu betrachten. »Tauchen gleich eine Menge Leute auf und veranstalten einen Flashmob?«

»Nein«, erwiderte Lara. »Wir nehmen nur das Rentier mit. Fröhliche Weihnachten.« Sie marschierte los, und das niedergeschlagen wirkende Rentier setzte einen Huf vor den anderen und trottete hinter ihr her.

»Es tut mir leid, Carlson, aber das ist das einzig Richtige.« Seth klopfte dem Mann auf die Schulter und lief los, um Lara einzuholen.

»Zu Fuß brauchen wir etwa eine Stunde bis zum Central Park«, erklärte Seth, sobald sie das Brachland verlassen und sich von der enttäuschten Menge entfernt hatten, die Carlson nun mit einem kostenlosen, wenn auch verbrannten Imbiss aus der Bude zu beschwichtigen versuchte.

»Eine Stunde?« Lara schluckte. »Tatsächlich?«

»Ja«, bestätigte Seth. »Wenn man mit der U-Bahn fährt, hat man den Eindruck, dass alles praktisch vor der Haustür liegt, aber ...«

»Nun, dann sollten wir uns beeilen.« Lara zog leicht an der Leine. »Komm, mein Junge.«

»Lara.« Seth folgte ihr. »Wir können nicht eine Stunde lang mit einem Rentier durch New York spazieren.«

»Was schlägst du vor?«, fragte sie. »Wir haben versucht, den Zoo zu erreichen – vergeblich. Hier an diesem schrecklichen Ort können wir es nicht zurücklassen. Wahrscheinlich würden sie versuchen, es zu reiten, oder das Zeug aus der Imbissbude an es verfüttern.«

»Ich weiß, aber das ist eben New York«, rief Seth ihr ins Gedächtnis. »Und das ist ein Rentier ... an einer Leine.«

»Und hier eine Blitzmeldung: Es kann nicht fliegen! Also, was ist die Alternative?«

Auf der gegenüberliegenden Straßenseite hatten sich bereits ein paar Leute versammelt und ihre Handys gezückt. Sie lachten, deuteten auf sie und schossen Fotos. Das störte Lara nicht. Hauptsache, sie konnten das Rentier irgendwo in Sicherheit bringen.

»Wir gehen weiter«, beschloss Seth. »Bis ich meinen Dad erreichen kann.« Er zog sein Telefon aus der Tasche. »Er wird uns vielleicht eine Transportmöglichkeit besorgen können. In Ordnung?«

Sie atmete tief durch, sah ihn an und nickte. »Okay.«

Seth schüttelte lächelnd den Kopf. »Du bist schon etwas Besonderes, Lemurenmädchen.«

Lara nickte. »Ja, ich weiß.«

KAPITEL
SECHSUNDDREISSIG

Chapel Shelter, West 40th Street

»Lara, du frierst! Komm hierher und setz dich neben den Heizstrahler!« Kossy lief herbei und schob einige Kartons beiseite, mit denen mehrere Szenen aus verschiedenen Religionen aufgebaut worden waren – einige zeigten die Geburt Jesu im Stall, andere stellten Hanukkah und Eid ul-Adha dar. Lara ließ sich mit klappernden Zähnen zu einem großen, altertümlich aussehenden Heizkörper führen, vor dem bereits einige Leute in ihre Jacken gehüllt kauerten.

»Wir haben ... ein Rentier ... in den Zoo gebracht«, stammelte Lara, kaum fähig, die Worte zwischen ihren eiskalten Lippen hervorzustoßen.

»Ich weiß, Schätzchen. Ted hat es mir erzählt.« Kossy half Lara, sich auf einen Stuhl zu setzen. »Seth, bring uns Kaffee. Felice, du holst noch ein paar Decken.«

»Kaffee kommt sofort.« Seth stampfte mit den Füßen auf die Holzdielen und pustete auf seine Hände.

»Also wirklich!«, protestierte Felice. »Wir schlafen das ganze Jahr über draußen, und die Prinzessin braucht noch eine Decke!«

»Sie hat recht.« Lara machte Anstalten, wieder aufzustehen. »Es geht mir gut. Ich kann in unser Apartment zurückgehen und mich dort aufwärmen. Ich möchte hier niemandem etwas wegnehmen.«

»Setz dich wieder hin!«, befahl Kossy unmissverständlich.

»Hier nimmt niemand einem anderen etwas weg. Wir sind eine Gemeinschaft. Alle, die hierherkommen, gehören dazu. Und niemand wird beurteilt.«

»Ich fand alles besser, als man sich nicht ständig um politische Korrektheit bemühen musste«, beschwerte sich Felice. »Hat ein Obdachloser hier nicht Vorrang?« Sie schnalzte missbilligend mit der Zunge, ging aber dann zu dem Regal, wo die Decken aufbewahrt wurden.

»Dieses Mädchen ist viel zu frech«, sagte Kossy zu Lara. »Immerhin bekommt sie seit fünf Jahren hier jede Nacht ein Bett – auch ohne Verlosung.«

»Sie findet keine andere Bleibe?«, fragte Lara.

»Da gibt es ein Problem«, erwiderte Kossy. »Jedes Mal, wenn ich ihr sage, dass sie schon viel zu lange hier ist, und ich sie eigentlich für eines der Projekte für eine Übergangsunterkunft vorschlagen müsste, lässt sie sich eine Woche lang nicht mehr blicken.« Sie seufzte. »Und dann mache ich mir Sorgen.«

»Ich habe mir auch Sorgen um das Rentier gemacht«, gestand Lara. »Vor allem, weil mein Beinahe-Bruder besorgt war.«

»Und deshalb bist du beinahe erfroren, als du das Tier durch die halbe Stadt geführt hast.«

»Wir hatten erst die halbe Strecke geschafft, als Ted und Morris mit dem Pferdetransporter kamen.«

»Zieh deine Jacke aus«, befahl Kossy. »Sie ist total durchnässt.«

Lara nickte und versuchte, ihre Arme herauszuziehen. »Ich hätte nicht gedacht, dass es in New York so kalt ist. Und so viel schneit.« Sie schniefte. »Ich hätte besser recherchieren sollen, aber dann ging alles so schnell, und ich …«

»Das verstehe ich.« Kossy nickte, als Seth mit einem Becher heißen Kaffee auftauchte. »Und nun zu dir! Bist du verrückt geworden? Wie kannst du sie mit einem Rentier an der Leine durch Manhattan laufen lassen? In einer Jacke, die nicht mehr Nässe verträgt als ein Club-Sandwich?«

»Mom, ich habe gesagt, dass ...«, begann Seth.

»Das will ich gar nicht hören.« Kossy nahm ihm den Kaffeebecher aus der Hand und reichte ihn Lara. »Geh zu Bernadette und sag ihr, dass wir einen Teller Suppe brauchen.«

Bei der Erwähnung von Essen zog sich Laras Magen zusammen, und sie schluckte rasch, um ihn zu beruhigen. Sie war am Verhungern ... nein, das nicht, aber sehr hungrig.

»Manchmal frage ich mich, ob ich ihm denn gar keine Vernunft beigebracht habe«, spöttelte Kossy. Als Felice mit einer Decke zurückkam, legte sie das raue, aber warme Tuch um Laras Schultern und gab Felice die feuchte Jacke. Das Mädchen warf einen Blick darauf, nahm sie mit zwei Fingern entgegen, als wäre sie verseucht, und trug sie auf die andere Seite des Raums.

»Es war nicht Seths Schuld, dass mir so kalt geworden ist«, erklärte Lara bestimmt. »Ich wollte das Tier unbedingt retten, und Seth hat mir mehrmals seine Jacke angeboten, aber ich habe sie abgelehnt und stattdessen ›Havana‹ von Camila Cabello gepfiffen, um mich warm zu halten.«

»Jetzt bist du hier.« Kossy setzte sich neben Lara und legte einen Arm um ihre Schultern. »Und gleich wird dir wärmer.«

»Und das Rentier ist in Sicherheit«, sagte Lara. »Sie werden es morgen vom Tierarzt untersuchen lassen und dann einen Platz in einem Zoo suchen, in dem es Artgenossen gibt.«

»Das ist gut«, erwiderte Kossy. »Eine weitere verirrte Seele gerettet.«

Irgendetwas an ihrer Stimme verriet Lara, dass sie sich

nicht auf das Karibu bezog. »Du denkst an Seth ... und an seine andere Mum.«

Kossy schüttelte so schnell und heftig den Kopf, dass etwa zehn Sekunden lang ihre Locken flogen, bis sie dann schließlich nickte. »Er hat es dir erzählt.«

»Ja«, bestätigte Lara. »Ich weiß, es geht mich nichts an, aber ich habe ihm geraten, seine Suche bei Facebook zu beginnen.«

Kossy nickte wieder, während ihr Tränen in die Augen stiegen. »Das ist ein guter Rat.«

»Ich wollte mich nicht einmischen – ich habe nur gesagt, das wäre meine erste Option, wenn ich nach *meiner* Mutter suchen würde.«

»Bist du etwa auch adoptiert?« Kossy schlug die Hände vor den Mund.

»Nein, aber meine Mutter hat mich verlassen. Das ist aber schon sehr lange her, und ...«

»Du hast diesen Verlust nie verwunden.«

Das hatte sie nicht sagen wollen. Ihr Leben war in vielerlei Hinsicht schön, aber sie vermisste eine Erklärung für das Verschwinden ihrer Mutter. Doch je mehr Zeit verging, um so unwichtiger wurde das für sie.

»Ich kenne Seth noch nicht sehr lang«, begann Lara. »Aber ich glaube nicht, dass er jemals den Mut aufbringen wird, aus eigenem Antrieb nach seiner Mutter zu suchen.«

»Glaubst du?«

Lara nickte. »Ich bin davon überzeugt, dass er es will, aber er zweifelt am Sinn, weil er bereits eine großartige Mutter hat.« Laras Zähne klapperten. »Falls jedoch jemand zum Beispiel auf Facebook nach seiner leiblichen Mutter suchen und sie möglicherweise sogar finden würde, könnte ihm die Entscheidung leichter fallen.«

»Denkst du, *ich* sollte auf Facebook nach ihr suchen?«, flüsterte Kossy und schaute sich rasch um, ob Seth hinter ihr stand.

»Ich weiß es nicht«, erklärte Lara. »Ich habe aber das Gefühl, dass ihn irgendetwas zurückhält, obwohl er wissen möchte, wer sie ist.«

Kossy nickte und schien darüber nachzudenken. Dann wischte sie sich über die Augen und schenkte Lara ein Lächeln. »Ich glaube, du kennst meinen Sohn bereits sehr gut. Du musst unbedingt zu unserer jährlichen Spendenaktion kommen.«

»Gibt's dort Bier?«, fragte Lara grinsend.

»Die Veranstaltung ist nicht vergleichbar mit meiner Grillparty«, erklärte Kossy. »Es ist eher eine kleine feine Party für ein paar Leute mit Geld, bei denen ich mich das ganze Jahr über um Spenden für unsere Sache bemüht habe.«

»Muss ich eine Strumpfhose tragen?«, wollte Lara wissen.

»Was?«

»Ach nichts.« Lara lächelte. Ihr Magen knurrte laut. »Welche Suppe gibt es heute?«

»Nun, heute haben wir etwas ganz Besonderes«, erwiderte Kossy und stand auf. »Rentier.«

Lara riss die Augen weit auf und spürte, wie ihr die Kälte wieder durch alle Glieder fuhr. Doch dann sah sie, dass Kossy lachte und ihre Lockenmähne schüttelte.

»Wintergemüse, Schätzchen. Wer sollte denn den Schlitten des Weihnachtsmanns ziehen, wenn wir ihm seine Rentiere wegessen?«

»Wenn du sie noch länger anstarrst, wird sich ihr Bild für immer und ewig auf deiner Netzhaut einbrennen«, sagte Felice zu Seth.

»Was?« Seth balancierte eine Schüssel mit heißer Suppe in den Händen.

»Ich meine damit, jedem das Seine, aber du könntest dabei einen Blick auf Emma Stone oder Charlize Theron verpassen. Oder auf diese Suppe.«

»Möchtest du sie haben?« Seth bot ihr die Schüssel an.

»Zum Teufel, nein!«, rief Felice, als hätte er ihr vorgeschlagen, einen Feuerwerkskörper zu verspeisen. »Ich brauche keine Almosen. Es ist noch nicht Zeit zum Abendessen – und außerdem friert *sie* wie ein Schneider.«

»Du magst Lara nicht?«, fragte Seth verwirrt.

»So würde ich das nicht sagen«, erwiderte Felice. »Ich halte sie für verrückt, dumm und eigenartig, aber das heißt nicht, dass ich sie nicht mag.« Sie hielt kurz inne. »Sie ist ziemlich cool für jemanden aus der Alten Welt, wenn man eine solche Ausstrahlung mag.« Sie schniefte. »Und bei dir ist das offensichtlich der Fall.«

»Felice, ich kann dir nicht ganz folgen«, gestand Seth.

»Hast du vor, sie auszuführen? Sie um ein Date zu bitten?«, fragte Felice. »Ich kann es nicht mehr länger mitansehen, wie ihr beide miteinander umgeht und euch vor der Tatsache drückt, dass ihr euch am liebsten gegenseitig die Kleider vom Leib reißen wollt – und dann natürlich ein bedeutungsvolles Gespräch darüber führen möchtet, so wie es zwei Menschen in einer richtigen Beziehung tun. Oder bei *Manhattan Med*, wie ich mir habe sagen lassen.«

»Ich …« Seth warf noch einen Blick auf Lara und wandte sich dann wieder Felice zu. Ihre unverblümte Bemerkung hatte ihn aus dem Gleichgewicht gebracht. »Sie hat einen Freund.«

»Nicht, wenn man Facebook glauben kann.«

»Felice, hast du ein Mobiltelefon?«

»Nein«, erwiderte sie. »Aber ich habe Freunde. Und dieser Dan, mit dem sie zusammen war, scheint ein richtiges Arschloch zu sein.« Sie zuckte mit den Schultern. »Was soll ich dazu noch sagen? Ich kümmere mich eben manchmal gern um Leute, die ich mag.«

»Die Situation ist nicht ganz eindeutig.« Seth bewegte seine Finger, die von der Suppenschüssel allmählich heiß wurden.

»Wach auf, du Schauspieler. Das ist das wahre Leben, und du hast darin einen guten Platz mit einer tollen Aussicht, also vergeude das nicht.«

KAPITEL SIEBENUNDDREISSIG

Waitress, Broadway

»Ich kann es kaum glauben, dass wir am Broadway sind!«, rief Susie. »Und uns dort gleich eine Show ansehen werden. Am Broadway!« Sie griff nach Davids Arm, zog ihn an sich und drückte ihn.

Lara ging es ebenso. Als sie in ihr Apartment zurückgekehrt war, hatte sie Ron, Hermine und Harry erzählt, wie erschöpft sie war, und dass das wahrscheinlich an der Kombination aus der Rentierrettung, dem Eislaufen und dem Jetlag lag. Und dann war Susie hereingestürmt und hatte etwas von »Broadway« und »*Waitress*« gerufen. Zuerst hatte Lara gedacht, Susie hätte ihre Träume vom Hairstyling aufgegeben und wollte ins Catering wechseln, doch dann hatte ihre Freundin ihr erklärt, dass es sich um ein Theaterstück handelte, das auf einem Film basierte, und dass sie sich eine Vorstellung in dem berühmtesten Theaterviertel der Welt anschauen würden.

»Wie ich dir gesagt habe«, verkündete David. »Wenn du nach New York kommst, lasse ich alle deine Träume wahr werden.«

»Das ist so süß.« Susie seufzte.

Lara schluckte und wandte den Blick von dem Paar im Liebesglück ab und schaute sich auf der Straße um. Trotz des zunehmenden Schneefalls und des auffrischenden Windes funkelten die Lichter so hell, wie sie es in Filmen bereits gesehen hatte. Über die riesigen Reklamewände flimmerten abwechselnd Werbespots, Weihnachtsgrüße und festliche Bilder, und die Musik von *The Rat Pack* schallte durch die Nacht.

Sie seufzte glücklich, aber irgendetwas fehlte ihr noch. Und seltsamerweise ging es nicht um Dan. Sie vermisste Seth. Verrückt! Total verrückt! Sie befand sich schließlich immer noch in einer Beziehung – irgendwie. In der einzigen festen Beziehung, die sie je gehabt hatte. Sie war in einem fremden Land, zum ersten Mal auf der anderen Seite des Atlantiks. Sicher lag es daran. Aber diese Erkenntnis hielt sie nicht davon ab, sich trotzdem zu wünschen, dass er jetzt bei ihr wäre, ihr etwas über die Gegend erzählen oder über ihre Ahnungslosigkeit lachen würde.

»Hey.«

Nun hatte sie anscheinend so fest an ihn gedacht, dass er tatsächlich vor ihr aufzutauchen schien. Sie blinzelte mehrmals und blieb vor dem Eingang des Brooks Atkinson Theatre stehen. Lederschuhe, eine elegante dunkelblaue Hose, eine dicke Winterjacke. Perfekte Friseur, straffes Kinn und sinnliche Lippen ...

»Du hast es geschafft!«, rief Susie.

Lara spürte, dass Susie sie anschaute, aber sie hielt den Blick gesenkt. Susie hatte ihr nicht verraten, dass sie zu viert ausgehen würden.

»Wenn man die Möglichkeit bekommt, eine der tollsten Shows in der Stadt anzuschauen, sagt man nicht Nein.« Seth lächelte. »Ich habe keine Ahnung, wie du an die Karten gekommen bist, David.«

»Ich habe meine Kontakte.« David legte einen Finger an seinen Nasenflügel und wirkte höchst zufrieden mit sich.

»Er kennt einen Prinzen«, fügte Susie hinzu.

»Gehen wir hinein?« David duckte sich unter der Anzeigetafel hindurch. »Ich möchte mir den Verkaufsstand ansehen – ich brauche unbedingt ein T-Shirt mit der Aufschrift ›Man muss es nur einmal probieren‹.«

»Glaubst du, sie verkaufen dort auch Handtaschen?« Susie folgte ihm rasch durch die Eingangstür.

Lara lächelte Seth an und schüttelte den Kopf. »Meine Freundin ist besessen von Handtaschen.« Mehr fiel ihr in diesem Moment nicht ein. Zuvor hatte sie festgestellt, dass der Abend ohne ihn nicht perfekt war, und nun war er tatsächlich hier, und sie war ein wenig verlegen.

»Ist es in Ordnung?« Seth trat auf sie zu, und Schneeflocken verfingen sich in seinem Haar. »Dass ich heute Abend gekommen bin?«

»Ich weiß es nicht.« Lara hatte das Gefühl, dass er ihre Gedanken lesen konnte.

»Hör zu, ich kann auch wieder gehen, wenn du möchtest. Ich wollte nur ...«

Er wirkte nervös. So als fehlten ihm die nächsten Zeilen in diesem improvisierten Skript. Als könnte er sie durchschauen und wüsste, dass sie sich ihn herbeigewünscht hatte, um diesen Abend abzurunden.

»Ich möchte nicht, dass du gehst.« Lara schluckte. Ihre Stimme sollte sich weniger nach einem romantischen Drama, sondern eher nach *Ex on the Beach* anhören. Sie lachte zögernd. »Nachdem ich dich dazu gezwungen habe, mit mir das Rentier zu retten, schulde ich dir wohl einen Abend am Broadway.«

Er zuckte mit den Schultern, sodass die Schneeflocken hochwirbelten. »Eigentlich haben wir bereits ein eigenes Tierschutzprojekt, findest du nicht? Zuerst einen Lemur, dann ein Rentier. Was kommt wohl als Nächstes?«

»Ich wäre froh, wenn wir kein weiteres Tier retten müssten«, meinte sie.

»Kommt ihr?« Susie tauchte an der Eingangstür auf.

»Gehen wir?« Seth bot Lara seinen Arm an.

Sie hakte sich bei ihm unter und lächelte. »Erzähl mir alles, was ich über den Broadway wissen sollte.«

KAPITEL ACHTUNDDREISSIG

»So viel Kuchen!«, stöhnte David ein paar Stunden später. »Das hat mich wirklich hungrig gemacht.« Er schob die Tür zur Straße auf.

»Du sagst es«, stimmte ihm Susie zu. »Am liebsten würde ich gleich wieder in das spanische Lokal gehen und noch ein paar Schweinefüße essen.«

»Ich würde im Moment alles vom Schwein verschlingen.«

Lara hatte das Gefühl, als würde sie sich selbst in einem Musical befinden. Als sie Susie nach draußen folgte, spürte sie weder die eisige Luft auf ihrer Haut noch die fünf Zentimeter dicke Schneeschicht auf dem Gehsteig. Sie war noch gefangen in der Atmosphäre des Theaters, in dem Drama, den Lichtern, den Liedern und den Emotionen, die die Schauspieler vermittelt hatten. So etwas hatte sie noch nie erlebt. Das war ein ganz anderes Niveau als der Versuch der Laiendarsteller in Appleshaw, *Oliver With a Twist* aufzuführen.

»Alles in Ordnung?«, fragte Seth leise, als sie unter der Markise stehen blieb und gedankenverloren zusah, wie David und Susie sich küssten.

»Ich weiß es nicht.« Lara seufzte. »Ein Teil von mir möchte singen und tanzen und Schokoladen-Kirschtorte essen, aber der andere Teil fühlt sich an wie …«

»Die Figur von Jenna hat dich besonders berührt, richtig?«

»Ja!« Lara wandte sich Seth zu. »Ich will nicht sagen, dass sie so ist wie ich, aber mit manchem ihrer Geschichte kann ich mich sehr gut identifizieren.«

»Das habe ich bemerkt«, meinte Seth. »Du hast deine Tränen an meinem Ärmel abgewischt.«

»Tatsächlich?« Lara schlug entsetzt die Hände vor den Mund. »Das tut mir sehr leid! Ich ... habe gedacht, das sei meiner.«

Seth lachte. »Das ist schon in Ordnung.«

»Kommt! Dort drüben steht ein Imbisswagen!«, rief David und vollführte einen kunstvollen Tanzschritt.

»Hast du Hunger?«, fragte Seth Lara.

»Bernadettes Suppe war sehr gut, aber ... ja«, gestand Lara.

»Dann komm.« Seth lächelte und folgte David.

»Dieser Imbisswagen ist einer der besten«, verkündete David, als sie an dem orange-schwarz-gestreiften Korilla-BBQ-Truck angekommen waren. »Ich folge ihm über Twitter.«

»Du meinst, du folgst ihm *auf* Twitter«, sagte Susie.

»Nein«, widersprach David. »Ich folge ihm im wörtlichen Sinn gemäß den Angaben bei Twitter.« David grinste. »Dort wird regelmäßig der Standort bekanntgegeben. Und dann mache ich mich auf den Weg dorthin, selbst wenn ich auf die andere Seite der Stadt fahren muss.«

»Was für ein Essen gibt es dort?«, fragte Lara und sog den Duft ein, der aus dem Wagen strömte. Sie roch Ingwer, Sojasoße und kräftig gewürztes Fleisch.

»Koreanisch«, erwiderte Seth.

Lara drehte sich zu ihm um. »Du bist auch ein Fan von diesem Imbisswagen?«

»Das Essen schmeckt großartig.«

»Sie machen Burritos, Reisgerichte und Salate. Proteine oder Reis – du kannst es dir aussuchen«, erklärte David, während sie sich in die Schlange stellten. »Ich nehme zu allem gern ein bisschen Crack.«

»Was?«, riefen Susie und Lara wie aus einem Mund.

David lachte. »Beruhigt euch, das ist eine Limonensoße.«

»Normalerweise gehe ich auf Nummer sicher und bestelle etwas, was ich bereits kenne, aber ...« Lara ging einen Schritt nach vorne und versuchte, über die Schulter ihres Vordermanns einen Blick in den Wagen zu werfen.

»Sie ist dabei, neue Dinge auszuprobieren«, erklärte Susie Seth.

»Das weiß er«, warf Lara ein. »Wir haben uns bereits über Mussolini unterhalten.«

Die Bänke rund um die Statue von George M. Cohan waren mit Schnee bedeckt; nur einige Tauben hatten sich auf die eisige Schicht gewagt. Sie stellten sich daneben, und ihr warmer Atem bildete Wölkchen in der kalten Luft. Seth hatte sein Reisgericht noch nicht angerührt – er war zu beschäftigt damit, Lara dabei zuzusehen, wie sie ihren Burrito mit schwarzem Reis und Schweinefleisch mit Gochujang genoss.

»So etwas habe ich noch nie gegessen«, schwärmte sie begeistert. An ihren Mundwinkeln befand sich ein wenig Soße. »Es schmeckt ... himmlisch.«

»Ich habe dir doch gesagt, dass es gut ist.« David hatte den Mund voll mit Kimchi. Er hatte sich gleich zwei Portionen bestellt.

»Es ist lecker«, stimmte Susie ihnen zu.

»Ich habe noch nie koreanisches Essen probiert«, sagte Lara. »Und ich mag es.«

»Du hast überhaupt noch nicht viel ausprobiert, bevor du

aus Appleshaw herausgekommen bist«, rief Susie ihr ins Gedächtnis. »Seth, wir haben dort einen Fish-and-Chips-Laden, der versucht, auch chinesische und indische Gerichte anzubieten.«

»Warum isst du nicht?«, fragte Lara Seth.

»Ich …« Er wollte ihr auf keinen Fall verraten, dass er damit beschäftigt war, sie anzustarren. Seine Wangen wurden heiß, und er schob sich rasch eine Gabelvoll in den Mund. »Großartig.« Das Essen schmeckte wirklich gut, aber es war nichts im Vergleich zu dem, was sich in seinem Inneren gerade abspielte … Und das durfte er sich nicht anmerken lassen.

»O nein! Mein Telefon!«, rief David und sprang im Schnee herum, als wüsste er nicht, was er jetzt tun sollte. Er hob die Behälter mit seinem Essen in die Luft und atmete heftig.

»Musst du das Gespräch annehmen?«, erkundigte sich Susie.

»Ja!«, erwiderte er aufgeregt. »Ich habe Bereitschaftsdienst!«

»Bereitschaftsdienst?«, fragte Lara. »Bist du bei der Feuerwehr und hast uns das nicht erzählt?«

»Ich bin Hairstylist für ein Mitglied des Königshauses. Ich muss jeden Tag rund um die Uhr für Notfälle bereit sein. Susie, greif in meine Hosentasche, ganz tief, und hol es raus!«

»Ach du lieber Himmel. So genau wollte ich das gar nicht wissen«, stieß Lara hervor.

»Mein Telefon, mein Telefon!«, rief David beinahe hysterisch.

»Hör auf, auf und ab zu hüpfen, sonst kann ich es nicht herausziehen«, befahl Susie und reichte Lara ihren Burrito.

»Hast du auch das Gefühl, als würden wir uns am Set einer schlechten Filmkomödie befinden?«, fragte Lara Seth, während David und Susie versuchten, das Telefonproblem zu lösen.

»Das ist der Prinz! Ganz sicher!«, stieß David hervor. »Geh ran! Und halt das Telefon an meinen Mund!«

»Ja, tatsächlich.« Seth lachte. Er legte die Gabel in die Pappschachtel zurück und sah Lara an.

»Was ist los?«, fragte sie. »Ist mein Mund mit Essen beschmiert?«

»Ein bisschen«, bestätigte er.

»Nein!«

»Doch, aber, hey, wer schafft es schon, einen Burrito zu essen und sich nicht zu bekleckern?«

»Nun, dann solltest du jetzt tun, was sie in Filmen immer machen«, meinte Lara. »Mit einer Serviette vorsichtig das abtupfen, was da nicht hingehört.«

Sein Puls beschleunigte sich, als er sich auf ihre Lippen konzentrierte, auf ihren Mund, auf die winzigen Spuren von Paprika in den Mundwinkeln …

»Oder ich könnte es vielleicht auch … wegküssen.« Dass er das nicht nur gedacht, sondern laut ausgesprochen hatte, entsetzte ihn, und es kostete ihn all seine Kraft, den Satz nicht sofort wieder zurückzunehmen. Aber irgendetwas trieb ihn voran – nicht nur das einfache körperliche Verlangen, ihre Lippen auf seinen zu spüren, sondern etwas anderes, eine tiefere Empfindung. Er rückte ein Stück näher an sie heran …

»Ich … ich glaube, im Imbisswagen gibt es Servietten«, sagte Lara rasch. »Ich schaue mal nach.«

Und schon lief sie an ihm vorbei zu dem Imbisswagen hinüber. Er war ein Riesenidiot. Sie wollte nicht von ihm geküsst werden.

Lara war so übel und schwindlig, als hätte sie einen Monat lang in einer dunklen Höhle verbracht und wäre nun von der überwältigenden Weihnachtsbeleuchtung einer Stadt geblendet worden. Seth Hunt hatte versucht, sie zu küssen. Seth *wollte* sie küssen. Und sie war davongelaufen. Sie war sich nicht sicher, was sie dabei am meisten bewegte. Als Seth das Wort »küssen« ausgesprochen hatte, hatte sie ein Schauer der Freude und Erregung überlaufen, und eine Sekunde lang hatte sie eine Liebesszene aus einem Film vor sich gesehen, die sich mit der von Allie und Noah in *Wie ein einziger Tag* vergleichen ließ – allerdings ohne den Regen –, doch dann war sie rasch wieder in der Realität gelandet. Die Vernunft hatte eingesetzt, und sie war geflohen. Wie auch immer – wenn sie zu ihm zurückging, musste sie ihm eine Erklärung liefern.

Aber hatte sie Seth tatsächlich küssen wollen? Was war die Antwort darauf, wenn sie einmal von den Schwierigkeiten mit Dan absah? Wenn sie ehrlich mit sich selbst war, lautete die Antwort eindeutig Ja, und das hatte nichts mit seiner Rolle als Dr. Mike zu tun. Er war der wunderbarste, witzigste, interessanteste, hinreißendste Mann, den sie jemals kennengelernt hatte. Aber so durfte sie nicht denken ... besser gesagt, sie durfte es sich nicht erlauben, so zu denken.

Sie ging an den vielen Menschen und den Lichtern vorbei, lauschte der Weihnachtsmusik, die durch die Luft schallte, und hatte beinahe den Imbisswagen erreicht. Servietten. Sie musste sich auf die Servietten konzentrieren.

»Lara, warte.«

Als sie Seths Stimme hinter sich hörte, blieb sie stehen und erstarrte. Sie musste sich beruhigen. Sich so benehmen, als sei nichts geschehen. Denn es *war* ja nichts geschehen.

Sie drehte sich um und schenkte ihm ein Lächeln. »Soll ich dir eine Serviette mitbringen?«

»Nein, ich wollte mich entschuldigen.«

Sie schluckte. Mit einem Mal schienen die glitzernden Lichterketten aus Papierschnitzeln von der *Financial Times* zu bestehen.

»Ich hätte das nicht sagen sollen ...«

Lara sah ihn an und schwankte leicht, weil er so liebenswert und dabei so sexy aussah. Sie könnte ihn jetzt retten und sagen, dass es keine Rolle spielte, dass sie es einfach vergessen könnten, aber das brachte sie nicht übers Herz.

»Ich meine ... ich bedauere, dass ich das gesagt habe«, fuhr er fort. »Dass ich es laut ausgesprochen habe.« Er schluckte, und eine Haarsträhne fiel ihm in die Stirn, während er versuchte, mit Gesten zu erklären, was er meinte. »Aber es tut mir nicht leid, dass ich mir das gedacht habe. Würde ich das behaupten, wäre das eine Lüge.«

Nun war es an der Zeit, dass sie sich dazu äußerte. Sie musste ihm sagen, dass er damit aufhören sollte. Warum brachte sie kein Wort hervor?

»Ich mag dich wirklich, Lara«, sagte Seth. »Sehr sogar. Ich glaube, mehr als ich bisher irgendjemanden gemocht habe. Und ich weiß, dass ich mich jetzt anhöre wie ein kompletter Idiot, wie ein linkischer Niemand, aber ... nach diesen wenigen Tagen fühle ich mich mehr mit dir verbunden als jemals mit einem anderen Menschen.«

Sag etwas, Lara. Irgendetwas! Das Atmen fiel ihr schwer. An einer Straßenecke war eine kleine Gruppe von Leuten mit roten Sweatshirts aufgetaucht und stimmte das Lied »Calypso Carol« an. Das war eines ihrer Lieblingsweihnachtslieder, das sie in der Schule gesungen hatte. Normalerweise wurde ihr dabei immer weihnachtlich zumute, aber in diesem Moment, als Seth sie ansah und ihr verriet, was er für sie empfand, schien ihr Herz zu schmelzen.

»Möchtest du mit mir ausgehen?«, fragte Seth.

Endlich gelang es ihr, ein Wort hervorzubringen. »Ausgehen?«

»Kein Sightseeing und kein Abendessen, um einen Casting Director zu treffen.« Er hielt kurz inne. »Ein Date.«

Kein anderes Wort hätte sie mehr berühren können. Ein Date war etwas, was über das Platonische hinausging. Es bedeutete ein romantisches Treffen. Wenn sie jetzt einwilligte, gab sie ihre Beziehung zu Dan auf und akzeptierte, dass es sich nicht um eine Auszeit, sondern um eine endgültige Trennung handelte. Was sollte sie sagen? Der Chor sang weiter, und Lara wurde bewusst, dass sie eine halbe Weltreise von dem Leben, das ihr vertraut war, entfernt war. Sie lernte Dinge kennen, von denen sie bisher nur geträumt hatte … und sie hielt immer noch zwei Burritos in den Händen.

»Hör zu, Lara, wenn du das nicht möchtest …«

»Ja«, sagte sie mit leicht zitternder Stimme.

»Ja?«, fragte er nach. »Wir haben ein Date?«

Sie nickte, obwohl sie noch etwas zurückhaltend war. Sie wollte dieses Date. Sie wollte es wirklich, auch wenn es vielleicht noch ein wenig zu früh war. Schuldgefühle stiegen in ihr auf und drohten, die freudige Erregung zu ersticken, doch dann dachte sie an Dans Pläne für Schottland und an seinen Besuch des Weihnachtsmarkts mit Chloe, und plötzlich verschwanden diese Gefühle. »Wohin gehen wir?«, fragte sie.

Er trat einen Schritt näher und sah ihr in die Augen. »Ich weiß es noch nicht, aber ich werde mir etwas Besonderes ausdenken.«

Lara schluckte. Sie fühlte sich bei seinem Blick plötzlich

sehr lebendig, beinahe so, als würde sie im Mondlicht tanzen. Als er seine Hand hob, sehnte sie sich danach, dass er ihr Gesicht berührte, seine Lippen auf ihre legte und ihr den Kuss gab, an den er zuvor gedacht hatte. Sie schloss die Augen ...

»Lara! Wir müssen gehen. David muss zu seinem Prinzen!«, ertönte Susies Stimme laut.

Lara riss die Augen auf, und Seth wich rasch einen Schritt zurück und wischte ihre Mundwinkel mit dem Daumen ab.

»Da ist ein bisschen Soße«, sagte er, und seine Wangen röteten sich. »Hey, Susie, wir wollten gerade ...«

»Wir wollten uns Servietten holen«, warf Lara ein und schluckte. »Aber es gibt keine.« Sie zuckte mit den Schultern und reichte ihrer Freundin ihren Burrito.

»Tut mir leid, dass wir gehen müssen, Seth, aber wir sehen uns dann morgen, richtig? Die Bootsfahrt auf dem Hudson zur Freiheitsstatue?«, fragte Susie.

»Ich weiß nicht, ob ich es morgen schaffe.« Seth sah Lara an. »Ich gehe noch mal zum Vorsprechen und ...«

»Schon in Ordnung«, erwiderte Lara rasch. Sie wusste, wie wichtig dieses Vorsprechen für ihn war, und sie hatten sich jeden Tag seit ihrer Ankunft gesehen. Ein wenig Zeit mit Susie allein würde ihr die Möglichkeit verschaffen, ein bisschen durchzuatmen und vielleicht alles ins rechte Licht zu rücken.

»Susie!«, brüllte David aus ein paar Metern Entfernung, riss die Arme in die Luft und winkte hektisch. »Ich darf nicht zu spät kommen! Der Prinz trifft in zwanzig Minuten im Salon ein!«

»Tut mir leid! Bis dann, Seth.« Susie wandte sich rasch zum Gehen.

Lara sah Seth an. Nach alldem, was sie sich gerade gesagt hatten, wollte sie nicht so hastig davonstürzen, aber es blieb ihr nichts anderes übrig. Der Chor beendete sein erstes Lied und verbeugte sich vor seinem Beifall klatschenden Publikum. Lara umarmte Seth und genoss das Gefühl, seinen Körper eng an ihrem zu spüren.

»Ich glaube, du hast deinen Burrito zerquetscht«, bemerkte Seth.

»Ich mag zerquetschte Burritos«, erwiderte sie, ohne ihn loszulassen.

»Ich schicke dir eine SMS«, flüsterte er ihr ins Ohr. »Ich lasse mir etwas für unser Date einfallen.«

»Nichts zu Extravagantes«, bat Lara und hielt ihn immer noch fest. »Diese Art von Mädchen bin ich nicht.«

»In Ordnung«, erwiderte Seth.

Sie trat einen Schritt zurück und streckte lächelnd ihren Tortilla Wrap in die Luft wie die olympische Fackel. »Gute Nacht.«

»Gute Nacht, Lemurenmädchen.«

KAPITEL NEUNUNDDREISSIG

Im 11th Street Café, West Village

»Meine Güte, bist du verrückt?«, rief Trent, als Seth am nächsten Morgen mit den Getränken an ihren Tisch kam. »Bist du dir bewusst, dass draußen Minusgrade herrschen? Das musst du doch auf dem Weg hierher gespürt haben.«

»Wo liegt das Problem?« Seth stellte die Becher auf den Tisch und ließ sich auf dem Sitz gegenüber nieder.

»Du hast dir einen Eiskaffee mit Kürbis bestellt?«

»Vielleicht.« Seth zog das Glas verlegen zu sich heran.

»Mir wird schon kalt, wenn ich nur einen Blick daraufwerfe.« Trent fröstelte, hob seinen heißen Kaffeebecher hoch und drückte ihn sich an die Brust.

»Das ist ein Ritual«, erklärte Seth, steckte sich den Strohhalm in den Mund und sog das eiskalte, süß-pikante Getränk in den Mund.

»Für einige Leute im Sommer!«

»Nein, ich meinte damit, dass es sich um *mein* Ritual handelt. Ein Aberglaube, wenn du so willst.« Er stellte das Glas auf den Tisch und genoss die entspannte Atmosphäre. Das 11th Street Café war wie ein zweites Heim für ihn. In diesem gemütlichen kleinen Café hatten Trent und er bereits dreifachen Espresso getrunken, um einen Kater auszukurieren, und vor dem Vorsprechen ein leichtes Mittagessen zu sich genommen. Er fühlte sich versucht, wieder einmal Rührei mit Chorizo, Zwiebeln, Kartoffeln und Paprika zu bestellen.

Alles, was aus der Küche kam, roch unglaublich gut. Und das Café war weihnachtlich geschmückt. Es glich einem Wunder, dass man in diesem kleinen Raum Platz für eine große echte Fichte gefunden und Laternen und Strümpfe an die Wände gehängt hatte.

»Du bestimmst dein Glück selbst«, erklärte Trent.

»Jetzt hörst du dich an wie mein Vater.« Seth schüttelte den Kopf.

»Dein Vater war mir immer sehr sympathisch.«

»Gut, nennen wir es nicht Aberglaube. Ich stelle einfach nur fest, dass ich nach jedem Vorsprechen, vor dem ich einen Eiskaffee mit Kürbis getrunken habe, eine Rolle ergattern konnte.«

»Tatsächlich?« Trent kratzte sich am Kinn. »Wie war es bei deinem Vorsprechen für die Fortsetzung von *Gladiator*?«

»Der Film wurde nie gedreht«, erwiderte Seth.

»Okay ... und was war mit der Rolle in der Fernsehserie *Mayans MC*?«

»Davor habe ich eine heiße Schokolade getrunken. Aber wenn ich damals gewusst hätte, dass ich zur einen Hälfte Spanier, Puerto Ricaner oder Mexikaner bin, hätte ich diesen Teil mehr herausgearbeitet.«

»Was?«

Seth schluckte. Er hatte sich hinreißen lassen und dabei ganz vergessen, dass er Trent noch nichts von seiner leiblichen Mutter erzählt hatte. Und wenn Trent einmal etwas gewittert hatte, gab es kein Zurück mehr.

Er zuckte mit den Schultern. »Ich habe herausgefunden, dass meine leibliche Mutter Garcia heißt.«

»Wow, du hast deine Mom gefunden! Großartig, Mann! Wann war das?« Trents Stimme war so laut, dass sie in dem kleinen Café das Geräusch der Kaffeemaschinen übertönte.

»Ich habe sie eigentlich noch nicht gefunden, aber meine Mutter Kossy hat mir ihren Namen verraten und mir ein Foto von ihr gegeben.« Er hatte sich die Fotografie an diesem Morgen wieder angeschaut und sich gefragt, wie Candice jetzt, achtundzwanzig Jahre später, wohl aussehen mochte. Wie alt war sie auf dieser Aufnahme? Wie alt war sie jetzt? Lebte sie noch?

»Und was hast du dann getan? Sie auf Facebook gesucht?«

Warum dachten alle immer sofort daran? Er schluckte und schüttelte den Kopf. »Noch nicht.«

»Meine Güte, warum nicht? Das können wir sofort erledigen.« Trent zog sein Telefon aus der Jackentasche. »Wie lautet ihr Vorname?«

»Nein«, entgegnete Seth sofort.

»Komm schon, Seth. Wir sprechen hier über deine leibliche Mutter. Wenn ich du wäre und vor einem Getränk säße, das kälter ist als die Luft in Manhattan, würde ich wissen wollen, wie sie jetzt aussieht. Wo sie lebt. Ob sie noch andere Kinder hat. Wie sie aussehen. Wer sie sind. Ich meine, theoretisch könntest du ihnen jeden Tag auf der Straße begegnen, ohne zu wissen, dass sie mit dir verwandt sind.«

Darüber hatte Seth auch schon nachgedacht. Ob es einen Zwilling gab oder einen jüngeren Bruder oder eine jüngere Schwester, ein Teil des neuen Lebens seiner Mutter. Sein Blick wanderte zu dem schwarzhaarigen Barista mit den dunklen Augen hinter der Theke. Er könnte praktisch überall Halbgeschwister haben.

»Ich muss mich jetzt auf diesen Recall konzentrieren«, erklärte er und trank noch einen Schluck von seinem Getränk.

»Ich habe das Script gestern gelesen.« Trent schlürfte seinen Kaffee.

»Ach ja? Was hältst du davon?« Seth wünschte sich, dass

sein Freund diese herzerwärmende Geschichte ebenso zu schätzen wusste wie er.

Trent hob eine Hand und schwenkte sie nach rechts und links, um anzudeuten, dass er sich nicht so sicher war. »Ich glaube, der Film wird in die eine oder andere Richtung gehen. Entweder wird er der Kassenschlager des Jahres, oder er wird wie *Riddick: Chroniken eines Kriegers* ein Flop.«

Seth schüttelte den Kopf. »Das wird kein Flop, das spüre ich.«

»Das hört sich verdächtig nach abergläubischem Wunschdenken an.« Trent lachte. »Was für ein Ausdruck – ich bin froh, dass ich ihn über die Zunge gebracht habe.«

»Was hältst du von der Rolle des Sam?«, wollte Seth wissen.

»Sie wäre perfekt für dich.«

»Tatsächlich?«

»Er ist ein guter Mensch – zumindest meistens –, und er ist verletzlich, aber auch willensstark und zielstrebig. Er ist kompliziert, aber man kann sich mit ihm identifizieren. Und du, mein Freund, wirst bei dem Vorsprechen alle vom Hocker hauen.«

»Ja«, erwiderte Seth und nickte wenig überzeugt.

»Komm schon, Mann, wo ist deine positive Einstellung? Du bist von Toby Jackson persönlich eingeladen worden, du bringst alle Voraussetzungen für einen Recall mit, trägst dieselben Klamotten, die du bei eurer letzten Begegnung anhattest, wirst ebenso große Leidenschaft in deinen Vortrag legen wie im Café Cluny und wirst dich nicht einschüchtern lassen, selbst wenn Brad Pitt anwesend sein sollte. Mach dir deine Einmaligkeit bewusst und vermassle die Sache nicht.«

»Danke, ich werde daran denken.«

Trents Telefon piepste. Er warf einen Blick darauf,

schnalzte missbilligend mit der Zunge und verdrehte die Augen.

»Was ist los?«, fragte Seth.

»Schon wieder Carlson. Er hatte heute Morgen in seiner Weihnachtswelt Besuch von irgendeiner Aufsichtsbehörde.«

»Hör zu«, begann Seth. »Es tut mir wirklich leid wegen der Eröffnung, aber ...«

»Hey, ich weiß doch, wie Carlson ist. Du hast getan, worum ich dich gebeten habe – du bist dort erschienen. Dann hast du gemeinsam mit der Tierschützerin das Rentier gestohlen. Alles in Ordnung«, erwiderte Trent. »Und einige Leute haben Fotos von dir und laraweekend geschossen, wie ihr Rudolph die Sixth Avenue entlanggeführt habt, und sie bei Twitter eingestellt. Wie gefällt ihr das? Braucht sie noch mehr? Auf deinem Profil habe ich jedoch nicht viele herzerwärmende Fotos gesehen. Wir müssen es dringend aufmöbeln, wenn wir davon profitieren wollen.«

»Nun, ich ...«

»Komm schon, Mann, wir müssen dein Profil erweitern. Du trittst für die Wildlife-Kampagne ein, du hilfst einem britischen Mädchen mit gebrochenem Herzen und unterstützt das Obdachlosenheim deiner Mom ...« Er atmete hörbar aus und deutete mit einem Finger auf Seth. »Gibt es irgendeine Möglichkeit, den armen Leuten ein Abendessen zu spendieren oder so? Auf so etwas stürzt sich die Presse mit Begeisterung.«

»Demnächst findet eine Benefizveranstaltung statt, zu der hauptsächlich angehende Stadträte und Leute mit viel Geld kommen werden.«

»Wir könnten ein paar Obdachlose vor dem Haus warten lassen, und du kommst dann heraus und gibst ihnen die Reste des Dinners. Das würde sich prächtig machen!«

»Trent, hör auf damit«, befahl Seth. »Mit so einer gestellten Sache will ich nichts zu tun haben.«

»Und was ist mit deiner Mutter?«, fragte Trent. »Ja! Du findest deine Mutter bei Facebook, und es kommt zu einer emotionalen Wiedervereinigung. Falls du die Rolle heute bekommst, wäre das eine tolle Werbung für den Film, und ...«

»Trent! Hör auf!«, fauchte Seth gereizt. Jetzt übertönte *seine* Stimme das Geräusch der Kaffeemaschinen und den Lärm der anderen Gäste. Er fühlte sich versucht, sich zu entschuldigen, aber stattdessen sah er seinen Freund streng an. »Schau, ich weiß, dass du nur das Beste für mich willst, aber all das bin nicht *ich*. Das passt zu jemandem, der nach Aufmerksamkeit und Ruhm strebt ... Darum ging es mir nie, und ich möchte auch nicht so sein. Ich übe den Beruf des Schauspielers aus, weil ich ihn liebe und nichts anderes kann. Natürlich muss ich davon auch meine Rechnungen bezahlen, aber ich hasse diese Spielchen, um berühmt zu werden.«

»Das weiß ich«, erwiderte Trent. »Aber es gehört nun einmal dazu. Alle versuchen, das Interesse der Öffentlichkeit auf sich zu ziehen, und ich möchte nicht, dass du untergehst, weil du zu nett bist.«

»Ich bin nicht zu nett – ich bin nur ...« Er hatte sagen wollen, dass er einfach nur er selbst war, aber da er nicht einmal wusste, wo er herkam, war er sich da nicht mehr so sicher. »Ich bin eben nicht ... Katy Perry.«

»Okay ...« Trent wirkte verblüfft. »Trink dieses komische Frappé aus und mach dich auf den Weg zum Vorsprechen, bevor du noch anfängst ›Swish Swish‹ zu singen.«

KAPITEL VIERZIG

Battery Park

»Der Prinz hat sich sein Haar mit einem Balsam stylen lassen, der flüssiges Gold enthielt«, erzählte Susie, als Lara und sie das Boot betraten, das sie auf New Yorks bekanntestem Fluss zur Freiheitsstatue bringen würde. »Flüssiges Gold! David sagte, vom Wert einer Tube könnte man sich wahrscheinlich ein kleines Land in Afrika kaufen.«

Lara warf einen Blick auf ihre Armbanduhr, bevor sie vom Landungssteg auf das Boot sprang und dem eisigen Wind entkam, der an ihrer Kleidung zerrte. Bevor sie zum Kai gegangen waren, hatten sie sich das Castle Clinton National Monument angesehen. Im Battery Park sah man eine historische Mischung von der Festung und früheren Empfangsstation für Einwanderer bis hin zu den umliegenden modernen Wolkenkratzern. Um diese Uhrzeit war Seth gerade beim Vorsprechen, und Lara hoffte, dass alles gut ging. Sie war ein wenig nervös deswegen. Und sie konnte es kaum glauben, dass sie am Abend zuvor eingewilligt hatte, mit ihm auszugehen. Als sie in ihrem Apartment angekommen war, hatte sie Dans Facebook-Seite aufgerufen und nichts Neues gefunden. Kein Update. Keine Tags. Nur der letzte Beitrag vom Weihnachtsmarkt in Salisbury. Sie wusste nicht, ob das gut oder schlecht war, oder ob sie das im Augenblick überhaupt interessierte.

»Hast du gehört, was ich gesagt habe?« Susie stupste sie mit dem Ellbogen an.

»Teurer Haarbalsam«, antwortete Lara. »Ich habe gar nicht gewusst, dass es so etwas gibt.«

»Vielleicht sollte ich David statt der Ledertasche lieber einen solchen Haarbalsam zu Weihnachten schenken.« Susie lehnte sich gegen die Reling des Boots. »Sollen wir hineingehen und uns dort einen Platz suchen? Hier draußen ist es eiskalt, und du trägst immer noch Herbstklamotten.«

»Nein«, lehnte Lara ab. »Von drinnen haben wir keine so gute Aussicht. So kalt ist es gar nicht.« Sie versuchte rasch, ihr Zähneklappern zu unterdrücken.

»Na gut.« Susie zog den Gürtel ihres dicken Mantels ein wenig enger, hob dann die Hände an den kunstvoll frisierten Haarknoten und zog das Band, das ihn zusammenhielt, ein wenig auseinander, um ihren Kopf zu wärmen. »Was hältst du von der Idee, David diesen Haarbalsam zu Weihnachten zu schenken?«

Lara schaute ihre Freundin an. »Hast du tatsächlich genügend Geld, um ein kleines Land in Afrika zu kaufen? Als wir unsere Ersparnisse für die Reise zusammenlegten, sah das eigentlich nicht so aus.«

»Ich habe ein paar Kreditkarten«, erklärte Susie. »Das ist fast das Gleiche.«

»Möchtest du wirklich wissen, was du David meiner Meinung nach zu Weihnachten schenken sollst?«

»Ja«, erwiderte Susie.

»Du willst es wirklich wissen?«

»Ja!«

»Nun, ich würde mich für etwas Persönlicheres als ein Haarpflegeprodukt entscheiden.«

»Für so etwas wie einen mit Pailletten besetzten Stringtanga?«

»Ihh, nein! Dass es so etwas gibt, wusste ich auch noch

nicht!« Lara schloss für einen Moment die Augen und öffnete sie dann wieder. »Bitte sag mir, dass er so etwas nicht bereits besitzt.«

»Jetzt, wo ich deine Meinung darüber kenne, möchte ich mich dazu nicht mehr äußern.«

Lara schaute auf den bewegten Fluss hinaus und beobachtete, wie die Wellen um das Boot tanzten. Sie hatte bereits Mitte November nach einem Weihnachtsgeschenk für Dan Ausschau gehalten; sie hatte schon immer sehr viel Zeit damit verbracht, ein perfektes Geschenk für ihn zu finden, das in irgendeiner Weise an ihre gemeinsamen Unternehmungen erinnerte. Er hatte ihr immer ein teures Parfüm gekauft, das sie nie auftrug. Warum hatte sie das nicht als Warnsignal erkannt? Wie lange war seine Zuneigung zu ihr schon nicht mehr so groß wie ihre zu ihm?

»Wo hast du David kennengelernt?«, fragte Lara Susie, während weitere dick eingemummelte Passagiere an die Reling traten, Fotos schossen und sich angeregt miteinander unterhielten.

»Das weißt du doch! Ich war bei einer Fortbildung in London und saß neben ihm. Er hat mir auf Spanisch ein Tic-Tac angeboten, und ich konnte es kaum fassen, dass ich ihn verstanden habe.«

»Du hast mir erzählt, du hättest kein Wort verstanden, aber er habe die Schachtel vor deiner Nase geschüttelt.«

Susie lachte laut auf – offensichtlich konnte sie sich noch sehr gut an die romantische und vergnügliche erste Begegnung erinnern. »Stimmt. Ich fand ihn süß. Und jetzt finde ich ihn *sehr sexy* und immer noch süß.«

Lara lächelte. »Das ist die Inspiration für dein Weihnachtsgeschenk.« Sie atmete tief die kalte New Yorker Luft ein. »Genau das.«

KAPITEL EINUNDVIERZIG

Die Freiheitsstatue, Liberty Island

Lara konnte es kaum fassen, dass sie vor einer der berühmtesten Sehenswürdigkeiten der Welt stand. Die Freiheitsstatue. Ein Symbol für Freiheit. Ein beeindruckendes Monument der Unabhängigkeit. Wenn ihr vor einigen Monaten jemand gesagt hätte, dass sie in diesem Dezember am anderen Ende der Welt die Freiheitsstatue mit eigenen Augen betrachten würde, hätte sie es nicht geglaubt. Es war beinahe unwirklich, aber sie spürte die Schneeflocken auf ihrem Gesicht, sie sah die Touristen, die Hunderte Fotos schossen, und sie folgte Susie, die sich der Führung einer großen Gruppe rund um die Insel angeschlossen hatte.

»Einweihungszeremonie 1886.« Susie zupfte Lara am Ärmel. »Komm schon, sonst verpassen wir den Anschluss an die Tour.«

»Ich habe nicht gewusst, dass du an Geschichte interessiert bist«, erwiderte Lara und beeilte sich, um mit ihr Schritt zu halten. »Wollten wir nicht einfach nur ein paar Selfies vor der Freiheitsstatue machen?«

»David interessiert sich für Geschichte. Und wenn ich ihm später ein paar Details berichte, wird er wahrscheinlich ...«

»Okay«, unterbrach Lara sie. »Mehr brauchst du nicht zu sagen – ich habe das schon verstanden.« Auch sie hörte sich gern einige historische Fakten an, aber wichtiger war ihr die

Symbolik – sie wollte einfach nur ihre Füße auf diesen Boden setzen und den Moment genießen. Das Boot, das sie hierhergebracht hatte, hieß *Miss Freedom*. Und sie fühlte sich allmählich tatsächlich frei.

»Erst im Jahr 1924 wurde sie zu einem Nationalmonument«, erklärte Susie Lara. »Kannst du dir die Fakten alle merken, damit ich sie später an David weitergeben kann?«

»Seth hat mich gebeten, mit ihm auszugehen.«

Susie atmete so heftig ein, dass sie Schluckauf bekam und die Fremdenführerin in einiger Entfernung sich umdrehte und ihren Vortrag kurz unterbrach. Susie legte rasch eine Hand auf den Mund und riss die Augen weit auf, bis die Reiseführerin fortfuhr.

»Ist das dein Ernst?«, stieß Susie schließlich hervor.

Lara nickte. »Ja.«

»Wann?«

»Gestern Abend. Nach der Show. Als ich meinen Burrito zur Hälfte aufgegessen hatte.«

»Und was hast du geantwortet?«

Lara atmete noch einmal tief durch und dachte an den Moment zurück, in dem sie ihre Entscheidung getroffen hatte. Daran, wie Seth darauf reagiert hatte – so, als wäre ihre Antwort sehr wichtig für ihn. »Ich habe Ja gesagt.«

»O mein Gott! Lara! O Gott, ich kann es kaum glauben! Du und Dr. Mike! Dr. Mike!«

»Seth«, rief Lara ihrer Freundin ins Gedächtnis. »Sein Name ist Seth.«

»Ich weiß, aber ... Wow, das ist die beste Nachricht aller Zeiten!«

»Tatsächlich?«, fragte Lara zögernd.

»Ja! Du hast doch nicht etwa Zweifel, oder?«

»Nein, aber ... na ja, ich glaube nicht ... Es ist nur ... wegen Dan.« Sie hoffte, dass die Nennung seines Namens alles erklärte.

»Hör mir zu. Dieser Schwachkopf steht kurz davor, seinen Weihnachtsurlaub mit Chloe zu verbringen.«

Lara schluckte. Es tat immer noch weh. Sie hatten so viel Zeit miteinander verbracht. Zeit, die sie für sehr wichtig gehalten hatte, und nun war sie das plötzlich nicht mehr.

»Was er mit dir macht, ist nicht cool«, fuhr Susie fort. »Und unabhängig davon, ob das eine Auszeit oder eine Trennung sein soll – du wirst dir auf keinen Fall die Gelegenheit verderben lassen, mit einem attraktiven, wunderbaren jungen Mann auszugehen, während Dan auf Facebook verkündet, dass er mit einer … Schlampe herumzieht.« Susie seufzte frustriert. »Ich werde auf keinen Fall mehr ihre Haare stylen, egal, wie viel sie dafür zu bezahlen bereit ist. Sollen sich die Samstags-Zwillinge um sie kümmern.«

Lara hakte sich bei ihrer Freundin ein und legte den Kopf auf ihre Schulter. »Danke, Susie.«

»Wofür?«

»Dafür, dass du mich aus Appleshaw herausgeholt hast. Und mir die Möglichkeit verschafft hast, all das zu sehen.« Sie atmete tief ein und genoss den Anblick der in der Luft wirbelnden Schneeflocken und der Wellen des Flusses, die an das Ufer der Insel schwappten. Dahinter erhoben sich im frostigen Nebel riesige Hochhäuser wie schmale Spindeln.

»Vermisst du Appleshaw nicht?«

»Das habe ich nicht gesagt«, erwiderte Lara. Inzwischen waren sie weit hinter der Reisegruppe zurückgeblieben. »Jeder, der Floras Mince-Pie-Whisky und Mrs Fitch' Weihnachtskuchen kennt, würde etwas vermissen.« Sie schniefte. »Und Aldo freut sich sicher schon sehr auf Weihnachten.«

»Lara, Aldo freut sich immer schon am zweiten Weihnachtsfeiertag auf das nächste Weihnachtsfest.«

Lara lachte. »Ich weiß.«

»Und an Weihnachten sind wir wieder zu Hause, und du kannst alles tun, was dir Spaß macht.«

Auch das wusste sie. Und Dan würde nicht da sein. Er würde in Schottland feiern. Allmählich fand sie sich damit ab, und ihr war klar, dass Seth ihr dabei half. Vielleicht hatte sie das Date nur akzeptiert, um sich darüber hinwegzutrösten. War das falsch? Aber sollte sie nicht einfach den Moment genießen? Sich über die gemeinsame Zeit freuen, solange sie andauerte …

Ihr Telefon klingelte, und sie holte es rasch aus ihrer Jackentasche. »Das ist Aldo.«

»Das ist kaum zu glauben«, erwiderte Susie. »Er scheint übersinnliche Fähigkeiten zu haben.«

Lara drückte auf die Taste, um den Anruf über FaceTime entgegenzunehmen. »Hi, Aldo! Rat mal, wo ich gerade bin.«

»In China?«, fragte Aldo.

Lara lachte. »Ich bin in New York, Aldo.«

»Das weiß ich.« Er grinste und schüttelte seine Locken. »Also wo genau bist du?«

Susie verdrehte die Augen und ging weiter.

»Ich stehe vor der Freiheitsstatue.« Sie atmete wieder tief ein. »Und sie ist wunderschön.«

KAPITEL
ZWEIUNDVIERZIG

Chapel Shelter, West 40th Street

Als Seth durch die Tür trat, hatte er das Gefühl, als sei plötzlich alles anders. So hatte er sich noch nie nach einem Vorsprechen gefühlt. Es hatte ihn nicht überrascht, auf viele berühmte Gesichter zu treffen, aber er hatte sich nicht davon entmutigen lassen. Er hatte sich auf Sam konzentriert, darauf, wer Sam war, wie Seth ihn in seinem Inneren spürte, und hatte die geforderten Szenen so gespielt wie im Café Cluny. Nur noch besser. Am Ende seines Vortrags zitterte er, und er spürte, dass sich die Atmosphäre im Raum verändert hatte. Eine Frau, die sich als Angela vorgestellt hatte, tupfte sich mit einem Kleenex die Augen ab. Das Gremium ging rasch wieder zur Tagesordnung über, aber Seths Bauchgefühl sagte ihm, dass er die Rolle bekommen würde. Vielleicht war das zu vermessen, doch er war hoffnungsvoll – und er hatte eine Entscheidung getroffen. Deshalb war er nun hier.

»Maggie, bitte, wenn du nicht sofort von dem Baum herunterkommst, muss ich die Feuerwehr holen«, sagte Kossy entnervt.

Als Seth den Hauptraum betrat, sah er Mad Maggie auf halber Höhe in einer riesigen Fichte sitzen. Trotz ihres geringen Gewichts schwankten die Zweige unter ihr und neigten sich gefährlich nach unten. In Maggies Haaren hatte sich Lametta verfangen, und an ihren Handgelenken baumelten die Taschen, die sie niemals losließ.

»Sag doch nicht so etwas!« Felice schnalzte missbilligend mit der Zunge. »Was glaubst du denn, warum sie dort oben im Baum sitzt?«

»Das weiß ich nicht, Felice«, erwiderte Kossy. »Vielleicht hat sie ihre Medikamente nicht genommen.«

»Nimmt sie denn überhaupt jemals ihre Pillen?«, entgegnete Felice.

Seth trat einen Schritt vor und legte die Hände seitlich an den Mund. »Hey, Maggie!«

»Ich komm nicht runter. Nicht runter. Weihnachten. Weihnachten.«

»Seth!« Kossy ließ den Baum los, sodass er noch stärker ins Schwanken geriet.

Seth streckte rasch die Hände aus und hielt den Stamm fest.

»Das ist meine Schuld«, seufzte Kossy. »Ich habe dieses Jahr zu große Bäume besorgt, und nun werden sie von einigen als Turngeräte angesehen. Maggie ist nicht die Erste.«

»Dann sollten wir dafür sorgen, dass sie die Letzte bleibt.« Seth streckte seinen Arm so weit aus, wie es ihm möglich war. »Hey, Maggie, was hältst du davon, wenn du herunterkommst und noch einmal mit mir tanzt?«

»Ich tanze mit dir«, warf Felice eifrig ein. »Wie ich sehe, bist du ohne das britische Mädchen hier.«

»Das ist nicht sehr hilfreich, Felice«, stellte Seth fest und versuchte, Maggies Aufmerksamkeit zu erregen. »Maggie!«

»In letzter Zeit hast du es wohl häufiger mit Leuten zu tun, die auf Bäume klettern«, fügte Felice hinzu und steckte sich das Ende einer ihrer Dreadlocks in den Mund.

Seth ignorierte sie und schaute zu Maggie hinauf, die wieder angefangen hatte, irgendetwas zu murmeln. »Maggie, komm schon. Wenn du herunterfällst, wirst du dir wehtun oder eine deiner Taschen verlieren.«

»Meine Taschen!« Maggie nahm eine Hand vom Baum und rutschte ein Stück nach unten. »Die Taschen gehören mir!«

»Schätzchen«, begann Kossy. »Niemand wird dir deine Taschen wegnehmen, aber wenn du dort oben bleibst, könnten deine Sachen herausfallen.«

Maggie schien darüber nachzudenken und wirkte mit einem Mal weniger nervös.

»Komm endlich, Maggie«, fuhr Seth fort. »Lass mich nicht hier hängen. Ich warte auf meinen Tanz.« Er warf Felice einen Blick zu. »Können wir ein bisschen Musik machen?«

»Na klar, ich hole einfach mein iPhone aus der Tasche und lade Spotify hoch!« Felice schüttelte den Kopf. »Meine Güte! Du und dein Leben in der Alten Welt!«

Seth zog sein Telefon hervor und reichte es ihr, ohne dabei den Baumstamm loszulassen. »Hier.«

»Wow!«, rief Felice. »Kann ich das behalten?«

»Ich glaube, die Antwort darauf kennst du bereits.«

Zu den Klängen von Bing Crosby kam Maggie schließlich nach unten, im Schlepptau etliche Lamettafäden, etwa achtunddreißig Ausgaben der *New York Times* und einen Konfettiregen von Essensgutscheinen. Sie nahm Seth in die Arme und drückte ihn an sich.

»Damals gab es noch Gentlemen«, meinte sie und legte den Kopf fest an Seths Brust, als sie sich zur Musik im Walzertakt drehten.

»Soll das heißen, ich bin kein Gentleman, Maggie?« Seth grinste schief.

»Ich wollte damit nur sagen, dass es sie heutzutage kaum noch gibt.« Maggie begann sehr laut und falsch zu singen, und Seth sah, wie Felice sich mit beiden Händen die Ohren zuhielt.

»Meine Güte!«, stöhnte das Mädchen. »Oben auf dem Baum hat sie mir besser gefallen!« Sie verschwand in Richtung Küche.

»Mom!«, rief Seth Kossy zu, die die Zweige am Baum wieder aufrichtete und das Lametta und den Schmuck zurechtrückte.

»Glaubst du, dein Dad könnte oben einen Meter abschneiden?«, fragte Kossy und ging auf ihn zu, ohne den Blick von dem Baum abzuwenden. »Oder bekomme ich alle möglichen anderen Probleme, wenn ich ihm erlaube, hier mit einer Kettensäge anzurücken?«

»Ich weiß es nicht«, erwiderte Seth. »Mom, ich hatte heute das zweite Vorsprechen. Für die Rolle, von der ich dir erzählt habe.«

»Tatsächlich?«, rief Kossy aufgeregt. Dann glättete sich ihre Miene, und sie räusperte sich, als wollte sie ihre Begeisterung unterdrücken. »Wie ist es gelaufen? Kannst du schon sagen, ob ...«

»Es ist sehr gut gelaufen.« Seth lächelte.

»Richtig gut?« Kossy erwiderte vorsichtig sein Lächeln.

»Ja, richtig gut.« Er hob die Stimme, um sich trotz Maggies Gesang, die nun die hohen Töne von Bings Song schmetterte, verständlich zu machen. »Ich weiß es noch nicht sicher ... aber ich habe ein gutes Gefühl.«

»Du hast ein gutes Gefühl? Ich habe sehr oft ein gutes Gefühl, aber das bedeutet meistens gar nichts, aber bei dir ...« Sie holte tief Luft. »Ich habe ein gutes Gefühl bei deinem guten Gefühl.«

»Wir wollten doch tanzen«, meldete Maggie sich zu Wort und hob den Kopf von Seths Brust. »Du musst dich schon ein wenig bewegen!«

»Tut mir leid.« Seth schob rasch wieder seine Füße im Takt zur Musik über den Boden. »Mom«, sagte er stockend. »Da ist noch etwas.«

»Ach ja?«, fragte Kossy zögernd.

»Ja.« Er schluckte. Plötzlich schien sich seine soeben noch feste Überzeugung so schnell zu verflüchtigen wie der Wein aus der ersten Flasche beim Weihnachtsessen. Aber er wollte es, und das Vorsprechen hatte ihn darin bestärkt. Ebenso wie die Motivationsrede, die er sich selbst in Gedanken bei der U-Bahn-Fahrt hierher gehalten hatte. Er musste es einfach nur noch laut aussprechen. »Ich möchte versuchen, meine leibliche ...« Er hielt kurz inne. »Ich möchte versuchen, Candice Garcia zu finden.«

Maggie sang lauthals den Refrain von »I'll Be Home for Christmas« mit, während Seth auf Kossys Reaktion wartete. Er wollte die Mutter, die ihn großgezogen hatte, mit seinem Wunsch nicht verletzen. Und er wusste, dass sie das aufwühlen würde, auch wenn sie ihn immer in allem unterstützt hatte und ihren Kummer nicht zeigen würde.

Sie nickte, und in ihren Augen glitzerten Tränen. Er wollte Maggie loslassen und zu ihr gehen, aber die Obdachlose hielt ihn fester im Griff als die Taschen mit ihrem Hab und Gut.

»Mom, ich weiß, wie du dich jetzt fühlst, aber ...«, begann Seth und drehte sich beim Tanzen so herum, dass er Kossy in die Augen schauen konnte.

»Seth, ich muss dir etwas sagen.« Kossy klopfte ihre Taschen ab und wirkte ein wenig verwirrt. »Bernadette! Hast du mein Telefon gesehen?«

»Nein, Kossy!«, kam die Antwort von der anderen Seite des Raums.

»Mom, ich habe lange darüber nachgedacht. Ich möchte, dass du das weißt.«

»Das ist mir bewusst, Seth. Du hast dein ganzes Leben lang über alles gründlich nachgedacht. Schon damals, als du lieber Obst als Kekse gegessen hast, wusste ich, dass aus dir einmal ein großer Denker werden würde. O mein Gott, warum steckt das Ding in meinem BH? Dort tue ich es doch nie hin!« Sie zog ihr Telefon aus dem Ausschnitt und drückte auf ein paar Tasten. »Als ich damit angefangen habe, fiel es mir sehr schwer. Und dann habe ich versucht, deinen Dad dazu zu überreden, aber er hat abgelehnt. Schließlich habe ich es getan und dabei meistens die Augen zugekniffen …«

Kossy atmete heftig, also versuchte Seth, sich aus Maggies Griff zu befreien, aber die Obdachlose klammerte sich noch fester an ihn. Er drehte den Kopf, als Maggie ihn im Takt herumwirbelte. »Mom, wovon sprichst du?«

»Ich konnte nicht anders. Lara hat mich darauf angesprochen, und sie hatte recht. Und jetzt, wo du eben das Gleiche gesagt hast, weiß ich, dass ich das Richtige getan habe.« Sie streckte ihm ihr Handy entgegen und schüttelte es leicht.

»Was soll das?« Seth nahm ihr das Telefon aus der Hand und starrte auf das Display.

»Der Akku ist gleich leer. Berühr den Bildschirm«, drängte sie ihn.

»Hör bloß nicht auf zu tanzen!«, warnte Maggie ihn und hustete dann so heftig, als würde gleich ihr Brustkorb explodieren.

Seth drückte auf das Display und sah die Facebook-App vor sich. Und dann erschien ein Profilfoto von Candy Garcia. Sie war etwa Mitte vierzig, hatte halblanges dunkles Haar, milchkaffeefarbene Haut und Augen, die er sehr gut kannte. *Seine* Augen. Er war überwältigt.

»Das ist sie«, sagte Kossy leise. »Das ist Candice.« Sie schluckte. »Deine leibliche Mutter.«

KAPITEL DREIUNDVIERZIG

East Village

»Lara, schau! Dort drüben stehen Millionen Weihnachtsmänner!«

Lara hatte jedoch nur Augen für ihr Telefon. Hätte sie Seth am Morgen eine Nachricht schicken und ihm alles Gute für das Vorsprechen wünschen sollen? Sie hatte darüber nachgedacht. Und sogar angefangen, eine SMS zu tippen, sich dann aber Sorgen gemacht, weil sie die genaue Zeit seines Termins nicht wusste. Wenn er sein Telefon nicht abgeschaltet hatte, würde es vielleicht mitten beim Vorsprechen piepsen, und ihre Nachricht, mit der sie ihm viel Glück wünschen wollte, würde alles ruinieren. Also entschied sie sich rasch dagegen. Aber nun hatte sie bisher nichts von ihm gehört, und es war bereits Nachmittag. Sie machte sich alle möglichen Gedanken. Vielleicht klebten Reste von ihrem zerquetschen Burrito an seiner Jacke, und er hatte erkannt, dass sie eine Belastung für ihn war. Oder er hatte es nicht ernst gemeint, als er ihr eine Nachricht versprochen hatte ...

»Lara! Schau! Millionen Weihnachtsmänner!«, rief Susie, griff nach ihrem Arm und streckte einen Finger der anderen Hand aus.

Lara hob endlich den Blick. »Meine Güte, tatsächlich!« erwiderte sie. Es mochten keine Millionen sein, aber unzählige Männer und Frauen in rot-weißen Weihnachtskostümen liefen die Straße entlang. Die Zuschauer auf den

Gehsteigen klatschten Beifall. Es war ein merkwürdiger Anblick, eine solche Menge mit Paketen beladenen Weihnachtsmännern auf den verschneiten Straßen vorbei an den Sandsteinhäusern, Bistros und kleinen Geschäften laufen zu sehen.

»Vielleicht ist das eine Aufnahme für einen Film«, mutmaßte Susie und applaudierte, während sie den Läufern nachschaute.

»Das ist ein Rennen.« Lara deute auf ein Schild. »Und offensichtlich auch eine Kneipentour. Vielleicht sollten wir uns ihnen anschließen und mitlaufen. Und sie beim Besuch der Lokale begleiten, solange wir uns nicht auch als Weihnachtsmänner verkleiden müssen.«

»Oh!«, rief Susie. »Eine SMS von David!« Sie zog rasch ihr Telefon aus der Handtasche.

»Woher weißt du das?«, fragte Lara.

»Er macht ein bestimmtes Geräusch.«

»Ich wünschte, ich hätte dich nicht danach gefragt.«

»Es geht nicht um Geräusche, die er macht. Ich meinte damit, dass ich einen bestimmten Klingelton für seine Anrufe eingestellt habe. Er hat mich gefragt, ob ich heute Abend mit ihm Weihnachtseinkäufe machen möchte. O mein Gott! Glaubst du, er will mit mir zu … Tiffany's? Will er mir ein Schmuckstück kaufen? Vielleicht einen Ring? Einen dieser Ringe, mit dem man einem Mädchen sagen will, dass man noch länger mit ihm zusammen sein möchte?«

»Das Wort ›Verlobungsring‹ würde dich also nicht abschrecken?«

»Nein.« Susie hätte beinahe einen vorbeilaufenden Weihnachtsmann mit ihrer Handtasche getroffen, als sie die Straße entlanggingen. »Aber darum wird es wohl nicht gehen. Warum auch? *Sooo* lange sind wir noch nicht zusammen, und wir waren ziemlich lange getrennt, und ... Glaubst du, er wird mir tatsächlich einen Ring schenken?«

Lara lächelte. »Keine Ahnung. Willst du das denn?«

»Ich weiß es nicht«, gestand Susie.

»Für jemanden, der das nicht weiß, warst du aber gerade ziemlich aufgeregt.«

»Ich versuche nur, meine Erwartungen im Zaum zu halten, das ist alles. Ich meine, wenn ich mich jetzt total freue und an einen Ring denke, nur weil er von einem ›Weihnachtsbummel‹ gesprochen hat, könnte ich enttäuscht werden.«

»Aha!« Lara deutete mit dem Finger auf sie. »Du hast soeben zugegeben, dass du enttäuscht wärst, wenn er dir keinen Ring kaufen würde.«

»Ach ja?«

Lara nickte.

»Meine Güte! Will er mir einen Antrag machen? Und will ich das überhaupt?«

Lara zog ihr Telefon aus der Tasche. »Lass uns diesen Moment schnell festhalten. Für Instagram. Mit den vorbeilaufenden Weihnachtsmännern im Hintergrund.« Sie hob ihr Handy für ein Selfie in die Höhe und wartete, bis die Weihnachtsmänner vor der wunderbaren Kulisse von East Village gut zu sehen waren. »Und jetzt lächeln!«

Unmittelbar nachdem Lara das Foto geschossen hatte, begann ihr Telefon zu klingeln. Sie warf einen Blick auf das Display.

»Das ist Seth.«

Allein beim Anblick seines Namens vollführte ihr Magen eine heiße, sexy Samba.

»Nimm den Anruf entgegen«, befahl Susie. »Vielleicht lädt er dich auch auf einen Weihnachtsbummel ein.«

Ohne weiter nachzudenken, drückte sie auf die Taste und presste das Telefon an ihr Ohr. »Hallo.«

»Hi, Lara. Hier ist Seth. Seth Hunt.«

Sie lächelte. Er hatte eine sehr liebenswerte und unbestreitbar sexy Art, und sie nahm an, dass ihm nicht bewusst war, wie das auf Frauen wirkte. »Ich weiß. Du hast mir deine Nummer gegeben, daher zeigt mir mein Telefon deinen Namen an. Ich habe mir gerade überlegt, ob ich den Anruf entgegennehmen kann, denn ich bin hier im Moment von Hunderten hinreißenden Jungs – und auch Mädchen – umringt, die alle sehr hübsch angezogen sind und gepflegte Bärte tragen. Das ist wirklich faszinierend!«

»Ich habe keine Ahnung, wo du steckst, aber das würde ich mir gern selbst anschauen.«

»Ich bin in East Village. Wir sind gerade auf dem Heimweg in unser Apartment, und hier findet ein Rennen der Weihnachtsmänner statt.«

»Schließt euch ihnen bloß nicht an«, warnte Seth. »Die Jungs veranstalten das jedes Jahr und trinken dabei unglaubliche Mengen Alkohol. Ihr wärt wahrscheinlich schon vor Sonnenuntergang betrunken.«

»Und die Mädchen?«, fragte Lara. »Ich hoffe, sie sind mindestens genauso schlimm.«

Seth lachte. Ihre Haut begann zu prickeln, und sie presste instinktiv das Telefon fester an ihr Ohr. Was sie dabei empfand, gefiel ihr.

»Gut, dann gehe ich jetzt«, verkündete sie. »Auf ein paar Drinks mit den Weihnachtsmädchen.«

»Oh, wie schade. Wenn du vor Sonnenuntergang schon betrunken bist, kannst du vielleicht unser Date heute Abend nicht richtig genießen.«

Heute Abend. Er wollte sich an diesem Abend mit ihr treffen. Sie gehörte nicht zu den Frauen, die sich einen ganzen Tag lang mit Pediküre und Gesichtsmasken auf ein Date vorbereiteten, aber ein bisschen Zeit brauchte sie schon, um sich aus ihrem Koffer mit den zerknitterten Klamotten, die sie immer noch nicht aufgehängt hatte, etwas herauszusuchen.

»Ich ... ähm ...« Sie warf Susie einen Blick zu. Ihre Freundin verdrehte die Augen, hüpfte von einem Bein auf das andere und schüttelte beide Hände, als würde sie Kindern einen Tanz beibringen wollen, mit dem sie sich bei Kälte warmhalten konnten.

»Ist das zu früh?«, fragte Seth. »Tut mir leid, ich dachte nur ... Du hast mir nicht gesagt, wie lange du hierbleibst, und deshalb ...«

»Nein«, erwiderte Lara rasch mit lauter Stimme. »Nein, es ist nicht zu früh.«

»Du hast noch keine anderen Pläne? Ich würde es verstehen, wenn du schon etwas anderes vorhättest.«

»Nein ... keine anderen Pläne.« Sie schluckte. In ihrem Magen stiegen vor Vorfreude kleine Bläschen hoch, als hätte sie eine ganze Flasche Limonade in einem Zug ausgetrunken. »Und Susie und David gehen zum Einkaufen zu Tiffany's.«

»Niemand hat etwas von Tiffany's gesagt«, protestierte Susie lautstark. Lara legte ihr rasch eine Hand vor den Mund. Sie konnten sich beide gerade noch in Sicherheit bringen, als die nächste Gruppe Weihnachtsmänner an ihnen vorbeijoggte.

»Großartig. Soll ich dich abholen?«

»Ich ...«, begann Lara. Warum konnte sie nicht einfach ganz normal antworten? Susie gab einige erstickte Töne von sich und versuchte, sich von Laras Hand zu befreien.

»Wir könnten uns auch irgendwo treffen.«

»Nein«, sagte sie rasch und ließ Susie los. »Ich schicke dir meine Adresse.«

»Cool. Um halb acht?«, fragte Seth.

»Das könnte ich schaffen.«

»Prima. Bis dann.«

»Warte, Seth!«, rief Lara, als stünde er direkt neben ihr, und sie würde ihn festhalten.

»Ja?«

»Wie ist es beim Recall gelaufen?«

Er machte eine kleine Pause, aber sie glaubte zu spüren, dass er lächelte. Ein merkwürdiges Gefühl baute sich in ihr auf – so als würde eine Cheerleaderin ihre Pompons hervorholen und schwenken. Sie fühlte sich ... ein wenig gerührt. Nicht auf eine unangenehme Weise, sondern so, wie man sich fühlte, wenn man mit einer heißen Schokolade mit Marshmallows vor einem offenen Kamin saß.

»Sehr gut«, erwiderte Seth. »Richtig gut. Ich werde dir heute Abend alles darüber erzählen.«

»Das freut mich sehr.« Lara war stolz auf ihn.

»Mich auch«, sagte er. »Und es gibt noch eine andere Neuigkeit.«

»Und die wäre?«, fragte Lara.

»Ich habe meine Mom gefunden.«

KAPITEL VIERUNDVIERZIG

Laras und Susies Airbnb-Apartment, East Village
»Zum dritten Mal, Lara, *keine* Jeans!«

»Ich habe aber nichts anderes!« Lara warf ein weiteres T-Shirt auf den Stapel Kleidung auf dem Boden, die sie bereits verworfen hatte. »Nein, das nehme ich wieder zurück. Etwas anderes habe ich einfach nicht.«

»Wie wäre es denn mit deiner schicken schwarzen Hose?« Susie wühlte in Laras Koffer und sah sich alles genau an.

»Sie ist zerrissen, als ich auf der Jagd nach einer Ziege über einen Stacheldrahtzaun gesprungen bin.«

Susie schüttelte den Kopf. »Würde mir jemand anderes diese Geschichte erzählen, würde ich sie nicht glauben.« Sie hielt ein Kleidungsstück in die Luft. »Wie wäre es damit?«

»Das gehört mir nicht«, erwiderte Lara und kniff die Augen zusammen, um es besser in Augenschein nehmen zu können. »Was ist das?«

»Ein marineblaues Kleid mit einem schmalen Spitzenbesatz am Ausschnitt und an den Schultern.«

Lara ging ein Licht auf. »Hast du das soeben in meinen Koffer gelegt?«

»Nein.« Susies Stimme klang nicht sehr überzeugend.

»Dann muss es wohl der Besitzerin dieses Apartments gehören«, folgerte Lara. »Und es muss direkt aus dem Schrank in meinen Koffer gefallen sein.«

»Ja!« Susie hob in einer dramatischen Geste die Hände

und ließ dabei beinahe das Kleidungsstück fallen. »So muss es gewesen sein ... Aber es ist hübsch, findest du nicht? Und niemand würde wissen, dass du es dir nur geborgt hast. Du könntest dazu eine meiner Strumpfhosen tragen.«

»Nein!«, protestierte Lara. »Keine Strumpfhose. Beim letzten Mal wäre ich daran beinahe gestorben. Ich habe einen Ausschlag davon bekommen. Und wenn Seth mich noch einmal in einem Kleid sieht, wird er glauben, dass ich mich in Schale werfen wollte. Und ich bin keine Frau, die sich herausputzt. Ich ... ich kleide mich eher leger ... normalerweise trage ich eben Jeans.«

»Aber die Lara in New York könnte doch einmal etwas ganz anderes versuchen.« Susie hielt wieder das Kleid in die Luft und bewegte es so hin und her, als wäre es lebendig und würde auf Lara zuflattern.

Lara seufzte. Sie hatte sich von dieser Auszeit erhofft, neue Dinge kennenzulernen, und war bereit, sich auf etwas Unbekanntes und Aufregendes zu freuen. Aber irgendetwas in ihrem Hinterkopf sagte ihr, dass sie sich in ihrer Beziehung mit Dan auf sehr viele Kompromisse eingelassen hatte, ohne sich dessen wirklich bewusst gewesen zu sein. Und das wollte sie nicht mehr tun. Natürlich war ein Date mit Seth nicht mit ihrer Beziehung mit Dan zu vergleichen. Eigentlich war sie sich nicht einmal mehr sicher, was genau zwischen ihr und Dan abgelaufen war ... Sie schaute wieder auf das Kleid, das Susie immer noch in den Händen hielt wie eine Verkäuferin in einer schicken Boutique.

»Könnten wir es vielleicht ein wenig ändern?«, fragte Lara, legte den Kopf zur Seite und betrachtete das Kleid.

»Was genau meinst du damit?«

»Die Spitze gefällt mir nicht«, erklärte Lara. »Und der Rock ist viel zu weit ausgestellt.«

»Aber das betrifft fast das gesamte Kleid, Lara, und ich kann nicht gut nähen.«

Lara schenkte ihr ein Lächeln. »Glaubst du, die Frau, der das Kleid gehört, hätte etwas dagegen, wenn wir es kürzen würden?« Sie beobachtete Susies Miene. »Ich meine, da sie es hier zurückgelassen hat, wird sie es vielleicht nicht vermissen, und wenn wir es ändern, nimmt sie es uns wahrscheinlich nicht übel ...«

»Na ja«, wandte Susie ein. »Ich habe mir das Etikett angeschaut – es scheint aus einer bekannten Boutique in London zu kommen und ein recht teures Exemplar zu sein.«

»Dann ist die Sache geklärt.« Lara griff nach ihrem Koffer. »Ich werde eine Jeans tragen.«

»Warte! Nein! Ich meine ... wir könnten den Spitzenbesatz abtrennen und den Rock ein wenig hochstecken.«

»Susie, ich möchte dir dein Kleid nicht kaputt machen!«

Susie seufzte. »Du weißt, dass es mir gehört?«

Lara lachte. »Natürlich weiß ich das.« Sie nahm ihr Telefon in die Hand und drückte auf eine Taste.

»Was machst du da? Wen rufst du jetzt an?«, fragte Susie.

»Aldo«, antwortete Lara.

»Um dir Rat bei einer Modefrage zu holen?«

»Warum überrascht dich das? Was glaubst du, wer immer die Krawatten aussucht, wenn mein Dad zu einem Geschäftsessen gehen muss?« Sie nickte ihrer Freundin vielsagend zu, setzte sich auf das Bett und wartete auf die Verbindung über FaceTime.

»Aber Aldo trägt noch nicht einmal zusammenpassende Socken!«

»Das ist ein Ausdruck seines modischen Stils und hat nichts damit zu tun, dass er sie nicht aufeinander abstimmen kann.«

»Ich suche eine Schere«, verkündete Susie und wandte sich zur Tür.

»Hallo«, ertönte Aldos Stimme. Auf dem Display erschien das Bild eines Schafs mit einer Glöckchenkette um den Hals, das an der Kamera schnüffelte.

»Aldo! Was macht das Schaf vor deinem Telefon?«

»Runter mit dir, Burkini! Weg da!«

»Warum lässt du das Schaf an dein Telefon?«, fragte Lara, während das Tier mit seiner nassen Zunge über die Kamera fuhr. Sie fragte sich, ob Aldos Telefon diesen Speichelfluss überleben würde.

»Das ist das Lamm Burkini. Der Bauer hat es so genannt.« Endlich tauchte Aldos grinsendes Gesicht auf.

»Er meinte wahrscheinlich Lamborghini – das Auto, du weißt schon.«

»Oh! Glaubst du? Das sollte ich dann besser morgen in der Schule sagen. Ich bringe das Schaf nämlich zu einem Krippenspiel dorthin.«

»Ich bin sicher, der Name ist nicht so wichtig. Hör zu, Aldo, ich brauche deine Hilfe. Ich habe heute Abend ein Date, und ich weiß nicht, was ich anziehen soll, und ...«

»Ein Date?«

Eigentlich hatte sie das Wort »Date« nicht erwähnen wollen. Weder Aldo noch irgendeiner anderen Person gegenüber, die mit ihrem Leben in Appleshaw verbunden war. Seth und alles in New York war wie eine wunderbare Seifenblase, in die sie sich geflüchtet hatte und aus der sie nicht mehr herauskommen wollte, bis sie zu ihrer Rückreise in ein hoffentlich sicheres Flugzeug steigen würde.

»Ein Date mit Kein-Dojo-Seth?«

»Nein, ja, ich meine ...«

»Dan war gestern Abend im Pub«, fuhr Aldo fort, während er einem weiteren Schaf, das er sich zwischen die Beine geklemmt hatte, eine Kette mit Glöckchen um den Hals band. Eine beachtliche Leistung, da er mit einer Hand das Telefon festhielt.

»Oh.« Lara versuchte, ihre Stimme so klingen zu lassen, als würde sie das nicht interessieren, aber natürlich war sie neugierig.

»Chloe und diese schrecklichen Whirlpool-Männer waren bei ihm«, erzählte Aldo.

»Oh«, wiederholte Lara. Was hätte sie sonst dazu sagen sollen?

»Er hat mich gefragt, ob ich etwas von dir gehört hätte.«

Tatsächlich? Warum? Was ging ihn das an?

»Ich habe ihm gesagt, dass du Tiere für den Zoo einfängst, so wie du es auch hier auf der Farm machst, und dass du dir alle Orte anschaust, die wir nur aus dem Fernsehen kennen, und dass du immer lachst und Weihnachtsgeschenke kaufst, aber nicht für ihn.«

Lara schluckte. Armer Aldo. Nun steckte er in ihren Beziehungsproblemen mittendrin.

»Und dann ist Dad gekommen«, berichtete Aldo weiter. »Er hat Dan gesagt, dass er ihm neunzehn Pfund und fünfundneunzig Pence für das Weihnachtsessen der Weeks schuldet, zu dem er nicht erschienen ist.«

Lara schüttelte lächelnd den Kopf. Das war typisch für ihren Dad – er machte immer seinen Standpunkt deutlich. »Hat er gezahlt?«

Aldo schüttelte den Kopf, schnappte sich das dritte Schaf und hielt es zwischen seinen Beinen fest. »Chloe hat Dad zwanzig Pfund gegeben und ihm gesagt, dass er den Rest behalten kann.«

Natürlich. Das schien ja nun Chloes Aufgabe zu sein,

Dan zur Seite zu stehen. Das war gut. Ein eindeutiges Zeichen, dass Dan sich rasch aus ihrem Leben entfernte. Und sie musste nun stark bleiben und ihren eigenen Weg gehen.

»Aldo«, begann sie und beobachtete, wie ihr Bruder dem missbilligend blökenden Schaf die Glöckchenkette umhängte. »Ich habe ein Date mit Seth und brauche deine Hilfe. Was soll ich anziehen? Jeans oder ein Kleid?«

Er grinste und ließ das geschmückte Schaf los. »Hast du deinen Einhorn-Jumpsuit dabei?«

»Nein!«, rief Susie aus dem Wohnzimmer. »Du wirst auf keinen Fall einen Jumpsuit zu einem Date tragen!«

KAPITEL FÜNFUNDVIERZIG

East Village

»Mit einem Einhorn war ich noch nie verabredet«, sagte Seth zu Lara, nachdem sie das Apartment verlassen hatten und die Straße entlanggingen. Es schneite leicht; zarte Schneeflocken ließen sich an diesem Abend auf allem und jedem sanft nieder. An den Bürogebäuden, Restaurants und Cafés glitzerten Lichterketten, und in der Luft lag ein gedämpftes Schwirren. Passanten liefen mit Einkaufstaschen und Aktenkoffern an ihnen vorbei, einige schoben ein Fahrrad vor sich her, andere befestigten Christbäume auf dem Dach ihres Wagens, und ein endloser Strom von gelben Taxis hupte laut – ob aus Begeisterung oder Missfallen, konnte man nicht beurteilen.

»Du bist enttäuscht, oder? Das sehe ich dir an.« Lara lächelte und zog den Reißverschluss der Jacke zu, die sie über dem von Susie umgeänderten Kleid trug. Es war nun fünf Zentimeter kürzer und hatte keinen Spitzenbesatz mehr. Dazu trug sie dicke lange Strümpfe und ihre Doc Martens. Mit diesem Outfit war sie zufrieden. Auch wenn es keine Jeans war, fühlte sie sich darin wohl.

»Vielleicht könntest du diesen Jumpsuit bei unserem nächsten Date tragen«, meinte Seth.

»Ah, das ist aber sehr vermessen. Du scheinst anzunehmen, dass unser erstes Date gut verläuft und wir ein nächstes vereinbaren.«

»Was soll ich sagen?« Seth wandte sich ihr zu. »Ich bin heute in optimistischer Stimmung.«

Lara lächelte. »Susie geht es ebenso, und ich hoffe sehr, dass sie nicht enttäuscht wird.«

»Tiffany's?«, fragte Seth.

»Ja«, erwiderte Lara. »David hat sie zu einem Weihnachtsbummel eingeladen, und sie glaubt, er wird mit ihr zu Tiffany's gehen, obwohl er davon kein Wort gesagt hat. Und obwohl sie es nicht zugeben will, glaube ich, dass sie bereits dort war, sich einen Ring ausgesucht hat und Meghan Markles Priester für den Gottesdienst engagiert hat.«

»Okay, ich verstehe«, sagte Seth.

Lara hakte sich bei ihm unter. »Wie auch immer, genug von Ringen und Priestern. Erzähl mir alles über deine Mutter. Ich kann es kaum glauben, dass du sie gefunden hast. Wie ist dir das gelungen?«

»Tatsächlich glaube ich, dass du mir dabei geholfen hast.«

Seth berichtete ihr, wie Kossy Candy Garcia bei Facebook entdeckt hatte und wie er und seine Adoptivmutter am Nachmittag versucht hatten herauszufinden, wo sie wohnte. Sie hatten kein Glück gehabt, und deshalb blieb ihm nur eine Möglichkeit …

»Wenn ich sie treffen möchte, muss ich ihr eine Nachricht zukommen lassen.« Seth seufzte und atmete tief ein. »Und dazu muss ich zuerst den Mut aufbringen. Ich muss ihr mitteilen, wer ich bin, und dann kann ich nur hoffen, dass sie mich kennenlernen will.«

»Ein Vertrauensvorschuss«, meinte Lara. »So wie bei mir, als ich mich mit einem unglaublich schweren Flugzeug in die Luft begeben habe.«

»Genau so.«

»Und du hast Angst davor.«

»Ja, und ich bin nervös, aber ich freue mich auch darauf.«

»Das könnte ein ganz neuer Anfang sein«, meinte Lara. »Zu erfahren, wer deine Mom ist, woher sie kommt und was sie alles getan hat, seit ...« Sie hielt kurz inne, weil sie nichts Falsches sagen wollte. »Seit deine andere Mom und dein Dad dich zu sich geholt haben.«

»Ich weiß.«

»Wirst du es also tun?«, fragte Lara und verlangsamte ihren Schritt. »Ihr eine Nachricht schicken?«

»Das habe ich bereits getan.« Seth lächelte breit. »Kurz vor unserem Treffen habe ich mich in den Park in der Nähe unseres Apartments gesetzt und über das heutige Vorsprechen und über Sams Geschichte, über all die Geheimnisse, verpassten Gelegenheiten und seelischen Qualen nachgedacht und ... Plötzlich wurde mir klar, dass ich es tun muss.«

»Du hast die Nachricht tatsächlich abgeschickt!« Laras Puls beschleunigte sich. »Du hast nicht nur einen Text entworfen und wieder gelöscht? Du hast ihr eine Mitteilung geschickt?«

»Ja!«

»O mein Gott! Seth! Mir fehlen die Worte!« Sie fiel ihm um den Hals, drückte ihn an sich und atmete seinen aufregenden, aber gleichzeitig beruhigenden Duft ein. Sie hatte das Gefühl, auf einer sonnigen Wiese mit süß duftenden Blumen zu liegen, wo sich in der warmen Luft jedoch ein Gewitter ankündigte.

»Du musst nichts sagen«, erwiderte Seth leise. »Ich glaube, du kennst mich besser, als ich mich selbst kenne. Ist das überhaupt möglich?«

»Das weiß ich nicht«, gestand Lara, aber sie fühlte es auch. Seth wurde allmählich zu ihrem wichtigsten Vertrauten ... und auf gefährliche Weise noch mehr als das. Sie schloss die Augen, schmiegte sich an ihn und genoss diesen Augenblick. »Bist du ein bisschen böse auf mich? Weil ich mit Kossy darüber gesprochen habe?«

Sie spürte, dass er den Kopf schüttelte. »Nein. Ich habe diesen Anstoß gebraucht. Ich zögere immer mit allem viel zu lange, auch wenn es um wichtige Dinge geht. Trent sagt, dass ich deshalb nicht so bin wie Russell Crowe.« Er lächelte. »Ich glaube aber eher, dass es daran liegt, dass mir ein Bart nicht steht.«

Lara lachte und ließ ihn los. Sie trat einen Schritt zurück und sah ihm in die Augen. Ihre Blicke trafen sich, und sie spürte ein Gefühl in sich aufsteigen ...

»Hat sie dir geantwortet?«, fragte sie rasch, um diesen Moment zu verscheuchen.

Er schüttelte den Kopf. »Nein. Noch nicht. Als ich zum letzten Mal auf der Seite war, hatte sie meine Nachricht noch nicht gelesen, also ...«

»Sie ist vielleicht nicht regelmäßig auf Facebook.«

»Na ja, sie hat vor einer Woche zum letzten Mal gepostet.«

»Vielleicht lässt sie sich nicht über eingehende Nachrichten informieren.«

»Alles in Ordnung, Lara«, erklärte Seth. »Ich habe getan, was ich tun konnte. Und darüber bin ich froh. Mehr gibt es für mich nicht mehr zu tun.«

Sie nickte. »Du hast recht.«

»So, und nun sind wir da«, verkündete er lächelnd.

»Wie? Wo?« Lara sah sich auf der Straße um.

»Nun, Lemurenmädchen, als ich darüber nachgedacht habe, wohin ich dich heute Abend ausführen möchte, wollte ich etwas Besonderes wählen ...«

»Ich habe dir doch gesagt, dass ich in kein schickes Lokal möchte. Stell dir vor, ich hätte meinen Jumpsuit an.«

»Wer hat denn gesagt, dass es sich um ein elegantes Restaurant handelt?«

»Okay, das hat sich nur gerade so angehört.« Sie schluckte und schaute auf die mit Sternen geschmückten Straßenlaternen. Warum klang heute Abend alles so wie eine Einladung zu einer Premiere eines Pornofilms?

»Hier ist das Zabb Elee.«

Lara folgte Seths Blick und sah eine große Glasfront vor sich. In dem Lokal hingen glitzernde Weihnachtskränze, und ein einladendes rotes Schild mit dem Namen des Restaurants.

»Thailändisch«, stellte Lara fest.

»Magst du thailändisches Essen?«, fragte Seth.

»Ich esse alles gern. Thailändisches Essen habe ich noch nie probiert«, erwiderte Lara.

»Das habe ich gehofft. Denn heute Abend gehen wir auf eine kulinarische Reise, Lara.« Seth legte ihr einen Arm um die Schultern und führte sie zur Eingangstür des Restaurants. »Mein Geschenk als New Yorker für dich, für jemanden, der vorher noch nie gereist ist, hat den Namen ›Rund um die Welt mit Speisen und Bier‹. Und wir beginnen damit in Thailand. Du kannst dir bestellen, was du willst, aber ich würde dir *Namtok Pork* empfehlen.«

Sie konnte es kaum glauben. Das war kein gewöhnliches Date. Er hatte sich viele Gedanken gemacht und, wie er ihr erzählt hatte, am Nachmittag auch noch versucht, seine leibliche Mutter zu finden. Unzählige Gefühle überwältigten sie, und sie hatte Mühe, nicht in Tränen auszubrechen. Sie war wegen Dan in New York. Und nun stand sie hier mit Seth Hunt, und er schien sie unglaublich gut zu kennen … und das gefiel ihr. Mehr als das – sie wollte diese Situation einfach nur genießen, ohne sich Gedanken darüber zu machen, was das alles bedeuten könnte, und einfach nur im Jetzt leben.

»Alles in Ordnung?« Seth sah sie besorgt an, wahrscheinlich, weil sie stehen geblieben war.

Sie nickte und schniefte so heftig, als könnte man auch im Winter an Heuschnupfen leiden. »Thailändisches Bier. Gibt es davon mehr als nur eine Sorte?«

»Dort drin werden zwei angeboten«, erwiderte Seth. »Singha und Chang.«

»Dann lass uns von jeder Sorte eines bestellen und es uns teilen«, schlug Lara vor.

KAPITEL SECHSUNDVIERZIG

Caffè Napoli, Little Italy

Als sie im nächsten Restaurant ankamen, hatte Seth immer noch den Geschmack nach würzigem Schweinefleisch und Bier im Mund. Und nach dem Eistee, den ihnen die Kellnerin kostenlos serviert hatte. Lara hatte das thailändische Restaurant mit dem aufwendig gefliesten Boden, den mit weißem Leder bezogenen Sitzbänken und dem Weihnachtsschmuck an den Wänden sehr gut gefallen. Ihre Freude hatte ihm das Gefühl vermittelt, selbst zum ersten Mal in diesem Lokal zu sein.

»Italienisch!«, rief Lara, blieb stehen und hakte sich ungezwungen bei ihm unter. Jedes Mal, wenn sie das tat, war er so zufrieden und glücklich, dass er sich in Gedanken ermahnte, sich zurückzuhalten. Das Caffè Napoli sah aus wie an einem Filmset, an dem Gangster ihr Territorium überwachten und mit heruntergekurbelten Fenstern und Maschinengewehren im Anschlag in ihren Autos vorbeifuhren. Mit der schwarz gestrichenen Fassade, der goldfarbenen Schrift, den Tischen auf dem Gehsteig und den Heizstrahlern gegen die Kälte hätte es sich ebenso gut in einer italienischen Stadt auf der Piazza befinden können anstatt in New York. Und genau das wollte er Lara an diesem Abend bieten – einen Ausschnitt von der Welt. Einige der Dinge, die sie bisher noch nicht entdeckt hatte.

»Ich liebe Pizza«, erklärte sie begeistert.

»In diesem Restaurant gibt es allerdings eine Regel zu befolgen«, sagte Seth.

»Ein Date mit Regeln?«, fragte Lara. »Das klingt nicht nach Spaß.«

»Du hast mich nicht ausreden lassen.«

»Du benimmst dich ziemlich herrschsüchtig.«

Seth lächelte. »Wir müssen beide etwas probieren, was wir noch nicht kennen. Etwas Neues testen, okay?«

»Hmm.« Lara schaute ihn an. »Woher soll ich wissen, dass du dir nicht dein Lieblingsgericht bestellst?«

»Nun, und woher soll ich wissen, dass du nicht das Gericht bestellst, das du immer bei deinem Lieblingsitaliener in England isst?«

»Ich bestelle immer nur Pizza.«

»Gut. Mein Lieblingsgericht in diesem Lokal ist Kalbfleisch mit Zitronen-Knoblauch-Soße.«

»Vielleicht behauptest du das jetzt nur.«

»Wie wäre es mit ein wenig Vertrauen?«, meinte Seth.

»Vertrauen?«, fragte Lara. »Was ist das denn für ein Gericht?«

»Sehr witzig.« Seth zog sie näher an sich heran und genoss den Körperkontakt.

»Dürfen wir Bier trinken?«, wollte Lara wissen.

»Birra Moretti? Peroni?«

»Von jedem eines.«

»Dann lass uns gehen.«

Lara trank einen Schluck Peroni aus der Flasche und spülte damit einen Bissen der köstlichen, mit Chili gewürzten Bucatini all'Amatriciana hinunter. Sie saßen draußen an einem kleinen Tisch für zwei Personen, direkt am Rand des Gehsteigs, wo die Passanten sich ihren Weg um sie herumbahnen mussten. Es war herrlich. Trotz der Kälte war es dank des Heizstrahlers an ihrem Tisch unter der Markise angenehm warm. Die Bäume waren mit funkelnden Lichtern geschmückt, und von irgendwoher kamen die sanften Töne eines Weihnachtslieds von Sinatra. Ein paar Weihnachtsmänner stolperten vorbei – wahrscheinlich gehörten sie zu der Gruppe auf Kneipentour, die Susie und sie vorher gesehen hatten.

»Wie schmeckt es dir?«, erkundigte sich Seth.

Lara lächelte und reichte ihm die Bierflasche. »Das ist das Beste, was ich jemals gegessen habe.«

»Tatsächlich?«

»Ja. Ich hätte es mir normalerweise nie bestellt, aber es ist großartig.« Sie häufte ein paar Nudeln auf ihre Gabel und streckte sie über den Tisch. »Möchtest du probieren?«

»Möchtest du einen Bissen von meinem Gericht versuchen?«, erwiderte er.

»Ich weiß nicht einmal, was eine Eierfrucht ist«, gestand sie.

»Es gibt einen anderen Namen dafür ... warte einen Moment.« Er hob den Finger und dachte nach. »Aubergine.« Er lächelte. »Das ist eine Aubergine.«

»Alles, was ich über dieses Gemüse weiß, ist, dass es im Internet als Emoji für Penis verwendet wird.«

»Was?« Seth brach in Gelächter aus.

»Hast du das nicht gewusst? Und nun habe ich bei unserem ersten Date das Wort ›Penis‹ gesagt.« Sie beugte sich zu ihm vor, in der Hand immer noch die Gabel mit den aufgespießten Nudeln. »Und diese beiden Frauen gegenüber sind nun wirklich sehr daran interessiert, wie unsere Unterhaltung weitergeht.« Sie streckte ihm wieder die Gabel entgegen. »Probier mal.«

Er öffnete den Mund, und sie beobachtete, wie er den Bissen kaute. Jede Bewegung seiner Lippen erinnerte sie daran, dass sie sich beinahe geküsst hätten ... Dieser Abend war wundervoll. Alles war so entspannt, einfach und vergnügt. Sie konnte sich nicht erinnern, wann sie jemals so viel Spaß gehabt hatte.

»Gut«, bemerkte Seth. »Sehr gut.« Er spießte mit seiner Gabel ein Stück Aubergine auf und bot es ihr an. »Jetzt bist du an der Reihe.«

»Ich esse eigentlich kein violettes Gemüse.«

»Du darfst die Damen am Tisch nebenan jetzt nicht enttäuschen«, scherzte Seth.

Sie öffnete den Mund, und ihre Zunge berührte etwas Warmes, Weiches, das köstlich schmeckte. Es war mit Olivenöl und einem Gewürz angereichert, das sie nicht einordnen konnte. »Das ist ...«, begann sie mit vollem Mund. »Köstlich. Ich habe nicht gewusst, dass es so gut schmecken würde.«

»Die Frauen drehen sich gerade auf ihren Stühlen um und sehen nach, ob du wirklich über das Essen sprichst.«

Lara kicherte und hob rasch die Hand an den Mund. »Bring mich nicht zum Lachen, sonst spucke ich alles wieder aus.«

»Meine Güte, Lara, diese Ladys werden gleich einen Schlaganfall erleiden.«

»Seth! Hör auf damit!«

»Ich mache doch gar nichts. Das bildest du dir nur ein. Und die Damen haben eine wilde Fantasie.« Er trank einen Schluck Peroni und gab ihr die Flasche zurück.

»Gib mir die andere.« Lara griff nach dem Birra Moretti und setzte sich die Flasche an die Lippen.

»So, das war thailändisch und italienisch. Was glaubst du kommt als Nächstes?«

»Wahrscheinlich falle ich in ein Fresskoma.«

»Oh, komm schon«, entgegnete Seth. »Ich habe dich beim Grillfest essen sehen!«

»Das war nicht sehr charmant!«

»Welches Land steht noch auf deiner Wunschliste? Es muss doch noch einen Ort geben, an dem du noch nicht warst und den du schon immer einmal besuchen wolltest.«

Lara zuckte mit den Schultern. »Eigentlich nicht.«

»Nein? Wirklich nicht? Kein Land, das du im Fernsehen oder in einem Magazin gesehen hast und das den Wunsch in dir geweckt hat, es unbedingt einmal zu bereisen?«

Sie dachte eine Weile darüber nach, bevor sie ihm antwortete. »Alles schien so weit weg zu sein. Ich habe schon viele tolle, interessante Orte gesehen, aber sie waren alle im wahrsten Sinne des Wortes unerreichbar für mich. Ich hatte nie genügend Geld, um in Urlaub zu fahren, also habe ich keine großen Träume zugelassen.«

»Lara, ich wollte nicht …«

»Schon in Ordnung. Ich bin, was ich bin. Und damit bin ich meistens ganz zufrieden. Ehrlich gesagt fühle ich mich in Jeans wohler, aber Susie wollte mich nicht aus dem Apartment gehen lassen, bevor ich mich umgezogen hatte. Und als ich erklärte, dass ich keine Strumpfhose, sondern Wollsocken anziehen würde, ist sie beinahe in Ohnmacht gefallen.« Sie trank einen Schluck Peroni und reichte Seth die Flasche. »Und in welches Land möchtest du unbedingt einmal reisen?«

Er atmete tief ein. Als er ihr in die Augen schaute, richtete sie sich erwartungsvoll auf.

»Ganz ehrlich?«

»Na klar.«

Seth wirkte mit einem Mal sehr ernst, und sie war gespannt auf seine Antwort. Wollte er Peru oder Kambodscha bereisen? Oder sich vielleicht die Fjorde in Skandinavien anschauen?

»Ich war noch nie in Großbritannien. Dorthin würde ich sehr gern reisen.«

Sie war verblüfft, aber sie musste ihm eine Antwort geben. Großbritannien war nicht Appleshaw. Es war ein großes Land mit vielen Sehenswürdigkeiten und dass er es genannt hatte, hatte sicher nichts mit ihrem Date zu tun – mit ihrem ersten, unverbindlichen Date. *Sie* war schließlich keine britische Attraktion wie die Queen oder Stonehenge.

»Du solltest auf jeden Fall einmal nach Großbritannien kommen«, begann Lara. Ihr war bewusst, dass sie jetzt wieder zu schnell und zu viel plapperte, aber sie konnte nichts dagegen tun. »Es ist ein schönes Land. Mit vielen Blumen und Flüssen ... und Leuten wie Dame Maggie Smith und vielen sehr alten Sehenswürdigkeiten wie die St.-Pauls-Kathedrale. Und mit roten Bussen und schwarzen Taxis ... Da, wo ich herkomme, gibt es weite Weizenfelder und Mähdrescher und Volkstänze wie den Moriskentanz.« Sie schob sich mit der Gabel rasch ein paar Nudeln in den Mund, um sich selbst zum Schweigen zu bringen. Dann schluckte sie den Bissen rasch hinunter und verkündete laut: »Brasilianisch.«

Lara beobachtete, wie die Frauen am Nebentisch die Augenbrauen hochzogen, bevor sie sich wieder in ihr Gespräch vertieften. Sie wandte sich wieder Seth zu. »Brasilien«, sagte sie. »Ich würde gern nach Brasilien reisen. Die Strände, der Sonnenschein, die Feste, die Tänze am Strand, die Tiere ... und der Kaffee.«

Seth nickte lächelnd. »Gute Wahl.«

»Warst du schon einmal dort?«

»Nein«, erwiderte er. »Aber ich schlage vor, wir essen auf und gehen dann dorthin.«

»Was?« Lara lachte.

»In New York kannst du praktisch überallhin gehen«, meinte Seth. »Also machen wir uns jetzt auf den Weg nach Brasilien.«

»Ist das dein Ernst?«

»Aber ja«, antwortete er lächelnd. »Und übrigens gefallen mir deine Socken sehr gut.«

Und plötzlich tanzte ihr Herz Salsa wie im Karneval.

KAPITEL
SIEBENUNDVIERZIG

Brazil Brazil, West 46th Street

Die Gehwege waren mit Schnee bedeckt, die Luft war eiskalt, und die Stadt war für die bevorstehenden Feiertage festlich herausgeputzt; die Sambaklänge und das brasilianische Lebensgefühl, das man schon vor dem Restaurant Brazil Brazil spürte, bildeten einen starken Kontrast dazu. Die beiden Bäume vor dem Lokal waren in den Farben der brasilianischen Fahne geschmückt – grün, weiß, gelb und blau –, und die Pflanzen in den hölzernen Blumenkübeln vor der Tür glitzerten. Und Lara hielt seine Hand. Er war sich nicht sicher, wie es dazu gekommen war, aber als sie das Caffè Napoli verlassen hatten und auf dem Weg zur U-Bahn waren, hatten sich, wie schon mehrmals zuvor, ihre Arme berührt. Doch dieses Mal hatte er ihr nicht seinen Arm angeboten, sondern seine Hand ausgestreckt und vorgeschlagen, dem Weihnachtsmann mit dem Sechserpack Bier hinterherzulaufen. Sie hatte ihre Hand in seine gelegt, und sie waren lachend und vom Bier leicht beschwipst die Straße entlanggelaufen und hatten dabei »Jingle Bells« gesungen. Und beide hatten nicht losgelassen. Auch in der U-Bahn, auf dem Treppenaufgang, auf der Straße und nun vor dem Restaurant hielt sie immer noch seine Hand. Und das gefiel ihm sehr.

»O mein Gott, Seth!«, rief Lara und spähte durch die Türen hinein. »Dort sieht es wirklich aus wie in Brasilien!«

»Das habe ich dir doch gesagt.« Seth freute sich über ihre

Begeisterung. »In New York kannst du überallhin reisen.« Er drückte ihre Hand. »Möchtest du eine Nachspeise?«

Sie wandte sich ihm zu. »Ich habe keine Ahnung, was Brasilianer zum Nachtisch essen.«

»Das können wir jetzt herausfinden«, sagte er.

Sie nickte begeistert, und er ging voran.

Lara sah sich alles genau an: den lackierten Holzboden, die getäfelte Decke, die brasilianische Flagge in der Mitte. Holzstühle, Tische mit einfachen weißen Decken und tief hängende Lampenschirme aus Korbgeflecht schufen eine besondere Atmosphäre. Das Lokal war gut besucht, an der Bar herrschte großer Betrieb und die Gäste schienen nun nach dem Essen noch ein paar Drinks, die Reste ihrer Nachspeisen und Kaffee zu genießen. Im hinteren Teil des Raums standen zwei Musiker – ein Mann sang und spielte Gitarre, der andere begleitete ihn auf dem Keyboard –, und ein Pärchen tanzte und schwang die Hüften zu dem sinnlichen Rhythmus.

»Bier?«, fragte Seth.

»Ja, bitte.« Sie lachte. »Ein ›Brazilian‹.«

»Der Witz ist schon alt, das weißt du, oder?«

»Klar, ebenso wie bei der Aubergine!« Sie winkte ab und richtete den Blick auf das tanzende Paar. Plötzlich wurde ihr bewusst, dass sie noch nie mit jemandem getanzt hatte. Dan tanzte nicht. Nicht einmal einen Stehblues, wenn er betrunken war. Am Anfang hatte sie ihn immer darum gebeten, aber am Ende hatte sie es aufgegeben. *Am Ende.* Da waren sie wohl nun angekommen. Sie schluckte. Schon wieder drängte er sich in ihre Gedanken und stahl ihr damit die Zeit.

»Lara.« Plötzlich spürte sie, wie Seth an ihrer Hand zog. Es dauerte einen Moment, bis sie begriff, dass sie seine Hand immer noch festhielt, sich sogar noch stärker daran klammerte als zuvor. Rasch ließ sie los.

»Tut mir leid«, entschuldigte sie sich. Sie kam sich ziemlich dumm vor.

»Hey, du musst dich nicht entschuldigen. Ich muss nur meine Geldbörse herausholen, um das Bier zu bezahlen, und dazu brauche ich ein paar Sekunden lang beide Hände.«

»Ich suche uns einen Platz«, bot sie schnell an.

Als er zu ihr an den Tisch neben den Topfpalmen am Rand der Tanzfläche kam, hatte sie sich ein wenig beruhigt.

»Brahma.« Seth reichte ihr eine Flasche. »Und die Dessertkarte.« Er legte die Karte auf den Tisch.

»Danke.« Lara nahm sofort einen großen Schluck aus der Flasche und erhoffte sich davon brasilianischen Mut, falls es so etwas gab.

»Möchtest du einen Blick auf die Karte werfen?«, fragte Seth, setzte sich neben sie und schaute auf das langsam tanzende Paar und die Musiker.

»Gleich«, erwiderte sie. Was war nur los mit ihr? Sie ließ es zu, dass Dan sich in diesen Abend einmischte, und das war das Letzte, was sie wollte. Bisher war alles so wunderschön gewesen, so richtig und selbstverständlich. Seth hatte ihr seine Hand gereicht, und sie hatte sie genommen, so als würden sie das immer tun. So als wäre das nicht ihr erstes Date, sondern als wären sie ein Paar. Sie hatte sich gefühlt, als spielte sie die Hauptrolle in einer romantischen Komödie, in der die Welt zwar nicht perfekt war, sie sich aber mit ihm in einer Seifenblase befand, in der ihr nichts Böses passieren konnte. Das musste am Bier liegen. Vielleicht vertrugen sich die Sorten aus den verschiedenen Ländern nicht miteinander …

»Um das klarzustellen – ich wollte deine Hand wirklich nicht loslassen«, sagte Seth und versuchte, die Musik zu übertönen. »Es ging wirklich nur darum, dass ich das Bier bezahlen musste und dafür meine Geldbörse brauchte.«

Sie nickte. Im Augenblick wollte sie lieber nicht über das Händchenhalten sprechen. »Hat sich deine Mom schon gemeldet?«

»Ich weiß es nicht«, erwiderte er. »Ich habe noch nicht nachgesehen.«

»Das solltest du aber tun«, meinte Lara. »Sonst weißt du ja nicht Bescheid.«

»Das ist mir bewusst.«

Als er den Kopf neigte, fiel ihm eine Haarsträhne in die Stirn und ließ ihn noch attraktiver wirken. Er war wirklich sexy. Sehr sogar, obwohl er sich dessen anscheinend nicht bewusst war. Beinahe so, als läge das in ihm verborgen und käme nur quälend langsam, Stück für Stück zum Vorschein …

»Ich schaue später nach«, erklärte er. »Vielleicht hat sie meine Nachricht noch nicht gesehen, oder sie …«

»Möglicherweise hat sie sie aber auch gesehen und sofort darauf geantwortet und möchte dich jetzt treffen.«

»Im Augenblick bin ich mit *dir* zusammen«, stellte er fest.

»Ich weiß, aber hier geht es um deine leibliche Mutter. Und wenn sie dir eine Antwort geschickt und dich um ein Treffen gebeten hat, solltest du gehen. Sofort, falls nötig.« Was sagte sie denn da? Worum ging es hier?

»Lara, habe ich etwas falsch gemacht?«

»Nein.« Sie schüttelte den Kopf. Warum geschah das jetzt? Er war zu wichtig, um nur als Trostpflaster herzuhalten. Warum hatte Susie sie nicht im Januar oder Februar zu einer Reise nach New York überreden können, wenn sie mehr Zeit gehabt hätte, das Scheitern ihrer Beziehung mit Dan zu verarbeiten?

»Möchtest du ... mit mir tanzen?«, fragte Seth.

Er hatte sie um einen Tanz gebeten! Das war nicht das erste Mal, dass er scheinbar ihre Gedanken lesen konnte. Und nun hatte er ihr sogar eine Frage gestellt, die ihr vorher noch niemand gestellt hatte. Die Band begann mit einem Song, den sie kannte. Es war eine leise, langsame Version von »Light my Fire« von *The Doors*. Und er streckte ihr eine Hand entgegen und wartete darauf, dass sie sie ergriff. Eine schockierende Mischung aus aufsteigender Hitze, Erkenntnis und Verlangen siegten über die Vernunft; sie ließ sich ganz von ihrem Herzen und ihrem freien Willen leiten und legte ihre Hand in seine.

Seth hatte irgendwo zwischen Brasilien, Italien, Thailand und Appleshaw sein Herz verloren. Dieser Abend war der schönste seines bisherigen Lebens, und er wollte nicht, dass er zu Ende ging. Er ging nicht weit auf die Tanzfläche hinaus, sondern entfernte sich nur ein paar Schritte von ihrem Tisch, sodass sie sich bewegen konnten. Und dann stand Lara vor ihm und sah so wunderschön aus, dass er das Gefühl hatte, sein ganzer Körper würde schmelzen. Er war nervös, aber die Gefühle, die in ihm aufstiegen, trieben ihn an – Gefühle, die er nicht unterdrücken wollte ... Er zog sie zärtlich zu sich heran, schlang seine Arme um ihre Taille und drückte sie an sich, während die Musik den Raum erfüllte.

Er hatte das Bedürfnis, etwas zu sagen, denn das Schweigen zwischen ihnen empfand er als zu vertraut. Allerdings war die Situation wirklich intim, und eigentlich war das genau das, was er sich gewünscht hatte. Mit Worten konnte er sich vielleicht herauswinden – es war beinahe wie eine Schauspieltechnik. Man musste viele Wörter hervorsprudeln und einfach weitermachen. Nur hin und wieder wusste er nicht mehr, was er von sich geben sollte, und konnte ihr dann möglicherweise nur noch sagen, was er tatsächlich für sie empfand. Aber sein Mund war trocken, und er spürte nur noch ihren Körper, der sich an seinen geschmiegt bewegte ...

Lara zitterte innerlich, und es fiel ihr schwer, sich das nicht anmerken zu lassen. Bei der Berührung mit dem Mann, den sie von Tag zu Tag unwiderstehlicher fand, nahm eine brennende sexuelle Spannung ihren Körper in Besitz. Sie befand sich in einem brasilianischen Restaurant in New York, tanzte langsam zu einem der erotischsten Songs, die jemals komponiert worden waren, und das mit Seth Hunt, einem Mann, den sie auf dem Bildschirm bewundert hatte und nun persönlich kannte ... und in so kurzer Zeit so gut kennengelernt hatte. In diesem Moment wollte sie sich nur noch entspannen. Eigentlich hatte sie sich ganz cool verhalten wollen, aber so war ihr nun gar nicht zumute. Ein Teil von ihr sagte ihr, dass sie es für den Rest ihres Lebens bereuen würde, wenn sie jetzt nicht ihr Gesicht an seines schmiegte. Aber ein anderer Teil mahnte sie, dass ein Kuss von Seth ihre ganze Welt verändern würde. Sie musste sich entscheiden, womit sie besser zurechtkommen würde. Langsam ließ sie die Hände nach oben gleiten, legte sie um seinen Nacken und trat einen Schritt zurück, um ihm in die Augen zu schauen.

»Seth«, flüsterte sie.

»Lara.«

»Ich wollte deine Hand nicht loslassen.«

Ihr Magen zog sich zusammen, während sie auf seine Reaktion wartete. Sie hatte Angst vor einer Zurückweisung – das war eine Situation, mit der sie nicht vertraut war.

»Und ich habe es auch ernst gemeint, als ich sagte, dass ich dich nicht loslassen wollte«, erwiderte er.

Ein Schauer überlief sie, und als er ihr Kinn in die Hand nahm, war ihr bewusst, dass er das spürte. »Es tut mir leid«, flüsterte sie und senkte den Blick.

»Bitte, Lara, dir muss nichts leidtun. Überhaupt nichts.«

»Ich kann nicht anders.« Sie bewegte sich gemeinsam mit ihm zum Rhythmus der Musik. »Das war nicht geplant, als ich hierherkam. Ich habe nicht beabsichtigt, hier ... jemanden wie dich zu finden. Eigentlich sollte ich Susie bei einem ausgedehnten Einkaufsbummel begleiten, mich ein wenig besinnen und mich wieder nach Appleshaw zurücksehnen, und nun ...«

»Und nun tanzt du in einer brasilianischen Bar mit Dr. Mike.« Er lächelte. »Klingt ziemlich verrückt.«

»Nicht mit Dr. Mike«, widersprach Lara sofort. »Seth Hunt. Ich tanze mit Seth Hunt.«

»Ja, das stimmt«, sagte er leise.

»Und das ist genau das, was ich mir gewünscht habe«, erklärte Lara, als ihre Gefühle die Vernunft besiegten. »Ich wollte hier sein, mit dir, beinahe in Brasilien ... und in Frankreich, Italien und Thailand. Und zwar, nachdem ich Bekanntschaft mit einem Lemuren und einem Rentier gemacht und mir ein Musical über Kuchen angesehen habe.«

Er lächelte und strich ihr zärtlich mit den Fingern durchs Haar.

»Und ich überlege ständig, wie ... wie du wohl schmeckst. Wie sich deine Lippen auf meinen anfühlen würden. Und vielleicht ist das falsch. Wahrscheinlich sollte ich solche Gefühle nicht haben. Aber sie sind da. Sie sind einfach da. Und gestern Abend bin ich einfach mit meinem Burrito in der

Hand davongelaufen, um Servietten zu holen, obwohl ich das gar nicht wollte, und ...«
»Lara?«
»Ja«
»Hör bitte auf zu reden.«
»Okay.« Sie schluckte.
»Ich möchte auch gern herausfinden, wie du schmeckst.«
Lara hatte keine Zeit, darüber nachzudenken oder einen Schritt zurückzutreten, selbst, wenn sie das gewollt hätte. Plötzlich lag sein Mund auf ihren Lippen, und es war genau so, wie sie es sich vorgestellt hatte. Seine vollen, wunderschönen Lippen erforschten ihre mit einer unglaublich großen Leidenschaft, und sie erwartete beinahe, dass die Band zu spielen aufhören würde, doch sie konnte ohnehin nur noch ihren eigenen Herzschlag in den Ohren rauschen hören. Und er sagte ihr, dass dieser Kuss ohne Zweifel etwas ganz Besonderes war. Das war keine Racheaktion. Das war echt.

Lara schmeckte nach Sonnenaufgang, oder vielleicht war das nur das Gefühl, das er bei diesem Kuss empfand. Es war, als würde ein neuer Tag anbrechen, ein herrlicher und besserer Tag, der sich vor ihm erstreckte. Er schmiegte sich noch enger an sie, ihre Lippen berührten sich, sie öffneten beide leicht den Mund und spürten den Atem des anderen. Und die Welt um sie herum war unwichtig und nicht mehr zu sehen. Hätte er die Zeit anhalten können, hätte er sie für immer und ewig geküsst und bei sich behalten. Aber er hatte noch einige Probleme zu lösen, und als die Musiker von dem langsamen, sexy Song zu dem flotten »Samba De Janiero« übergingen, strömten andere Gäste auf die Tanzfläche, und er war gezwungen, ein paar Schritte zurückzuweichen.

»Alles in Ordnung?«, rief Seth, um die lauter werdende Musik zu übertönen, und drückte ihre Hand.

»Ja!«, erwiderte sie. »Und?«

»Was meinst du?«, fragte er lächelnd.

»Wonach habe ich geschmeckt?«, wollte Lara wissen. »Vom Bier einmal abgesehen.«

Er zog sie wieder an sich und fuhr ihr mit dem Daumen übers Gesicht. »Würdest du mir glauben, wenn ich dir sagte, dass du nach Sonnenaufgang und allem Schönen auf dieser großen weiten Welt schmeckst?«

Sie lachte. »Nein.«

»Nun«, meinte Seth. »Dann muss ich dich wohl noch einmal küssen, um mich davon zu überzeugen.«

»O nein!« Lara trat einen Schritt zurück, ohne seine Hand loszulassen. »In Brasilien muss man sich einen Kuss verdienen.«

»Ach, bist du plötzlich eine Expertin in brasilianischen Gebräuchen?«

»Ich glaube, wir müssen einen Tequila trinken und noch einmal miteinander tanzen, bevor wir uns wieder küssen dürfen … oder unsere Seelen werden niemals zur Ruhe kommen.«

Seth schüttelte lachend den Kopf. Und bevor sie es sich versah, wirbelte er sie herum, sodass sie gegen ihn stolperte, und umfasste mit beiden Händen ihre Taille. »Wir tanzen Samba«, verkündete er. »Und in Brasilien trinkt man übrigens Cachaça.«

»Dann für mich einen Doppelten.« Lara schlang die Arme um seinen Nacken und bewegte sich im Rhythmus der Musik.

KAPITEL ACHTUNDVIERZIG

Laras und Susies Airbnb-Apartment, East Village
»Ich kann es kaum glauben, dass mir der Mann seinen Hut geschenkt hat.« Lara legte die Hände an den Rand ihres neuen Panamahuts.

»Du hast ihn länger getragen als er. Wahrscheinlich hat er angenommen, dass du ihn ihm stehlen wirst, wenn er ihn dir nicht freiwillig überlässt. Und niemand will so kurz vor Weihnachten eine Anzeige wegen eines Hutdiebstahls erstatten.«

Lara nahm den Hut ab, schlug damit nach ihm und wäre beinahe auf dem frischen Schnee ausgerutscht, der während ihres Aufenthalts im Brazil Brazil gefallen war. Sie hatten getanzt, bis ihnen die Füße wehtaten, zu unbekannten Liedern fremde Texte mitgesungen, Cachaça mit Limetten getrunken und zugesehen, wie ein Hund in einem Elfenkostüm auf den Hinterbeinen Bossa Nova tanzte, während alle Gäste Beifall klatschten.

»Es ist schon beinahe zwei Uhr«, stellte Lara fest, setzte den Hut wieder auf und warf noch einmal einen Blick auf ihre Armbanduhr. »Es ist doch zwei Uhr, oder?« Sie hob ihr Armgelenk an Seths Gesicht. Ihr war ein wenig schwindlig von dem Bier.

»Ja, tatsächlich. Ich habe dich viel zu lange wach gehalten. Tut mir leid.«

»Nein«, erwiderte Lara leise. »Das muss dir nicht leidtun. Es war ein wunderschöner Abend. Wie eine Reise um die Welt in ... etwa sechseinhalb Stunden.«

»Ich wünschte, der Abend wäre noch nicht vorbei«, sagte Seth. Er nahm sie in die Arme und schaute ihr in die Augen. Sie standen vor dem Mietshaus; es war dunkel und für New York ungewöhnlich still. Nur der Verkehr auf der Hauptstraße war gedämpft zu hören, und in einiger Entfernung bellte ein Hund.

»Du könntest noch mit hineinkommen«, stieß Lara hervor. »Auf einen Kaffee.«

»Kaffee.« Seth sprach das Wort so aus, als hätte er es noch nie gehört.

»Ich weiß nicht, warum ich ›Kaffee‹ gesagt habe«, gab Lara zu. »Wir beide wissen, dass ich Sex meinte.«

»Ja«, erwiderte Seth. »Das war mir klar.«

»Und da du mich nicht hochhebst und mit mir die Treppe zum Apartment hinaufläufst, gehe ich davon aus, dass deine Antwort Nein lautet.«

»Meine Güte, Lara, es gibt nichts, was ich lieber täte, aber ... ich bin im Grunde genommen ein netter Kerl und schlafe nicht gleich beim ersten Date mit einem Mädchen. Selbst wenn dieses Mädchen die wunderbarste Person ist, die ich jemals kennengelernt habe.«

»Wirklich?«, fragte Lara.

»Du bist ein wunderbares Mädchen«, wiederholte er.

»Nein, ich meinte, ob nette Jungs wirklich nie beim ersten Date Sex haben. Wie war es denn in Staffel vier von *Manhattan Med*, als Dr. Mike diese Blondine aus dem Feuer gerettet hat?« Sie nickte wissend. »Oder willst du sagen, dass Dr. Mike kein netter Kerl ist?«

»Wie schon gesagt, ich bin Seth Hunt. Und Seth Hunt geht nicht beim ersten Date mit dem Mädchen ins Bett.«

»Aber Regeln sind doch da, um gebrochen zu werden, richtig? Du hast von neuen Erlebnissen gesprochen, davon, im Moment zu leben ...«

»Lara, mein Entschluss gerät ins Wanken, aber ich möchte trotzdem ein Gentleman bleiben ... vorerst.« Er lächelte sie an. »Und am Morgen, wenn das Bier aus den verschiedenen Ländern seine Wirkung verloren hat, wirst du mir dafür dankbar sein.«

Sie konnte sich nur noch darauf konzentrieren, wie gut er im Schein der Straßenlaterne aussah. Sein dunkles Haar war nach ihrem wilden Tanz leicht feucht, seine Augen funkelten, und seine Lippen schienen auf einen Kuss zu warten. Nein, sie wollte ihm nicht dankbar dafür sein; sie wünschte, sein Mund würde langsam an ihrem Körper nach unten gleiten. Aber wenn sie ehrlich mit sich selbst war, musste sie sich eingestehen, dass es zu früh war. Jetzt, wo sie sich ein wenig beruhigt hatte, ihren Bierkonsum berücksichtigte und gründlich darüber nachdachte, sah sie ein, dass er recht hatte.

»Hey«, flüsterte er. »Bist du mir jetzt böse?«

»Ja«, erwiderte sie. »Kein Mädchen wünscht sich einen so respektvollen Mann.« Sie lachte über ihre Bemerkung. »Also gut, das war gelogen. Wir alle wünschen uns einen Mann, der uns mit Respekt behandelt. Ich kann mir im Augenblick nur schwer vorstellen, dass du nach Hause gehst und ich von Ron, Harry und Hermine vor den Fensterläden begrüßt werde und mich dann *allein* in das warme, gemütliche und *riesige* Bett in unserem Apartment legen muss ...«

»Du und deine leuchtenden Schneemänner ...«

»Sie stehen dort drüben!« Lara deutete auf den Blumenkasten an der Mauer des Gebäudes. »Du kannst ihnen zuwinken, wenn du möchtest.«

»Ich würde dich lieber noch einmal küssen.« Er beugte

sich vor, zog ihr den Hut vom Kopf und legte wieder seine Lippen auf ihren Mund. Lara blieb beinahe das Herz stehen. Sie schmiegte sich an ihn und genoss das Gefühl, als seine Zunge mit ihrer spielte und ihre Körper miteinander zu verschmelzen schienen; sie wollte nicht auch nur einen Zentimeter von ihm getrennt werden.

Er drückte noch einmal sanft seine Lippen auf ihre, bevor er einen Schritt zurücktrat. »Ich muss gehen ... sonst bleibe ich doch noch.«

»Natürlich.« Lara schluckte. »Du musst gehen.«

»Sehen wir uns morgen?«

»Nun, das kommt darauf an, wie Susies und Davids Einkaufsbummel verlaufen ist. Entweder muss ich mich als Hochzeitsplanerin zur Verfügung stellen oder Tränen trocknen. Je nachdem können wir uns treffen.«

»Ich rufe dich an«, versprach Seth.

»Bitte, Seth, wirf einen Blick auf dein Telefon, bevor du gehst«, bat Lara ihn, als er ihr den Hut wieder aufsetzte. »Ich möchte wissen, ob sich deine Mum gemeldet hat.«

Er lächelte und atmete tief aus. »Also gut«, sagte er zögernd.

Sie beobachtete, wie er sein Telefon aus der Hosentasche zog. Ihr Herz klopfte schneller, und sie konnte sich kaum vorstellen, was seines jetzt tat. Seine Miene war ausdruckslos, und sie wartete unruhig auf seinen Kommentar.

»Keine Antwort«, erklärte er schließlich langsam. »Aber sie hat meine Nachricht gelesen.«

Lara lächelte. »O mein Gott, Seth, sie hat sie gelesen. Das ist toll! Großartig! Das heißt, dass es sie tatsächlich gibt, richtig? Sie ist eine reale Person!«

»Ja.« Er nickte. »Sie ist eine reale Person«, wiederholte er.

Lara umarmte ihn und drückte ihn an sich, um ihm zu zeigen, dass sie wusste, wie viel ihm das bedeutete. »Sie wird sicher bald antworten«, meinte sie.

»Das kannst du nicht wissen«, erwiderte Seth nüchtern. »Und sollte sie es nicht tun, ist das eben ihre Entscheidung.«

»Sie wird sich melden. Du musst daran glauben, dass sie ebenso nett ist wie du.«

»Meinst du?«

»Ich glaube fest daran«, erwiderte Lara entschieden. »Und das solltest du auch tun.«

»Also gut, Lemurenmädchen, ich vertraue auf deine Worte und glaube an ein Weihnachtswunder.«

»Nun, manche Leute glauben, dass Mark Zuckerberg alles vollbringen kann, also sollte auch ein eher göttliches Wunder möglich sein.«

»Gute Nacht, Lara.«

»Gute Nacht, Seth.«

Er küsste sie noch einmal und zog ihr dann lächelnd den Hut über die Augen, bevor er sich umdrehte und sich auf den Weg machte.

»Hey!«

»Bis morgen!«, rief er und winkte ihr zu. Und dann hörte sie, wie er die Anfangstöne von »Light My Fire« in den Wind pfiff, und ihr Herz sauste nach oben in den Himmel wie der Schlitten des Weihnachtsmanns.

KAPITEL
NEUNUNDVIERZIG

Weihnachtsmarkt am Union Square
»Verzeihung, könnte ich mir das große Bild von dem Graffiti näher anschauen?« Susie deutete an einem Stand für alternative Kunst auf ein Foto.

Die beiden Frauen waren unterwegs, um Susies Liste aller verheißungsvollen Geschäfte, die sie unbedingt besuchen wollte, abzuklappern. Dazwischen legten sie hin und wieder eine Pause in einem Café ein, denn Lara hatte erklärt, dass kein normaler Mensch so viele Läden an einem Vormittag schaffen konnte. Die Luft war frisch und kalt, und der Schnee, der in der Nacht gefallen war, verwandelte sich in Eis, aber an den Ständen mit den rot-weißen Markisen gab es glücklicherweise heiße Schokolade, nach Zucker duftende Donuts und kitschige Geschenkideen für jedermann.

Der Weihnachtsbummel des Pärchens am Tag zuvor hatte die beiden tatsächlich zu Tiffany's geführt, aber es ging nicht um einen Verlobungsring. David hatte Susie nach ihrer Meinung über eine sehr teure Brosche für seine Großmutter gefragt. Lara sah darin kein Problem – sie fand es sogar sehr nett von David, Susie bei der Entscheidung über ein Familiengeschenk miteinzubeziehen. Aber jedes Mal, wenn sie erwähnte, dass sie das als Pluspunkt in ihrer Beziehung ansah, konterte Susie, indem sie irgendetwas erwähnte, was sie an Davids Verhalten in ihrer Beziehung störte. Im Juni hatte er an einem Samstag viel zu viel Zeit im Badezimmer verbracht, und vor ein paar Tagen hatte er in einem spanischen Restaurant eine Gabel fallen lassen, sie an seiner Serviette abgewischt und wieder benützt. Danach sagte Lara nichts mehr dazu.

»Für wen möchtest du das Bild kaufen?«, fragte Lara.

»Ich bin mir nicht sicher, ob es in deinen Koffer passt.«

»Oh, ich möchte es nicht mitnehmen«, erwiderte Susie, während der Budenbesitzer das Bild holte. »Es ist für David.«

»Mag David moderne Fotografie?«, fragte Lara.

»Nein«, erwiderte Susie. »Er kann sie nicht ausstehen.«

Der Verkäufer kam mit dem Bild zurück, und Susie nickte zustimmend. »Das gefällt mir. Wie viel kostet es?«

»Einen Moment«, sagte Lara zu Susie und dem Standinhaber. »Willst du das David tatsächlich schenken?« Sie wandte sich kurz dem Verkäufer mit dem Bild in der Hand zu. »Nichts für ungut! Es ist toll, aber meine Freundin möchte es kaufen, um sich zu rächen, und ich finde, das sollte sie nicht tun.« Sie schluckte und schaute den Mann mit der Wollmütze an, der aussah, als wäre er jetzt lieber an irgendeinem anderen Ort und müsste sich nicht mit ihnen unterhalten. Und das konnte sie ihm nicht übel nehmen. »Das stimmt doch, oder?« Sie ertappte sich dabei, dass sie den Standbesitzer um Zustimmung heischend ansah.

»Na ja«, begann Susie. »Gestern Abend ist mein Freund mit mir zu Tiffany's gegangen, damit ich mir eine Diamantbrosche für seine Großmutter anschaue. Wir haben eine Menge Zeit dort verbracht, direkt neben den Verlobungsringen, und er hat nicht einmal dorthin geblickt. Nicht einmal, als ich drei Mal gesagt habe ›oh, der ist aber hübsch‹ und dann ›der würde mir wirklich gefallen‹.« Sie musterte den Budenbesitzer, der aussah wie eine Schildkröte, die sich in ihren Panzer verkriechen wollte. »Das ist doch seelische Grausamkeit, oder etwa nicht? Er geht mit seiner Freundin zu Tiffany's, dem Geschäft, das für seine Verlobungsringe berühmt ist, und wirft nicht einmal einen Blick darauf.« Sie deutete mit einem Finger auf den Verkäufer. »Sie würden das nicht tun, oder? Ich meine, niemand würde das tun!« Ihr Haar, das heute wie eine große Brezel auf ihrem Kopf aufgetürmt war, wackelte bedrohlich, und Lara griff rasch nach ihrem Arm.

»Susie, komm, ich glaube, wir brauchen eine Tasse Kaffee.« Sie schaute den Standbesitzer an und formte lautlos mit den Lippen eine Entschuldigung, bevor sie Susie unter der Markise entlang auf den belebten Marktplatz, ein Paradies für jeden Einkaufssüchtigen, führte. Wenn ihre Freundin sich derart ereiferte, gab es nur eine Lösung – man musste sie ablenken.

»Was hältst du davon, eine Handtasche für mich auszusuchen?« Lara wollte immer noch keine Tasche kaufen, aber Susie brauchte jetzt das Vergnügen, eine für sie zu finden. Und die Taschen auf diesem Markt waren hoffentlich um einiges günstiger als die Designermodelle bei Macy's.

»Du willst keine Handtasche«, sagte Susie spöttisch. »Das sagst du jetzt nur in der Hoffnung, dass ich dann nicht mehr über Davids erbärmliches Verhalten von gestern Abend rede.«

»Das stimmt nicht.«

»Lara, du wolltest vor ein paar Tagen diese tolle Tasche nicht haben. Und du willst auch jetzt keine kaufen.«

»Ich …«

»Du willst nur, dass ich nicht mehr darüber spreche, wie David sich diese unglaublich teure Brosche für seine neunzig Jahre alte Großmutter angesehen und keinen Blick für die

Verlobungsringe übrig gehabt hat. Ich meine, wofür braucht sie eine Brosche im Wert von fünfhundert Dollar?«

»Na ja ...«

»Fünfhundert Dollar für eine Brosche! Das ist halb so viel wie der Wert des Verlobungsrings, den ich von ihm erwartet hätte!«

»Halb so viel!«, platzte Lara heraus. Sie hatte offensichtlich keine Ahnung, was ein Verlobungsring kosten sollte. Aber eintausend Dollar kam ihr sehr viel vor. Ihr Auto hatte weniger gekostet.

»Was? Hältst du mich etwa für materialistisch? Ich habe vor, mich nur einmal zu verloben. Das ist eine bedeutende Sache, und wer dafür weniger als tausend Dollar ausgibt, meint es nicht ernst.«

»Oh! Wer hat meine beste Freundin heute Nacht gekidnappt und sie durch ein ... Verlobungsmonster ausgetauscht?« Sie hatte keine Ahnung, ob es diesen Ausdruck gab, aber im Moment erschien er ihr passend.

»O mein Gott!« Susie legte die Hände an die Wangen, als sie an einem deutschen Stand mit allen möglichen Weihnachtsköstlichkeiten angelangt waren. Es gab Lebkuchenhäuschen, Lebkuchenmännchen, heiße Getränke mit Gewürzen und Geschenkpäckchen, gefüllt mit Nussknackern aus Schokolade. »Ich bin tatsächlich materialistisch und verrückt nach Markenmode. Ich bin schon genauso wie meine Mutter!«

»Nein, das bist du nicht«, beruhigte sie Lara. »Na ja, ein bisschen vielleicht, aber das verstehe ich. Wir sind nicht in Appleshaw, sondern in New York. Das ist wie London, nur besser. Das Stadtleben begeistert dich, und du freust dich so sehr, David wiederzusehen, und ... Ich hatte letzte Nacht beinahe Sex mit Seth.«

»Was?«

Das hatte Lara nicht sagen wollen – die Worte waren einfach aus ihr herausgesprudelt. Sie nickte.

»Aber als ich dich heute Morgen gefragt habe, wie das Date gelaufen ist, habe ich von dir nur ein ›Gut‹ zu hören bekommen. Über Beinahe-Sex hast du nichts gesagt.«

»Ich wollte es dir erzählen, aber dann hast du mit einer Tirade über David losgelegt und dich darüber ausgelassen, dass du dich nicht von ihm verstanden fühlst und vorhättest, seine beste Schere stumpf zu machen.«

»Ich …«, begann Susie. »Das habe ich tatsächlich gesagt, oder? Meine Güte, ich bin eine schreckliche Person. Ich bin mir nicht einmal sicher, ob ich ihn heiraten will – ich wollte einfach nur das Gefühl haben, dass er mich heiraten möchte!« Sie holte tief Luft. »Und jetzt mehr von dem Beinahe-Sex, bitte!«

Der Standbesitzer, der ihnen gerade eine Geschenkpackung mit Lebkuchen hatte zeigen wollen, zog die Blechschachtel rasch wieder zurück.

»Trinken wir einen Kaffee?«, fragte Lara.

Sie setzten sich in einem der Stände an eine Bar, an der es Kaffee in unzähligen Geschmacksrichtungen gab. Von Creme Caramel und Haselnuss bis zu Speck in Ahornsirup und Taco … Lara hatte sich für etwas Alltäglicheres und weniger Pikantes entschieden, allerdings hatte sie Schokolade-Kokosnuss noch nie probiert. Der Kaffee roch köstlich, und das Sahnehäubchen schmeckte großartig.

»Ihr habt euch also geküsst«, stellte Susie fest und schlürfte an ihrem Getränk mit Haferflockenkeks-Aroma.

»Mehrere Male … Und wir haben uns an den Händen gehalten.« Bei dem letzten Satz wurde sie so rot, als hätte sie von der Hündchenstellung gesprochen. In gewisser Weise hatte sie das Händchenhalten als intimer empfunden als die Küsse.

»Macht mich das zu einer Schlampe?«, fragte Lara. »Zu einer Betrügerin, die zweigleisig fährt? Zu einer ... Vollidiotin?«

»Du bist keine Vollidiotin. Und auch nichts von all dem anderen. Du hast nichts Falsches getan. Dan wollte eine Auszeit. Dan ist jetzt mit Chloe zusammen. Und du bist in New York und hast Seth kennengelernt.«

»Muss ich mich also nicht schuldig fühlen? Soll ich mich weiter mit ihm treffen? Ich meine, ich bin hierhergekommen, um Dan zurückzugewinnen, und nun ...«

»Und nun bist du endlich aufgewacht und siehst, was die Welt sonst noch zu bieten hat, richtig? Du hast entdeckt, dass es noch etwas anderes gibt als den Nachmittagstee bei Mrs Fitch und im Preis herabgesetzte Komposterde.«

»Das klingt so, als hätte ich mein halbes Leben im Gartencenter verbracht.« Lara nippte an ihrem Kaffee und spürte, wie das Aroma ihre Geschmacksknospen anregte.

»Ich glaube, dass du dein halbes Leben lang deine Augen nicht richtig geöffnet hast«, meinte Susie. »Und nun hast du sie aufgemacht ... und Seth Hunt vor dir gesehen.«

Lara lief ein Schauer über den Rücken, und obwohl sie auf dem Barhocker hin und her rutschte und so tat, als läge das an dem leichten Winterwind, konnte sie Susie nicht täuschen.

»Wenn er bei dir solche Gefühle auslöst, verstehe ich nicht, warum du nicht mit ihm geschlafen hast.«

»Er wollte nicht.«

»Was? Hast du ihn etwa gefragt?«

»Siehst du, ich bin doch eine Schlampe.«

»Hör auf damit. Es überrascht mich nur, dass er Nein gesagt hat, das ist alles.«

»Das hat er getan, weil er ein netter Kerl ist, und er hatte recht. Es wäre nicht richtig gewesen, es so früh zu tun. Wenn überhaupt.«

»Willst du damit sagen, das war's dann? Du wirst nicht mit ihm schlafen?«

»Ich weiß es nicht«, erwiderte Lara. »Ich will es nicht *planen*. Wer tut denn so etwas? Es sollte einfach passieren, ganz natürlich, so wie ...«

»Wie im Film?«, unterbrach sie Susie und verdrehte die Augen so, dass einen Moment lang nur noch das Weiße zu sehen war. »Dann wirst du wohl ziemlich lange darauf warten müssen. Als David und ich zum ersten Mal miteinander schlafen wollten, dauerte es nur sechs Minuten, bis er die Kostüme aus dem Amazon-Paket geholt hatte und ...«

»Susie! Nein! Wenn ich mir das jetzt anhöre, kann ich es nie wieder vergessen!« Sie presste die Hände auf die Ohren.

»Ich will damit nur sagen, dass ein wenig Planung im Voraus nicht schaden kann.«

»Vielleicht sollte ich Dan anrufen.«

»Was? Nein! Wozu? Willst du ihn um Erlaubnis bitten, mit Seth schlafen zu dürfen?«

»Na ja ...« Das war vielleicht ein wenig übertrieben, aber sie hatte das Gefühl, mit einem Bein noch in und mit dem anderen bereits außerhalb dieser Beziehung zu stehen. Sie brauchte einen Abschluss.

»Du wirst Dan nicht anrufen. Hat er dich um Erlaubnis gebeten, mit Chloe auf den Weihnachtsmarkt in Salisbury zu gehen? Und mit ihr Glühwein zu trinken und sich die Songs der einheimischen Bands anzuhören, die dir so gut gefallen?«

Lara schüttelte den Kopf.

»Und was ist mit den anderen Idioten von der Whirlpool-Firma? Willst du sie etwa auch noch nach ihrer Meinung fragen?«

»Schon gut, ich hab's verstanden. Es war eine dumme Idee.«

»Ja«, bestätigte Susie. »Das war es. Denn die einzige Person, von der du Zustimmung brauchst, bist du selbst. Und natürlich auch von mir, und ich gebe dir meine Erlaubnis. Ich gebe dir die Genehmigung, Seth Hunt in nur jeder erdenklichen Position zu …«

»Psst!« Lara wedelte mit den Händen vor Susies Mund durch die Luft, um sie zum Schweigen zu bringen.

»Das ist *deine* Zeit, Lara. *Dein* Weihnachten in New York, in *deinen* …« Susie warf einen Blick auf Laras Füße. »In deinen Vagabundenschuhen, die dich in das Herz der Stadt bringen, hier im guten alten New York.«

Unwillkürlich dachte sie daran, wie Seth und sie auf dem Empire State Building laut über die Dächer geschrien hatten. »Bitte sing jetzt nicht ›New York, New York‹ von Sinatra«, bat Lara.

»Also, wann wirst du mit Seth schlafen?«, fragte Susie plötzlich aufgedreht. Offensichtlich hatte der Kaffee seine Wirkung entfaltet. »David und ich könnten ausgehen – allerdings nicht wieder zu Tiffany's. Wir könnten dein Zimmer im Apartment ein wenig romantischer gestalten. Vielleicht mit ein paar Schmusesongs von Spotify, gedämpftem Licht und Essen, mit dem du dich nicht bekleckern kannst …«

»Okay, hör auf damit.« Lara war belustigt, aber auch entsetzt. »Ich weiß, wir bleiben nicht mehr lange hier, aber trotzdem muss ich mir vorher sicher sein.«

»Meine Güte! Wann trefft ihr euch wieder? Heute Abend?«

»Er hat versprochen, mich anzurufen. Gestern hat er etwas von Interviews für die morgige Filmpremiere erwähnt.«

»Ich kann es nicht glauben, dass du dich mit einem Filmstar triffst!«

»Und ich kann es nicht glauben, dass du dich beim ersten Sex mit David verkleidet hast.«

»Ehrlich gesagt kann ich mir seitdem den Film ›Die Eiskönigin‹ nicht mehr anschauen.«

»Susie! O nein!«

KAPITEL FÜNFZIG

Hotel Four Seasons, East 57th Street
Seth hatte bereits zwei Gläser Wasser getrunken, und sein Mund war immer noch trocken. Trent und er saßen in dem Vorraum der Suite, in der gleich das Presseinterview stattfinden würde. Überall standen Pflanzentöpfe mit Weihnachtssternen und Mispeln. Bei ihrer Ankunft hatte ihm die festlich gekleidete Rezeptionistin ein rot-weiß-gestreiftes Bonbon und ein Päckchen mit Preiselbeersaft gereicht. Er hatte in dieser Woche kaum an Weihnachten gedacht, aber das Fest stand vor der Tür, und das war überall in der Stadt deutlich zu sehen.

Das bevorstehende Interview zu dem Film *The End of Us* machte ihn nicht nervös, denn er hatte in dem voraussichtlichen Kassenschlager nur eine relativ kleine Charakterrolle gespielt, und alle Augen waren auf die Stars der Show gerichtet. Seine Aufgabe bestand nur darin, die Themen des Films zu promoten und etwas über die Figur zu erzählen, die er dargestellt hatte. Die Rolle von Garth hatte ihm viel Spaß gemacht – er hatte zum ersten Mal einen Mann küssen müssen –, und die Kritiken über den Film waren sehr gut gewesen. Aber er machte sich Gedanken wegen des bisher nur einseitigen Kontakts zu seiner Mutter. Er konnte ihr Profilfoto neben seiner Nachricht sehen, aber es gab immer noch kein Zeichen einer Antwort. Nichts. Sie hatte seinen Post gelesen, aber nicht zurückgeschrieben.

»Alles in Ordnung, Kumpel?«, fragte Trent und hob den Blick von seinem Handy.

»Ja«, erwiderte Seth. »Mir geht es gut.«

»Du bist ziemlich blass für jemanden, der anscheinend zur Hälfte ein Hispano ist.«

»Das liegt am New Yorker Winter.«

»Vielleicht brauchst du eine dieser Lampen für Menschen, die im Sommer nicht rauskommen, oder einen Termin in einem Bräunungsstudio. Du hast doch sicher die richtigen Gene für eine gute Bräune, oder?«

Seth schüttelte lächelnd den Kopf. »Alles, was du soeben gesagt hast, ist nicht gerade politisch korrekt.«

»Was?«, fragte Trent irritiert.

»Nichts.« Seth starrte auf das leere Wasserglas in seiner Hand.

»Möchtest du noch ein Glas Wasser?«

»Nein, wenn ich noch mehr trinke, muss ich aufs Klo.«

»Okay, also hör zu. Bevor du da reingehst, möchte ich dich vor ein paar Dingen warnen, die auf dich zukommen könnten.«

»Okay.« Seth sah seinen Freund misstrauisch an.

»Ich habe möglicherweise diese Twitter-Sache mit laraweekend erwähnt, als ich mit der Presse gesprochen habe, also stellen sie dir vielleicht ein paar Fragen darüber.«

»Was?«, rief Seth. »Warum hast du das getan? Was genau hast du gesagt?«

»Nun mal langsam! Reg dich wieder ab.« Trent schenkte rasch den anderen wartenden Schauspielern ein Lächeln.

»Was hast du gesagt, Trent?«

»Ich habe nur erzählt, dass sich das Lemurenmädchen mit einer herzzerreißenden Bitte in den sozialen Medien an dich gewandt hat und dass du ihr nun eine schöne Zeit bereitest, ihr New York zeigst und ihr dabei hilfst, ihren Liebeskummer zu überwinden.«

»Ich habe dir doch gesagt, dass ich diese Art von Publicity nicht haben will«, stieß Seth mit zusammengebissenen Zähnen hervor.

»Und ich habe dir gesagt, dass ich dich als Marke aufbauen muss, vor allem, falls du die Rolle von Sam bekommen solltest. Wir müssen dafür sorgen, dass du für alle diese bedeutungsvollen, tiefgründigen Rollen die erste Wahl wirst. Wir wollen doch nicht, dass sie sich immer nur für Christian Bale oder Eddie Redmayne entscheiden, richtig?«

»Hör mal, wegen Lara ...«

»Nervt sie dich? Ist sie so durchgeknallt, dass sie sich mit der Serviette, die du beim Mittagessen benützt hast, den Hintern abwischen will? Dann könnte ich mir eine andere Strategie vorstellen. Wie wäre es, wenn du morgen mit Mira Jackson zur Premiere gehst?«

»Ich glaube, ich bin dabei, mich in sie zu verlieben.«

»Hey, jeder, der Augen im Kopf hat, verliebt sich in Mira Jackson. Ob Männlein, Weiblein oder irgendetwas dazwischen ...«

»Ich meine nicht Mira Jackson«, erwiderte Seth ungehalten. »Es geht um Lara. Ich verliebe mich in Lara.«

Dieses Mal hatte er den Satz nicht mehr mit »Ich glaube« begonnen. Weil er es wusste. Welche Beziehung zwischen ihnen auch bestehen mochte, sie war echt und stark, und er wollte sie gründlich erforschen.

»Das ist ein Witz, oder?« Trent lächelte schmallippig und schien auf die Pointe zu warten. »Du nimmst mich auf den Arm, richtig? Netter Versuch! Wahnsinnig komisch!« Er schlug Seth mit der Faust gegen die Schulter.

»Nein, Trent, ich will dich nicht verschaukeln. Ich meine

das ganz ernst.« Er atmete tief aus. »Ich habe sie gestern Abend ausgeführt, und ...«

»Was? Nein. Nein, nein, nein! Ein Date? Eine richtige Verabredung? Nicht nur wegen der Fotos für ihren Instagram-Account? Bist du übergeschnappt?«

Seth konnte sich nicht daran erinnern, dass sie irgendwelche Fotos geschossen hätten. Dazu waren sie viel zu sehr miteinander beschäftigt gewesen, mit ihrer Unterhaltung, dem Essen und dem Tanz um die ganze Welt ...

»Diese ganze laraweekend-Geschichte war ein Geschenk des Himmels. Du konntest darin als guter Junge auftreten, der ihr wieder zu Selbstvertrauen verhalf, nachdem ihr Freund ihr den Laufpass gegeben hatte. Du solltest ihr nur trostreich den Arm um die Schultern legen und ihr sagen: ›Los, Mädchen, du schaffst das. Frauen sind stark, sie können einen Schlag wegstecken, sich wieder aufrappeln und ihr Leben weiterführen.‹ Das funktioniert aber nicht, wenn du dich an sie heranmachst – nur einige Wochen, nachdem ihr die Liebe ihres Lebens das Herz gebrochen hat.«

Hatte Lara gesagt, dass Dan die Liebe ihres Lebens war? Falls ja, konnte er sich nicht mehr daran erinnern. Aber sie hatte ihm erzählt, dass sie noch keinen anderen Freund gehabt hatte, also könnte Dan tatsächlich ihre große Liebe sein ... Das war kein sehr gutes Gefühl.

»Meine Güte, du hast doch nicht mit ihr geschlafen, oder?«, zischte Trent.

»Kannst du bitte etwas leiser sprechen?«, forderte Seth ihn auf.

»Das tue ich bereits. Und das ist nicht leicht, wenn ich am liebsten so laut brüllen würde wie ein Sportkommentator bei einem Baseballspiel, der einen Spieler bei einem Home-Run anfeuert!«

»Ich werde Lara bitten, mich morgen Abend zu der Premiere zu begleiten.«

»Nein«, entgegnete Trent. »Das geht nicht. Laraweekend war für einen netten Kaffeeplausch vorgesehen, für Taubenfüttern im Park, vielleicht noch für einen kleinen Einkaufsbummel, aber nicht für Auftritte auf dem roten Teppich, die für deine Karriere entscheidend sein könnten. Sie hat doch keine Ahnung, wie sie sich dort benehmen muss.«

»Hast du gerade gesagt, sie war für diese Dinge ›vorgesehen‹? Sie ist ein Mensch, Trent. Kein Staubsauger! Und ich werde mit ihr zu dieser Premiere gehen.«

»Seth, das solltest du dir gut überlegen. Damit verwandelst du dich von dem netten, anständigen Schauspieler aus den Hallmark Movies in einen der Striptänzer aus *Magic Mike Live*.«

Die Tür der Suite ging auf, und eine Frau rief Seths Namen. Er stand auf und wandte sich noch einmal zu Trent um. »Ich werde Lara zu dieser Premiere einladen. Vielleicht möchte sie mich gar nicht begleiten. Ich glaube nicht, dass sie von einem Auftritt auf dem roten Teppich begeistert ist. Und falls sie nicht mitkommen will, möchte ich auf keinen Fall, dass du eine andere Begleitung für mich arrangierst. Hast du das verstanden?«

Trent senkte den Kopf und starrte auf eine Ausgabe von *Time Out*.

KAPITEL EINUNDFÜNFZIG

Chrysler Building, Lexington Avenue

»Das ist alles so groß!«, rief Aldo am Telefon. Lara war über FaceTime mit ihrem Beinahe-Bruder und ihrem Dad verbunden und schwenkte ihr Telefon herum, um ihnen die schneebedeckten Straßen und einige von New Yorks bekannten Gebäuden zu zeigen.

»Es ist dreihundertneunzehn Meter hoch. Man kann aber nicht ganz nach oben fahren, weil es in Privatbesitz ist.«

»Als ich ein kleiner Junge war, habe ich geglaubt, in der Culver Street in Salisbury sähe es so aus wie in New York«, sagte Gerry lachend und räusperte sich. »Das ist schon lange her. Da war ich noch nicht in London gewesen.«

»Susie, zeig meinem Dad und Aldo deinen Hotdog«, forderte Lara ihre Freundin auf. Sie richtete ihr Telefon auf das traditionelle Würstchen mit braunem Senf und Sauerkraut, das Susie sich soeben gekauft hatte.

»Ich habe Hunger«, erwiderte Aldo sofort.

»Das sieht gut aus«, meinte Gerry. »Nicht so wie die Würstchen, die Reg Mundy bei unserem letzten Sommerfest gegrillt hat. Sie waren winzig – wenn man einmal hineingebissen hatte, waren sie schon weg.«

Lara drehte das Telefon wieder so, dass sie ihren Dad und Aldo sehen konnte. Es war ein merkwürdiges Gefühl, sich auf einer geschäftigen Straße in New York zu befinden, während die beiden im Hof vor ihrer Transportfirma neben Tina standen. Der Christbaum im Rockefeller Center war einer der größten der Welt, und der künstliche Weihnachtsbaum im Büro war so winzig, dass er im Hintergrund kaum zu sehen war.

»Wie läuft es in Appleshaw?«, fragte Lara und spürte, wie Susie sie mit dem Ellbogen anstupste.

»Mrs Fitch hat sich mit Flora gestritten«, berichtete Aldo.

»Das war kein Streit«, warf Gerry ein. »Eher eine Art …«

»Auseinandersetzung?«, schlug Lara vor.

»Ein Zickenkrieg?«, meinte Susie, den Mund voll mit einem Bissen von ihrem Hotdog.

»Eine Diskussion«, erwiderte Gerry. »Bei der sie sich beinahe an die Kehle gegangen wären.«

»Mit einer Weihnachtsgirlande aus Engeln«, fügte Aldo hinzu.

»Nein!« Lara musste sich zusammenreißen, um nicht laut loszulachen. »Geht es ihnen gut?«

»Den Engeln?« Aldo hob fragend die Augenbrauen.

»Nein, Mrs Fitch und Flora.«

»Ja, alles in Ordnung«, antwortete Gerry. »Es ging mal wieder um diesen uralten Preisauszeichner. Mrs Fitch hatte einen Teil der Engel mit neunundneunzig Pence ausgezeichnet, und die anderen kosteten drei Pfund und neunundneunzig Pence. Flora hatte schon immer einen Riecher für ein Schnäppchen.«

Susie schüttelte in gespielter Verzweiflung den Kopf, formte mit den Lippen das Wort »Appleshaw« und verdrehte wieder die Augen.

»Dan hat Chloe im Freizeitheim geküsst«, stieß Aldo hervor.

»Aldo!«, tadelte Gerry ihn. »Ich habe dir doch gesagt, dass wir heute mit niemandem darüber sprechen.«

Lara wusste nicht, was sie darauf sagen sollte. Eigentlich

hatte sie sich mit diesem Anruf nur nach ihrer Familie erkundigen wollen, aber Susie hatte ihr eingetrichtert, nachzuforschen, ob ihre Schuldgefühle tatsächlich in irgendeiner Weise berechtigt waren. Und nun hatte sie eine eindeutige Antwort bekommen. So wie sie sich weiterbewegt hatte – oder vielleicht ein wenig vom geraden Pfad abgewichen war – und Seth geküsst hatte, so hatte auch Dan mit Chloe einen neuen Weg beschritten.

»Tut mir leid, Lara«, sagte Aldo sofort.

»Das muss dir nicht leidtun, Aldo. Alles in Ordnung«, erwiderte Lara. Susie legte ihr den Arm um die Schulter und zog sie an sich.

»Schätzchen, dieser Kerl ist es nicht wert, dass du ihm auch nur noch eine einzige Sekunde deiner Zeit schenkst«, meldete sich Gerry zu Wort. Sie hörte, dass er betroffen war. Er war immer für sie da gewesen, hatte ihr die Tränen getrocknet, Pflaster aufgeklebt und ihr beigebracht, wie sie dem älteren der Baxter-Brüder in der Schule eins auf die Nase geben musste ...

»Kein Problem, Dad. Eigentlich war das genau das, was ich jetzt hören musste«, erwiderte Lara aufrichtig. Es schmerzte ein wenig, das auszusprechen, aber es war die Wahrheit. Und nun war es offiziell. So eindeutig wie Schwarz und Weiß. Sie und Dan waren kein Paar mehr.

»Und du hast ja jetzt Seth, den Nicht-Dojo«, sagte Aldo.

»Seth?«, fragte Gerry. »Wer ist Seth?«

»Er wird Ihnen gefallen, Mr Weeks«, rief Susie und stellte sich vor die Linse des Telefons. »Er ist ein echter Gentleman. Er mag Trucks, trinkt gern Bier und ist ein Football-Fan, Aldo!« Susie hatte das alles erfunden, bis auf den Teil mit dem Bier.

»Kann er mir die Sticker besorgen, die mir noch fehlen?«, wollte Aldo wissen.

»Ich weiß es nicht, Aldo. Ich muss jetzt aufhören, aber ich ruf dich morgen wieder an. Und falls du den Streit zwischen Mrs Fitch und Flora gefilmt hast, dann schick mir das Video.«

»Henry Grove hat es bei YouTube eingestellt«, erwiderte Aldo.

»Tschüss!« Lara winkte. »Bis dann, Aldo und Dad!«

»Tschüss, Schätzchen«, sagte Gerry und winkte zurück.

»Bis bald, Lara!«, rief Aldo.

Lara legte auf und atmete tief die kalte Luft ein. »Nun scheint wohl alles klar zu sein. Dan und Chloe im Freizeitheim.«

»Ein toller Ort für den ersten Kuss.« Susie schnalzte missbilligend mit der Zunge. »Nicht zu vergleichen mit einem brasilianischen Restaurant.«

»Vielleicht habe ich ihn zuerst betrogen«, sagte Lara seufzend. »Ich hätte Aldo nach der Uhrzeit fragen sollen.«

»Wollen wir uns jetzt etwa darüber unterhalten, wer was zuerst gemacht hat? Ich glaube nicht, dass Dan im Moment auch nur einen Gedanken darauf verschwendet. Wahrscheinlich sitzt er am Golfplatz im Clubhaus und starrt auf Chloes Doppel-D-Brüste.« Sie tätschelte Laras Schulter. »Er hat die Sache beendet. Sich eine Auszeit gewünscht. Wie auch immer. Er ist derjenige, der zuerst gegangen ist.«

Lara tippte auf das Display ihres Telefons.

»Was hast du vor?«, wollte Susie wissen.

»Ich schreibe Dan eine Nachricht.«

»Was? An ihn würde ich kein Wort mehr verschwenden, Lara!«

»Das habe ich auch nicht vor«, erwiderte Lara. »Ich werde der Sache ein Ende setzen. Ich mache Schluss mit ihm.«

KAPITEL ZWEIUNDFÜNFZIG

Chapel Shelter, West 40th Street

Seth, ich wollte dir eigentlich sofort antworten, aber ich brauchte eine Nacht und einen halben Tag, um darüber nachzudenken, was ich dir sagen möchte. Zuerst will ich dich wissen lassen, dass ich dich zwar hergegeben, dich aber nie vergessen habe, nicht eine Sekunde lang. Zu wissen, wer du bist und wo du bist und zu welchem wunderbaren Menschen du herangewachsen bist, hat es mir leichter gemacht, mich von dir fernzuhalten. Ich weiß nicht, ob du das verstehst. Ich will damit sagen, dass ich offensichtlich die richtige Entscheidung getroffen habe. Kossy hat dich hervorragend großgezogen, und ich wusste, dass sie das tun würde. Sie hat dir das Leben ermöglicht, das ich mir für dich gewünscht habe. Ein Leben, das ich dir niemals hätte bieten können. Ich schäme mich nicht dafür, dass ich dich im Obdachlosenheim zurückgelassen habe, aber ich schäme mich dafür, wer ich damals war. Hätte ich dich behalten und dich zu einem Teil meines Lebens gemacht, wäre das selbstsüchtig und grausam gewesen. Ich hoffe, dass du das verstehst. Und nun hast du Kontakt zu mir aufgenommen – das habe ich nicht einmal zu träumen gewagt. Ich habe dich gesehen, Seth, nicht nur auf der Leinwand, sondern auch im Obdachlosenheim, immer, wenn ich meine Neugier nicht mehr unterdrücken und genügend Mut aufbringen konnte. Oft stand ich auf der anderen Straßenseite und beobachtete meinen

Jungen, der so groß und stark geworden war und sich so gebildet ausdrückte. Ich bin sehr stolz auf dich, falls eine Mom wie ich das sein darf ... Und ich habe mich so sehr gefreut, von dir zu hören! Wie es nun weitergeht, liegt ganz bei dir. Ich wünsche mir nichts mehr, als dich wieder so in den Armen zu halten, wie ich es in den ersten Momenten deines Lebens getan habe. Aber es ist deine Entscheidung, Seth. Wenn du nur wissen wolltest, wer ich bin und wo ich lebe, mich aber nicht treffen möchtest, werde ich das natürlich akzeptieren. Solltest du mich aber doch sehen wollen, wird das sicher unser beider Leben verändern. Candy x

»Du bist in letzter Zeit so oft hier, dass man dir bald ein Bett zuteilen wird.«

Beim Betreten des Obdachlosenheims wurde Seth von Felice begrüßt. Sie war dabei, einem Handwerker, der an dem Heizkörper arbeitete, einen Schraubenschlüssel zu reichen.

»Hey, Felice, ist meine Mom hier?«

»Hattest du schon ein Date mit Lara?«

»Ich ... Ist meine Mom in der Nähe?«

»Was ist mit dem Date?«

»Wir haben uns getroffen, okay? Wo ist meine Mutter?«

»Du hattest ein Date mit Lara?« Der Handwerker stand auf und drehte sich um.

»Hey, Dad. Ich habe nicht gesehen, dass du das bist. Ich habe dich nicht erkannt, weil ich dich nur von hinten gesehen habe.«

»Du meinst, du hast ihn nicht an seinem Hintern erkannt«, sagte Felice. »Das ist gut, sonst müsste ich das der Fürsorge melden.«

»Deine Mutter telefoniert in ihrem Büro und versucht, jemanden zu finden, der die Heizung repariert, falls es mir nicht gelingen sollte«, erwiderte Ted. »Ich weiß, damit zeigt sie kein großes Vertrauen in meine Fähigkeiten, aber da es mir anscheinend nicht einmal gelingt, diese uralte Heizung zu entlüften, ist das wahrscheinlich durchaus berechtigt.«

»Ich ...« Er konnte sich kaum mehr zurückhalten, aber er musste seine Aufregung ein wenig unterdrücken.

»Du wirst Lara einen Antrag machen!«, rief Felice.

»Was?« Ted starrte Seth an. »Du willst Lara bitten, dich zu heiraten?«

»Nein! Hör nicht auf sie!«

»Wenn du sagst, dass ich nicht auf sie hören soll, heißt das nicht, dass du Lara keinen Heiratsantrag gemacht hast. Was ist los, mein Sohn?«

»Ich habe eine Nachricht von meiner Mom bekommen«, berichtete Seth. »Von meiner leiblichen Mutter«, verbesserte er sich rasch.

»Wow!« Felice ließ den Schraubenschlüssel fallen.

»Nun, das ist ...«, begann Ted und räusperte sich. »Das ist großartig, Seth, ganz wunderbar.« Er legte den Arm um Seths Schultern. »Komm, wir erzählen es deiner Mom.« Er lächelte. »Deiner anderen Mom.«

Kossy begann zu weinen, als sie die Nachricht las. Das hatte Seth vorhergesehen. Auch ihn hatten seine Gefühle übermannt, als er die Antwort gelesen hatte, während Trent ihn darüber ausfragte, wie das Interview zu *The End of Us* gelaufen war. Schließlich war er in die Toilette geflüchtet, um die Nachricht allein und in Ruhe verdauen zu können.

»Das ist wunderschön.« Kossy stand auf und ging um ihren Schreibtisch herum. »Einfach wunderschön.« Ihr liefen Tränen über die Wangen, als sie ihn umarmte und an sich zog.

»Gruppenumarmung.« Ted gesellte sich zu ihnen.

Es dauerte eine Weile, bis sie sich alle wieder aufrichteten, sich mit den Fingern über die Augen wischten und, offensichtlich gerührt, leise schnieften.

»Also, was soll ich jetzt tun?«, fragte Seth.

»Schätzchen, du weißt, was du tun sollst. Du weißt, was du tun willst«, erwiderte Kossy. »Du antwortest ihr und schreibst ihr, dass du es kaum erwarten kannst, dich mit ihr zu treffen.«

»Ja.« Das war tatsächlich das, was Seth tun wollte, aber es fiel ihm nicht leicht. Er war vor so langer Zeit adoptiert worden.

»Was hält dich davon ab, mein Junge?«, fragte Ted leise und in seiner wohlmeinenden Art, die er als Beratungslehrer an der Highschool an den Tag legte.

Seth schluckte und hob den Blick. »Würdest du mich begleiten, Mom?«, fragte er Kossy.

Kossy schluchzte und nickte heftig. »Natürlich, Schätzchen. Wenn du das möchtest, komme ich natürlich mit.«

Seth nickte ebenfalls und atmete zitternd aus.

Ted räusperte sich. »Sollten wir deiner Mom nicht noch etwas anderes erzählen?«

Seth sah ihn verständnislos an. »Nicht, dass ich wüsste.«

»Seth will heiraten«, berichtete Ted. »Lara. Felice hat es mir soeben gesagt.«

Kossy schlug die Hände vor den Mund. »Nein, Mom, Dad«, warf Seth rasch ein, bevor es zu einem Missverständnis kommen konnte. »Ich habe nicht vor zu heiraten, aber ...«

»Aber?«, fragte Ted.

»Aber?«, wiederholte Kossy.

»Ich hatte gestern ein Date mit Lara«, gestand Seth.

»Ich mag sie, Seth.« Kossy nickte bekräftigend. »Sehr sogar.«

»Ich mag sie auch«, fügte Ted hinzu. »Wohin hast du sie ausgeführt?«

»Ich, ähm ...« Er war sich nicht sicher, ob er alle Details mit seinen Eltern besprechen wollte. »Wir waren im Zabb Elee, im Caffè Napoli und dann noch im Brazil Brazil.«

»An einem Abend?«, fragte Kossy. »Erstaunlich, dass ihr nicht in ein Fresskoma gefallen seid!«

Seth grinste. »Das hat Lara auch gesagt.«

»Also gut, wann stellst du sie uns vor?«

Seth sah seine Mom verwirrt an. »Ihr habt sie doch schon kennengelernt.«

»Als eine Bekannte«, erwiderte Kossy. »Aber nicht als deine Freundin.«

»Sie ist nicht meine Freundin.«

»Gibt es dafür jetzt etwa ein neues Slangwort? Na los, darauf bin ich gespannt«, meinte Ted.

»Ich ...« Seth war es ein wenig peinlich, dass er seinem Dad kein neues cooles Wort dafür nennen konnte.

»Bring sie und ihre Freundin Susie zu unserer nächsten Benefizveranstaltung mit – oder mit wem auch immer sie kommen möchte. Es ist mir gelungen, in diesem Jahr ein paar zusätzliche Tische für unsere weniger finanzkräftigen Unterstützer des Obdachlosenheims dazuzustellen.«

»Okay«, sagte Seth.

»Gut, dann ist das abgemacht.« Kossy kniff ihn in die Wangen. »Worauf wartest du noch? Schreib deiner Mutter eine Antwort.«

KAPITEL DREIUNDFÜNFZIG

Chinatown

»Das ist fantastisch!«, rief Lara. Seth und sie folgten mitten in Chinatown einem kunstvoll gebastelten Drachen, der zum Klang der Trommeln einiger Musiker tanzte. So hatte Lara sich das Zentrum von Peking vorgestellt. In den Restaurants blinkten rote und goldene Lämpchen, alle Fassaden waren mit Lichterketten geschmückt, und quer über der Straße hingen hellrote Laternen, künstliche Eiszapfen und Schneeflocken und Schilder mit Weihnachtsgrüßen in englischer und chinesischer Schrift.

»Und heute Abend trinken wir Tsingtao-Bier«, verkündete Seth und drückte ihre Hand. »Aber vorher muss ich dich noch einiges fragen.«

Lara schluckte und blieb unter der Markise eines der Restaurants stehen. Sie hob den Blick und wartete auf das Unvermeidliche. Irgendetwas stimmte nicht. Ausgerechnet jetzt, wo sie sich von Dan getrennt hatte – nicht, dass er auf ihre Nachricht, in der sie mit ihm Schluss gemacht hatte, reagiert hätte – und im Hier und Jetzt lebte, gab es irgendeine Störung.

Es war wie mit der Schwerkraft – alles, was nach oben flog, kam schließlich wieder herunter.

»Du weißt ja schon, dass ich eine Nachricht von meiner Mom bekommen habe …«

»Und das ist toll.« Als er es ihr am Telefon erzählt hatte,

war er noch aufgeregter gewesen als an dem Abend im Café Cluny.

»Ja, das ist es«, stimmte er ihr zu. »Ich werde mich mit ihr treffen. Morgen.«

»O mein Gott! Seth, das ist wunderbar!«

»Ich weiß – ich kann es noch kaum glauben, aber es wird tatsächlich passieren.«

Lara presste eine Hand auf die Brust. »Ich dachte schon … du hättest eine schlechte Nachricht für mich.«

»Eine schlechte Nachricht? Wie kommst du denn darauf?«

»Keine Ahnung. Sprich weiter«, forderte sie ihn auf.

»Eigentlich wollte ich, dass du mich begleitest«, fuhr Seth fort. »Zum Treffen mit meiner Mom. Aber dann hatte ich das Gefühl, dass das vielleicht zu viel sein könnte – vielleicht für dich und auch für sie. Also habe ich Kossy gebeten, mit mir zu kommen.«

Lara lächelte ihn an und drückte seine Hand. »Natürlich. Warum hattest du Bedenken, mir das zu sagen?«

»Wahrscheinlich weil ich deine Meinung schätze. Und weil mir wichtig ist, was du denkst.«

Sie schluckte und schaute in seine wunderschönen dunklen Augen. Er war wirklich etwas ganz Besonderes. Sie wollte ihn küssen und beugte sich leicht zu ihm vor …

»Nein.« Seth wich einen Schritt zurück. »Ich meine, ich würde sehr gerne, aber gerade noch nicht.«

»Liegt es daran, dass ich gestern Abend über Sex gesprochen habe? Ist es jetzt auch für Küsse noch zu früh?«

»Nein, ganz und gar nicht«, erwiderte Seth. »Komm mit.« Er zog sie an der Hand zurück in das Gedränge auf der Straße.

Seth wusste genau, wo in Chinatown er Lara küssen wollte.

Dieser Stadtteil besaß kein eigentliches chinesisches Freundschaftstor, aber für die Weihnachtszeit hatte man ein provisorisches aufgestellt. Es leuchtete in allen Regenbogenfarben, war aufwendig geschmückt und besaß ein Dach aus grünen Kacheln. Es sah aus, als wäre es direkt aus Shanghai importiert worden. Er steuerte sie an einigen Passanten vorbei, die ihr Essen in noch geschlossenen oder bereits geöffneten Kartons in der Hand hielten. Trotz der Winterkälte wirkte der Ort warm und einladend. Unter dem Torbogen blieb er stehen.

»Ich weiß, das hier ist nicht das richtige China, aber ...«, begann Seth leise.

»Du möchtest, dass wir uns hier küssen?«

»Ist das dumm? Es ist nicht einmal ein richtiges Tor ...«

»Das ist nicht dumm, sondern sehr nett«, erwiderte Lara.

Dieses Mal beugte er sich zu ihr vor. Ihre Lippen waren kalt, aber die Gefühle, die in ihm aufstiegen, waren noch intensiver als am Abend zuvor. Er hielt sie fest und wünschte sich, der Kuss würde niemals enden. Doch dann stupste ihn ein Mann in traditioneller chinesischer Kleidung an, der mit chinesischen Glückskatzen jonglierte und seine Aufmerksamkeit erregen wollte.

Lara lachte, und sie schauten dem Mann eine Weile zu. Seth steckte ihm ein paar Dollar in seinen Geldgürtel und wandte sich wieder Lara zu. »Da ist noch etwas.«

»Meine Güte, Seth, besorgen wir uns nicht bald ein Bier und ein paar Reisrollen? Ich komme um vor Hunger und Durst.«

Er atmete tief durch. »Willst du mich morgen Abend auf eine Filmpremiere begleiten?«

»Ich nehme an, damit meinst du keinen Kinobesuch mit einem Becher Popcorn.«

»Nein«, erwiderte Seth. »Ich meine einen roten Teppich,

Fotoaufnahmen vor dem Kino und einen Empfang vor dem Film. Ich habe eine Rolle darin – ich habe den schwulen Garth gespielt und einen großartigen Schauspieler namens Cole Fielder geküsst.«

»Wow!«, stieß Lara hervor.

Ihre Stimme klang aufgeregt und ein wenig nervös. Das konnte er ihr nicht verübeln, schließlich war eine solche Filmpremiere nichts Alltägliches. Auch nicht für ihn, aber er hatte schon ein wenig Erfahrung darin. Für jemanden, der noch nie geflogen war, musste das ein weiteres lebensveränderndes erstes Mal sein.

»Cole wird auch da sein. Ihr könnt euch ja vielleicht gemeinsam über meine Kusstechnik lustig machen oder so.«

Lara lachte. »Das klingt gut.«

»Ja?«

»Na ja, ich versuche, die Sache ein wenig herunterzuspielen, aber ich stelle mir gerade vor, wie ein einfaches Mädchen vom Land, das ihre Tage damit verbringt, Tierfutter von einem Lastwagen zu laden, auf wunderschöne, epilierte und natürlich außerordentlich begabte Schauspielerinnen trifft, die glatter sind als … als Erdnussbutter und Orangensaft ohne Fruchtstücke.« Sie sah ihn beunruhigt an. »Muss ich eine Strumpfhose tragen?«

»Du kannst tragen, was du willst.«

»Sogar Jeans?« Sie schluckte. »Nein, denn ich habe keinen Hintern wie Victoria Beckham, und sicher werden einige Fotografen auch Aufnahmen von hinten machen. Victoria kommt aber nicht, oder?«

Seth musterte sie. Sie war so schön, innerlich wie äußerlich. Es war ihm gleichgültig, ob sie nackt oder in einer Krinoline aus dem neunzehnten Jahrhundert kommen würde, solange sie ihn nur begleitete.

»Okay«, fuhr Lara fort. »Ich komme mit und werde meine Ängste bezüglich meiner Kleidung und meiner Figur ignorieren. Und wenn auch nur, um mich mit Cole über deine Lippen unterhalten zu können.«

Seth lächelte und drückte ihr rasch noch einen Kuss auf den Mund.

»Gehen wir jetzt ein Bier trinken?«

»Da wäre noch eine Sache«, erklärte Seth.

»Du lieber Himmel!«

»Mom möchte unbedingt, dass du nächste Woche zu der Benefizveranstaltung im Obdachlosenheim kommst. Mit Susie oder wem auch immer. Es wird ein schöner Abend mit gutem Essen und Tanz. Und das Heim bekommt eine Menge Spenden von reichen Leuten, die damit ihr Gewissen beruhigen.«

»Wie schön, dass du nicht zynisch über gute Taten denkst.«

»Ob einem das gefällt oder nicht – heutzutage scheint jeder mit seinem Tun einen bestimmten Zweck zu verfolgen.« Er dachte kurz an Trent. »Also kommst du? Meine Mom hat mich gebeten, ihr Bescheid zu geben. Und das wird sie wohl noch alle zwei Stunden tun, bis sie eine Antwort bekommen hat.«

»Ich kehre nächste Woche nach England zurück«, erinnerte ihn Lara.

»Tatsächlich?«

»Am kommenden Samstag.«

»Die Benefizveranstaltung findet am Freitagabend statt. Wann musst du am Samstag los?«

»Wir müssen uns gegen Mittag auf den Weg zum Flughafen machen.«

»Dann ist das … ein Vielleicht?«

Lara nickte. »Ja, eindeutig.«

»Okay«, erwiderte Seth. »Dann wird sich meine Mom vorerst damit zufriedengeben müssen.«

»Können wir jetzt ein Bier trinken?«

»Ja, Lemurenmädchen.« Er drückte ihre Hand. »Komm.«

KAPITEL VIERUNDFÜNFZIG

5th Avenue

»Okay, ich kann kaum glauben, dass ich das wirklich sage«, begann Lara am nächsten Morgen und schloss für einen Moment die Augen, um nicht auf die vielen Geschäfte auf der anderen Straßenseite schauen zu müssen. »Geh mit mir einkaufen.«

Susie atmete so tief ein wie ein Buddhist, der sich für mindestens tausend Jahre in tiefe Meditation begeben wollte. Dann lächelte sie auf eine heitere, aber ein wenig beängstigende Weise. »Auf diese Worte habe ich jahrelang gewartet.«

»Wir wollen es aber nicht übertreiben«, sagte Lara rasch. »Ich brauche nur ein Kleid. Aber es muss toll aussehen.«

»Und einen Mantel«, fügte Susie hinzu. »Und eine Handtasche. Und ein paar geschmackvolle Accessoires.«

»Was? Nein. Keine Accessoires.«

»Damit meine ich Ohrringe und eine Halskette, keine hässlichen, extrem teuren Broschen für Omas, die damit eine *Bodega* besuchen.«

»Herrscht zwischen dir und David immer noch frostige Stimmung?«, fragte Lara.

»Lass es mich mal so sagen: Bei unserer Ankunft hatten wir Monsunregen, und in den letzten beiden Tagen trat eine Dürre ein.«

»Oh, Susie, glaubst du nicht, du bist ein wenig zu hart? Wenn du ihm sagst, was du empfindest, dann …«

»Wir sind seit einem Jahr zusammen. Er sollte instinktiv wissen, wie ich mich fühle.«

»Aber ihr habt euch sechs Monate lang nicht gesehen. Vielleicht hat seine Intuition durch den Atlantik zwischen euch etwas gelitten.«

Susie atmete noch einmal tief ein, und ihr locker gebundener Haarknoten sah aus wie ein himmelwärts gerichteter Donut. »Hat hier jemand etwas von shoppen gesagt?«

»Ja«, erwiderte Lara. »Das ist richtig. Suchen wir uns einen geeigneten Laden, bevor ich es mir anders überlege.«

Lara hatte keine Ahnung, was man zu einer Filmpremiere anziehen sollte, wenn man keine umwerfend gut aussehende Schauspielerin war, aber Susie schien sofort zu wissen, wonach sie googeln musste.

Im Augenblick trug Lara ein kupferfarbenes paillettenbesetztes Kleid, in dem sie aussah wie ein Warmwasserboiler. Wie sie sich auch vor dem Spiegel drehte, sie bot einen schrecklichen Anblick.

»Du könntest dir das Weihnachtsfest zum Motto machen. Kelly Rowland hat einmal ein gerafftes buntes Kleid getragen, in dem sie aussah wie ein Christbaum. Oder du könntest ganz klassisch gehen wie Jennifer Aniston. Oder einen neuen Trend kreieren, wie diese Frau, die bei den Grammy Awards ein Kleid aus Plastikbällen in allen Farben anhatte.«

»Kann ich mir nicht ein vielseitiges Kleid kaufen? Etwas, das ich ein zweites Mal tragen kann? Vielleicht in Appleshaw bei Dads nächster Belegschaftsfeier oder an Weihnachten.«

»Du willst also nichts Auffälliges, sondern eher etwas Schlichtes?«

»Einfach nur ein hübsches Kleid«, erwiderte Lara. »In dem ich nicht aussehe wie einer dieser Menschen, die sich auf der Straße als Statue postieren und dann die Passanten fast zu Tode erschrecken, wenn sie sich plötzlich bewegen.« Sie atmete tief durch. »Aber es soll auch nicht so wirken, als hätte sich ein Mädchen vom Lande allzu große Mühe gegeben.«

»Ich bin gleich wieder da.« Susie sprang auf und ging aus der Umkleidekabine zurück in den Laden.

Lara ließ sich auf den kleinen, runden Hocker sinken und zog ihr Telefon aus der Jackentasche. Wahrscheinlich würde ihre Freundin eine Ewigkeit die Kleiderständer durchsuchen und dabei einige andere Modelle finden, in denen sie wieder aussehen würde wie irgendein unentbehrlicher Gegenstand – so etwas wie eine Popcornmaschine oder eine Klobürste. Sie klickte auf Twitter. Am Abend zuvor hatte sie ein Foto von Chinatown, dem tanzenden Drachen und einigen Akrobaten, die sie nach einem köstlichen Dim Sum auf der Straße gesehen hatten, gepostet. Seth war auf dem Bild am Rand zu sehen, wie er Beifall klatschte. Sie hatte etliche Mitteilungen erhalten – mehr als je zuvor. Sie drückte auf das Glockensymbol und begann zu lesen.

Seth Hunt sagt, dass er und die Frau, die alle nach der dramatischen Rettung eines Lemuren im Central-Park-Zoo von einem Baum das Lemurenmädchen nennen, nur gute Freunde sind. Der frühere Star aus Manhattan Med wies vor der Premiere des Films The *End of Us* von Gemstone Pictures alle Gerüchte über eine Romanze vehement zurück. Seth, der in dem Film den homosexuellen Schriftsteller Garth Mandelson spielt, wird als heißer Tipp für die Hauptrolle in einem demnächst erscheinenden Film von Universal gehandelt, der von der Suche eines Manns nach seiner Herkunft handelt …

Seth und sie waren in diesem Tweet getaggt. *Nur gute Freunde*. Ihr wurde übel. Konnte das wahr sein? Am Abend zuvor hatten sie sich über eine Stunde lang voneinander verabschiedet. Die Küsse waren heißer gewesen als die Szechaun-Soße, die sie gegessen hatten. Was lief hier ab?

KAPITEL FÜNFUNDFÜNFZIG

Norma's Corner Coffee Shop, Queens

»Alles in Ordnung?« Kossy legte ihre Hand auf seine. Seth hatte es aufgegeben, seinen doppelten Espresso trinken zu wollen, weil seine Hände jedes Mal, wenn er die Tasse hochheben wollte, so sehr zitterten, dass er befürchtete, den Kaffee über sein Hemd zu schütten.

»Ja«, erwiderte er. »Und nein.«

»Ich verstehe dich sehr gut«, erwiderte Kossy. »Ich weiß, dass ich deine Gefühle nicht nachempfinden kann, aber ich habe Candice auch schon lange nicht mehr gesehen. Seit ...«

»Seit achtundzwanzig Jahren«, ergänzte Seth.

Kossy nickte.

Das Café hatte Candice ausgesucht. Sie hatte gesagt, es liege nahe bei ihrer Wohnung. Und dass sie es für besser halte, sich hier und nicht bei ihm oder ihr zu treffen. In einer neutralen Umgebung. Es war ein gemütliches kleines Lokal mit sehr viel Weihnachtsschmuck, in dem Seth sich keinerlei Auseinandersetzungen vorstellen konnte. Auf der roten Markise vor dem Eingang war ein Kolibri abgebildet, kein Symbol von Feindseligkeit, sondern eher von Frieden.

»Ist sie das?«, fragte Kossy, als eine Frau Mitte vierzig die Glastür am Eingang aufschob.

»Mom, woher soll ich das wissen? Ich habe sie noch nie gesehen. Du aber schon.«

»Vor achtundzwanzig Jahren«, wiederholte Kossy.

Die Frau trug eine elegante dunkle Hose und eine zartrosa Bluse unter einer dicken Wolljacke. Ihr schwarzes Haar war kurz geschnitten und hinter beide Ohren gesteckt, und ihr milchkaffeefarbenes Gesicht zeigte noch keine Falten. Seth betrachtete ihre Körperhaltung und den beschwingten Gang, und dann sah er ihre Augen ... Er stand auf, um sich bemerkbar zu machen, und räusperte sich. »Candy?«

Die Frau drehte sich zu ihrem Tisch um und lächelte bezaubernd, während sich ihre Augen mit Tränen füllten. »Seth«, sagte sie leise.

Irgendwie schafften sie es nach einigen Umarmungen, Küssen und Tränen und unter den erstaunten Blicken der anderen Gäste, noch einmal Kaffee zu bestellen. Die Kellnerin brachte ihnen unaufgefordert dazu einige Sandwiches. Kossy nahm sich eines und biss hinein. Seth wusste, dass sie versuchte, sich damit zu beschäftigen, um zu vermeiden, dass ihr die Worte aus dem Mund sprudelten.

»Du hast sicher viele Fragen, Seth«, sagte Candice leise. »Das ist mir bewusst, und ...«

»Wir müssen heute über nichts sprechen, was dir unangenehm sein könnte, Candy«, erwiderte er. Es war merkwürdig, ihren Namen auszusprechen. Den Namen seiner *Mutter*.

Sie schenkte ihm ein Lächeln. »Du hast so gute Manieren. Ich wusste, dass du ihn so erziehen würdest, Kossy. Schon im ersten Moment, als wir uns kennenlernten. Während meiner Schwangerschaft war ich auch in ein paar anderen Obdachlosenheimen, aber als ich dich sah, war mir sofort klar, dass ich ... dir mein Baby anvertrauen würde.«

Seth hörte, dass Kossy schluckte, und ihm war bewusst, wie emotional aufgewühlt sie jetzt war. Er beobachtete, wie sie rasch noch einmal in ihr Sandwich biss.

»Seth.« Candice wandte sich ihm wieder zu. »Ich möchte,

dass du mich alles fragst, was du willst. Das ist ernst gemeint. Du hast ein Recht darauf, alles zu erfahren, was ich dir erzählen kann. Ich beantworte dir gern alle Fragen.«

Seth schluckte. Ihm lagen eine Million Fragen auf der Zunge – über ihr damaliges Leben auf der Straße, über ihr jetziges Leben, ob sie verheiratet war und Kinder hatte –, aber zwei Dinge waren ihm besonders wichtig.

»War ich ein Zwilling?«, stieß er hervor.

»Ein Zwilling?« Candice sah ihn so verblüfft an, als wäre ihr das Wort völlig fremd.

»Ähm.« Kossy schluckte rasch den Bissen Sandwich hinunter. »Seth fragt dich das, weil in der Schachtel, in der du ihn im Obdachlosenheim ... ich meine, in der du ihn bei uns gelassen hast, eine zweite Mütze lag.«

»Eine zweite Mütze?«, fragte Candice.

»Ich habe versucht, dich zu finden«, fuhr Kossy fort. »Ich habe überall nach dir gesucht. Ich habe Earl und andere im Obdachlosenheim gebeten, nach dir Ausschau zu halten. Und ich habe das Jugendamt verständigt. Aber du warst spurlos verschwunden.«

»Und damals gab es noch kein Facebook.« Candice seufzte. »Und falls doch, war es noch nicht für jeden zugänglich.« Sie schüttelte den Kopf und sah Seth an. »Nein, mein lieber Junge, du warst kein Zwilling. Ich habe alles hinterlassen, was ich für dich hatte. Eine Decke, die jemand für mich genäht hatte, zwei Mützen, Handschuhe und die Kleidung, die du am Leib hattest ... mehr gab es nicht. Kossy, du weißt, wie es mir damals ging.«

»Hätte ich dich gefunden, hätte ich dir geholfen, Candice, das weißt du. Vielleicht hätten wir einen Weg finden können, dir zu helfen.«

Candice lächelte Seths Adoptivmutter an. »Und aus diesem Grund bin ich nicht geblieben. Ich wollte dich nicht bitten, meinen Sohn zu nehmen; ich habe ihn dir einfach hinterlassen.« Sie seufzte wieder. »Wenn ich mich an dich gewandt hätte, hättest du versucht, mich davon zu überzeugen, mein Baby zu behalten ...« Sie hielt kurz inne. »Davon, Seth bei mir zu behalten. Und du hättest versucht, mich in ein Programm zu integrieren, das ich nicht durchgehalten hätte.« Sie atmete tief durch. »Weil du ein guter Mensch bist. Und geglaubt hättest, dass mein Sohn bei mir am besten aufgehoben wäre, unabhängig von den Umständen. Aber ich weiß, tief in meinem Herzen, dass ihn ein beschissenes Leben erwartet hätte, wenn ich ihn bei mir behalten hätte. Und er hatte mehr als das verdient.«

»Wer ist mein Vater?«, unterbrach sie Seth.

Er musterte aufmerksam ihr Gesicht. Da er sie nicht kannte, musste er versuchen, an ihrer Miene abzulesen, ob sie ihm die Wahrheit sagte. Aber warum sollte sie ihn anlügen? Sie hätte nicht einmal hierherkommen müssen ...

»Ich weiß es nicht«, erklärte Candice leise.

Seth schluckte und nickte dann rasch. In Anbetracht ihres Lebensstils und ihres Jobs hatte er damit gerechnet.

»Es tut mir leid, Seth. Ich war damals kein guter Mensch. Das Leben, das ich geführt habe, mein Job ... Du weißt, womit ich mein Geld verdient habe, oder?« Tränen rollten ihr über die Wangen. Vor Bedauern und vielleicht auch vor Scham. Er wollte nicht, dass sie sich so schlecht fühlte.

»Ich weiß«, flüsterte er. »Das ist schon in Ordnung.«

Kossy griff nach einem weiteren Sandwich und schob es sich in den Mund.

»Es ist nicht in Ordnung. Nichts in meinem Leben war in Ordnung. Es war beschissen, wie ich schon gesagt habe.« Candice fuhr sich mit dem Handrücken über die Augen und legte dann die Finger um ihre Kaffeetasse. »Dein Vater könnte jeder sein – von einem obdachlosen Penner, wie ich es war, bis hin zu meinem Zuhälter oder einem der eleganten Geschäftsmänner, mit denen ich mich regelmäßig getroffen habe. Obwohl diese üblicherweise sehr vorsichtig waren.«

»Schon gut.« Seth streckte den Arm über den Tisch und griff nach ihrer Hand. Ihre Finger waren zart und schlank, ihre Haut dunkler als seine ... Sie wirkte ein wenig zerbrechlich, wie jemand, der in seinem Leben viel hatte kämpfen müssen und nun total erschöpft war.

»Deine Augen«, sagte Candice bewegt. »Ich habe gewusst, dass sie so aussehen würden wie meine, aber jetzt, wo ich sie so nahe vor mir sehe ...« Sie beendete den Satz nicht; wahrscheinlich konnte sie nicht weitersprechen. Seth stand rasch auf, ging um den Tisch herum und legte seine Arme um sie.

»Alles in Ordnung. Mir geht es ebenso.« Er drückte sie an sich und warf Kossy einen Blick zu. Sie nickte und sah so aus, als wäre sie noch nie so stolz auf ihn gewesen.

KAPITEL SECHSUNDFÜNFZIG

5th Avenue

Lara konnte nicht glauben, dass sie tatsächlich die Frau im Spiegel war.

»Wow!«, rief Susie. »Das ist toll! Du siehst aus wie eine der Kardashians.«

Das Kleid war hellrot, hatte einen runden Ausschnitt, schmiegte sich an Laras Kurven und fiel dann in einem weiten Rock bis zum Boden. Das Besondere daran war jedoch der lange Schlitz auf einer Seite, der den Blick auf ein Bein gerade so weit freigab, dass es erotisch, aber nicht übertrieben sexy wirkte. Lara hatte sich nicht vorstellen können, jemals so auszusehen. Sie war aufgeregt, aber gleichzeitig traurig, denn ihr ging der Online-Artikel nicht aus dem Kopf.

»Hat das überhaupt einen Sinn?«, fragte sie Susie.

»Natürlich. Du kaufst dir ein Kleid, um es zu einer Filmpremiere mit dem tollsten Mann zu tragen, den man sich nur vorstellen kann – mit Ausnahme von meinem David. Falls er immer noch *mein* David ist, nachdem er es ja offensichtlich vorzieht, lieber seiner *abuela* Geschenke zu machen, als auf eine gemeinsame Wohnung zu sparen.«

»Der Artikel! Überall bei Twitter! Nur gute Freunde!«

Lara hatte Susie die Nachricht gezeigt, als sie mit einem Kleid in die Umkleidekabine zurückgekommen war, das Helena Bonham Carter oder Prinzessin Eugenie gut gestanden hätte, aber nicht ihr. Susie hatte sie sofort als »Schrott« abgetan. Die Mitteilung, nicht diese Robe. Susie hatte das Kleid gefallen ...

»Lara, er ist ein Promi! Weißt du denn nicht, welche Regeln man befolgen muss, wenn man berühmt ist?«

»Anscheinend nicht«, erwiderte Lara, drehte sich zur Seite und fuhr mit der Hand über den Stoff, um die Falten zu glätten. Sie wusste nicht viel über Prominente, nur, dass sich offensichtlich jeder als solcher bezeichnen konnte, der einmal in einer Reality-TV-Show zu Gast gewesen war.

»Nun, dann werde ich dich mal aufklären. Zu den nackten Fakten gehört, dass ein Promi in den sozialen Medien immer das Gegenteil von dem sagt, was er meint.«

»Was soll das heißen?« Lara sah ihre Freundin verwirrt an. »Wenn jemand sagt, dass er eine Sache für einen guten Zweck unterstützen möchte, will er das *nicht* tun?«

»Nein! Sei nicht albern! So habe ich das nicht gemeint. Das betrifft Nachrichten über sie selbst. Als Bill Clinton behauptete, er habe nie Sex mit dieser Frau gehabt, meinte er damit in Wahrheit ›Ja, ich hatte etwas mit ihr‹.«

»Aber warum hat er das getan?«

»Bill Clinton?«

»Nein, Seth.«

»Meine Güte! Um dich zu schützen. Wenn alle glauben, dass ihr nur gute Freunde seid, dann wird euch niemand verfolgen und nichts von euren heißen Küssen mit chinesischer Soße und Beinahe-Sex erfahren.«

Lara seufzte tief und betrachtete sich wieder im Spiegel. »Ich weiß nicht so recht. Vielleicht ist das ein Zeichen dafür, dass ich viel zu schnell gehandelt habe.«

»Komm schon, Lara, du bist nicht hierhergekommen, um

dir einen Lückenbüßer zu schnappen. Du wolltest eine Weile weg von Dan und der miesen Art, wie er dich behandelt hat. Dass du Seth kennengelernt hast, war nicht geplant ...«

»Doch, eigentlich schon. Denk doch an die Tweets und die Nachrichten.«

»Ich weiß, aber da ging es nur darum, die Sache durchzustehen und es Dan heimzuzahlen. Aber irgendwo zwischen dem Lemuren und einem Burrito auf dem Broadway haben sich die Dinge geändert.«

Ja, das stimmte. Sie spürte es, wenn sie Seth anblickte. Ihr Herz schien jedes Mal in den Himmel zu fliegen. Susie hatte recht, oder etwa nicht?

»Hast du ihn angerufen?«

»Nein, das kann ich nicht. Noch nicht«, erwiderte Lara. »Er trifft sich heute mit seiner leiblichen Mutter in Queens. Das ist eine sehr wichtige Sache für ihn.«

»Siehst du«, sagte Susie. »Du weißt schon alles über sein Leben. Er hat dir das alles anvertraut. Vergiss diesen Mist auf Twitter. Das ist doch nur ... der Pups eines *toro*.«

»Susie, weißt du, dass du in den letzten Minuten schon zweimal ein spanisches Wort benützt hast?«

»Tatsächlich?« Ihre Freundin wirkte ein wenig verlegen.

»Bitte bring die Sache mit David ins Reine. Er ist ein guter Kerl. *Dein* Freund. Wirf das nicht weg, nur weil er seiner Großmutter ein schönes Geschenk machen wollte. Männer, die nett zu ihren Großmüttern sind, sollte man loben und nicht mit einer ... Scheren-Sabotage bedrohen.«

Kaum hatte sie den Satz beendet, piepste Laras Telefon.

»Das ist sicher Seth!«, rief Susie. »Er macht sich bestimmt Sorgen, dass du diesen pupsigen Artikel gelesen haben könntest, und will dich jetzt beruhigen.«

Als Lara sich bückte, um das Telefon aus ihrer Jacke am

Boden zu nehmen, bauschte sich der Rock des Kleides wie bei Cinderella.

»Was schreibt er? Um welche Uhrzeit kommt die Limo, um dich abzuholen? Ihr fahrt doch mit einer Limousine, oder?«

Lara hob den Blick. Ihr wurde ein wenig übel. »Die Nachricht ist nicht von Seth«, brachte sie mühsam hervor. »Sie ist von Dan.«

»Und? Was zum Teufel will er?«

Lara schluckte. »Er schreibt, er habe einen sehr großen Fehler gemacht.«

KAPITEL SIEBENUNDFÜNFZIG

Seth Hunts und Trent Davenports Apartment, West Village

»Was zum Teufel hast du getan?«, brüllte Seth, als sein Freund und Agent das Apartment betrat und in die Küche ging.

»Hey, warte mal, Kumpel! Wie ist es mit deiner Mom gelaufen?«

»Beantworte meine Frage, Trent!« Seth schlug ihm gegen die Schulter.

Trent wich zurück. »Verdammt, Mann! An dieser Stelle sitzt meine alte Baseballverletzung! Das weißt du doch!«

»Ja, das weiß ich. Halt still, und du bekommst noch einen Schlag an diese Stelle, nur noch ein wenig härter!«

»Ist das irgendeine Schauspielübung für eine neue Rolle, von der ich noch nichts weiß?«, fragte Trent. »Denn du verkörperst im Moment perfekt einen Psychopathen, also kann ich nur hoffen, dass das beabsichtigt war.«

»Du weißt genau, dass ich meinen Twitter-Account nur selten aufrufe, richtig? Aber heute Nachmittag, nach dem Treffen mit meiner Mutter habe ich es getan. Und dann sehe ich eine Menge Nachrichten, also habe ich einen Blick darauf geworfen und das hier gefunden!« Seth hielt ihm sein Telefon vor die Nase und zeigte ihm einen der Artikel, in denen er angeblich der ganzen Welt erklärt hatte, dass er und Lara nur gute Freunde seien.

»Wow!« Trent starrte auf das Display und überflog alles

in Windeseile. »Auf wie vielen Websites ist das erschienen? Und sie haben sogar meine Formulierung ›heißer Tipp‹ übernommen.«

»Also warst du das!«

»Ja, das stammt von mir«, erwiderte Trent gelassen.

»Warum hast du das getan? Ich habe dir doch gesagt, was ich für Lara empfinde!«

»Und ich habe dir gesagt, dass das meine Planung durchkreuzen könnte. Du musst der galante Ritter sein, der ihr beibringt, sich selbst zu mögen, und dass Frauen alles selbst in der Hand haben ... all dieses Zeugs. Lieber ein gutes Essen als einen Mann.«

»Das ist kein Spiel, Trent«, stieß Seth durch zusammengebissene Zähne hervor. »Es geht um mein Leben. Und um das von Lara.«

»Ich tue das alles ja für euch beide.« Trent nahm sich einen Apfel aus der Obstschale und biss hinein. »Mal ganz ehrlich, dieses Mädchen lebt am anderen Ende der Welt. Wo soll diese Verliebtheit denn hinführen?«

»Sie wird mich heute Abend zur Premiere begleiten. Vorausgesetzt, sie spricht überhaupt noch mit mir.«

»Das hast du mir bereits gesagt. Aber da nun alle an eine platonische Beziehung glauben, ist sie eben das nette britische Mädchen, dem du über eine schwere Zeit hinweghilfst. Und ich kann versuchen, dich bei *Ellen*, Jimmy Fallon oder James Gordon unterzubringen ... Hey, der Mann ist Brite, also wird ihm das sicher gefallen. Allen gefällt es, wenn ein Mädchen einen guten Freund hat. Und niemand mag einen Kerl, der sich ein Mädchen so kurz nach einer Trennung schnappt.«

»Ach ja? Tatsächlich?« So war das doch gar nicht gewesen. Natürlich war alles sehr schnell gegangen, aber das hatte das Schicksal offensichtlich so gewollt.

»Ich tue das für dich. Deine beruflichen Interessen sollten wichtiger sein als alles andere.«

»Nun, ich möchte nicht, dass du dich noch weiter damit befasst«, erklärte Seth.

»Oh, okay. Soll ich mich etwa auf einem Stuhl entspannt zurücklehnen und die Füße auf den Tisch legen? Und zuschauen, wie es mit deiner Karriere den Bach hinuntergeht?« Er biss wieder in den Apfel.

»Meine Karriere ist nicht alles, Trent. Ich habe in den letzten Wochen festgestellt, dass ich nicht nur ein Schauspieler bin, nicht immer nur eine Rolle nach der anderen spiele. Ich bin ein Mensch, und ich bin ein Sohn. Und heute habe ich herausgefunden, dass ich zur Hälfte Puerto Ricaner bin. Meine Mutter stammt aus Puerto Rico, das heißt, dass es noch viel über meine Vorfahren herauszufinden gibt.« Er atmete tief durch; er war wütend, fühlte sich aber gleichzeitig auch gestärkt. »Und ich habe Lara kennengelernt. Sie ist einer der wunderbarsten Menschen, die mir jemals begegnet sind. Die erste Frau, die mich versteht, ohne dass ich ihr etwas erklären muss. Es ist beinahe so, als würden wir uns schon seit einer Ewigkeit kennen.« Sein Atem wurde flach, und er spürte, wie ihn das, wovon er sprach, mehr und mehr berührte. »Und das lasse ich mir von dir nicht nehmen, nur wegen eines PR-Spins, mit dem du mir Rollen beschaffen willst, die sonst jemand wie Ralph Fiennes bekommt.«

»Seth ...«

»Nein. Ich weiß unsere Freundschaft zu schätzen, Trent, aber so funktioniert das nicht.«

»Komm schon, Mann, was willst du damit sagen?«

»Ich will dir damit sagen, dass du gefeuert bist. Tut mir leid.«

KAPITEL
ACHTUNDFÜNFZIG

5th Avenue
»Hi, Dan.«

Allein ihn mit seinem Namen anzusprechen war viel eigenartiger, als es der Fall sein sollte. Und das Gesicht des einzigen Mannes, mit dem sie vor der Weihnachtszeit in New York zusammen gewesen war, sah auf dem Display ihres Telefons merkwürdig fremd aus. Lara schluckte.

»Hast du meine Nachricht bekommen, Lara?«

»Ja.«

»Meine Güte, mir ist übel«, gab Dan zu und hustete nervös.

Er wirkte so aufrichtig, aber als Lara ihn ansah, empfand sie außer einem Anflug von Bedauern eigentlich nichts.

»Trägst du etwa ein Kleid?«, fragte Dan und schob sein Gesicht näher an die Kamera, als könnte er dann besser sehen.

»Ja«, bestätigte Lara mit einem Blick auf das rote Kleid für die Premiere, das sie immer noch trug. »Hier hat sich einiges geändert.«

»Hör zu, ich habe mich verhalten wie ein …«

»Wie ein Arschloch?«

»Ich wollte sagen …«

»Wie ein Volltrottel?«

»Nun, ich …«

»Ehrlich?«

»Nein, aber du kannst mir jeden Schimpfnamen geben, um auszudrücken, wie dumm ich mich benommen habe.«

Wollte er sich tatsächlich entschuldigen? Ihr sagen, dass er sie zurückhaben wollte? War das nicht das, wonach sich Lara gesehnt hatte, seit er ihr das Herz gebrochen hatte? Allerdings empfand sie nun anders.

»Du hast dich wie ein Idiot benommen«, erklärte Lara. »Aber ich glaube, das war bei mir nicht anders.«

»Nein, Lara. Du warst einfach nur du selbst, und ...«

»Und ich bin nicht der Mensch, mit dem du weiterhin deine Zeit verbringen möchtest.« Sie atmete tief aus und hatte das Gefühl, mit diesem Atemzug etwas loszuwerden, was sich in ihrem Inneren aufgestaut und was sie lange unbewusst mit sich herumgeschleppt hatte.

»Was?« Dan klang schockiert. So wie sie es gewesen war, als er eine Auszeit gefordert hatte. Aber es ging ihr nicht um Rache, sondern um etwas ganz anderes.

»Hör zu, Dan, ich finde, wir sollten jetzt ehrlich miteinander sein. Unsere Beziehung war nicht mehr so, wie sie hätte sein sollen, richtig?«

»Wie meinst du das?«

»Nun, du kannst die Veranstaltungen in Appleshaw nicht mehr leiden«, sagte Lara. »Und am Anfang hast du sie auch nur gemocht, weil du so etwas wie den Gummistiefel-Weitwurf witzig fandest oder weil du wusstest, dass ich Spaß daran hatte. Das soll keine Kritik an dir sein, wirklich nicht. Aber irgendwann hattest du keine Lust mehr und bist auch nicht mehr erschienen.«

»Lara, wir können noch einmal von vorne beginnen. Wir vergessen, was war und ...«

Sie richtete sich auf dem Hocker in der Umkleidekabine auf. »Und ich habe mir Ausreden einfallen lassen, um dich nicht zu deinen Firmenfeiern begleiten zu müssen.« Sie schluckte. »Das habe ich mir allerdings nicht einmal selbst eingestanden.« Sie atmete tief ein. »Und ich kann die meisten deiner Freunde nicht leiden, und ich weiß, dass das auf Gegenseitigkeit beruht. Kein Wunder, dass du mich in Schottland nicht dabeihaben wolltest.«

»Lara, bitte, so war das nicht.«

»Dan, wir müssen jetzt die Wahrheit sagen. Ohne Wertung.«

Dan schwieg eine Weile. Er legte die Stirn in Falten und zog leicht die Mundwinkel nach unten; offensichtlich dachte er über ihre Worte nach.

»Ich habe dich geliebt, und ich weiß, dass du mich auch geliebt hast, aber ich glaube, dass wir uns eigentlich nur gegenseitig gestützt haben. Du warst die einzige Person, die ich außer meiner Familie hatte, und du hast mir geholfen, die ersten Schritte ohne sie zu gehen.« Sie lächelte. »Du warst der erste Nicht-Weeks, dem ich vertraut habe.«

»Und das habe ich nun zerstört.«

»Wir haben beide mehr verdient, Dan, findest du nicht auch?«

»Ich hasse mich dafür, wie ich die Sache beendet habe.«

»Aber sie ist nun zu Ende. Darüber sollten wir uns einig sein.« Lara hielt kurz inne. »Zu Ende für immer.«

Dan sah sie über die große Entfernung eine Weile schweigend an. »Ich dachte, wir könnten es noch einmal miteinander versuchen«, sagte er schließlich.

»Ich glaube, du wolltest nur die Sicherheit zurückhaben«, sagte Lara leise. »Wir haben beide diese bequeme Routine geschätzt.«

»Bist du wirklich mit diesem Kerl zusammen, der in *Manhattan Med* Dr. Mike gespielt hat?«, stieß Dan hervor.

»Bist du wirklich mit Chloe zusammen?«

Er seufzte. »Das weiß ich noch nicht.«

»Ich weiß es auch noch nicht«, erwiderte Lara. »Aber es geht hier nicht um diese beiden, sondern um uns. Wie wir waren ... was wir hatten ... Es war schön, nicht wahr?«

Sie sah, wie Dan nickte. »Ja, es war schön.«

»Aber es war nicht schön genug, um für immer zu halten.«

In diesem Moment strömten Lara Tränen aus den Augen. Sie wusste, dass es richtig war, ihre Beziehung mit Dan zu beenden, aber es tat trotzdem weh. Sie schniefte, verdrängte ihre Emotionen und zwang sich rasch zu einem Lächeln.

»Wir müssen uns trennen, Dan, das weißt du.«

Er nickte nüchtern. »Ja, ich weiß.«

»Kannst du mir einen letzten Gefallen tun?«, fragte Lara.

»Natürlich, alles, was du willst.«

»Kannst du Aldo die fehlenden Sticker für sein Fußballbuch besorgen? Du musst vielleicht bei eBay suchen oder sonst irgendwo, und ich bezahle sie dann, wenn ich im nächsten Monat mein Geld bekomme ...«

»Ich besorge die Sticker, das verspreche ich dir, Lara.«

Lara seufzte. Als sie ihren Freund, der ihr das Herz gebrochen hatte, anschaute, sah sie nur noch seine guten Seiten, wegen der sie sich einmal in ihn verliebt hatte.

»Leb wohl, Dan.«

»Leb wohl, Lara.«

KAPITEL
NEUNUNDFÜNFZIG

Laras und Susies Airbnb-Apartment, East Village
»Du siehst umwerfend aus«, stellte Susie fest, als Lara das Wohnzimmer in dem roten, bodenlangen Kleid betrat, das ein großes Loch in ihr Konto gerissen hatte. Sie fühlte sich anders. Immer noch wie sie selbst, aber ein wenig exotischer als sonst.

»Nicht wie eine Kandidatin bei *RuPaul's Drag Race*?«

»Deine Aufgabe ist heute Abend nur, dich zu Seth hin- und nicht von ihm wegzubewegen.«

Lara hielt kurz den Atem an. Seth hatte sie angerufen und ihr alles über die Artikel erzählt, die sie bereits kannte, und ihr versichert, dass das nicht seine Kommentare waren, sondern von Trent stammten. Er hatte sich so besorgt und bedauernd angehört, dass sie es nicht übers Herz gebracht hatte, ihm zu sagen, dass sie sie bereits gelesen und eine kleine Krise durchgemacht hatte. Sie hatte ihn nach dem Treffen mit seiner Mutter gefragt, und er hatte ihr erzählt, wie groß seine Angst am Anfang gewesen war, dass aber dann alles doch gut abgelaufen war. Und dass er zur Hälfte Puerto Ricaner war. Er sagte, das sei ein weiteres Land, das sie auf ihre Liste für die Reise um die Welt setzen müssten, und dass sie ein gutes puerto-ricanisches Restaurant besuchen und dort ein einheimisches Bier trinken sollten.

Sie hatte Seth noch nichts von ihrem Gespräch mit Dan erzählt, aber das würde sie noch tun. Ihr war bewusst, dass nach dieser Zeit in New York, weit weg von dem kleinen, gemütlichen Appleshaw und allem, was sie kannte, nichts mehr so sein würde wie bisher. Sie hatte die Vorweihnachtszeit in einem anderen Land erlebt und wusste nun, dass sie, ohne es zu bemerken, ein Leben im Leerlauf geführt hatte. Sie war nicht unzufrieden mit ihrem Schicksal; in vielerlei Hinsicht gefiel ihr ihr Leben sehr gut. Aber bevor sie ihr übliches Muster durchbrochen hatte und etwas außerhalb ihrer Komfortzone und jenseits der von ihr selbst gesteckten Grenzen unternommen hatte, hatte sie auch nicht wissen können, was sie noch glücklicher machen würde. Und ihre Beziehung mit Dan war nicht wirklich das größte Glück gewesen.

»Als wir vor ein paar Wochen die Schweinefleischpastete für das Fest beim Gemeindepfarrer kosteten, hätte ich mir nie träumen lassen, einmal zu einer Filmpremiere in New York zu gehen.«

»Oh, dieses widerliche Zeug in Gelee. Es war noch schlimmer als in den Jahren zuvor«, sagte Susie.

»Ja«, gab Lara ihr recht. »Das war es wirklich. Und niemand hat es ihm gesagt.«

»Nicht einmal wir.«

Draußen ertönte ein Hupen, und Susie lief zum Fenster und zog die Jalousie hoch. Ron, Harry und Hermine warfen einen schwachen Lichtschein in den Raum. »Ein großer schwarzer Wagen. Keine Limo, aber auf jeden Fall eleganter als ein gewöhnlicher Uber.«

»Ich muss los.« Lara nahm die schmale Clutch in die Hand, zu der Susie sie überredet hatte. Sie schimmerte wie Perlmutt und war so winzig, dass nur ihr Telefon, der Schlüssel zum Apartment und ihre Geldbörse darin Platz fanden. Sie hatte bereits beschlossen, dass sie sie nicht behalten würde. Nach diesem Abend würde sie die Clutch Susie schenken. »Ruf David an, triff dich mit ihm und übe ein wenig mit ihm, spanische Babys zu machen. In einem Outfit deiner Wahl.«

»Hmm«, brummte Susie.

»Ich mag ihn wirklich, Susie. Er war mir von Anfang an sympathisch. Er ist witzig, nett und lebensfroh, und er betet dich an.«

»Aber nicht genug, um mir bei Tiffany's einen Ring zu kaufen.«

»Noch nicht«, meinte Lara. »Gib ihm noch ein wenig Zeit. Du hast doch selbst gesagt, dass du noch nicht weißt, ob du schon für eine Verlobung bereit bist.«

»Aber es wäre an Weihnachten besonders romantisch.«

»Das ist nicht der beste Grund, den ich jemals für einen Schritt in die Zukunft gehört habe.«

Seth stand vor dem Wagen und holte tief Atem. Im Schein der Straßenlaternen glitzerte der Schnee auf den Gehsteigen. Ein Stück weiter die Straße hinunter spielten Kinder, formten Schneebälle und jagten sich gegenseitig. Ein Mann, der Schnee räumte, hielt kurz inne, um sich an der Schneeballschlacht zu beteiligen. Seth lächelte bei diesem Anblick – so lief das Leben im Dezember in New York üblicherweise ab. Für ihn war heute jedoch ein Tag gewesen, den man nicht oft erlebte, ein bahnbrechender Tag, an dem sich einiges zum Guten gewendet und ebenso viel eine Herausforderung gewesen war. Er hatte nie wirklich daran geglaubt, tatsächlich seine leibliche Mutter kennenzulernen, und nun war es plötzlich ganz schnell gegangen. Zwei Stunden waren im Nu verflogen, als sie versucht hatten, sich zu erzählen, was in den vergangenen achtundzwanzig Jahren geschehen war. Die wichtigsten Meilensteine waren, dass Candice nicht mehr als Prostituierte arbeitete, sondern die Mahlzeiten an einer örtlichen Highschool zubereitete, und dass sie mit einem Landschaftsgärtner namens Dwight verheiratet war. Sie kamen gut zurecht, und Candice war glücklich, auch wenn sie keine weiteren Kinder hatte. Sie hatten es versucht, aber es hatte nicht geklappt. Und sie hatten beschlossen, sich bald wiederzutreffen, wenn sie ein wenig Zeit gehabt hatten, sich damit vertraut zu machen, dass sie sich gefunden hatten.

Nachdem Candice gegangen war, hatte Seth Kossy lange in den Arm genommen und sie dann zur U-Bahn begleitet. Es gab so vieles, wofür er seiner Mutter dankbar war. Sie hatte ihn aufzogen wie ihr eigenes Kind und ihn bei jedem Schritt in seinem Leben mit Hoffnung und Zuversicht begleitet. Und nun hatte sie ihm dabei geholfen, den anderen Teil seines Lebens zu entdecken und damit Frieden zu schließen. Das war mehr, als er hatte erwarten können. Und der Gipfelpunkt des Tages war dieser Abend, an dem Lara ihn zur Premiere begleiten würde. Er fühlte sich wie der glücklichste Mensch auf der ganzen Welt.

Er ging auf die Stufen vor dem Eingang zu, die Tür ging auf, und Lara kam heraus. So hatte er sie noch nie gesehen. Es verschlug ihm den Atem, denn eigentlich hatte er damit gerechnet, dass sie Jeans tragen würde, und nun erschien sie in einem perfekt sitzenden Kleid. Seit dem Tag, an dem sie sich auf dem Baum kennengelernt hatten, hatte er ihre Kurven bewundert, und dieses Kleid schien jeden wunderbaren Zentimeter an ihr noch stärker zu betonen.

Rasch lief er die Treppe hinauf, bevor sie herunterkommen konnte, und streckte ihr eine Hand entgegen. »Darf ich dich zum Wagen bringen?«

»Natürlich.« Sie nahm seine Hand und ließ sich langsam, Stufe für Stufe, nach unten führen. Unter ihren Füßen knirschte der Schnee.

»Du siehst fantastisch aus«, sagte er mit leicht schwankender Stimme.

»Und du siehst unglaublich heiß aus«, erwiderte sie in einem tiefen und sinnlichen Tonfall.

»Vielleicht brennt bei unserem Auftritt heute der rote Teppich.«

»Heißt das, ich muss heute Abend mit Teppichbrand rechnen?«, konterte Lara. »Ich hätte mir eigentlich gern den Film angeschaut.«

»Wenn du so weiterredest, schaffen wir es möglicherweise nicht einmal bis zum Kino.«

»Wir werden uns doch den Film anschauen? Ich muss nicht nur meinen Bauch für die Paparazzi einziehen und lächeln, bis mir die Zahnpasta von den Zähnen tropft, oder?«

Er blieb an der Wagentür stehen, schaute sie wieder an und bewunderte ihr Haar, das sich um ihr Gesicht schmiegte, ihre wunderschönen Augen, ihr perfektes Dekolleté und die Rundungen, die sich unter dem Kleid abzeichneten …

»Schau bitte nicht auf meine Füße«, flüsterte sie.

»Deine Füße?«

»Susie wollte, dass ich mir ein Paar Schuhe kaufe, in denen meine Zehen zusammengequetscht wurden, aber ich habe mich geweigert. Wir haben dann einen Kompromiss geschlossen, und ich habe mir diese Tasche gekauft. Aber ich trage immer noch meine Stiefel.« Sie hob den Saum des Kleides ein wenig an und streckte einen Fuß aus. »Aber ich habe Susie gesagt, dass Agyness Deyn auch schon Stiefel auf dem roten Teppich getragen hat. Außerdem bin ich der Meinung, dass es dir lieber ist, wenn ich diese Stiefel trage, in denen ich laufen kann und nicht hinfalle, als irgendwelche engen Dinger, in denen die Gefahr groß wäre, dass ich stolpere und auf die Nase falle.«

»Du hast absolut recht.« Seth beugte sich zu ihr vor – er wollte nicht länger auf einen Kuss von ihr warten.

»Hey, Lara, gehst du aus?«

Lara wich von ihm zurück, als David auftauchte.

»Oh, hallo, David.« Sie warf einen Blick auf ihr Kleid. »Ähm, ja, wir gehen aus.«

»Ist Susie da?«

»Ja.«

»Weißt du, ob sie schon gegessen hat?«

»Ich ... wir haben uns mittags eine Kleinigkeit gemacht. Ich hoffe darauf, nach der Show zum Dinner eingeladen zu werden.«

»Ach ja?«, fragte Seth.

»Ist das okay?«

»Ja, natürlich«, erwiderte Seth.

»Weißt du, warum Susie sauer auf mich ist?«, fragte David unverblümt.

»Ähm ... das solltest du wohl lieber mit ihr besprechen.«

»Aber ich frage dich, Lara. Komm schon, gib mir einen Hinweis. Ich weiß, dass irgendetwas nicht stimmt. Heute habe ich noch keine Nachricht von ihr bekommen, keine Emojis von Giraffen oder ...«

»Auberginen?«, warf Seth ein. Lara warf ihm einen Blick zu und schüttelte den Kopf. »Tut mir leid«, sagte er rasch.

»Wir haben vor ein paar Tagen einen Einkaufsbummel gemacht, und dann ...«

»Diamanten«, stieß Lara hervor. »Mehr sage ich dazu nicht. Denk mal über Diamanten nach.«

»Und wir müssen jetzt wirklich los«, erklärte Seth und zog die hintere Tür des Wagens auf. »Keine Sorge, wenn wir vor dem Kino stehen, wird der Fahrer uns die Tür öffnen. Ich komme mir nur dumm vor, ihn jetzt darum zu bitten, wo uns nur diese drei Schneemänner zusehen.«

»Diamanten?«, fragte David. Offensichtlich dachte er immer noch über Laras Worte nach.

»Diamanten«, wiederholte Lara. »Und ... es geht nicht um ein Parfüm von Rihanna.« Sie stieg in den Wagen, Seth schlug die Tür zu und ging auf die andere Seite.

»Diamanten«, sagte David noch einmal, und mit einem Mal hellte sich seine Miene auf, als hätte er es endlich verstanden. »Oh, *bueno*! Die Brosche! Susie wünscht sich eine Brosche!«

KAPITEL SECHZIG

Beacon Theatre, Tribeca

Auf der Fahrt zur Filmpremiere im Beacon Theatre hatte Lara den Festschmuck an den Gebäuden bewundert. Überall leuchteten Sterne in allen Farben, und sie sah einige elektronisch gesteuerte Rentiere, eine schreckliche Leuchtreklame mit dem Schriftzug *Walt's Winter Wonderland*, der sie an Carlsons Weihnachtswelt erinnerte, und eine Reklame mit einem Hula-Mädchen, an dessen Bastrock einige LED-Lampen fehlten. Sie versuchte, sich davon abzulenken, dass sie gleich aus dem Wagen steigen würde wie eine der Personen, die sie immer im Fernsehen gesehen hatte. Und *mit* einem Begleiter, den sie auch aus einer Fernsehsendung kannte. Wer würde wohl da sein? Vielleicht jemand, der noch unangenehmer auffallen würde als sie? Das war so gar nicht ihre Welt. Und die Zeit, die sie mit Seth in New York verbracht hatte, war auch ganz normal abgelaufen. Gut, er hatte zu einem Vorsprechen gehen müssen und war Botschafter des Zoos, aber er wurde nicht von Paparazzi verfolgt. Es gab keine kreischenden Fans an jeder Straßenecke, aber eines Tages würde das vielleicht so sein. Und der heutige Abend war Teil seiner Welt, und seine Welt war Hollywood. Sie war sich nicht sicher, wie ein Mädchen aus Appleshaw in diese Welt passen sollte; sie war keine Frau, die ihre Augenbrauen zupfte und nur winzige Portionen zu sich nahm. Würde sie sich auf irgendeine Weise anpassen müssen? Sich verändern? *Schrumpfen*?

»Alles in Ordnung?«, erkundigte sich Seth, als der Wagen anhielt.

»Ich glaube, die Stiefel waren doch ein Fehler.« Lara drückte die Nase an die getönte Fensterscheibe. Niemand auf dem roten Teppich, der für die Dutzenden Fotografen posierte, trug Schuhe mit Absätzen, die dicker waren als Zahnstocher. Nur die Männer. *Du bist nicht Cheryl Cole …, nein, nicht Cole, sondern ein französisch klingender Name … Payne … nein, sie waren nicht verheiratet und mittlerweile ohnehin getrennt … Nicole Scherzinger. Du bist nicht Nicole Scherzinger. Du solltest nicht hier sein. Du solltest im Apartment sein und dich mit den drei falschen Schneemännern unterhalten.* Sie presste die Stirn an die Scheibe.

Das Kino sah fantastisch aus, so wie die amerikanischen Kinos in den Filmen über Kleinstädte und Ballköniginnen, die sie so oft gesehen hatte. Ein großes schwarzes Schild mit grellen Lichtern verkündete »Weltpremiere: *The End of Us*«, und Lara hoffte, dass das keine böse Vorwarnung war.

»Hey.« Seth griff nach ihrer Hand. »Du brauchst nicht nervös zu sein. Wir steigen aus, bleiben kurz stehen, lächeln für ein paar Fotos, gehen hinein, treffen ein paar Leute und schauen uns dann den Film an. Das ist alles.«

»Das ist alles«, wiederholte Lara. »Nicht gerade so, als würde man eine Dose weiße Bohnen kaufen.« Sie nahm an, dass keiner dieser Menschen auf dem hell erleuchteten roten Teppich jemals weiße Bohnen gegessen hatte.

»Das ist es nicht«, stimmte Seth ihr zu. »Aber stell dir das Ganze einfach so vor wie einen Trailer zu einem Film. Wir sind da und lassen das alles über uns ergehen, weil wir uns anschließend einen tollen Film anschauen können. Und danach gehen wir in den besten typisch amerikanischen Diner, und du bekommst etwas Leckeres zu essen.«

Sie lächelte unwillkürlich, als sie an diese wunderbaren Kohlenhydrate dachte, die alle Sinne gleichzeitig ansprachen.

»Komm«, forderte Seth sie auf, während der Fahrer aus dem Wagen stieg. »Je eher wir aussteigen, umso eher sind wir drin, und je eher wir dort drin sind, umso schneller beginnt die Vorstellung.«

»Du magst diesen Teil deines Jobs nicht, richtig?«, fragte Lara.

»Nein, ich kann ihn nicht leiden«, gab er zu. »Aber wenn Ryan Reynolds das schafft ...« Er drückte ihre Hand. »Folge mir einfach.«

Der Fahrer öffnete die Tür, der kalte Wind fuhr in den Wagen, und die Menge begann so laut zu johlen, dass es Lara für einen Moment den Atem verschlug. Als Seth ausstieg, blitzten Kameras auf, und sein Name wurde gerufen. Es war alles so verwirrend, und Lara fühlte sich hilflos. Bis ...

»Komm mit«, forderte Seth sie auf, beugte sich noch einmal vor in den Wagen und streckte seine Hand aus. »Wir steigen aus und gehen hinein, okay?«

»Okay.« Sie nickte, nahm seine Hand und bemühte sich, an das Wort »elegant« zu denken. Schließlich war sie so oft von einem Truck gesprungen, wie schwer konnte es dann sein, aus einem solchen Wagen zu steigen? Nur trug sie jetzt keine Jeans, sondern ein Kleid, das so bauschig und hinderlich war wie ein Brautkleid. Sie trat auf die Bordsteinkante und hob den Rock ein Stück an, bevor sie weiterging. Mussten Schauspielerinnen das jeden Tag durchmachen? Und noch dazu auf Stöckelschuhen mit bleistiftdünnen Absätzen? Sie richtete sich auf und schaute zum Eingang des Kinos hinüber. War das dort drüben Mark Wahlberg? Würde sie etwa denselben Teppich betreten wie Mark Wahlberg? Das war irre! Aber sie musste ganz ruhig bleiben und durfte auf keinen Fall losrennen und um ein Selfie bitten ...

»Seth! Hierher bitte! Seth!«

»Seth, Martin Faulton vom Magazin *The Scene*. Sagen Sie uns etwas über Ihre Rolle als Garth.«

Seth sah Lara an. »Ich beantworte jetzt ein paar Fragen, aber ich werde deine Hand nicht loslassen.«

Sie nickte. Ihr war ein wenig übel, und sie fühlte sich total überfordert. »Okay.« Was hätte sie sonst sagen sollen? Sie stand im Rampenlicht, und unzählige Kameras waren auf sie gerichtet.

Auf den verschneiten Straßen hatte sich eine Menschenmenge eingefunden, die es kaum erwarten konnte, die Stars des Films zu sehen, in dem auch Seth eine Rolle hatte. Obwohl er das immer ein wenig herunterspielte, schienen alle mit ihm reden zu wollen, um seine Gedanken und seine Meinung zu diesem Film und zum allgemeinen Weltgeschehen zu erfahren. Lara fühlte sich inzwischen ein bisschen wie ein schiefes Stück von Mrs Fitchs Weihnachtskuchen mitten im Finale der Show *MasterChef*.

»Lemurenmädchen! Jackie Fox von The Heart of the Big Apple. Wird für Sie ein Traum wahr, wenn Sie gleich diese Filmpremiere mit dem Mann besuchen, der Ihr gebrochenes Herz zu heilen versucht?«

Jemand sprach mit *ihr*! Eine blonde Frau hielt ihr ein Mikrofon ganz nah ans Gesicht. Und Laras Kehle war so trocken wie verbrannte Bratkartoffeln.

»Ich ...«

»Er hat zuerst Sie und den Lemuren Jax von einem Baum im Central-Park-Zoo gerettet, und dann haben Sie beide gemeinsam ein Rentier befreit. Ist das nicht die tollste weihnachtliche Liebesgeschichte des Jahres?«

»Hey, Jackie Fox.« Seth wandte sich von Martin Faulton ab und drückte Laras Hand. »Wie geht es Ihnen?«

»Sehr gut. Ich wollte gerade Ihre ›nur gute Freundin‹ fragen, wie Sie sich kennengelernt haben. Wie man hört, gab es eine Verbindung in den sozialen Medien quer über den Atlantik.«

»Das stimmt«, erwiderte Seth. »Sie wissen ja, wie es bei Twitter so ist. Lara schickte mir einen Tweet, und nun ist sie hier.«

Lara schluckte. Das war nicht die ganze Geschichte, aber er tat genau, was Susie ihr gesagt hatte. Er gab nur wenig preis und versuchte, das auf eine höfliche Weise zu tun.

»Worüber haben Sie gechattet? Über diesen Film vielleicht?« Jackie setzte ein breites Lächeln auf und ließ nicht locker.

»Ich ...«, begann Seth. »Eigentlich war es kein Chat.«

Lara schluckte und zwang sich zu einem Lächeln. »Wir haben uns einige SMS über Sternzeichen geschickt. Seth ist Zwilling, und ich meinte, dass das zu einem Schauspieler sehr gut passe, denn dadurch könne er viele verschiedene Rollen spielen. Woraus er entsetzt schloss, dass ich ihn für eine gespaltene Persönlichkeit halten würde.«

»Ihr zwei seid wirklich süß!«, erwiderte Jackie. »Und welches Sternzeichen ist Lara, Seth?«

»Seth! Bitte schauen Sie in diese Richtung!«

SMS? Plötzlich drang ihm die Dezemberkälte durch den ganzen Körper. Lara und Trent, der sich für ihn ausgegeben hatte, hatten SMS ausgetauscht? Warum hatte Trent ihm das nicht gesagt? Und warum hatte er seine SMS nicht aufgerufen? Weil er das nie tat. Seths Magen krampfte sich zusammen, als ihm bewusst wurde, dass es nicht leicht werden würde, aus dieser Situation herauszukommen. Und er hätte in dieser Sache schon viel früher etwas unternehmen müssen. Jetzt würde hier auf dem roten Teppich alles herauskommen, und Lara würde ihn dafür hassen.

»Danke, Jackie«, sagte Seth. »Vielen Dank, aber wir müssen jetzt los.« Er verstärkte den Griff um Laras Hand und ging mit ihr an der Menschenmenge vorbei. Mit einem Mal schienen die Fotos quälend langsam geschossen zu werden, und es dauerte eine Ewigkeit, bis sie die Eingangstüren erreichten.

»Du hast mein Sternzeichen vergessen?«, fragte Lara, obwohl sie das bereits wusste.

»Lara ...«, begann Seth.

»Natürlich bin ich sehr enttäuscht, dass du dich nicht daran erinnerst, aber keine Sorge, ich schicke dir eine Nachricht mit meinem Geburtsdatum, damit du es nicht wieder vergisst.« Sie lächelte. »Mein Geburtstag ist erst im Sommer, also noch weit weg, aber du könntest mir eine Karte oder einen Tweet schicken, oder so.«

»Lara! Hierher, bitte. Zeigen Sie uns Ihr Kleid! Wunderbar!«

Seth beobachtete, wie sie der Bitte folgte, ein wenig unbeholfen, aber mit einem echten Lächeln. *Authentisch.* So wie sie alles in Angriff nahm.

»Ich habe es nicht vergessen.« Seth schluckte; er hasste sich dafür. »Ich habe es nie erfahren.«

»Natürlich«, erwiderte Lara leichthin. »Ich habe es dir in meiner dritten Mitteilung verraten. Als wir uns über Weihnachten und Partys unterhalten haben, hast du nach meinem Sternzeichen gefragt.«

»Lara, ich muss dir etwas sagen, und das hätte ich schon längst tun sollen.« Er wollte jetzt nicht in irgendwelche Kameras lächeln und auch nicht über den Film sprechen. Er wollte Lara an einen ruhigen Ort bringen, mit ihr ein Bier trinken und ihr die Wahrheit sagen. Er wollte sie wissen lassen, dass dieser unüberlegte, unkonventionelle Anfang jetzt in keiner Weise mehr zählte ... Denn inzwischen hatte er sich in sich verliebt. Über alle Maßen.

»Was?« Lara blieb stehen, während die Menschenmenge um sie herum immer noch tobte.

»Die Tweets und die Nachrichten ...« Egal, was er nun sagte oder wie er es vorbrachte, es würde sich nicht gut anhören. Aber er musste es loswerden. »Die Verbindung bei Twitter ...« Er schluckte. »Weißt du, das ...«

»Seth! Schauen Sie zu mir rüber!«, rief ihm ein Fotograf zu.

Er versuchte, alles andere zu ignorieren, und sich nur auf diese schöne Frau, die ihm so viel bedeutete und nun vor ihm stand, zu konzentrieren.

»Es war Trent. Trent hat alle Nachrichten auf Twitter geschrieben«, sagte er und fuhr rasch fort, in der Hoffnung, dass mehr Worte die Situation entschärfen würden. »Ich bin fast nie in den sozialen Medien unterwegs. Wie ich dir schon gesagt habe, bin ich von dieser Seite meines Jobs nicht begeistert, und ...«

»*Trent* hat mir geantwortet?«, fragte Lara. »Und diese Nachrichten geschrieben?«

»Er war gerade probeweise mein Agent geworden. Mit meinem früheren Agenten hat es nicht mehr so gut geklappt, und er hat mir seine Dienste angeboten. Und er beschäftigt sich gern mit solchen Dingen, also ...«

»*Trent* hat mir diese Nachrichten geschickt«, wiederholte Lara. Er wollte ihr eigentlich noch etwas anderes sagen.

»Ja«, gestand Seth seufzend.

»Alle?«

Er nickte. Er hatte nicht gewusst, dass Trent diese Nachrichten geschrieben hatte, und er hatte sie auch nicht gelesen. Wahrscheinlich hatte Trent sogar seine Login-Daten geändert. Das musste er rückgängig machen. Nachdem er versucht hatte, den Schaden zu beheben. In Laras Augen spiegelten sich Schmerz und Enttäuschung wider. Sie sah ihn an, als würde sie ihn nicht wiedererkennen. Er musste etwas tun. »Lara, hör mir zu, ich habe noch nie im Internet mit Mädchen ... Frauen gechattet. Und das würde ich auch nie tun. Jetzt, wo du mich ein bisschen besser kennst, solltest du doch wissen, dass das nicht meine Art ist, und ...«

»Ich möchte gehen«, erklärte Lara und ließ seine Hand los.

»Nein, warte, lass mich ausreden«, bat Seth. »Bitte.«

»Ehrlich gesagt hatte ich heute Abend das Gefühl, dass das alles zu früh ist. Ich, die LKW-Fahrerin Lara Weeks, wirft sich für eine Filmpremiere in Schale. Das würde nicht einmal Disney verfilmen wollen.«

»Lara, bitte nicht.«

»Aber ein Teil von mir wollte ...« Sie schluckte. »Ein bisschen Magie.«

»Die können wir immer noch haben. Ich habe eine wunderschöne, starke, witzige und intelligente Frau in halber Höhe auf einem Baum kennengelernt. Ich mag dein Sternzeichen nicht kennen, und ich habe viele Dinge nicht gewusst ... Wie sehr du dein Heimatdorf liebst oder dass du Strumpfhosen hasst und vorher noch nie geflogen bist, dass du öfter Tiere rettest und dass du einen netten Beinahe-Bruder hast. Aber jetzt weiß ich das alles und noch viel mehr. Und ich habe eine wundervolle Zeit damit verbracht, das alles herauszufinden.«

»Es tut mir leid, Seth, aber ich muss jetzt wirklich gehen.« Lara drehte sich um und ging wieder an der wartenden Menge vorbei. Kameras klickten, und Blitzlichter flammten auf.

»Dann komme ich mit dir«, erklärte Seth entschlossen.

Lara musste vernünftig bleiben. Sie hatte recht gehabt. Promis schrieben keine Direktnachrichten bei Twitter, das ließen sie von ihrem Personal erledigen. Daran hätte sie denken sollen, bevor sie in den Flieger gestiegen war. Sie bedauerte es ganz und gar nicht, nach New York gekommen zu sein, aber es tat ihr leid, dass sie nicht mit den Füßen auf dem Boden geblieben war. Es ging nicht nur um die Nachrichten, sondern um die gesamte Situation. Sie war nach Amerika gekommen, um ihren eigenen Weg zu gehen und an ihrer neuen Identität als Single zu arbeiten. Und nun stand sie hier, nur wenige Wochen nach Dans Schlag ins Kontor, und hatte bereits einen anderen Mann an ihrer Seite. Sie hatte sich nicht genug Zeit und Raum gegeben, um sich an ihren neuen Status zu gewöhnen. Schließlich hatte sie sich erst an diesem Nachmittag richtig von Dan getrennt!

»Seth, geh zurück und schau dir den Film an. Das ist dein Job«, sagte sie.

»Aber das ist mir wichtiger.« Er räusperte sich. »*Du* bist mir wichtiger.«

»Wie kannst du so etwas sagen?« Sie versuchte, die Absperrung aus Metall ein Stück zur Seite zu schieben, während ein weiterer Luxuswagen mit Premierengästen am Randstein anhielt. »Wir kennen uns doch erst seit kurzer Zeit.«

»Aber das war die beste Zeit meines Lebens«, erwiderte er lautstark.

Eine Frau in einem langen, figurbetonten Kleid in Silber stieg aus der Limousine aus und betrat den roten Teppich.

Sie legte die Hände in die Hüften und zog einen Schmollmund, aber niemand schenkte ihr Beachtung. Der Lärm war plötzlich verstummt, und alle Blicke waren auf Lara gerichtet. Und sie fand das schrecklich.

Noch einmal drückte sie gegen die Absperrung, bis der Spalt groß genug war, um hindurchzuschlüpfen und auf die Straße zu gelangen.

KAPITEL
EINUNDSECHZIG

Lafayette Street, Tribeca

»Ich kenne Trent seit der Schauspielschule. Seine Eltern hatten sechs Jobs gleichzeitig, um sie bezahlen zu können, und er hofft immer noch auf einen Durchbruch, damit er ihnen das zurückzahlen kann.«

Lara lief so schnell über den Schnee, wie es ihr in diesem Kleid möglich war, durch irgendwelche Straßen, von denen sie nicht wusste, wohin sie führten, und Seth wich ihr nicht von der Seite und erzählte ihr irgendwelche Geschichten, obwohl er jetzt im Kino sein sollte.

»Geh zurück zur Premiere, Seth«, bat sie ihn zum gefühlten tausendsten Mal.

»Ich bin nicht der Meinung, dass er seinen Traum aufgeben sollte, aber ich denke, er hat tatsächlich geglaubt, mit den Vermittlungsprovisionen von mir seinen Eltern alles zurückgeben zu können.«

»Geh zurück zum Kino«, wiederholte Lara.

»Und jetzt, da ich ihn gefeuert habe, muss er sich etwas anderes einfallen lassen.«

»Du hast ihn gefeuert?«

»Er hat der Presse mitgeteilt, dass wir nur gute Freunde seien. Das wollte ich nicht. Ich wollte ehrlich sein.« Er seufzte. »Ich bemühe mich immer, ehrlich zu sein.«

»Außer beim Thema soziale Medien«, entgegnete Lara scharf.

»Na ja, du hast mir gesagt, dass Susie dir dabei geholfen hat, den ersten Tweet an einen Prominenten zu schreiben, und ... Ich war nicht deine erste Wahl, richtig?«

»Das ist nicht fair!«

»Dein Verhalten aber auch nicht, Lara.« Seth packte sie am Arm. »Lass mich bitte ausreden.«

Sie seufzte und schaute in diese wunderschönen dunklen Augen. Es ging nicht nur um ihn, sondern auch um sie und darum, wie sie sich seit ihrer Ankunft hier verändert hatte. Plötzlich gellte ein Schrei durch die Nacht, und sie richtete den Blick auf das Gebäude auf der gegenüberliegenden Straßenseite.

»Du bist ein Betrüger, und ich kann Betrüger nicht leiden! Du läufst durch die Stadt und nimmst Leuten, die es wirklich brauchen, das Essen weg. Du solltest dich schämen, hörst du?«

Lara erkannte sofort die Stimme und die Gestalt in dem langen, schäbigen Mantel. »Seth, das ist Earl!« Anscheinend hatte er eine heftige Auseinandersetzung mit einem anderen Mann.

»Dort drüben ist ein Obdachlosenheim«, erklärte Seth.

»Gib mir den Weihnachtskuchen zurück!«, brüllte Earl.

»Wir sollten etwas unternehmen«, meinte Lara. Sie hob ihr Kleid ein Stück an und lief über die Straße.

»Lara, warte!«, rief Seth.

Lara wünschte sich verzweifelt, sie hätte jetzt Jeans an. Sie hatte sich noch nie in einem Kleid in einen Streit einmischen müssen. Eigentlich konnte sie sich nicht einmal daran erinnern, wann sie vor ihrem Besuch in New York zum letzten Mal ein Kleid getragen hatte.

»Ich habe gesagt, du sollst mir den verdammten Kuchen geben!« Earl beugte sich drohend zu dem anderen Mann vor.

»Hallo, Earl. Ich bin's, Lara.«

Earl wirbelte herum und starrte sie mit wirrem Blick an, bevor er sie erkannte. »Mädchen ... Das ist er! Das ist der Mann, von dem ich dir erzählt habe. Der Nutznießer.« Er hob seine hölzerne Gabel, zeigte damit anklagend auf den Mann mit dem Weihnachtskuchen in der Hand und drückte sie ihm schließlich gegen die Brust.

»Das bin ich nicht. Ich habe ein Recht darauf, hier zu sein. Genauso wie er«, verteidigte sich der Mann.

»Hört euch das an!« Earl nickte, als sei jetzt alles klar. »Er spricht mit einem Akzent wie ein Elitestudent. Er lebt nicht auf der Straße!«

»Hey, Earl, ich bin's, Seth, Kossys Sohn. Nimm die Gabel weg, okay? Wir können das doch mit der Leiterin des Obdachlosenheims klären.«

»Willst du wissen, was die Leiterin gerade tut?«, fragte Earl und wandte sich Seth zu.

»Ich bin nicht sicher, aber schieß los.«

»Sie besorgt *ihm* gerade ein Bett für die Nacht. Aber er braucht kein Bett! Nicht hier! Er ist gebildet.« Er hob wieder die Gabel.

»Auch gebildete Menschen geraten manchmal in Not«, erwiderte der Mann.

»Blödsinn!«, brüllte Earl »Sie haben doch immer ihre Eltern, die ihnen alle Probleme abnehmen, und wenn Mommy und Daddy nicht mehr da sind, haben sie deren Erbe!«

»Earl, bitte, lass uns hineingehen. Ich besorge dir noch ein Stück Kuchen. Oder ich kaufe dir etwas anderes. Was möchtest du haben? Einen Hotdog oder einen Burger?«, fragte Lara. Mittlerweile hatten sich einige Menschen versammelt, und einige filmten die Szene mit ihren Handys.

»Ich will nichts. Aber er soll auch nichts bekommen, weil

er ein Schwindler ist!« Earl drohte dem Mann wieder mit der Gabel.

»Er greift mich an!«, rief der Mann. »Der Kerl muss verhaftet werden!«

»Kein Problem, dann habe ich wenigstens ein Bett für die Nacht«, erwiderte Earl. »Aber wenn du mir die Polizei auf den Hals hetzen willst, dann soll sich die Sache auch lohnen.« Er stürzte sich auf den Mann, und Lara sprang rasch dazwischen. Dann schrie sie auf und griff sich mit der Hand an den Arm.

»Alles in Ordnung«, stieß sie rasch hervor und lehnte sich mit dem Rücken gegen die Hausmauer.

»Meine Güte!« Seth eilte zu ihr. »Earl, du hast ihr die Gabel in den Arm gestoßen!«

»Nein, ich ... das wollte ich nicht«, stotterte Earl.

Ein Streifenwagen mit Blaulicht und Sirene raste auf sie zu.

»Lara.« Seth zog sein Jackett aus und legte es ihr um die Schultern. »Wir bringen dich jetzt ins Krankenhaus und lassen dir die Gabel entfernen.«

»Mir geht's gut«, erklärte Lara. »Wirklich.« In Wahrheit hatte sie große Schmerzen, aber sie hatte schon Schlimmeres erlebt. »Vielleicht könnte ich sie mir selbst rausziehen.«

»Nein«, befahl Seth. »Auf keinen Fall. Wir lassen das richtig behandeln.«

»Tut mir leid, Mädchen«, sagte Earl bekümmert.

Lara warf einen Blick auf die Polizisten, die aus dem Wagen ausgestiegen waren und nun auf sie zukamen, und wandte sich wieder an Seth. »Ich fahre ins Krankenhaus, nachdem wir den Polizisten gesagt haben, dass es sich um einen Unfall handelt. Ich bin auf dem Schnee ausgerutscht, und das war's.« Sie schaute den Mann an, mit dem Earl sich gestritten hatte. »Machen wir das so? Bitte.«

KAPITEL ZWEIUNDSECHZIG

Lower Manhattan Hospital, William Street
Seth saß im Wartebereich und sah zu, wie eine bunte Mischung von New Yorkern zu den Krankenhaustüren hinein- und hinausströmte. Verletzungen nach Autounfällen, leichte Verbrennungen bis hin zu einem Stromschlag durch ein Dampfbügeleisen und ein als Schneemann verkleideter Patient mit einem Ausschlag. Den Rest der Zeit hatte er sich mit der dürftigen Auswahl an Zeitschriften vertrieben, aber nun war schon über eine Stunde vergangen, seit Lara in Behandlung war. Es hatte ihn ein wenig verletzt, dass sie ihn nicht gebeten hatte, mit ihr zu kommen, aber er verstand es. Vor dem Unfall mit der Gabel war sie vor ihm davongelaufen und hatte das beenden wollen, was zwischen ihnen soeben erst entstanden war. Und er bezweifelte, dass sich daran etwas geändert hatte.

»Vier Stiche«, verkündete Lara. »Sonst keine weiteren Schäden. Und ich werde wahrscheinlich eine kleine Narbe zurückbehalten, über die ich dann bei Partys etwas erzählen kann.«

Seth drehte sich um und stand rasch auf. Er hatte sie nicht kommen sehen. »Meine Güte, Lara, vier Stiche und eine Narbe ...«

»Eine Narbe nur vielleicht. Das konnten sie mir nicht sagen. Das weiß man erst, wenn die Wunde verheilt ist.« Sie sagte das so, als redete sie über etwas ganz anderes als ihre Verletzung am Arm.

»Geht es dir gut?«, fragte er und starrte auf die Wunde. Die Gabel war entfernt worden, und nun sah man nur noch vier ordentlich nebeneinander angereihte Fäden, die die Haut zusammenhielten.

»Alles in Ordnung«, erwiderte sie. »Hast du deine Mum angerufen?«

Er nickte. »Earl ist bei ihr. Und der andere Kerl auch. Er behauptet, Reporter zu sein und seit einigen Monaten verdeckt für einen Artikel über Obdachlosigkeit in der Stadt zu recherchieren.«

Lara schlug die Hände vor den Mund. »O mein Gott! Deshalb hat Earl ihn in verschiedenen Obdachlosenheimen gesehen, obwohl er da offensichtlich nicht hingehörte.«

»Ich verstehe nur nicht, warum Earl uns das nicht gesagt hat, bevor er mit der Gabel auf den Mann losgegangen ist. Mir kommt das alles noch sehr unwirklich vor«, meinte Seth.

»Oh, es ist tatsächlich passiert, das kann ich bestätigen«, erwiderte Lara.

»Sollen wir gehen?«, fragte Seth. »Ich kann uns ein Taxi holen. Wir lassen uns zu einem Diner bringen, wo es die leckeren Sachen gibt, die ich dir versprochen habe.«

Lara atmete langsam und tief durch. »Ich möchte lieber zurück in das Apartment.«

»Natürlich«, erwiderte er rasch. »Ich ... ich rufe ein Taxi.« Er zog sein Telefon aus der Hosentasche und ging zu der Ecke neben der Schwesternstation, wo der riesige Christbaum stand. Er hätte auch vor ihr telefonieren können, aber er brauchte einen Moment Zeit, um zu begreifen, dass sich alles geändert hatte. Vielleicht würde er Lara nach diesem Abend nie wiedersehen.

Auf seinem Display sah er, dass er zwei Nachrichten von Trent bekommen hatte. Trent hatte sich bereits mehrmals bei ihm entschuldigt, und er hatte noch nicht darauf geantwortet, weil er nicht wusste, was er nun tun sollte. Ihm war klar, dass Trent nicht bösartig gehandelt hatte, sondern lediglich wieder einmal seinen leichten Größenwahn an den Tag gelegt hatte. Aber wenn sie weiter Freunde bleiben wollten, durfte er nicht mehr als sein Agent tätig sein.

Er schaute sich die Nachrichten an.

Es tut mir wirklich sehr leid, Kumpel. GANZ EHRLICH!

Darunter war ein Bitmoji zu sehen, das Trent in einer Cartoon-Version zeigte. Mit gesenktem Kopf und einem Schild in der Hand, auf dem stand »Ich bin ein Vollidiot«.

Die zweite Meldung begann ähnlich, hatte aber einen anderen Inhalt.

Tut mir leid. Du hast die Rolle als Hoff nicht bekommen.

KAPITEL DREIUNDSECHZIG

Laras und Susies Airbnb-Apartment, East Village
»Heiliger Bimbam, was ist hier los, *chica*?«, fragte David. Er betrat das Wohnzimmer, in dem Lara die Zweige einer Fichte so energisch zurechtbog, als würde sie mit dem Baum kämpfen.

»Das frage ich mich auch«, warf Susie ein. »Warum liegst du nicht im Bett, sondern zupfst an einem Baum herum, obwohl du mit vier Stichen am Arm genäht wurdest? Woher hast du diesen Christbaum überhaupt? Und wie hast du es geschafft, ihn die Treppe heraufzuschleifen? Und Schmuck dafür hast du auch? Lara, weißt du, dass wir nur noch ein paar Tage hier sind?«

»Ja, das weiß ich«, erwiderte Lara. »Der Mann, der mir den Baum verkauft hat, hat mir geholfen, ihn die Treppe hinaufzutragen und hier aufzustellen, während ihr zwei friedlich geschlafen habt. Na ja, ob ihr geschlafen habt, kann ich nicht beurteilen, aber ...«

»Ein toller Baum.« David nahm einen Zweig in die Hand und befühlte die Nadeln. »Er riecht unglaublich gut.«

»Und ihr beide seid so mit euch beschäftigt, dass er euch doch sicher nicht stört, oder?« Lara bemerkte, dass bereits einige Nadeln auf dem Holzboden lagen und etliche Zweige nicht ganz so wollten, wie sie sich das vorgestellt hatte.

»Alles *bueno*«, erklärte David.

»Heute ist der Tag, richtig?«, fragte Susie. »Der Tag, an

dem du in deiner Wohnung immer den Christbaum aufstellst.«

Ihre beste Freundin hatte recht. Lara hatte versucht, nicht allzu oft an die Weihnachtsvorbereitungen zu denken, die sie üblicherweise um diese Zeit in Appleshaw traf, aber nachdem Seth sie am Abend zuvor nach Hause gebracht und sie sich verabschiedet hatten, ohne sich zu küssen oder sich zu versprechen, sich anzurufen, hatte sie eine Ablenkung gebraucht. Und dann den Christbaum gekauft.

»Ich muss los«, verkündete David. Er riss Susie an sich und umarmte sie wie in einer heißen Szene in einem Erotikfilm. »Bis später.«

»Bis dann.« Susie küsste ihn zärtlich.

»Tschüss, Lara«, sagte er und machte sich auf den Weg.

»Also gut.« Lara stand auf und wischte sich die Fichtennadeln von den Händen. »Jetzt, wo er gegangen ist, können wir unseren Tagesplan durchgehen.«

»Unseren was?«, fragte Susie.

»Unseren Plan. Du weißt schon: Sightseeing, Shopping, viel Shopping, Kaffee trinken, Bagels essen. Wir sind schließlich nicht nach New York gekommen, um uns mit einem einzigen Bagelshop zufriedenzugeben …«

»Triffst du dich heute nicht mit Seth?«

»Nein, heute nicht.« Lara zog ein paar blaue Lamettafäden aus der Schachtel mit dem Christbaumschmuck, die sie vorher besorgt hatte.

»Heute Abend?«

»Nein.«

»Morgen?«

»Ich glaube nicht.«

»Arbeitet er?«

»Keine Ahnung.«

»Lara, was ist los?«

»Nichts.«

»Erzähl mir doch nichts. Gestern Abend bist du hier wie eine Schönheitskönigin losgegangen, bereit, den roten Teppich zu betreten. Na gut, der Ausflug ins Krankenhaus war nicht geplant, aber nun willst du dich nicht mehr mit Seth treffen? Was ist passiert?«

Lara seufzte. »Die Nachrichten, die er mir auf Twitter geschickt hat, waren nicht von ihm, sondern von Trent.«

Susie lachte. »Das ist alles? Du selbst hast doch gesagt, dass Promis Agenten haben, die sich um die sozialen Medien kümmern. Du hattest also recht.«

»Ja, ich weiß, aber das ist einfach nicht richtig. Als wir anfingen, uns ernsthaft zu unterhalten, dachte ich tatsächlich, dass ich ihm und nicht seinem Agenten schreiben würde.«

»Und deshalb willst du ihn nicht mehr sehen?«, fragte Susie. »Du willst die Sache beenden? Obwohl ihr seit dem Tag unserer Ankunft praktisch unzertrennlich wart? Und ich dich noch nie so glücklich erlebt habe?«

»So ist es am besten.«

»Am besten? Für wen?«

»Es ist einfach noch zu früh«, erklärte Lara und bückte sich, um einen silbernen Stern aus der Schachtel zu holen. Sie hängte ihn in die Mitte des Baums, änderte dann ihre Meinung und platzierte ihn an einer anderen Stelle.

»Zu früh wofür?«

»Um ... mich in jemanden zu verlieben.«

»Du bist in Seth verliebt.«

Susie sah aus, als würde sie vor Begeisterung gleich in die Luft springen. Lara hatte das nicht laut aussprechen wollen – es war lächerlich.

»Schluss damit.« Lara wechselte rasch das Thema. »Vor

uns liegt ein toller Tag – sobald wir den Baum geschmückt haben, kann es losgehen.«

»O nein.« Susie ging einen Schritt auf sie zu. »Du kannst mich nicht einfach mit einem Satz abspeisen.«

»Es hat keinen Sinn«, erklärte Lara. »Wir leben in zwei verschiedenen Welten.«

»Das hört sich an wie der Beginn eines Trailers zu einem Kinofilm.« Susie räusperte sich und sagte dann mit rauchiger Stimme: »Sie kamen aus zwei verschiedenen Welten, aber als sie sich begegneten, fügte sich ihr Leben durch ihre Liebe zusammen.«

»Hör auf damit.« Lara lachte unwillkürlich. Ihr Arm schmerzte dabei. Auch wenn sie ihre linke Hand bewegte, tat es weh.

»Nein, das werde ich nicht tun«, entgegnete Susie. »Ich werde mir solche Trailer einfallen lassen, bis du dich wieder mit Seth verabredet hast. Ich weiß, du hältst es für zu früh, aber das kommt darauf an, wonach du suchst. *Du* stellst die Regeln auf.« Sie sah sie ernst an. »Lara, glaubst du wirklich, es ist zu früh, einen tollen Mann kennenzulernen und die beste Zeit deines Lebens zu haben?«

KAPITEL VIERUNDSECHZIG

Chapel Shelter, West 40th Street

»Lara ist total cool«, verkündete Felice, während sie mit Seth Lebensmittelpakete packte, die Ted anschließend in seinem Van zu einigen Obdachlosenlagern bringen würde. Sie machten das einmal im Monat und in der Vorweihnachtszeit zweimal. Weihnachten war nicht für alle Menschen ein Grund zur Freude. Manche brauchten diese Hilfe, um wenigstens einen kleinen Lichtblick zu haben.

»Sie hat sich zwischen Earl und den Nutznießer geworfen ...«, fuhr Felice fort.

»Das war ein Reporter. Die Polizei geht davon aus, dass er nun über das schreiben wird, was er an Informationen gesammelt hat, und sich nicht mehr undercover betätigen wird.«

»Undercover hin oder her, er hat uns unser Essen geklaut«, erwiderte Felice. Seth beobachtete, wie sie einige Portionsbeutel mit Kaffee in ihre Jackentasche steckte. »Aber Lara ist so etwas wie eine Superheldin. Vollbringt immer gute Taten und so.«

Ja, das wusste er. Er hatte die ganze Nacht darüber nachgedacht, während er sich die Aufnahmen vom roten Teppich auf Video angesehen hatte. Lara und er hielten sich an den Händen und wirkten glücklich, bis das Gespräch auf Trent und die sozialen Medien gekommen war ...

»Leg die Kaffeepäckchen zurück, Felice«, forderte er sie auf.

»Was?«, fragte Felice und gab sich unschuldig.

»Hör zu, ich weiß, dass du nichts besitzt, aber ich weiß auch, dass meine Mom sehr viel von dir hält. Sie glaubt, dass du noch einmal etwas aus dir machen wirst. Deshalb genießt du hier auch Privilegien – sie gibt dir fast jede Nacht ein Bett, also enttäusche sie nicht.« Er sah sie an. »Tu es jetzt. Mein Dad kommt auf uns zu.«

Felice ließ rasch die Päckchen wieder in den Karton fallen und beschäftigte sich weiter mit den Lebensmittelpaketen.

»Wie läuft es bei euch?« Ted stellte sich neben sie.

»Gut«, erwiderte Seth. »Wir haben bereits fast fünfzig Pakete vor die Tür gestellt, und mit diesen hier sind wir auch schon fertig.«

»Tolle Arbeit«, lobte ihn Ted. »Auch von dir, Felice.«

Seth sah, dass sie errötete und mit den Schultern zuckte.

»Dad, hast du einen Moment Zeit?«

»Natürlich, Seth.«

»Felice, kommst du hier zurecht?«, fragte Seth.

»Von allen Waren soll ein Teil in ein Paket.« Sie schnalzte missbilligend mit der Zunge. »Ich glaube nicht, dass ich dafür mein Schulzeugnis vorlegen muss.«

Seth ging zu der Ecke des Hauptraums, hinter die Tischtennisplatte, an der zwei Frauen gerade ein offensichtlich heißes Match austrugen.

»Möchtest du dich setzen?« Ted deutete auf die Stühle.

»Nein«, erwiderte Seth. »Ich möchte nur etwas fragen.«

»Als Vater? Als Berater?« Er lächelte. »Oder als mein achtundzwanzigjähriges Ich?«

»Vielleicht ein wenig von allen dreien.«

»Okay.«

»Gut«, begann Seth. Warum war er so nervös? Er fühlte sich wie einer der Highschool-Schüler seines Vaters, die beichteten, dass sie Gras rauchten. »Ich wollte gern wissen, wie du ... über Liebe denkst.«

»Liebe.« So wie Ted es aussprach, klang es poetisch. Länger und bedeutungsvoller als bei Seth. »Du meinst, was ich von Liebe halte?«

»Ja. Ich weiß, das ist eine merkwürdige Frage.«

»Nun, ich glaube daran. Von ganzem Herzen. Ich glaube auch daran, dass es sie in vielen verschiedenen Formen gibt. Und sie unterscheidet sich von allen anderen Emotionen, über die ich gelesen oder die ich selbst empfunden habe.«

»Inwiefern?«

»Nun, denken wir einmal an Hass, das Gegenteil von Liebe. Hass kann sich über einen langen Zeitraum entwickeln. Er kann auch sehr schnell entstehen, doch normalerweise wird er nach einem bestimmten Ereignis oder einer Reihe von Ereignissen empfunden. Oft wird das Wort Hass auch falsch verwendet. Wir sagen manchmal, dass wir jemanden hassen, wenn wir eigentlich damit meinen, dass wir bestimmte Dinge hassen, die diese Person getan hat.« Er lächelte. »Dabei dürfen wir nicht vergessen, dass diese Dinge nur einen ganz kleinen Teil dieser Person ausmachen und dass diese Person vielleicht aus vielerlei Gründen, die wir nicht kennen, so handelt. Ob du's glaubst oder nicht, es ist tatsächlich sehr schwer, einen Menschen wirklich zu hassen.«

»Und zu lieben?«, fragte Seth.

»Liebe ist viel komplizierter als Hass. Liebe kann auch wachsen, aber ebenso unmittelbar da sein, wie zum Beispiel die Liebe einer Mutter in dem Moment, in dem sie ihr Kind zur Welt gebracht hat. Geht es um Candice?«, fragte Ted.

Seth schüttelte den Kopf. »Nein.«

»Okay ... Liebe ist instinktiv und klug. Man spürt sie am

ganzen Körper – tatsächlich spürt man sie bis in die Zehenspitzen –, und das Gefühl von Liebe neutralisiert fast alle anderen Emotionen.«

»Aber woher weiß man, ob es sich wirklich um Liebe handelt? Manchmal ist der Ort richtig, aber der Zeitpunkt falsch, oder man ist zur richtigen Zeit am falschen Ort ...« Er verstummte, weil er nicht wusste, was er dazu noch sagen sollte.

»Ich nehme an, du sprichst über wahre Liebe, Seth«, meinte Ted.

»Ich weiß es nicht. Und das ist das Problem.«

»Ich glaube, du weißt es schon.« Ted schlug ihm auf die Schulter. »Sonst würdest du mich jetzt nicht danach fragen.« Er lächelte wieder. »Vergiss nicht, wir suchen uns Liebe nicht immer aus, Seth. Manchmal findet sie uns einfach.«

Seth nickte. Das waren die Antworten, die er gesucht hatte. »Dad?«

»Ja, mein Sohn?«

»Kannst du mir für heute Abend einen richtig coolen Truck besorgen?«

KAPITEL FÜNFUNDSECHZIG

Madison Avenue

»In welchen Laden gehen wir jetzt?«, fragte Lara enthusiastisch. »Ich weiß. Wie wäre es mit Ralph Lauren? Dort findest du sicher ein hübsches Weihnachtsgeschenk für David.«

»Okay, hör auf damit.« Susie blieb mitten auf dem Gehsteig stehen, sodass die Passanten sie umrunden mussten. »Zuerst habe ich tatsächlich geglaubt, dass du plötzlich Spaß am Shoppen hast, und ich davon profitieren kann. Aber du tust doch nur so! Plötzlich gefällt dir angeblich alles. Und, glaub mir, ich habe dir in den letzten Stunden den größten Mist vor die Nase gehalten, den diese Stadt zu bieten hat, und so getan, als fände ich das toll.«

»Oh.« Lara seufzte. »Ich habe gedacht, ich hätte das gut hinbekommen.«

»Nein«, erwiderte Susie. »Das ist dir nicht gelungen. Und das liegt daran, dass du wegen Seth traurig bist. Ich weiß, dein Arm ist verletzt, aber im Augenblick benimmst du dich so, als hätte man ihn dir abgehackt. So als wäre ein Teil von dir nicht mehr vorhanden. Nach Dan war das nicht so. Du warst traurig, ja, aber du warst auch wütend und enttäuscht. Und nun verhältst du dich, als hätte jemand die Sonne gestohlen und Jesus hätte Weihnachten für immer aus dem Kalender gestrichen.«

»Es ging mir damals wirklich nicht gut.«

»Es ist mir egal, was du dazu sagst!«, rief Susie so laut,

dass einige Passanten aufhorchten und ein Straßenmusiker seine Version von »Driving Home for Christmas« unterbrach. »Es ist mir auch egal, ob du ihn erst seit einer Woche oder schon dein Leben lang kennst. Du liebst ihn, und das musst du ihm sagen! Das heißt ja nicht, dass du mit ihm zusammenziehen oder auch nur eine feste Beziehung eingehen musst. Oder ihn gleich heiraten und von ihm schwanger werden sollst. Aber du musst dich wieder mit ihm treffen. Und ihm sagen, dass du ihn liebst!«

Der Straßenmusiker klatschte Beifall und pfiff zustimmend. Lara spürte, wie sich plötzlich etwas in ihr öffnete ... und es waren nicht die Stiche an ihrem Arm. War es tatsächlich so einfach? Spielte es keine Rolle, dass Seth zu einem höchst unpassenden Zeitpunkt in ihr Leben getreten war? Dass sie sich mit einer halsbrecherischen Geschwindigkeit in diese Beziehung gestürzt hatte, unmittelbar nachdem sie den Mann verloren hatte, auf den sie viel zu viel Zeit verschwendet hatte? Wenn sie wollte, konnte sie sicher mit Seth zusammen sein und sich trotzdem diese Abenteuerlust erhalten, die durch ihn noch verstärkt wurde. Vielleicht gab es ja nicht nur entweder das eine oder das andere ...

Ihr Telefon piepste, und sie zog es aus ihrer Jackentasche und warf einen Blick darauf.

»Das ist er, oder? Ihr seid schon so im Einklang, dass er dich sofort anruft, wenn du an ihn denkst!«, rief Susie.

»Nicht ganz«, erwiderte Lara. »Das ist Trent.«

»Ach herrje. Was will er denn?«

Lara begann, seine Nachricht zu lesen.

Hi, Lara, um das klarzumachen: Hier schreibt TRENT. Das wird wohl meine letzte Mitteilung sein, die ich als Seth Hunt schicke. Ich wollte dir sagen, dass mir dieses Durcheinander sehr leidtut, Lara. Ja, zuerst habe ich tatsächlich gedacht, dass wir davon profitieren könnten, dass du dich in deinem Liebeskummer an einen Promi gewandt hast, der versucht, dir in deinem Schmerz zu helfen, aber … Seth hatte damit nichts zu tun, und wenn du diesen Mann bereits gut einschätzen kannst – und davon bin ich überzeugt –, dann wirst du mir das auch glauben. Als sein bester Freund sollte ich dir das jetzt nicht sagen, denn damit verstoße ich gegen die Regeln unter Freunden, aber auch wenn die ganze Sache ziemlich verrückt ist, bin ich davon überzeugt, dass Seth in dich verliebt ist. Im Ernst, ich befürchte, er wird nichts mehr essen, nicht mehr schlafen und nicht einmal mehr Bier trinken, wenn du ihm jetzt das Herz brichst. Er ist total verknallt in dich. Weggetreten. Abgedüst. Verschossen in dich. So verrückt nach dir, wie Beyoncé es in ihrem Song *Crazy in Love* beschreibt. Deshalb flehe ich dich an: Ruf ihn an, geh mit ihm aus, schlaf mit ihm, um Himmels willen, denn ich muss hier mit ihm zusammenleben, und als Liebeskummer- Berater bin ich noch schlechter, als ich es als Agent war. TRENT

»Die Nachricht besteht wohl aus etwas mehr als nur drei Wörtern«, merkte Susie an.

»Ich muss ihn anrufen«, erklärte Lara. Ihre Finger schienen plötzlich wieder zu funktionieren. »Ich muss mit Seth sprechen.«

KAPITEL
SECHSUNDSECHZIG

Laras und Susies Airbnb-Apartment, East Village

»Warte!«, rief Seth und legte die Hand auf den Türknauf. »Du darfst die Tür noch nicht aufmachen.«

»Warum nicht?«, fragte Lara und versuchte, nach dem Knauf zu greifen.

»Bitte, ich verspreche dir, es wird dir gefallen. Mach die Augen zu.«

»Ich darf die Tür nicht öffnen und soll die Augen schließen?«

»Ja, bitte.«

Lara atmete tief ein und gehorchte. Heute fühlte sie sich besser. Sie trug eine Jeans und ein Truckfest-T-Shirt unter einem Fall-Out-Boy-Pullover und hoffte, dass sie nicht wieder auf dem Weg zu einem Kino waren. Sie hatte Seth nichts von Trents Nachricht gesagt. Als sie in der Madison Avenue gelesen hatte, dass Seth sie liebte, war in ihr ein Gefühlschaos ausgebrochen, aber sie wollte es von Seth selbst hören, bevor sie ihm gestand, wie es um sie bestellt war. Das war Neuland für sie – eine Liebe, die sie so noch nicht kennengelernt hatte.

»Okay.« Seth nahm ihre Hand. »Geh ganz langsam die Stufen hinunter. Ich möchte nicht, dass du auf dem Schnee ausrutschst und deine Wunde wieder aufreißt.«

»Das sind nur vier Stiche. Als ich mit einem Pfau in einen Stacheldrahtzaun gestürzt bin, hatte ich den ganzen Rücken voll davon.«

»Die letzten beiden Stufen«, wies Seth sie an. »Okay.« Ihre Füße berührten den Gehsteig. »Mach die Augen auf.«

Lara öffnete die Augen und riss erstaunt den Mund auf. Innerlich schrie sie laut, aber sie war so verblüfft, dass sie keinen Ton hervorbrachte.

»Das ist ein … das ist ein …«

»Du kennst wahrscheinlich das Modell und alle Daten dazu, aber für mich ist das einfach nur ein Truck.«

»Ist das unser Transportmittel?«, fragte Lara. »Zu unserem Date?«

»Lemurenmädchen, das *ist* unser Date.«

»Er ist wunderschön.« Lara ging zu dem LKW und berührte die blaue Lackierung und die Chromteile so sanft, als würde sie ein Pferd streicheln. Natürlich wusste sie, worum es sich hier handelte. Es war ein Western Star, und auch wenn sie ihre Tina sehr mochte, war das hier etwas ganz anderes. »Warte mal, hast du ihn hierhergefahren?«

»Nein!« Seth hob beide Hände in die Luft und wirkte beinahe ein wenig verängstigt. »Ich musste meinem Dad versprechen, dass ich nicht einmal den Motor anlasse. Sein Freund Dan, der wohl den gleichen Beruf ausübt wie du, hat mich mit ihm hergebracht. Oder heißt es mit ihr? Ist das eine Sie?« Seth starrte auf den LKW, als erwartete er eine Antwort von ihm.

Lara lachte. »Das ist ein Junge.«

»Warum? Weil er blau lackiert ist? Ist das nicht ein Vorurteil?«

»Nein«, erwiderte Lara. »Ich weiß es einfach. Nicht wahr, Austin?«

»Wow, du hast ihm sogar schon einen Namen gegeben«, stellte Seth fest. »Und den schwulsten Namen für einen Truck, den ich jemals gehört habe.«

»Und du redest von Vorurteilen«, konterte Lara. Sie nahm ihre Hand vom LKW und schaute Seth an. Darf ich ihn fahren?«

»Na ja«, begann Seth. »Ich habe Stan und meinem Dad versichert, dass das tatsächlich dein Beruf ist, also ...«

»Prima«, sagte Lara begeistert. »Los geht's.« Sie legte die Hand an den Türgriff und hielt dann inne.

»Was ist los?«, fragte Seth. »Wir können fahren. Ich freue mich schon darauf.«

»Ich brauche vielleicht ein bisschen Hilfe beim Einsteigen«, gestand Lara. »Wegen meines Arms.«

»Meine Güte, natürlich, tut mir leid.« Er öffnete die Tür für sie. »Ich habe vorher mit Earl gesprochen. Er ist sehr zerknirscht.«

»Ich weiß«, erwiderte Lara. »Es war nicht seine Schuld.«

»Nun ja, immerhin hatte er die Gabel in der Hand«, meinte Seth.

»Und wenn ich diese Geschichte auf irgendeiner Party erzähle, werde ich behaupten, es sei ein Schraubenzieher gewesen. Das klingt nicht so lächerlich wie eine Gabel.«

»Ich bin froh, dass es kein Schraubenzieher war.« Seth sah sie an und wartete offenbar darauf, wie es weitergehen sollte.

»Schieb einfach meinen Po nach oben«, forderte Lara ihn auf, legte eine Hand an den Türholm und setzte einen Fuß auf die untere Stufe.

»Okay.« Seths Stimme klang ein wenig unsicher.

»Komm schon, Seth, das ist eine offizielle Einladung dazu, meinen Hintern anzufassen. Also los!«

Sie spürte seine Hände an ihrem Po, und als er ihr einen leichten Schubs gab, konnte sie auf den Fahrersitz klettern. Es war großartig. Sie fühlte sich sofort heimisch, obwohl es hier ganz anders aussah als in ihrer vertrauten Tina. Der Schaltknüppel war riesig, und es war ein merkwürdiges Gefühl, auf der anderen Seite des Führerhauses zu sitzen ...

»Ganz schön hoch hier oben«, bemerkte Seth. »Das habe ich vorhin schon festgestellt, als ich es bei meinem vierten Versuch geschafft habe einzusteigen. Ohne dass mein Dad mich von hinten angeschoben hat. Von hier aus lässt sich alles viel besser überblicken.«

»Wohin soll ich uns fahren?«, fragte Lara. Sie ließ den Motor an und schloss die Augen, während sie auf das Gaspedal trat und dem Röhren lauschte.

»Vielleicht raus aus der Stadtmitte«, schlug Seth vor. »Und über ein paar Brücken.«

»Darf ich hupen?«

»Na klar«, erwiderte Seth. »Los, Austin, zeig uns, was du draufhast.«

Die laute Fanfare, die ertönte, ließ sogar Lara zusammenzucken. »O mein Gott, ich will diesen Truck haben!«

»Tut mir leid, ich konnte ihn nur für einen Abend ausleihen. Ich glaube, er kostet fast so viel wie das Haus meiner Eltern.«

»Ein Abend ist besser als nichts.« Lara schenkte ihm ein Lächeln. »Vielen Dank, Seth. Das ist das schönste Beinahe-Weihnachtsgeschenk, das ich jemals bekommen habe.«

KAPITEL SIEBENUNDSECHZIG

Greenpoint Diner, Greenpoint

Lara hatte das Eigelb auf ihrem ganzen Teller verteilt und die Würstchen, den Speck, den Sauerteigtoast und das Steak mit Ketchup beträufelt. »Heute Abend hast du mich also nach Amerika gebracht, Seth.« Sie saßen in einem einfachen Diner mit Sitznischen, einigen dünn gepolsterten Stühlen an Resopal-Tischen und einer altmodischen Jukebox, aus der Weihnachtslieder im Countrystil ertönten.

»Ja.« Seth nippte an einer Flasche Bud. »Das Reisen von einem Land zum nächsten wurde ein bisschen zu anstrengend.«

Lara lächelte und trank einen Schluck Cola. Solange sie den wunderschönen Austin mit seinem riesigen Schaltknüppel fahren durfte, gab es für sie keinen Alkohol.

Den Truck durch New York zu steuern war ein unvergleichliches Erlebnis gewesen. Wegen des starken Verkehrs hatte sie nur im Schneckentempo durch Manhattans Straßen fahren können, und das hatte ihr die Zeit verschafft, sich alles noch genauer anschauen zu können. New York war wirklich eine Weltstadt. Jeder kannte die Türme und Wolkenkratzer und die Sehenswürdigkeiten, die in vielen Filmen vorkamen – der Times Square, das Chrysler Building, der Central Park, das Grand Central Terminal –, doch es gab noch viel mehr zu sehen. In jedem Stadtviertel fand man etwas Besonderes. Es gab schmutzige, heruntergekommene Gegenden, aber auch malerische Ecken inmitten einer modernen Umgebung. Die hellen Lichter der Theater vermischten sich mit dem sanften Schein der Brasserien; qualmende Spritfresser fuhren neben Fahrradfahrern und Skatern her; Designerkleider und Anzüge wechselten sich ab mit Jeans im Used-Look und zerlumpten Klamotten. In dieser Metropole schien sich ein kleiner Teil von jeder Ecke der Welt zu befinden. Und die Weihnachtszeit machte alles noch schöner – überall funkelten Lichter und Dekorationen. Eine Woche vor dem großen Tag waren alle Häuser, Bürogebäude und Läden weihnachtlich geschmückt. In jedem Schaufenster sah man Weihnachtsdekorationen von riesigen Pinguinen bis zu winzigen Mäusen, die sich um mit Geschenken hoch beladene Schlitten drehten. Es gab frostig weiße Christbäume und solche, die in allen Regenbogenfarben schillerten, Bäume aus Hershey's Schokolade und so viele Bilder vom Weihnachtsmann, dass man damit wahrscheinlich das ganze Empire State Building hätte bekleben können. Nachdem sie den Stau hinter sich gelassen hatten, waren sie über die Williamsburg Bridge gefahren und hatten den East River überquert. Die Hängebrücke aus Stahl hatte acht Fahrspuren, und Lara war sich vorgekommen wie in einem Kinofilm. Aber das war alles echt, und sie war der Star in ihrem eigenen Film.

»Du hättest dir kein Frühstück bestellen müssen«, meinte Seth, als Lara in eine Scheibe Toast biss.

»O doch. Ich habe seit meiner Ankunft noch kein richtiges amerikanisches Frühstück gegessen, und mir bleiben nicht mehr viele Tage übrig.«

»Ja.« Seth stellte sein Bier ab und rieb sich mit den Fingern über die Augen.

»Wo ist deine Brille?«, fragte Lara.

»In meinem Apartment.«

»Du trägst sie schon seit einer Weile nicht mehr.«

»Normalerweise trage ich sie nur dann, wenn meine Augen müde werden, aber in letzter Zeit habe ich meine Kontaktlinsen nicht gut vertragen, und deshalb ...«

»Mir gefällt deine Brille«, erklärte Lara.

»Tatsächlich?«

»Ja. Ich habe mir immer gedacht, dass Dr. Mike eigentlich eine Brille tragen sollte. Schließlich musste er ständig die Berichte auf den Klemmbrettern lesen.«

»Meine Güte, das hat Dr. Mike wirklich dauernd getan. Ich erinnere mich daran, dass ich meine Brille nach den Dreharbeiten viel häufiger aufsetzen musste.«

»Hast du schon etwas gehört?«, fragte Lara. »Wegen *A Soul's Song*?«

Seth schüttelte den Kopf. »Nein, noch nicht. Aber ich habe die Hoffnung noch nicht aufgegeben.« Er lächelte. »Und die Rolle von David Hasselhoff habe ich nicht bekommen.«

»Soll ich das bedauern? Ich hätte dich schon gern in knappen roten Shorts gesehen.«

»Falls ich die Rolle von Sam nicht bekomme, darfst du mich bemitleiden. In West Village zu wohnen ist nicht gerade günstig.«

»Deshalb kann ich von Glück sagen, dass ich in einer Scheune wohne«, meinte Lara. »Na ja, in einem Scheunenapartment.«

»Darüber würde ich gern mehr erfahren«, sagte Seth lächelnd.

»Als mein Dad das Haus kaufte, waren dort die Pferde untergebracht. Die Scheune liegt direkt neben unserem Hof, und auf der anderen Seite befindet sich eine Farm. Vom Eingang führt eine Treppe hinauf in einen offenen Raum, in dem sich alles befindet, was ich brauche. Ich habe eine Küche, ein Badezimmer, ein großes Schlafzimmer und ein Wohnzimmer.«

»Das klingt großartig.« Seth sah, wie ihre Augen aufleuchteten, als sie über ihr Zuhause sprach.

»Allerdings ist es noch nicht weihnachtlich geschmückt«, räumte sie ein. »Normalerweise habe ich um diese Jahreszeit einen ziemlich engen Terminplan, der mir aber natürlich noch Zeit lässt, um mir *Buddy – Der Weihnachtself* und *Stirb langsam* anzuschauen.«

»Dir ist schon klar, dass *Stirb langsam* kein Weihnachtsfilm ist, oder?«

»Wie bitte?« Lara gab sich empört.

Seth lachte und schob sich einen Löffel Kartoffelbrei in den Mund.

»Die Feiertage kommen, wie es bei Coca-Cola heißt«, sagte Lara.

»Hätte ich dir lieber einen der Coca-Cola-Trucks anstelle von Austin besorgen sollen?«

»O nein«, erwiderte Lara. »Wahrscheinlich hätten wir dann Blaskapellen und Cheerleader im Schlepptau gehabt.«

»Die Zeit vergeht wie im Flug, richtig?«, meine Seth wehmütig. »Schon bald ist Weihnachten.«

»Ja«, stimmte Lara ihm zu. Ihre Miene wirkte ein wenig bedrückt und spiegelte seine eigenen Gefühle wider. Mit Weihnachten rückte auch ihre Rückkehr nach England jeden Tag näher.

»Wird es in deinem Scheunenapartment ein großes Truthahnessen geben?«, erkundigte sich Seth, in dem Versuch, die Stimmung nicht kippen zu lassen.

»O nein«, antwortete Lara. »Ich liebe meine Wohnung, aber sie ist zu klein für die ganze Bande.«

»Die Bande?« Seth hätte beinahe sein Bier ausgespuckt.

»Ich, Aldo, mein Dad und Mrs Fitch. Manchmal kommt auch noch Flora zum Tee vorbei. Und natürlich Susie, wenn sie nicht gerade ihre Verwandten in London besucht.«

»Ich nehme an, dass ich in diesem Jahr auch an meine andere Mom und Dwight denken sollte.« Er lächelte. »Ich habe außer meiner leiblichen Mutter nun auch noch einen Stiefvater.« Er stellte die Bierflasche ab. »Falls sie nicht bereits andere Pläne haben.«

»Hör zu.« Lara schob eine Hand langsam über den Tisch.

Seth warf einen Blick auf ihre Finger. Lara schien in ihrer Bewegung leicht zu zögern, als sei sie sich nicht sicher, ob sie das Richtige tat. Er wartete ab, denn er wollte sie auf keinen Fall drängen. Das hatte er leider schon zu sehr getan …

»Deine Mum scheint wirklich nett zu sein. Sicher will sie so viel Zeit wie möglich mit dir verbringen.«

»Sie wird zur Benefizveranstaltung ins Obdachlosenheim kommen, also wirst du sie kennenlernen«, erklärte Seth. »Kossy hat sie eingeladen.«

»Deine Kossy-Mum ist ebenfalls eine tolle Frau«, sagte Lara.

»Ja«, stimmte ihr Seth zu. »Das ist sie wirklich.« Lara hatte ihre Hand immer noch nicht weiterbewegt. Ihre Finger lagen nur wenige Zentimeter von seinen entfernt auf dem abgestoßenen und abgenutzten Resopaltisch. Er sehnte sich nach ihrer Berührung. Als sie ihn anblickte, entdeckte er eine winzige Spur von Ketchup in ihrem Mundwinkel …

Er räusperte sich. »Du hast da ein wenig Ketchup.« Seth deutete an seinem eigenen Mund auf die entsprechende Stelle.

»Ach ja?«, erwiderte Lara, machte aber keine Anstalten, nach einer Serviette zu greifen.

»Ja«, bestätigte er mit belegter Stimme.

»Nun«, begann Lara leise. »Du könntest ... ihn wegküssen.«

Das war seine Chance. Sie ließ ihn wieder näher an sich heran, gab ihm die Erlaubnis dazu, ihre Beziehung wieder aufleben zu lassen. Und genau das hatte er sich erhofft.

Er verlor keine Zeit und beugte sich über den Tisch, ohne dabei auf seinen Teller oder den Gewürzständer zu achten, der zwischen ihnen stand. Er nahm ihr Gesicht in seine Hände und zog sie zu sich heran. Sie sah ihn an, und in ihren Augen lagen Zuneigung und Verlangen. Einen Moment lang hielt er sich noch zurück, doch dann leckte er ihr den kleinen Rest Soße von den Lippen. »So, das war's«, flüsterte er.

Und dann wurde er plötzlich nach hinten gedrückt, als sie ihre Lippen auf seine presste. Sie küssten sich so leidenschaftlich, dass die Welt um sie herum zu beben begann. O Gott, er liebte sie. Er liebte sie so sehr, und diese Liebe war wichtiger als alles andere, auch wenn sie in ein paar Tagen nach Hause fahren würde.

Er wich zurück, um Atem zu holen, und wischte dabei mit einem Ärmel seines Pullovers über den mit schwarzen Bohnen gefüllten Taco auf seinem Teller. »Ich habe eine Nachspeise«, flüsterte er, ohne den Blick von ihr abzuwenden. »In Austin – dem Truck, nicht der Stadt.« Er schluckte.

»Lass uns gehen«, sagte Lara.

KAPITEL ACHTUNDSECHZIG

East River State Park

Nicht nur Laras Hände, sondern auch einige andere ihrer Körperteile zitterten, als sie sich von Seth zu einer sandigen Bucht am East River lotsen ließ. Dort waren sie ganz allein und hatten einen herrlichen Ausblick über das Wasser auf die Stadt. Aus riesigen Schornsteinen stiegen graue Rauchsäulen empor, Gebäude aus Stein, Glas und Stahl ragten hinauf bis zu den Sternen, an ihren Spitzen glitzerten weiße, orange- und goldfarbene Lichter. Und der obere Teil des Empire State Buildings erstrahlte in den Farben Rot, Weiß und Blau.

»Ich habe uns etwas aus Puerto Rico besorgt.« Seth brach das gespannte Schweigen, holte eine Schüssel aus der Schlafkoje und zog die Folie ab. »Das nennt sich *Tembleque* und ist ein cremiger Kokosnusspudding.«

»Das klingt gut.« Lara atmete den Duft des Desserts ein.

»Die Puerto Ricanerin in dem Restaurant in der Nähe meines Apartments hat ihn zubereitet und mir verraten, dass das Wort übersetzt ›wabblig‹ heißt.«

»Brauchen wir dafür eine Gabel?«, fragte Lara lächelnd.

»Wie wäre es mit einem Löffel?« Seth holte zwei Löffel hervor.

»Ich dachte schon, du würdest niemals fragen«, erwiderte sie grinsend.

Er reichte ihr einen der Löffel, und sie schob sich rasch etwas von dem köstlich aussehenden Pudding in den Mund.

Er schmeckte nach Kokosnuss, wie Seth ihr schon verraten hatte, aber auch nach Zimt, Vanille und Muskatnuss. »Sehr lecker«, schwärmte sie und genoss die verschiedenen Aromen.

Sie sah zu, wie Seth ihn ebenfalls probierte und zustimmend nickte. »Das schmeckt wirklich gut.«

»Hast du ihn noch nie zuvor gegessen?«, fragte Lara.

»Ich weiß erst seit Kurzem, dass ich zur Hälfte Puerto Ricaner bin.«

Lara legte den Löffel zurück in die Schüssel und holte tief Luft. »Der Pudding ist fantastisch, aber ich möchte jetzt nichts mehr davon essen.«

»Nein?« Seth hob den Blick und schaute ihr in die Augen.

Sie drehte den Kopf leicht nach hinten zu der Schlafkabine mit dem Bett, das mit einem dünnen Überwurf bedeckt war. »Nein.« Sie wandte sich ihm wieder zu. »Ich möchte jetzt in das Bett klettern ... und mich ausziehen.«

Seth wollte jetzt keinen puerto-ricanischen Pudding in den Händen halten, sondern sie berühren. Er beugte sich auf seinem Sitz vor und klemmte die Schüssel mit den Löffeln zwischen Armaturenbrett und Windschutzscheibe fest.

»War es zu dreist von mir, das zu sagen?« Laras Stimme schwankte leicht.

Seth schüttelte den Kopf. »Nein.« Er schluckte. »Mir geht es genauso wie dir.«

»Wahrscheinlich sollte ich nicht so empfinden«, begann Lara. Sie kletterte vom Fahrersitz aus in die Schlafkabine. »Schließlich bin ich erst seit Kurzem getrennt und noch nicht lange hier. Und es gibt noch hundert andere Gründe dafür, aber ...«

»Aber?«, fragte Seth nach. Er hätte zwar gern die anderen

hundert Gründe erfahren, aber in erster Linie interessierte ihn das »Aber«.

»Aber so sehr ich auch versuche, mir einzureden, dass ich keine tiefen Gefühle empfinde, sagt mir mein Herz etwas anderes.«

»Ach ja?« Seth beobachtete, wie sie ihren Pullover abstreifte, und sein Puls begann zu rasen.

»Ja«, bestätigte sie. »Und ich glaube, dass du auch so empfindest.« Sie legte die Finger an den Saum ihres T-Shirts und zog ihn in einer langsamen, aufreizenden Bewegung nach oben. Obwohl das nicht beabsichtigt schien, zeigte es bei ihm sofort Wirkung.

»Lara.« Es überraschte ihn, wie emotional seine Stimme klang. »Du hast keine Ahnung, was ich für dich empfinde.«

»Oh, ich glaube schon.« Sie streifte sich das T-Shirt über den Kopf.

Meine Güte, sie trug keinen BH! Und der Anblick ihres nackten Oberkörpers stellte verrückte Dinge mit seinem Körper an und ließ seine Erregung noch weiter steigen.

»Ich trage nie einen BH«, erklärte Lara und zuckte mit den Schultern. »Nicht mehr, seit ich einmal damit an einem Gabelstapler hängen geblieben bin.«

»Du ... scheinst dir schon einige Kratzer eingehandelt zu haben«, brachte er hervor. Er konnte den Blick nicht von ihren wunderschön geformten, weichen, perfekten Brüsten abwenden.

»Was soll ich sagen?« Sie hob wieder die Schultern. »Anscheinend neige ich ein wenig zu Unfällen.«

»Offensichtlich.« Seth zog seinen Pullover aus und begann, sein Hemd aufzuknöpfen.

»Aber was kann mir hier schon passieren?«, fuhr sie fort. »In dieser kleinen Kabine?«

»Oh, ich glaube, du wirst überrascht sein.« Seth streifte sein Hemd ab.

Lara zitterte, als sie ihre Jeans aufknöpfte, sie auszog und auf den Boden des Trucks warf. Sie zitterte nicht, weil sie wegen ihrer Entscheidung nervös war, sondern weil sie beobachtete, wie Seth sich auszog, und sie wusste, was nun passieren würde. Das, was sie sich so sehr wünschte.

»Ist das in Ordnung?«, flüsterte er und ließ seine Finger über dem Knopf seiner dunklen Jeans schweben.

Lara nickte entschlossen. »Ja.«

Sie beobachtete, wie er in dem engen Raum, der ihnen zur Verfügung stand, seine Jeans mit seiner Unterhose herunterzog und biss sich auf die Unterlippe. Er war in jeder Hinsicht perfekt – ein Körperdouble war bei ihm nicht nötig. Angefangen von seinen wunderschönen dunklen Augen und vollen Lippen bis hin zu seiner muskulösen Brust, seinem festen Bauch und den schlanken, sehnigen Beinen. Und was sie zwischen diesen Beinen sah, war von ihrem Blickwinkel aus sehr beeindruckend.

Er setzte sich neben sie und strich ihr mit leicht zitternden Fingern das Haar aus dem Gesicht. »Du bist so schön, Lara«, flüsterte er. »Das habe ich sofort gesehen, als wir uns zum ersten Mal begegnet sind.« Er küsste sie auf die Wange. »Aber erst, als ich dich näher kennenlernte, erkannte ich, dass sich deine äußerliche Schönheit nicht mit deiner inneren vergleichen lässt.« Er gab ihr einen sanften Kuss auf die Lippen, der ihr Verlangen nach mehr steigerte.

»Ich hätte mir einen anderen Zeitpunkt dafür gewünscht«, sagte sie leise und drückte seine Hand. »Ich habe gedacht, dass alles seine Ordnung haben müsste und … ich weiß nicht … konventionell ablaufen sollte.«

Er küsste ihren Nacken und fuhr sanft mit der Zunge über die Stelle, wo er ihren Puls fühlte. »Und jetzt?«

»Jetzt glaube und fühle ich – und ich erinnere mich auch daran –, dass das Leben nie so abläuft.« Sie schloss die Augen, als sein Mund von ihrem Nacken weiter zu ihrem Schlüsselbein und dann zu ihrer Brust glitt.

»Du bist kein konventioneller Mensch«, meinte Seth. »Ganz und gar nicht.«

»Ich hoffe, das ist ein Kompliment«, erwiderte sie lächelnd.

Er hob den Kopf und schaute ihr in die Augen. »Ein sehr großes sogar«, versicherte er ihr. »Du bist der wunderbarste Mensch, dem ich jemals begegnet bin.«

Sie schluckte. Seine Worte trafen sie direkt ins Herz. »Seth«, wisperte sie. »Ich *weiß*, dass du der wunderbarste Mensch bist, dem ich jemals begegnet bin.«

Er beugte sich zu ihr vor, und dieses Mal war sein Kuss heiß und leidenschaftlich. Seine Lippen auf ihren, der Duft seiner Haut, die Berührung seiner Finger, die langsam nach unten wanderten und sich unter den Stoff ihres Höschens schoben, machten sie schwindlig.

»Ich muss dir etwas sagen«, flüsterte er, während er seine Finger zwischen ihre Beine gleiten ließ und Lara dort quälend langsam liebkoste.

»Mach schnell«, wisperte sie. »Du solltest deinen Mund für bessere Dinge verwenden als zum Reden.«

»Öffne die Augen«, bat sie Seth.

Sie folgte seinem Wunsch und sah ihn an. In seinen Augen lag ein Ausdruck der Bewunderung, der neu für sie war. Noch nie hatte sie jemand so angesehen, und sie fühlte sich geehrt durch diesen Blick.

»Ich habe mich in dich verliebt«, sagte er leise.

In ihrer Kehle stieg ein Ton auf, und sie musste die Lippen fest zusammenpressen, um ihn zu unterdrücken. Trent hatte es ihr bereits gesagt, und sie hatte es auch glauben wollen. Und nun hörte sie es aus seinem Mund.

»Ich weiß, wie sich das jetzt für dich anhört«, sagte er leise. »Nach dieser kurzen Zeit, nach Dan ...«

Lara nahm sein Gesicht in ihre Hände, um ihn spüren zu können. »Sprich seinen Namen nicht aus«, bat sie. »Denn er gehört nicht hierher.« Sie schluckte. »Er hat bei alldem eigentlich nie eine Rolle gespielt.« Sie fuhr mit dem Daumen über seine Unterlippe. In ihrem Inneren schien es zu brodeln. »Es hat damit begonnen, dass ich ihm zeigen wollte, wozu ich ohne ihn fähig bin, doch dann wurde ein Urlaub daraus, in dem ich mir das selbst beweisen konnte.« Sie lächelte. »Und dann bist du aufgetaucht. Teil des Planes, aber auch wieder nicht. Und ich habe mich wirklich sehr bemüht, mir einzureden, dass meine Gefühle nur die Reaktion auf meine Trennung seien, dass es sich zwischen uns auf keinen Fall um etwas Ernstes handeln könne, aber ...« Sie hielt inne und sah ihn schweigend an, diesen hinreißenden Mann mit der wunderbaren Seele.

»Aber?«, fragte Seth.

»Ich habe mich geirrt«, gestand Lara. »Wenn es um Liebe geht, kann man sich offensichtlich den Zeitpunkt nicht aussuchen. Sie ist einfach da, und dann geschieht alles wie von selbst.«

Seth schüttelte lächelnd den Kopf. Ihm traten Tränen in die Augen. »Das hat mir heute Abend schon einmal jemand gesagt«, erwiderte er. »Und ich glaube das auch.«

»Ich liebe dich, Seth«, erklärte Lara ohne zu zögern. »Ich liebe dich wirklich.«

Er küsste sie leidenschaftlich und schob sie sanft auf das

Bett des Trucks. Und plötzlich spürte Lara, dass sie in diesem Moment genau dort war, wo sie sein sollte. Nicht in Appleshaw, sondern in New York, zur Weihnachtszeit mit der Liebe ihres Lebens.

KAPITEL
NEUNUNDSECHZIG

Seth schob Lara einen Löffel mit etwas *Tembleque* in den Mund, und sie schloss die Augen und genoss die verschiedenen Aromen auf der Zunge.

Sie hatten sich in Decken gehüllt den Sonnenaufgang über der Stadt angesehen; der Himmel über ihren Köpfen war klar und blau, und auf dem Boden glitzerte frostiger Schnee. Lara wusste, dass sie ihren Zufluchtsort im LKW verlassen mussten, bevor New York zum Leben erwachte und sich der Park mit Spaziergängern, Radfahrern und Passanten füllte, die sich um ihre eigenen Angelegenheiten kümmerten und nicht erwarteten, hier einen Truck mit einem nackten Pärchen darin vorzufinden. In der vergangenen Nacht hatte sie die besten erotischen Erlebnisse ihres ganzen Lebens gehabt. Nicht auf eine Weise wie bei Christian Grey, sondern auf eine tiefe, intensive, die Seele berührende Art. Als Seth sich in ihr bewegt hatte, hatte sie ihn überall gespürt, und als sie sich auf ihn gesetzt hatte, war er da gewesen, stark, hart und sexy. Mit seinem Blick und seinen geflüsterten Worten hatte er sie ermutigt zu tun, was sie tun wollte, zu sein, wer sie sein wollte. Das hatte sie so stark erregt, dass sie ohne Vorwarnung gekommen war und dabei laut geschrien hatte.

»Johnny Depp oder Matthew McConaughey?«, fragte Lara.

»Meinst du das ernst? Beide sind großartige Schauspieler«, erwiderte Seth.

»Seth!«, rief Lara. »Ich habe dir doch die Regeln erklärt. Du musst dich aus dem Bauch heraus für einen von beiden entscheiden.«

»Meine Güte! Dann nehme ich Matthew McConaughey, weil mir die Serie *True Detective* sehr gut gefällt.«

»Du sollst mir nicht sagen, warum – das muss ich dann anschließend selbst herausfinden! Hörst du mir überhaupt zu?«, fragte sie tadelnd.

»Es fällt mir ziemlich schwer, wenn du neben mir sitzt und nur mit einer Decke bekleidet bist.«

»Und diese Decke riecht ein wenig nach Käsebällchen«, stellte Lara fest.

»Das liegt aber ganz sicher nicht an mir«, erwiderte Seth und aß noch einen Löffel Pudding.

»Also gut, wie steht es damit: Mark Wahlberg oder Ryan Philippe?«

»Das ist also ein Vergleich zwischen dem Film *Shooter* und der gleichnamigen Serie?«

»Keine Fragen!«

»O Mann.« Seth stieß den Atem aus und dachte kurz darüber nach. »Ryan, aber sag das nicht Mark, falls du ihn jemals treffen solltest.«

»Glaubst du, Mark ist sauer, weil ich bei seiner Premiere davongelaufen bin?«, fragte Lara. Sie hatte immer noch ein schlechtes Gewissen deswegen.

»Nun, Trent hat mir erzählt, dass sich bei der Aftershowparty jemand fürchterlich betrunken und dann halb Los Angeles beim Namen genannt und bloßgestellt hat. Wir sind im News-Feed ganz weit nach unten gerutscht.«

»Tut mir leid.« Lara senkte den Kopf.

»Hey.« Er hob ihr Kinn an. »Das muss dir nicht leidtun. Außerdem kann ich niemandem etwas übel nehmen, der einen Verrückten meiner Mom gerettet und sich eine Gabel in den Arm hat stechen lassen.«

»Vergiss nicht, auf Partys zu sagen, dass es sich um einen Schraubenzieher gehandelt hat.«

Seth lächelte und stellte die Puddingschüssel auf den Beifahrersitz. »Ich habe auch eine Frage an dich.«

»Tatsächlich?« Lara zog die Decke enger um sich und setzte sich zurecht.

»Ja.« Seth nickte.

»Schieß los.«

Er holte tief Atem. »Appleshaw oder New York?«

Auf ihrem Gesicht zeichneten sich widerstreitende Gefühle ab. Seth hatte sie mit dieser Frage nicht auf die Probe stellen wollen und rechnete fest damit, dass sie gleich den Namen ihrer geliebten kleinen Stadt nennen würde. Er wollte nur sehen, ob *seine* Stadt bei ihr auch ein paar Punkte hatte sammeln können. Und ob sie nach ihrem Besuch hier vielleicht öfter verreisen wollen würde.

»Das ist nicht fair«, erklärte Lara.

»Keine Pause, kein Zögern«, forderte Seth.

»Du weißt, dass ich Appleshaw sagen werde, oder?«, fragte Lara ernst.

Er nickte lächelnd. »Natürlich weiß ich das.«

»Aber New York ist der beste andere Ort, an dem ich jemals gewesen bin.«

»Lara«, begann Seth.

»Ja?«

»Es ist der einzige andere Ort, an dem du jemals gewesen bist.«

Sie schlug ihm spielerisch mit der Faust gegen die Schulter. »Das ist nicht wahr. New York ist nur der einzige Ort in *Übersee*. Ich habe schon tolle Zeiten auf Campingplätzen in

West Sussex und Dorset verbracht. Mit *Rory the Tiger* und *Bradley Bear*.«

»Hör auf damit, ich will nichts mehr über deine Exfreunde hören«, witzelte er.

Sie lachte und schmiegte sich an ihn, sodass sich ihre nackten Körper unter den Decken im Bett berührten. Durch Austins Windschutzscheibe hatten sie einen herrlichen Blick auf Big Apple – wie in einem Kinofilm. »Ich würde gern länger hierbleiben, wenn ich könnte.«

»Wäre das nicht möglich?«, fragte Seth und strich ihr eine Haarsträhne hinters Ohr.

»Ich musste mein Sparschwein schlachten, um mir die Reise leisten zu können. Jetzt lebe ich von meiner Kreditkarte, und ich habe ein Rückflugticket.«

»Ich weiß.« Seth legte einen Arm um ihre Schultern und drückte sie an sich.

»Ich brauche einen reichen, erfolgreichen Schauspieler, der mein Herz im Sturm erobert und mir dann hin und wieder seinen Privatjet zur Verfügung stellt.«

»Und schon sind wir wieder bei Mark Wahlberg ...«

»Reich muss er nicht sein, das war nur ein Witz. Und erfolgreich bist du ja bereits, aber ...«

»Das wird schon.« Seth nickte zuversichtlich. »Einen Jet werde ich mir wohl nicht leisten können, aber wenn ich die Rolle von Sam bekomme und ihn so gut spiele, wie ich glaube, es tun zu können, dann werden weitere Angebote kommen. Und mehr Rollen bedeuten mehr Geld, und dann ... kann ich vielleicht nach England reisen.«

»Tatsächlich?«, fragte Lara. Er konnte spüren, wie sich bei dem Gedanken, dass er sie in ihrem geliebten Appleshaw besuchen würde, ihr Puls beschleunigte.

»Aber ich weiß nicht, wann, Lara«, sagte er. »Falls ich die

Rolle bekomme, werde ich monatelang mit den Dreharbeiten beschäftigt sein. Und wenn ich sie nicht bekomme, muss ich mich nach anderen Aufträgen umschauen. Und im Augenblick habe ich nicht einmal einen Agenten.«

»Geh nicht so hart mit Trent ins Gericht«, stieß Lara hervor.

Seth schüttelte den Kopf. »Wir sind sehr verschieden und sehen die Branche, in der wir arbeiten, auf ganz andere Weise.«

»Ich weiß«, erwiderte Lara. »Aber er ist dein Freund, und er mag dich wirklich. Er ist ein bisschen wie Shirt.«

»Shirt?«

»Shirt ist der Bulle auf dem Bauernhof nebenan.«

Seth lachte. »Bullshirt?«

»Was soll ich sagen? Ich sehe mir eben gern die Serie *The Good Place* an.« Sie lächelte. »Shirt ist den ganzen Tag damit beschäftigt, den Kühen zu zeigen, was er von ihnen erwartet.«

»Das liegt aber wohl eher in seiner Natur als an seiner Persönlichkeit.«

»Vielleicht ist das bei Trent auch so.«

»Soll ich etwa tun, was er von mir erwartet?«, fragte Seth verwirrt.

Lara schüttelte den Kopf. »Nein. Die Kühe ignorieren Shirt die meiste Zeit, und das macht ihn natürlich wütend. Aber wenn sie dann bereit sind und ihre Bedingungen stellen können, muhen sie nach ihm, und alle bekommen, was sie wollen.«

»Soll ich seine Befugnisse einschränken?«

»Er will immer sofort alles in die Tat umsetzen. Du musst nur sein Tempo etwas bremsen. Wenn er mit dir über etwas sprechen möchte, vertagst du die Unterhaltung auf den

Abend. Sag nicht einfach nur ›später‹, sondern gib ihm genaue Anweisungen, mit denen er etwas anfangen kann. Ich glaube, dann könnte es funktionieren.«

»Und woher weißt du so gut über Trents Psyche Bescheid?«

»Wie gesagt, wir sind eigentlich alle Tiere«, erwiderte Lara.

»Wenn das so ist, sollten wir uns hier und jetzt auf unsere Wurzeln besinnen.« Seth riss ihr mit einem Ruck die Decke vom Körper.

Sie ließ sich lachend aufs Bett fallen, und er legte sich zu ihr. Ihre Nacktheit war nun vertraut und in der Morgendämmerung noch aufreizender. »Nur noch eine Frage«, sagte sie, als er sich zu ihr hinunterbeugte, um sie zu küssen.

»Im Ernst?«

Sie nickte. »Das ist die letzte. Versprochen.«

»Also gut.« Er strich mit den Fingern über ihr Brustbein.

Sie machte eine Kunstpause. »Also: Yanny oder Laurel?«

Beide brachen in Gelächter aus, und er kitzelte sie an den Rippen. Wie er herausgefunden hatte, gab es dort einige empfindsame Stellen – wenn er sie dort berührte, wand sie sich zuerst und lieferte sich ihm dann völlig aus.

»Dafür wirst du büßen, Lemurenmädchen«, sagte Seth, als sie sich krümmte und versuchte, seiner Berührung zu entkommen.

»Kein Zögern«, flüsterte sie und entzog sich seiner Hand.

»Ja, ich weiß«, erwiderte Seth. »Keine Sorge, ich habe nicht vor, auch nur eine Sekunde länger zu warten.« Er hörte auf, sie zu kitzeln, und presste seine Lippen auf ihre.

KAPITEL SIEBZIG

Chapel-Shelter-Benefizveranstaltung, Hotel Edison, West 47th Street

»Du wirst großen Ärger bekommen«, meinte Felice. Sie lief neben Lara her, Earl und Mad Maggie im Schlepptau.

»Wenn wir den Beginn verpassen, mit Sicherheit«, stimmte Lara ihr zu. Sie hatte bereits ein halbes Dutzend Nachrichten von Susie und zwei von Seth bekommen und noch keine Zeit gehabt, sie zu beantworten.

»O nein, ich meine, weil du uns zu der Veranstaltung mitbringst«, erwiderte Felice. »Du weißt schon, wenn die reichen Leute uns dort sehen.«

»Sie bringt uns ja dorthin, damit die Reichen uns sehen«, warf Mad Maggie ein und hielt krampfhaft ihre schätzungsweise acht Taschen fest. Lara konnte nicht genau sehen, um wie viele Taschen es sich handelte, denn sie schienen alle miteinander zu verschmelzen.

»Gibt es dort auch Pasteten?«, fragte Earl, der ein wenig hinterherhinkte. »Du hast mir eine Pastete versprochen, Mädchen.«

»Ja, es gibt Pasteten«, erwiderte Lara, ein wenig außer Atem. »Soviel ich weiß. Aber sollte sich der Speiseplan geändert haben und es Kuchen anstelle von Pasteten gibt, dann darfst du deswegen niemanden mit einer Gabel oder einem anderen Gegenstand angreifen, Earl. Hast du das verstanden?«

»Meine Güte, Schwester, er hat sich doch schon bei dir entschuldigt.« Felice verdrehte die Augen.

»Es tut mir leid«, sagte Earl, und seine von tiefen Falten bekränzten Augen wurden tränenfeucht.

Lara seufzte. »Das weiß ich. Ich musste nur noch nie drei Obdachlose in eine Veranstaltung einschleusen, ohne dass jemand davon etwas mitbekommt.«

Das hatte sie Ted zu verdanken. Kossy wusste nicht, dass sie auf der Benefizveranstaltung einen Preis für ihre Dienste für die Stadt erhalten würde, und Ted hatte Lara und Seth damit beauftragt, einige der Menschen, denen sie am meisten geholfen hatte, zur Feier mitzubringen, damit sie einige Worte sprachen. Lara hatte an ein paar Nachmittagen versucht, etwas mit ihnen einzuüben, bevor sie begriffen hatte, dass Felice, Earl und Mad Maggie kein Skript dafür brauchten. Sie alle liebten Kossy Hunt, und was auch immer sie heute Abend auf der Bühne sagen würden, würde von Herzen kommen.

»Wir sind da!«, rief Lara. »Das ist das Edison Hotel.«

»Es ist wunderschön«, erklärte Maggie und ließ den Blick über das Schild mit der Art-déco-Schrift und die kleinen Christbäume in den Pflanzentöpfen auf jeder Seite der Doppeltüren gleiten.

»Als ich noch meine Band hatte, habe ich in solchen Hotels gespielt«, verkündete Earl.

»Ist nicht schlecht.« Felice zuckte mit den Schultern und schob die Hände in die Jackentasche, aber Lara sah, dass sie ein wenig aufgeregt war.

»Hört zu, ihr wartet im Foyer. Ich gehe hinein und vergewissere mich, dass Kossy auf ihrem Platz sitzt und sich nicht von der Stelle rührt. Dann komme ich euch holen, und wir setzen uns ganz nach hinten an unseren Tisch.«

»Ich will vorne sitzen«, erklärte Maggie stirnrunzelnd. »Du hast gesagt, dass es eine Tanzfläche gibt.«

»Das stimmt«, erwiderte Lara. »Und später kannst du zur Musik der Band tanzen. Aber zuerst musst du hinten im Saal sitzen, damit Kossy dich nicht sieht. Es soll doch eine Überraschung werden.«

»Ich behalte sie im Auge.« Felice griff nach einer von Maggies Taschen.

»Okay«, sagte Lara. »Lasst uns hineingehen.«

»Meine Güte.« Kossy strich sich rasch übers Haar und sah sich in dem prächtigen Ballsaal um. »Sie sind alle gekommen. Keiner der erwarteten Gäste ist ausgeblieben.«

»Das ist großartig, Mom«, erwiderte Seth. Der Veranstaltungsort war wirklich fantastisch. Der alte Ballsaal, in dem in den Dreißiger- und Vierzigerjahren Swingbands gespielt hatten, war mit viel Einfühlungsvermögen zu seinem früheren Glanz zurückgebracht worden. Auf dem Parkettboden standen für das Dinner gedeckte runde Tische mit weißen Decken. In der Mitte befand sich jeweils eine tulpenförmige Vase mit hell glitzernden Tannenzweigen, die sich wie Farnwedel entfalteten. Über der Tanzfläche waren Lichterketten gespannt, die an schimmernde Schneeflocken erinnerten.

»In den meisten Jahren sagen viele zu und erscheinen dann doch nicht, sondern schicken eine Spende. Das ist natürlich in Ordnung, aber noch schöner ist es, wenn alle Gäste, die sich angemeldet haben, auch wirklich kommen und ich dann hoffentlich deinen Vater nicht darum bitten muss, bei jedem Gegenstand, der versteigert werden soll, beim Bieten den Anfang zu machen«, fuhr Kossy fort.

»Versuch doch bitte, dich zu entspannen«, meinte Seth. »Das ist dein Abend. Einer der Höhepunkte des Jahres für dich. Du hast die Eintrittskarten verkauft, die Leute hierhergeholt, alles erledigt. Und das Essen wird sicher großartig schmecken, also solltest du einfach alles genießen.«

»Ja«, erwiderte Kossy und wirkte ein wenig fröhlicher. »Du hast ja recht.«

»Kossy!«, rief Ted. »Charles Barker würde gern mit dir sprechen.« Er winkte sie an den Tisch, neben dem er stand.

»Wahrscheinlich will er sich wieder über das Rindfleisch beklagen. Er regt sich immer darüber auf, wenn er kein Lendenstück bekommt, aber das ist in meinem Budget einfach nicht drin.«

»Vielleicht will er sich dieses Mal nicht beklagen. Er lächelt«, stellte Seth fest.

»Dann gehe ich jetzt zu ihm.« Kossy trat einen Schritt vor. »Und lächle zurück.«

Seth beobachtete, wie seine Mom mit ausgebreiteten Armen auf den Tisch zuging. Und dann fiel sein Blick auf seine andere Mom, die ihm fast den ganzen Tag über geholfen hatte, den Saal für die Veranstaltung vorzubereiten. Candy saß allein an einem Tisch und schaute ihn an. Sie trug wieder eine Seidenbluse – dieses Mal in Jadegrün –, einen einfachen, aber eleganten schwarzen Rock und Schuhe mit flachen Absätzen. Seit sie sich ein wenig näher kennengelernt hatten, fühlte er sich stark zu ihr hingezogen. Jedes Mal, wenn sie sich trafen, erfuhr er ein wenig mehr über seine Herkunft, und mittlerweile hatte er keine Vorbehalte mehr, sondern freute sich auf ihre Erzählungen. Er ging auf sie zu.

»Candy«, begann er. »Es tut mir leid, dass ich heute Abend kaum Zeit hatte, mich mit dir zu unterhalten.«

»Wir haben den ganzen Nachmittag zusammen verbracht,

Seth. Und das ist ein wichtiger Abend für deine Mom. Du musst dich um die Gäste kümmern und hast andere Dinge im Kopf.« Sie lächelte. »Um mich brauchst du dir keine Sorgen zu machen.«

»Das wird wohl nicht immer funktionieren«, erwiderte er lächelnd.

»Wo ist Lara?«, erkundigte sich Candice.

»Sie wird hoffentlich bald kommen ... wenn sie nicht wieder ein Tier entdeckt hat, das sie retten muss, oder an einem Zaun hängen geblieben ist.«

»Ihr beide habt eine ganz besondere Beziehung«, meinte Candice. »Das war mir sofort klar, als ich sie heute kennengelernt habe, und die Art und Weise, wie ihr miteinander umgeht, hat meinen ersten Eindruck bestätigt. So etwas ist sehr selten, Seth.«

Er nickte. Die Worte seiner leiblichen Mutter trafen ihn ins Herz. Das war ihm bewusst, und deshalb hatte er in den letzten Tagen versucht, jeden Moment, den sie hier in New York miteinander verbracht hatten, wertvoll zu machen und auszukosten. Sie waren noch einmal in den Zoo gegangen und hatten Jax besucht. Sie hatten sich vergewissert, dass das Rentier besser untergebracht war als in Carlsons Weihnachtswelt, sie waren noch einmal eislaufen gewesen, dieses Mal im Rockefeller Center, wo Lara sich beinahe die Finger aufgeschlitzt hatte. Und sie waren nachts auf die Aufsichtsplattform »Top of the Rock« gefahren, wo sie die Stadt bei Dunkelheit betrachtet und um Mitternacht verstohlen Küsse ausgetauscht hatten, aus denen auf dem neunundsechzigsten Stockwerk dann noch mehr geworden war.

»Sie fliegt morgen nach Hause«, erklärte er. »Zurück nach England.«

»Ich kann mir gut vorstellen, was du dabei empfindest.«

»Ja«, seufzte er. »Aber ich kann nichts dagegen tun.«

»Seth«, erwiderte Candice. »Wir haben uns wiedergefunden, also solltest du wissen, dass man immer irgendetwas tun kann.«

KAPITEL EINUNDSIEBZIG

»Wir sind heute Abend hier, um eine wunderbare Frau zu ehren, ein Organisationstalent, eine Meisterin der Haushaltsplanung, ein wahrer Wirbelwind. Ich meine damit Mrs Katherine Hunt ... Kossy Hunt, meine Damen und Herren!«

Lara sah, wie Kossy überwältigt die Hände vors Gesicht schlug, als der ganze Saal laut Beifall klatschte.

»Sollen wir jetzt gehen?«, flüsterte Felice.

»Du musst auf die Ankündigung warten, *chica*«, erklärte ihr David.

»Wen nennst du hier *chica*, *hombre*?«, entgegnete Felice.

»Er meint das nicht böse«, warf Susie rasch ein, die an diesem Abend ihr Haar in Form einer Zuckerstange nach oben gesteckt hatte. »Das ist eben seine Art.« Sie schaute David in die Augen. »Seine wunderbare, sexy Art.«

»Psst«, zischte Lara. »Sonst hören wir unser Stichwort nicht.«

»Mich kannst du jederzeit *chica* nennen.« Maggie schenkte David ein zahnloses Lächeln.

»Earl, leg die Gabel hin und mach dich bereit«, befahl Lara.

»Ich glaube, sie ist aus echtem Silber«, meinte Earl.

»Aber bevor wir diese Frau selbst zu Wort kommen lassen, wollen wir uns anhören, was einige der Menschen, denen sie viel bedeutet, zu sagen haben«, verkündete der Sprecher.

»Wir sind dran«, sagte Lara. »Los, rauf auf die Bühne.«

»Du kommst doch mit, oder?«, fragte Felice. »Ich stelle mich auf keinen Fall allein dorthin.«

»Du bist nicht allein«, beruhigte sie Lara. »Earl und Maggie sind bei dir.«

»Komm, Schätzchen.« Maggie schaffte es trotz ihrer vielen Taschen, Laras verletzten Arm mit eisernem Griff festzuhalten. Lara verzog das Gesicht und versuchte, Maggies Finger von ihrer Wunde zu lösen. Anscheinend hatte sie keine andere Wahl.

»Sie macht die besten Pasteten!«, rief Earl laut in das Mikrofon.

»Und sie bemüht sich immer, das Obdachlosenheim nett aussehen zu lassen«, fügte Maggie hinzu. »Ich meine, nicht nur sauber, sondern wie ein Zuhause. Sie sollten mal unsere Christbäume in diesem Jahr sehen.« Sie stieß einen Pfiff aus.

»Sie ist wie eine Mom für mich«, sagte Felice leise. »Nein, nicht wie meine Mom, denn die war eine Drogensüchtige und hätte mich für ihren nächsten Schuss verkauft, wenn sie gekonnt hätte.« Sie schluckte. »Sie ist wie eine richtige Mutter, die sich darum kümmert, dass wir einen sicheren Platz und genügend zu essen haben. Und dass wir ... uns ein wenig geliebt fühlen.«

Seth warf einen Blick zu Kossy hinüber. Sie sah aus wie am Boden zerstört. Die Wimperntusche lief ihr über das Gesicht, der Eyeliner war verschmiert, und ihre Tränen hinterließen Streifen auf ihrem Make-up, aber er wusste, dass sie glücklich war. Glücklich, weil sie diesen Menschen etwas bedeutete. Er schaute nach vorne zu Lara. Sie war mit den anderen auf die Bühne gegangen, hatte sich an die Seite gestellt und sie mit ihrem Lächeln und ihren Gesten ermutigt, wenn sie sich Hilfe suchend nach ihr umgeschaut hatten. Sie war zu einem so wichtigen Teil seines Lebens geworden, dass er nicht wusste, wie er es fertigbringen sollte, sich von ihr zu verabschieden.

»Meine Damen und Herren, bitte einen Applaus für Kossy Hunt, deren harte Arbeit und Engagement für unsere Stadt wir heute würdigen wollen.«

Seth stand auf, wie alle anderen im Saal, und spendete der Frau Applaus, die ihn so selbstlos großgezogen hatte.

»Es kommt mir vor, als hätte ich dich den ganzen Abend nicht gesehen«, erklärte Lara und schmiegte sich auf der Tanzfläche an ihn, während sie zu einem Song von Dean Martin tanzten.

»Du warst in einer geheimen Mission unterwegs, und ich durfte dich nicht auffliegen lassen«, rief Seth ihr ins Gedächtnis.

»Sie war wirklich überrascht, richtig?« Lara sah ihm lächelnd in die Augen.

»Ja, das ist uns gut gelungen«, erwiderte Seth. »Meiner Mom entgeht sonst nichts, aber dieses Mal hat es geklappt, und das war perfekt.«

»Es war ein wunderschöner Abend.« Lara seufzte zufrieden. Nur würde dieser wunderschöne Abend bald enden, und am nächsten Tag stand die Rückkehr nach England bevor. Sie wusste, dass auch Susie deswegen unglücklich war. So sehr, dass sie sich nach den Kosten für einen Umtausch ihrer Tickets erkundigt hatte – so kurz vor Weihnachten hätten sie dafür ein kleines Vermögen bezahlen müssen.

»Hey«, sagte Seth. »Noch ist der Abend nicht vorbei.« Er zog sie an sich und ließ seine Hände über ihren Rücken gleiten.

»Ich weiß. Wir haben noch eine ganze Nacht vor uns, in der wir versuchen können, lauter als Susie und David zu sein, damit wir uns nicht *ihre* Geräusche beim Liebesspiel anhören müssen.«

»O nein, das werden wir nicht tun«, erwiderte Seth. »Ich weiß nicht, ob ich das noch einmal schaffen werde.«

»Heißt das, du willst die Nacht nicht mit mir verbringen?« Lara trat einen Schritt zurück und starrte ihn an, als hätte er ihr soeben verkündet, dass sich die Band Foo Fighters auflöste.

»Ich meinte die Geräusche«, erklärte er. »Ich werde die Nacht nicht mit dir in diesem Apartment verbringen, in dem die Wände so dünn sind.«

»Aber das Bett in deiner Wohnung ist wacklig«, rief Lara ihm ins Gedächtnis. »Und Trent könnte vergessen, dass ich da bin, und jedes Mal nackt im Badezimmer auftauchen, wenn ich in der Nacht aufs Klo muss.« Sie hatte das in den beiden Nächten, die sie in dem Apartment in West Village verbracht hatte, bereits erlebt.

»Wir werden auch nicht in meiner Wohnung übernachten«, erwiderte Seth.

»Im Obdachlosenheim? Das wäre nicht richtig.«

Er lächelte. »Wir bleiben hier. Im Edison.«

Sie riss den Mund auf, schloss ihn wieder und öffnete ihn noch einmal. »Aber Seth, das kostet viel Geld ...«

»Ich weiß, aber ich habe schließlich nicht die Präsidentensuite gebucht. Und das ist wichtig, findest du nicht?«

»Doch«, stimmte sie ihm zu. »Es ist wichtig.« Sie schmiegte sich wieder in seine Arme und ließ sich von ihm langsam im Kreis drehen. »Und hier liegt sicher Schokolade auf dem Kopfkissen und so weiter.«

»Es gibt hier sehr gutes Bier, das weiß ich«, sagte Seth.

»Dann sollten wir uns ein paar Flaschen besorgen«, meinte Lara. »Und mit auf unser Zimmer nehmen.«

»Die Idee gefällt mir.« Seth gab ihr einen Kuss auf den Mund.

»Verzeihung! Entschuldigen Sie bitte!«

»O mein Gott«, stieß Lara hervor und starrte auf die Bühne, wo Susie sich ans Mikrofon gestellt hatte. »Was hat sie vor?«

»T-tut mir leid, dass ich den Tanz und die Party und alles unterbreche, aber ich m-muss etwas sagen ... und ich muss es heute sagen, weil ich es sonst nicht mehr sagen kann. Ich reise nämlich morgen ab!« Susie breitete in einer dramatischen Geste die Arme aus und wäre dabei beinahe gestürzt.

»O nein«, seufzte Lara. »Sie hat zu viel Rotwein getrunken. So benimmt sie sich immer, wenn sie zu viel erwischt hat.«

»Und bevor jemand versucht, mich von der Bühne zu holen ... Lara, du bist gemeint ... ich habe nicht zu viel Rotwein getrunken.«

»Sagt die Frau, die zu viel Rotwein getrunken hat«, murmelte Lara.

»Was sollen wir tun?«, fragte Seth.

»Keine Ahnung«, gestand Lara. »Beten?«

»David! David, komm hierher! Komm rauf, damit ich dich sehen kann.« Susie hickste.

Die Gäste an den Tischen schauten auf, und auch die Pärchen auf der Tanzfläche wurden aufmerksam. Earl hielt bei seiner fünften Nachspeise inne, und Maggie stellte sich auf einen Stuhl. Dann tauchte David auf, schon von Weitem an seinem türkisfarbenen Anzug zu erkennen.

»Susie!«, rief er. »Komm, du hast noch nicht mit mir getanzt. Wie wäre es, wenn wir jetzt tanzen?« Er warf einen

Blick zur Band hinüber; scheinbar erhoffte er sich Hilfe von ihr.

»Nicht spielen!« Susie wirbelte herum und deutete mit dem Finger auf den Sänger, als wollte sie ihm drohen, dass er mit seinem Ableben rechnen musste, wenn er auch nur einen Ton von sich gab. »David«, schnurrte sie. »Ich muss morgen nach Hause fliegen, und wir wohnen im Moment so weit voneinander entfernt, aber ich möchte dich wissen lassen, dass ... dass ich dich liebe.« Sie begann zu schluchzen, und Tränen rollten über ihre Wangen wie Regentropfen über eine Fensterscheibe. »Ich liebe dich so sehr. Die Zeit mit dir in New York, jede Minute, die wir miteinander verbracht haben, wenn du nicht für den Prinzen arbeiten musstest, und all das Drumherum ... haben mir gezeigt, dass wir füreinander bestimmt sind. Und es ist mir egal, dass du auf der einen Seite der Welt lebst und ich ... ich nicht, weil das nicht immer so b-bleiben wird.« Sie knickte mit einem Fuß um, hatte sich aber schnell wieder unter Kontrolle. »Aber es ist mir wichtig, dass du weißt, wie sehr ich mich mit dir verbunden fühle ... obwohl du mehr als einen Monatslohn ausgegeben hast, um deiner Großmutter eine Brosche zu kaufen. Denn das ist nett von dir. Du bist ... mein süßer, sexy David.«

»O mein Gott!« Lara schlug die Hände vor den Mund. »Jetzt weiß ich, was sie vorhat.«

»David, ich liebe dich«, sagte Susie so laut ins Mikrofon, dass es zu einer Rückkoppelung kam und ein schrilles Pfeifen ertönte. Sie wartete einen Moment, bis sich die Ohren aller Zuhörer erholt hatten. »David, willst du mich heiraten?«

Im Saal wurde es ganz still, und alle Blicke waren auf den kleinen Spanier in dem farbenfrohen Anzug und mit der perfekten Haartolle gerichtet.

»Susie.« David marschierte nach vorne. »Noch nie habe ich mich über eine *chica* so geärgert wie über dich, weißt du das?«

»Oje.« Lara ließ Seth los. »Das klingt nicht gut.«

»Ich ...«, begann Susie leicht schwankend.

David betrat nun die Bühne, und jeder seiner Schritte hallte auf dem Boden. »Immer musst *du* die Zügel in der Hand haben. Nun, das kann ich nicht länger dulden.« Er blieb direkt vor ihr stehen. »Das lasse ich mir nicht mehr bieten. Ich bin ein Mann mit Traditionen. Du hast mir eine Frage gestellt, mit der du mich meiner Männlichkeit beraubst, und das kann ich nicht auf mir sitzen lassen.«

Wo war Susies Know-how über Beziehungen geblieben? Anscheinend hatte ihre Freundin alle Regeln auf einen Schlag gebrochen. Und nun sah sie aus, als würde sie jeden Moment in Tränen ausbrechen. Das ging nie gut. Normalerweise führte es zu heftigem Schluchzen und noch mehr Rotwein. Lara hob den Rock ihres roten Kleids, um ihre Freundin zu retten, aber Seth griff nach ihrem Arm.

»Warte«, bat er. »Nur noch einen Augenblick.«

»Ich trage das nun schon seit zwei Tagen mit mir herum, weil ich auf den richtigen Moment warten wollte. Ich war mir nicht sicher, ob ich das überhaupt vor deiner Abreise tun sollte, denn ich hatte Angst, dass du nicht ebenso empfindest wie ich. Aber ich habe nicht damit gerechnet, dass du das tun würdest!« David zog eine blaue Schachtel aus seiner Hosentasche, und Susie stieß verblüfft den Atem aus. Es war keine gewöhnliche blaue Schachtel, sondern ein türkisblaues Kästchen ... von Tiffany's.

»Wenn das eine Brosche ist, bringe ich ihn um«, flüsterte Lara.

»Susie.« David ließ sich elegant auf ein Knie sinken. »Ich

frage dich ... willst du mich heiraten?« Er öffnete das Kästchen, und obwohl Lara auf der Tanzfläche stand, konnte sie erkennen, dass sich darin keine Brosche, sondern ein Ring befand. Mit einem riesigen Diamanten.

Alle Gäste atmeten hörbar ein und warteten gespannt, wie es weitergehen würde.

»Steh auf!«, befahl Susie und fuchtelte mit den Händen. »Steh auf, steck mir den Ring an den Finger und umarme deine sexy Giraffe!« Sie lächelte. »Ja! Die Antwort lautet Ja!«

Seth legte zwei Finger an die Lippen und pfiff laut, und Lara klatschte so kräftig, wie ihr verletzter Arm es zuließ. Ihre Augen wurden feucht; sie freute sich so sehr für ihre beste Freundin.

»Lara!«

Lara erstarrte, und ihr lief ein Schauder über den Rücken. Wahrscheinlich hatte Susies laute Stimme über das Mikrofon ihren Ohren geschadet.

»Lara!«

Was zum Teufel war los mit ihr? Warum hörte sie Aldos Stimme? Die kleine Clutch lag auf dem Tisch außer Reichweite, also konnte sie nicht versehentlich seine Nummer gewählt haben.

»Lara! New York ist so groß!«

Sie wirbelte herum, als die Stimme immer näher kam, und vor ihr stand plötzlich ihr Beinahe-Bruder Aldo und grinste sie an. Hier, in New York, auf der Tanzfläche des Ballsaals, auf dem Kopf eine Baseballkappe mit der Aufschrift »Ich liebe New York«. Lara konnte es nicht glauben. Sie öffnete ihren Mund, schloss ihn wieder und starrte erst Seth und dann wieder Aldo an.

»Aldo, bitte, bitte sag mir, dass du nicht in ein Flugzeug

gestiegen bist und Appleshaw verlassen hast, ohne Dad Bescheid zu geben.«

»Bekomme ich keine Umarmung?«, fragte Aldo, immer noch grinsend. »Ich habe dich schon seit Wochen nicht mehr gesehen.«

»So lange ist es noch nicht her«, widersprach sie, aber ihr Herzschlag beschleunigte sich vor Freude, ihn wiederzusehen. Sie schlang ihre Arme um ihn, drückte ihn an sich und atmete tief Aldos typischen Geruch nach Sammelalben, Motoröl und dem Rasierschaum, den sie ihm immer kaufte, ein. Schließlich ließ sie ihn los und schaute ihn ernst an. »Weiß Dad, dass du hier bist? Oder habe ich bereits fünfundsechzig verpasste Anrufe auf meinem Telefon?«

»Dad weiß Bescheid«, ertönte Gerrys Stimme hinter ihr. »Dad begleitet ihn.«

Vor ihr stand ihr Dad in seinen besten Klamotten – ein kariertes Hemd und eine elegante graue Hose – und lächelte sie an, als sei es die normalste Sache der Welt, dass er sich wenige Tage vor Weihnachten in New York befand. Aber das war es ganz und gar nicht – es kam allen unwirklich vor.

»Ich ... ich verstehe das nicht«, stammelte Lara überwältigt.

»Oh, Lara.« Aldo schüttelte den Kopf. »Dad und Mrs Fitch haben im Internet diese coole Seite gefunden, wo man billig Flüge buchen kann, und wir haben das alte Klavier verkauft, auf dem nie jemand spielt, und Mr Jones hat endlich seine Rechnungen bezahlt, und dann hat Silas uns zum Flughafen gebracht, und wir sind geflogen ...« Er ahmte die Geräusche eines Fliegers nach und schwenkte dazu die Hände durch die Luft. »Und ich habe das gesamte Essen im Flugzeug verdrückt, sogar die trockenen Teilchen, und dann sind wir endlich gelandet und hierhergekommen. Wir wohnen in diesem Hotel, weil Dad gesagt hat, dass es nicht zu teuer ist. Und dann habe ich Fotos von den großen Häusern und den Autos gemacht, und ...«

»Du hast dich am Telefon so glücklich angehört, Lara«, warf Gerry ein. »Und uns von so vielen Dingen erzählt ... Aldo hat nur noch über das Essen, das Bier, die Freiheitsstatue, die Weihnachtsmärkte und das Rentier gesprochen, und ...«

»Und über die Stiche an ihrem Arm von dem Kampf«, fügte Aldo hinzu.

»Was?« Gerry sah seinen Adoptivsohn entsetzt an.

»Oh, habe ich dir das nicht erzählt? Tut mir leid.«

»Mir geht es gut, Dad«, erklärte Lara rasch.

»Ich habe mir überlegt, warum wir dich an Weihnachten nach Hause holen und feiern sollten wie immer, wenn Aldo und ich auch hierherkommen und einmal etwas anderes machen könnten. Etwas, was wir alle noch nie getan haben: Weihnachten in New York feiern.«

»Aber die Firma ...«

»Über Weihnachten geschlossen.« Gerry verschränkte die Arme vor der Brust. »Zum ersten Mal seit fünfundzwanzig Jahren.

»Aber mein morgiger Rückflug ...«

»Du errätst niemals, was wir für das Klavier bekommen haben. Wir buchen ihn um.«

»Oh, Dad!« Lara umarmte ihn und drückte ihn an sich.

Seth konnte es kaum glauben. Ihre Familie war um die halbe Welt geflogen, um bei ihr zu sein und Weihnachten einmal ganz anders zu feiern. Er hoffte, dass er daran teilhaben durfte.

»Oh, Dad, Aldo, ich möchte euch jemanden vorstellen …«, begann Lara.

»Sie müssen Seth sein.« Gerry streckte die Hand aus.

»Kein-Dojo-Seth«, sagte Aldo grinsend.

»Es freut mich, Sie kennenzulernen, Sir.« Seth schüttelte Gerry die Hand. »Und dich auch, Aldo.«

»Ich habe von Lara schon viel von Ihnen gehört«, fuhr Gerry fort. »Ich hoffe, sie hat Sie in keine allzu großen Schwierigkeiten gebracht.«

»Hey, Dad!«, protestierte Lara.

Seth schlang einen Arm um Laras Taille und zog sie an sich. »Es ist nichts passiert, womit ich nicht fertigwerden würde, Mr Weeks.«

»Er ist witzig«, bemerkte Aldo und deutete auf Seth. »Du bist witzig. Ich mag dich.«

KAPITEL ZWEIUNDSIEBZIG

Erster Weihnachtsfeiertag, Kossys und Teds Haus, Gramercy

»Hast du die dicke Bratensoße gemacht?«, fragte Aldo Kossy. »Ich mag dicke Soße.«

»Aldo, sei nicht unhöflich«, ermahnte ihn Lara. »Wir sind jetzt in Amerika, und da sind manche Dinge ein bisschen anders.«

»Ja, alles ist so groß.« Aldo streckte die Arme nach oben. »Und alles ist auch viel breiter ...« Er stieß beinahe ein paar von Kossys Zierfiguren von der Anrichte. »Und es ist kälter und verschneiter, und der Weihnachtsmann spricht komisch.«

»Aldo glaubt noch an den Weihnachtsmann«, flüsterte Lara Seth zu. Sie waren alle bereit, sich an den großen Esstisch zu setzen und ein reichhaltiges Mahl zu genießen. In der Mitte des Tisches war ein riesiger Truthahn – so groß wie ein fetter Strauß – mit knuspriger, glänzender Haut auf einer Platte angerichtet. Um ihn herum standen in vielen Jahren gesammelte, bunt zusammengewürfelte Schüsseln mit den Beilagen. Es gab Erbsen, Karotten, Rosenkohl, pürierten Blumenkohl, Kartoffelbrei und Zuckermais. Laras Magen knurrte bei dem Gedanken, dass sie sich gleich von allem etwas schmecken lassen würde.

»Ich habe dicke Bratensoße gemacht, Aldo«, verkündete Kossy und holte eine weitere Platte mit Beef Wellington aus dem Herd.

»Das sieht großartig aus«, erklärte Ted und half seiner Frau, Platz auf dem Tisch zu schaffen.

Seth stahl sich einen Kuss von Lara, bevor er ihr einen Stuhl zurechtschob. »Ich kann es immer noch nicht fassen, dass du Weihnachten hier verbringst.«

»Ich auch nicht«, gestand Lara.

Seit Aldos und Gerrys Ankunft waren sie ständig unterwegs gewesen. Die beiden wollten unbedingt alle Orte besuchen, von denen Lara ihnen bei ihren Telefonaten über den Atlantik erzählt hatte, also hatte sie sich als Fremdenführerin betätigt. Es hatte ihr großen Spaß gemacht, ihnen New York zu zeigen. Wer hätte das gedacht? Das Mädchen, das noch nie zuvor geflogen war, war mit einem Mal New-York-Kennerin.

Und Susie war nach England zurückgekehrt, allerdings mit David an ihrer Seite. Er hatte dem Prinzen versichern müssen, dass sein Starstylist vor Silvester wieder in New York sein würde, um sich um seine Frisur zu kümmern, dann hatte er Laras Rückflugticket übernehmen können. Jetzt konnten er und seine Verlobte ein paar Tage gemeinsam verbringen und ihren Familien die Neuigkeit berichten. Und auch seiner *abuela* über Skype.

»Schade, dass Candy und Dwight nicht kommen konnten«, meinte Lara, während die Schüsseln nach links und rechts über den Tisch gereicht wurden und alle sich bedienten. Ted schnitt den Truthahn auf, und Lara lief bei dem köstlichen Duft das Wasser im Mund zusammen.

Nachdem Gerry von Seths Bemühungen, seine leibliche Mutter zu finden, erfahren hatte, hatte er Lara gefragt, ob sie auch oft an ihre Mutter dachte und wissen wollte, wo sie sich jetzt aufhielt. Lara hatte ungefähr dreißig Sekunden darüber nachgedacht und die Frage dann mit Nein beantwortet.

Ihre Mum wusste genau, wo sie war und immer gewesen war, in Appleshaw. Und, anders als bei Seth durch die Adoption, gab es für sie keine Hürden zu überwinden, wenn sie Kontakt aufnehmen wollte.

Gerry verriet ihr, dass ihre Mum von Anfang an Schwierigkeiten gehabt hatte, Mutter zu sein. Allein der Gedanke, für einen anderen Menschen Verantwortung tragen zu müssen, hatte sie überfordert. Ihre Ehe war dann gescheitert, weil sie in Hinsicht auf Familie und Zukunft unterschiedliche Ansichten gehabt hatten. Gerry hatte sich mehr Kinder, ein Heim und ein eigenes Unternehmen gewünscht, mit dem er seiner Familie ein gutes Leben bieten wollte. Ihre Mum wollte lieber jeden Abend groß ausgehen und in einem Penthouse in der Stadt wohnen. Diese Gegensätze, die sie am Anfang angezogen hatten, waren schließlich der Grund für ihre Trennung gewesen. Aber ihr Dad hatte ihr nie den Kontakt zu Lara untersagt. Tatsächlich hatte er sie sogar dazu ermutigt, bis er eines Tages einen Brief von jemandem bekommen hatte, der ihm mitteilte, dass sie unter dieser Adresse nicht mehr zu erreichen sei und keine neue Anschrift hinterlassen habe. Lara war mittlerweile zu dem Schluss gekommen, dass man eben mit manchen Menschen nicht für den Rest seines Lebens Kontakt halten konnte, aus welchen Gründen auch immer.

»Das ist in Ordnung«, meinte Seth und reichte ihr die Erbsen. »Sie hatten bereits eine Verabredung mit Dwights Schwester. Nicht alle Leute planen das Weihnachtsfest erst ein paar Tage vorher, so wie wir.«

»Das stimmt.« Lara nickte und nahm sich fünf Erbsen. Sie wollte noch genügend Platz für die besseren Sachen wie den Kartoffelbrei haben.

»Aber wir sehen sie ja morgen. Beim jährlichen Basketballspiel der Obdachlosen.«

Lara schüttelte den Kopf. »Oh, Dr. Mike, du bist sehr ehrgeizig, was dieses Spiel betrifft, richtig? Hast du etwa den Handlungsstrang mit den Straßenkindern für das Drehbuch vorgeschlagen?«

»Du hast schon recht, wir sind ehrgeizig«, warf Ted ein und legte ein paar köstlich aussehende Fleischstücke auf einen Teller. »Glaub ja nicht, dass wir mit den Gästen des Obdachlosenheims zimperlich umgehen werden.« Wieder hörte es sich so an, als seien die Obdachlosen dort Besucher einer Frühstückspension. »Sie kämpfen hart, und damit müssen sie bei uns auch rechnen.«

»Ich werde mich da raushalten«, meinte Gerry. »Ich spiele lieber Darts.«

»Nein, Gerry«, entgegnete Ted. »Du musst mitspielen. Das ist ein amerikanisches Gesetz.«

»Tatsächlich?« Aldo riss die Augen weit auf, und ein paar Erbsen fielen ihm aus dem Mund.

»Hör nicht auf meinen Mann, Aldo«, sagte Kossy. »Er ist manchmal ein bisschen verrückt. Vor allem an Weihnachten.«

»Fünf Erbsen, Lara?« Seth starrte auf Laras Teller.

»Du weißt ja nicht, wie viele Stücke ich mir von dem Truthahn nehmen werde.«

»Meine Lara hat schon immer gern gegessen«, erklärte Gerry liebevoll. »Deshalb kann sie auch Heuballen besser umschichten als die meisten Jungs bei uns auf dem Hof.«

»Aber nicht besser als ich«, wandte Aldo ein.

»Rieche ich da etwa Konkurrenzdenken, Aldo?«, fragte Lara.

»Ich glaube, das ist der Rosenkohl«, erwiderte Aldo.

»Weihnachtsmusik!«, rief Kossy und sprang auf. Sie stieß versehentlich gegen einen der riesigen Christbäume, und er begann, gefährlich zu schwanken. Die Lichter flackerten, und ein paar Weihnachtskugeln fielen herunter. Ted kam mit der Truthahngabel in der Hand rasch herbei und konnte gerade noch verhindern, dass der Baum auf den Tisch krachte.

»Tut mir leid, Ted.« Kossy beugte sich über das Sideboard. »Alexa, spiel Weihnachtslieder von Michael Bublé.«

»Komm schon, Kossy, da gibt es doch noch andere Sänger, die wunderschöne Weihnachtslieder singen.«

»Zum Beispiel Cliff Richard«, warf Gerry ein.

»Ich mag das Lied mit den Trompeten«, verkündete Aldo. Er hatte seinen Teller bereits gefüllt, und an seinem Kinn hing ein Tropfen Soße.

»Songs von Michael Jackson auf Kossys Spotify«, ertönte es aus dem Gerät.

»Nein!«, rief Kossy und raufte sich die Haare. »Nicht Michael Jackson! Michael Bublé!« Die Anfangstöne von »Thriller« wurden laut.

»Alexa! Stopp!«, brüllte Kossy.

»So«, begann Seth. »Bevor wir alle essen und uns Weihnachtsmusik anhören, möchte ich euch etwas mitteilen.« Er räusperte sich.

Schweigen senkte sich über den Raum, und man hörte nur noch Aldo, der mit seiner Gabel die letzten Reste Soße von seinem Teller kratzte. Lara hielt den Atem an, gespannt, was er sagen würde.

»Ich habe gestern erfahren, dass ... ich die Rolle von Sam in *A Soul's Song* spielen darf.«

»O mein Gott!« Kossy sprang wieder auf und stieß dieses Mal gegen die andere Seite des Baums, sodass ein Engel auf dem Holzboden landete.

»Das ist eine großartige Nachricht, mein Sohn«, sagte Ted.

Lara umarmte ihn mit Tränen in den Augen und drückte ihn an sich. »Ich weiß nicht, was ich sagen soll«, wisperte sie. »Das hast du dir so sehr gewünscht. Ich weiß, wie viel dir diese Rolle bedeutet. Nicht nur wegen des Geldes und der weiteren Angebote, die du dadurch wahrscheinlich bekommen wirst, sondern weil diese Rolle dich dazu gebracht hat, Candice zu suchen.«

»Das stimmt«, erwiderte Seth mit bewegter Stimme. »Und du hast mir geholfen, diese Rolle zu bekommen. An diesem Abend im Café Cluny.«

»Das werde ich nie vergessen«, erwiderte Lara. »Mussolini und Strumpfhosen.«

»Alexa, spiel Michael Bublé«, befahl Kossy noch einmal.

»Ich spiele Michael Bublé von Kossys Spotify.«

Kurz darauf erklangen die melodischen Töne vom »King of Croon«, und Kossy setzte sich zufrieden wieder hin.

»Ich habe etwas für dich.« Seth lehnte sich auf seinem Stuhl zurück und holte ein Päckchen aus dem Bücherregal.

»Seth.« Lara nahm das wunderschön verpackte, ziemlich schwere Päckchen entgegen. »Wir haben doch vereinbart, dass wir uns nichts schenken; wir waren beide der Meinung, dass es für uns beide ein großes Geschenk ist, dass ich an Weihnachten hier sein kann.«

»Ich weiß«, erwiderte er. »Das ist es auch. Mit Sicherheit.« Er nahm ihre Hand und drückte sie.

»Und das?« Lara schaute auf das Päckchen.

»Das ... ist ein Versprechen, wenn du so willst«, erwiderte Seth.

Lara schluckte. Seine Worte gaben ihr das Gefühl, etwas Besonderes zu erleben, und das empfand sie immer, wenn er in ihrer Nähe war. Schon vom ersten Moment ihrer Begegnung an hatte sie das gespürt. Sie hob den Blick. Aldo holte sich bereits von allem eine zweite Portion, noch bevor sie sich eine erste aufgetan hatte, und ihr Dad kostete den Wein, den Ted einschenkte, und entschied sich dann doch lieber für ein Bier. Kossy ermutigte Aldo, sich noch mehr zu nehmen. Hier zu sein, als Teil einer neuen, bunt zusammengewürfelten Familie, war so unerwartet gekommen, aber sie genoss jeden Augenblick.

»Öffne das Päckchen«, forderte Seth sie auf.

»Ich habe kein Geschenk für dich«, klagte sie.

»Ich hoffe, das ist auch etwas für mich.«

Sie schob die Finger unter das mit Mistelzweigen verzierte Geschenkpapier, zuerst ganz vorsichtig, bis sie es aufgab und wie ein wild gewordener Lemur daran zerrte. Zum Vorschein kamen einige Reiseführer. Der erste war für Frankreich. Dann folgten Bücher über Korea, Thailand, Italien, Brasilien, China und zuletzt Puerto Rico.

»Du hast soeben ein Reiseabenteuer begonnen«, erklärte Seth leise. »Ich möchte, dass du viele Pläne machst.«

Lara konnte ihre Tränen nicht zurückhalten. Das war das gedankenvollste, wunderbarste Geschenk, das sie jemals bekommen hatte, und es sagte alles über ihre Beziehung aus. Sie freute sich darauf, nach den Ferien wieder nach Appleshaw zurückzukehren, aber sie wusste, dass sie sich ebenso sehr darauf freute, noch viel Neues zu entdecken. Und obwohl sie sich jetzt stark und unabhängig genug fühlte, um das alles allein zu unternehmen, hatte sie andere Pläne.

»Ich sehe mich bereits in Rio am Strand einen Caipirinha schlürfen und Samba tanzen.«

»Das kann ich mir gut vorstellen«, meinte Seth.

»Aber wenn man allein trinkt, ist das der erste Schritt zu einem Alkoholproblem. Und du hast die Brasilianer ja schon tanzen sehen – für diesen sexy Hüftschwung werde ich einen Tanzpartner brauchen.«

»Der Meinung bin ich auch«, stimmte ihr Seth zu.

»Also kommst du mit? Und teilst alle diese Abenteuer mit mir?«

»Die Dreharbeiten beginnen erst Ende Februar«, erklärte Seth. »Hast du am Valentinstag schon etwas vor?«

Sie gab ihm einen langen, leidenschaftlichen Kuss, ohne sich darum zu kümmern, dass sie beim Weihnachtsessen saßen und Aldo schon fast den ganzen Truthahn aufgegessen hatte. Dann wich sie zurück, um ihm in die Augen zu blicken und diesen wunderbaren Moment mit ihm zu genießen.

»Ich liebe dich, Lara«, sagte Seth und griff nach ihrer Hand.

»Und ich liebe dich.« Ihr Herzschlag setzte für einen Moment aus.

»Frohe Weihnachten, Lemurenmädchen.«

@TrentDavenport101: Eilmeldung: Es ist offiziell! Ja ... es ist tatsächlich Liebe! @SethHuntActor und @laraweekend sind ein Paar. Hier habt ihr es zuerst erfahren! Allen fröhliche Weihnachten!

Danksagung

Ich möchte mich vielmals bei allen bedanken, die mich in den letzten sechs Monaten beim Schreiben unterstützt haben. Die Liste wäre endlos lang, aber mein besonderer Dank gilt:

Tanera Simons
Ebury Publishing
Meinem großartigen Street-Team, The Bagg Ladies
Rachel Lyndhurst
Sue Fortin
Zara Stonley
Carrie Elks
Chris Edwin
Matt Bates
Lynne Rose
Mr Big